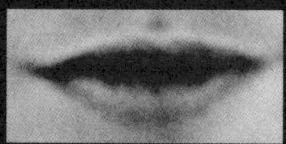

파우스트 2

이 도서의 국립중앙도서관 출판예정도서목록(CIP)은 서지정보유통지원시스템 홈페이지(http://seoji.nl.go.kr)와
국가자료공동목록시스템(http://www.nl.go.kr/kolisnet)에서 이용하실 수 있습니다
(CIP제어번호: CIP2009003146)

세계문학전집
010

Johann Wolfgang von Goethe : Faust

파우스트 2

요한 볼프강 폰 괴테 지음

이인웅 옮김

문학동네

차례 ▌

5막으로 구성된 비극 제2부

5막으로 구성된 비극 제2부

제1막

우아한 고장

파우스트, 꽃이 만발한 풀밭에 누워 피로하고 불안한 듯 잠을 청하고 있다.

황혼이 깃들 무렵.

정령들의 무리, 우아하고 작은 모습으로 공중에 떠다닌다.

에어리얼* (노래, 아이올로스의 하프에 맞추어)

　만발한 꽃잎들이 봄비 내리듯

　모든 사람 머리 위에 뿌려지고,

　들판에 가득한 푸른 축복이　　　　　　　　　　4615

　세상에 태어난 모든 사람들에게 빛날 때,

　작은 요정들 그 위대한 정신으로

---

* 이탈리아어 아리아(공기)에서 나온 공기의 정(精)으로, 사람을 잘 도와주는 작은 요정.

구원을 베풀 수 있는 곳으로 달려가나니,

성스러운 자이건, 흉악한 인간이건,

불행에 처한 자 불쌍히 여기는도다.　　　　　4620

이 사람의 머리 위를 감돌며 공중에 떠다니는 요정들아,

너희 고귀한 방식대로 여기에서 요정의 힘을 보여다오.

고통에 휩싸인 마음의 투쟁을 달래어주고,

불타는 듯 괴로운 비난의 화살을 뽑아내어,

이제까지 받은 공포에서 그의 마음을 깨끗이 씻어다오.　　　　4625

밤의 시간이란 네 가지로 나눌* 수 있으니,

이제 지체하지 말고 그 시간들을 정답게 채워주라.

먼저 그의 머리를 시원한 베개 위에 눕히고,

다음은 레테 강물의** 이슬 속에 그를 목욕케 하라.

그가 기운을 차려 아침을 고요히 기다릴 때면,　　　　4630

경련으로 굳어진 사지도 곧 부드러워지리라.

요정들의 가장 아름다운 의무를 다하여,

그를 성스러운 광명으로 다시 돌려주도록 하라.

합창 (한 사람씩, 혹은 두 사람이나 여럿이 교대로, 또는 함께 모여서)

---

* 로마 군대의 야경은 밤을 세 시간씩 넷으로 구분하였음. 여기서는 파우스트를 잠들게 하는 시간, 모든 것을 잊게 하는 시간, 젊은 기운을 불어넣는 시간, 그리고 새로운 생명으로 일깨우는 시간을 말함.

** 그리스 신화에 나오는 망각의 강. 죽은 자는 저승으로 가는 길에 레테 강을 건너는데, 이때 이 강물을 마시면 지상에서의 기억을 다 잊어버린다고 함.

산들바람 훈훈하게   4635
초록빛 평원에 가득 차고,
황혼이 깃들며 달콤한 향기,
자욱한 안개를 불러내린다.
감미로운 자장가 속삭여주고,
마음을 달래어 아기처럼 잠들게 하라.
여기 이 고달픈 사람의 눈앞에서   4640
하루의 문을 닫아주어라.

밤의 장막이 벌써 내리깔리고,
별들은 성스럽게 서로 어울려,
커다란 불빛, 작은 불꽃
가까이 반짝이고 멀리에서 빛난다.   4645
여기 호수에 반사하여 반짝이고,
저기 맑은 밤하늘에 빛나며,
깊은 휴식의 행복 약속하면서
영화로운 달빛 하늘 가득 흐르누나.

어느새 몇 시간이 흘러 지나가고,   4650
괴로움도 행복도 멀리 사라졌으니,
우선 느껴보라! 그대는 건강해지리라.
새날의 밝은 빛을 믿으려무나.
무성한 숲은 안식할 그늘을 이루나니,   4655

은빛 물결 속에 춤을 추며
추수를 앞둔 오곡이 물결치누나.

가지가지의 소원을 이룩하려면,
저기 아침의 광채를 우러러보라!
그대는 가볍게 사로잡혀 있을 뿐,   4660
잠은 껍질이니, 그것을 벗어던져라!
다른 무리들 주저하며 방황할지라도,
그대는 주저하지 말고, 용감히 일어서라.
사리에 밝고 재빨리 실천하는 자,
그런 고귀한 자, 무엇이든 이룰 수 있으리라.   4665

(요란한 굉음이 태양이 가까워옴을 알린다.)

에어리얼

들어라! 호렌의* 폭풍 소리를 들어라!
요정들의 귀에 요란한 소리 울리며
벌써 새로운 날이 밝았도다.
암벽의 문들 요란하게 열리고,
포이보스의** 수레바퀴 요란하게 구르는데,   4670
광명도 이렇게 굉음을 낸단 말인가!

---

* 태양신 아폴론이 전차를 몰고 나타나면 하늘의 문을 열어주는 시간의 여신들.
** 태양신 아폴론의 다른 이름.

크고 작은 나팔 소리 울려퍼지고,

눈은 깜박이고 귀가 놀라니,

들을 수 없는 것을 듣지 못할 뿐이라.

화관(花冠) 속으로 살짝 숨어들어라.　　　　　　　4675

조용히 살려면 깊숙이, 더욱 깊숙이,

바위틈 사이로, 나뭇잎 아래로 숨으려무나.

그 소리에 부딪히면 귀머거리 되리라.

파우스트

생명의 맥박이 새로운 힘을 얻어 고동치며,

밝아오는 하늘을 향해 부드러운 인사를 보내노라.　　　4680

대지여, 그대는 지난밤에도 변함이 없더니,

새로이 기운을 얻어 내 발밑에서 숨을 쉬고,

벌써 나를 즐거움으로 감싸주기 시작하는구나.

그리고 날 자극하고 강한 결심을 발동케 하여,

최고의 존재를 향해 끊임없이 노력하게 하는구나 ―　　4685

세상은 이미 아침 여명 속에 활짝 열려 있고,

숲속에선 오만 가지 생명의 소리가 울려퍼지고,

골짜기마다 길게 뻗은 안개가 쏟아져내리는데,

그러나 하늘의 맑은 빛은 깊은 곳까지 스며들고,

큰 가지, 작은 가지들은 새로운 힘을 얻어,　　　　4690

가라앉아 잠자던 향기로운 심연에서 새 움이 트는구나.

온갖 영롱한 색깔이 대지로부터 떠오르고 있으며,

꽃과 꽃잎에 흔들거리는 진주이슬이 떨어져내리니―
내 주위 온 누리가 천국 같아지는구나.

위를 쳐다보라!―거인처럼 우뚝 솟은 산봉우리들이   4695
벌써 지극히 장엄한 시간을 알려주고 있구나.
봉우리들은 영원한 빛을 먼저 향유할 수 있지만,
그 빛은 이어서 이곳 우리에게로 내려오게 된다.
이제 알프스의 푸르게 구릉진 초원 위에
새로운 광채와 명백한 빛이 비쳐들더니,   4700
단계적으로 차츰 더 아래로 뻗치는구나―
태양이 솟는다!―한데 슬프게도 벌써 눈이 부시고,
눈에 스미는 아픔으로 나는 몸을 돌리고 마는구나.

애달프게 그리던 희망이 최고 소망을 향해
끈질기게 치닫다가, 그 성취의 문이   4705
활짝 열렸음을 발견하게 되면, 이런 기분이리라.
그러나 저 영원한 밑바닥으로부터* 거대한 불길이
터져나오면, 우리는 당황하여 발길을 멈추게 된다.
우린 다만 생명의 횃불을** 불붙이려 했는데,

---

* 인간 영혼생활의 심연으로부터 갑자기 정열이 용솟음치는 것을 말하며, 이 정열의 근원은 우주의 생명과도 관련되어 있음.
** 파우스트가 광명의 근원에서 생명의 횃불에 불을 붙이려 하는 것은 우주만물의 근원을 인식하려는 태도를 말함.

불바다가 우릴 휘감아버리니, 이 어찌 된 불이란 말인가!   4710
우릴 둘러싸고 타오르는 저 불길은 사랑일까? 증오일까?
고통과 환희가 교차하며 무시무시하게 엄습하니,
우리는 다시금 지상으로 눈길을 돌려,
싱싱한 속세의 베일 속에 몸을 숨기려 하노라.

그러니 태양은 내 등뒤에 그냥 머물러다오!   4715
바위틈 사이로 굉굉히 쏟아져내리는 폭포수를,
나는 점점 커지는 황홀감에 젖어 바라보노라.
줄지어 떨어지는 폭포수는 이제 수천 갈래로,
다음엔 다시 수만 갈래로 흩어져 쏟아지며,
하늘 높이 공중으로 끝없는 물거품 되어 튀어오른다.   4720
그러나 이 폭포수에서 생겨나는 오색찬란한 무지개는*
변화무쌍한 모습으로 무지개다리 그려내니, 이 얼마나 아름다운가.
때로는 그 모습이 또렷하다가 때로는 공중으로 흩어지며,
사방으로 향기롭고 시원한 비를 뿌려주기도 한다.
무지개는 인간의 노력을 반영해주고 있구나.   4725
그것을 보고 생각하면, 보다 정확하게 이해하게 되리니,
우리 인생은** 채색된 영상(映像)에서 파악될 뿐이로다.

---

* 물방울은 끊임없이 변하는데 무지개는 그 변화를 초월하여 하늘에 걸려 있으니, 이는 모순의 통일이란 관념을 나타내고 있음.
** 삶의 실상은 직접 그 자체로서가 아니라 무지개 같은 영상이나 상징 또는 비유의 형식으로 파악할 수 있을 따름임.

황제의 궁성, 옥좌가 있는 궁실

각료들이 황제를 기다리고 있다.

나팔 소리.

여러 계층의 신하들이 화려한 옷차림으로 등장한다.

황제가 옥좌에 좌정하고, 그 오른쪽에 천문박사가 자리한다.

황제

짐은 먼 곳, 가까운 곳에서 모여든

충성스럽고 친애하는 경들에게 경의를 표하노라 —

현명한 점성술사는 내 옆에 보이는데,　　　　　　　4730

어릿광대 바보놈은 어디에 갔단 말인고?

귀공자

바로 폐하의 옷자락 뒤를 쫓아오다가

그놈은 계단 위에서 고꾸라졌습니다.

누군가가 그 뚱뚱보 놈을 떠메고 나갔습니다만,

그놈이 죽은 건지 술에 취한 건지 알 수가 없습니다.　　　4735

둘째 귀공자

바로 그때 놀라우리만큼 재빠르게,

다른 놈 하나가 그 자리를 밀고 들어왔사옵니다.

제법 값진 옷차림을 하고 있지만,

하는 꼴이 우스워서 누구나 놀랄 정도입니다.

파수병이 창극(槍戟)을 열십자로 내밀며,　　　　　　4740

문턱에서 그놈을 가로막고 있었습니다만 —

그런데도 저 뻔뻔스런 놈은 벌써 여기에 와 있사옵니다.

메피스토펠레스 (옥좌 앞에 무릎을 꿇으며)

불청객이면서도 언제나 환영받는 게 무엇이겠습니까?

늘 그리워하면서도 언제나 쫓겨나는 게 무엇이겠습니까?　　　4745

끊임없이 보호받고 있는 것은 무엇이겠습니까?

지독한 욕을 먹고 잔소리를 듣는 건 무엇이겠습니까?

폐하께서 불러들여선 안 될 자가 누구이겠습니까?

누구나 그 이름을 듣고 싶어하는 자는 누구겠습니까?

폐하의 옥좌 계단에 가까이 다가오는 놈이 누구겠습니까?　　　4750

자기 스스로 추방을 당하도록 한 놈은 누구겠습니까?

황제

지금은 그런 말들을 삼가도록 하라!

여기는 수수께끼놀이를 하는 곳이 아니다.

그런 것은 여기 이 사람들의 소관이니라 ―

어디 맘대로 풀어보도록 하라! 짐도 기꺼이 들어주겠노라.

전에 있던 짐의 어릿광대가 멀리 떠나버린 듯하니,　　　4755

그대가 그 자리를 맡아, 짐의 곁에 와 있도록 하라.

(메피스토펠레스, 계단을 올라가서 황제의 왼쪽에 선다.)

군중들 중얼거리는 소리

새로 들어온 어릿광대라 ― 또 골치 아프게 생겼군 ―

저놈은 어디서 왔지? ― 저놈이 어떻게 들어왔지? ―

먼젓놈은 고꾸라졌다는군 ― 그놈 볼장 다 본 거야 ―

그놈은 술통 같았는데 ― 이놈은 나무쪽 같군 ―　　　4760

황제

자, 그러면 충성스런 경들, 친애하는 경들이여,

먼 곳에서, 가까운 곳에서 찾아준 것을 환영하는 바이오!

경들은 운수 대길한 별들 아래 모였으니,

저 하늘에는 행운과 축복이 적혀 있도다.

그런데 말해보시오. 이 즐거운 날에 우리는   4765

온갖 근심 걱정을 털어버리고,

가장무도회 때처럼 가면을 쓰고서,

그냥 흥겹게 놀아보려 했는데,

어찌하여 회의를 열어 고생을 하려는 것인가?

그러나 다른 도리가 없었다는 경들의 의견이라,   4770

이렇게 된 것이니, 그럼 시작하도록 하시오.

재상

최고의 성덕이 마치 성인들의 후광처럼

황제 폐하의 머리를 감싸고 있사오니, 오직 폐하만이

그 성덕을 적절하게 발휘하실 수 있사옵니다.

그것은 정의의 덕이옵니다! ― 만백성이 좋아하고,   4775

만인이 요구하고 소망하며 없으면 괴로워하는,

이런 성덕을 백성에게 베푸는 것은 오직 폐하께 달렸사옵니다.

그렇지만 아아! 나라 안이 온통 열병에 걸린 듯 뒤끓고,

흉악한 일이 또 흉악한 일을 낳고 있으니,

인간의 정신에 이성이, 마음에 선량함이,   4780

그리고 손에 열성이 다 무슨 소용 있겠나이까?

누구라도 이 높은 대궐에서 넓은 나라 안을
내려다보면, 모든 것이 나쁜 흉몽처럼 여겨질 것이며,
괴물들이 흉측한 모습으로 맹위를 떨치고,
불법이 합법적으로 날개를 펴고,   4785
오류에 찬 세상이 눈앞에 전개될 것이옵니다.

가축을 훔치고 부녀자를 약탈하고,
제단에서 성배, 십자가, 촛대를 훔쳐간 놈도
여러 해 동안 털끝 하나 다치는 일 없이,
건전하게 제가 한 짓을 자랑하고 있사옵니다.   4790
이제는 고소인들이 법정으로 몰려오는데,
재판관들은 높은 보료 위에 앉아 거드름만 피우고 있으며,
그러는 동안에 어지러운 폭동은 점점 커져서
성난 파도처럼 물결치고 있나이다.
권세 있는 공범자들에게 의지하고 있는 놈은   4795
극악무도한 짓을 하고서도 큰소리를 치고 있사오며,
죄 없는 자가 자기 자신만을 외치하게 된다면,
유죄! 라는 언도를 받게 됩니다.
이렇게 세상은 산산이 조각나고,
당연한 것을 파멸시키려 하고 있으니,   4800
우리를 오로지 올바른 길로 인도할
판단력이 어찌 전개될 수 있겠습니까?
올바르고 착한 사람도 결국에는

아첨하고 뇌물이나 쓰는 인간으로 기울어지고,

법대로 처벌할 수 없는 재판관은 4805

결국엔 범법자와 한 패거리가 되는 것입니다.

소인이 검게만 말씀드린 것 같사옵니다만,

차라리 두꺼운 포장으로 그 그림을 덮어버리고 싶나이다.

(잠시 쉬었다가)

이젠 결단을 내리심이 불가피하게 되었사온즉,

모두가 가해자가 되고 모두가 피해자가 되는 날이면, 4810

폐하의 엄위(嚴威)마저 도둑맞게 될 것이옵니다.

병무상

이 난세에 미쳐 날뛰는 꼴은 차마 볼 수가 없나이다!

저마다 남을 치고 또 얻어맞고 하는 터라,

아무리 호령을 내려도 귀가 먹은 듯 듣지 않사옵니다.

시민들은 그들 성벽 뒤에 모여서, 4815

기사들은 암벽 위의 소굴에서,

서로들 작당하여 우리에게 항거하며,

저들의 힘을 공고히 하고 있나이다.

용병들은 조급하게 안달하며

그들의 임금을 과격하게 요구하고 있는데, 4820

우리가 빚진 게 없이 다 갚아주는 날이면,

놈들은 모조리 도망치고 말 것이옵니다.

누구라도 그들의 요구를 거절이라도 한다면,

벌통을 쑤셔놓은 꼴이 될 것이오며,

그들이 수호해야 할 이 제국은   4825

약탈당하고 황폐해진 채 버려져 있나이다.

놈들이 미쳐 날뛰는 횡포를 그대로 버려두고 있으니,

국토의 절반은 벌써 잃은 것이나 다름없사오며,

변두리에 아직 왕들이 있다고는 하지만,

누구 하나 자기 일처럼 걱정하는 사람 없습니다.   4830

재무상

누가 맹방 왕후들을 믿을 수 있겠나이까!

우리에게 약속했던 조공마저,

수돗물 막히듯 끊어지고 말았나이다.

그뿐이겠습니까, 폐하, 이 광대한 국토 안에서,

그 소유권이 누구의 손으로 넘어갔다고 생각하십니까?   4835

어디를 가나 새로운 집이 크게 들어서서,

아무런 간섭도 받지 않은 채 살려고 하오니,

우린 그자가 하는 짓을 그냥 바라볼 수밖에 없나이다.

너무나도 많은 권리를 넘겨주었기 때문에,

우리에게 남은 권리란 하나도 없는 것 같사옵니다.   4840

그들이 말하는 대로 당파라고 하는 것까지도

오늘날에 와서는 전혀 믿을 수가 없습니다.

그들이 비난을 하건 찬양을 하건,

사랑과 증오가 다 같은 것으로 되어버렸나이다.

황제파이건 교황파이건 모두 다 몸을 숨기고,   4845

안일한 생활만을 탐하고 있나이다.

이제 와서 누가 이웃을 도우려 하겠나이까?

모두들 제 할 일에만 매달려 있습니다.

금고의 문이 폐쇄되어 있기는 합니다만,

저마다 긁어내고 후벼파고 모아서,   4850

우리의 국고는 텅 비어 있는 상태이옵니다.

궁내상

소신 역시 지독한 곤경을 당하고 있사옵니다!

매일매일 절약을 해보려고 하지만,

나날이 지출은 늘어만 가고 있으니,

소신의 걱정도 날마다 더해갈 따름입니다.   4855

물자가 모자라도 요리사들이야 아직 걱정할 게 없지요.

멧돼지, 사슴, 산토끼, 노루,

칠면조, 닭, 거위와 오리 따위는

확실한 토지 수입의 공물로서,

아직도 상당히 들어오고 있기 때문입니다.   4860

그러나 결국 포도주가 떨어지게 되었습니다.

이전에는 지하실에 술통들이 가득 쌓이고,

그 산지(產地)와 연도(年度)도 최고의 것뿐이었는데,

귀하신 어른들께서 끊임없이 퍼마시는 바람에

이젠 마지막 한 방울까지 동이 나게 되었사옵니다.   4865

시청에 저장된 것까지 소매로 사들이고 있지만,

저마다 큰 잔으로 들이켜고 대접으로 마시는 바람에,

진수성찬이 상 밑에 쏟아지기 일쑤입니다.

그걸 셈해주고 임금 치르는 일을 소신이 해야만 하지요.

유대인 장사꾼은 인정사정도 없이,   4870

세입(稅入)을 담보로만 돈을 꾸어주기 때문에,

일 년을 앞당겨 먹고 마시는 셈이 됩니다.

돼지는 살이 찔 겨를도 없고,

침상 이부자리마저도 저당으로 잡혀먹게 되어,

수라상의 빵도 외상으로 올려야 할 지경이옵니다.   4875

황제 (잠시 생각에 잠겼다가 메피스토펠레스에게)

여봐라, 이 바보 녀석, 네겐 아무런 어려운 일이 없느냐?

메피스토펠레스

소인 말씀인가요? 없나이다. 폐하와 귀하신 분들의

빛나는 광채만을 두루두루 우러러보고 있나이다.

폐하께서 아무도 거역할 수 없는 명령을 내리실 수 있고,

마련된 권능으로 적대적인 놈들을 물리칠 수 있는데,   4880

또한 힘차게 지혜가 따르는 선의와 다양한 활동력을

장악하고 계시는데, 어찌 신망이 부족하다 하겠나이까?

이렇게 귀하신 분들이 별처럼 빛나고 있는데,

무엇이 작당하여 불행과 암흑을 초래할 수 있겠나이까?

중얼거리는 소리

교활한 놈이로다 ─ 제법 사리가 있는데 ─   4885

거짓으로 알랑대는구나 ─ 거짓말이 얼마나 갈까 ─

난 훤히 알겠어 ─ 숨겨둔 속셈이 무엇인지를 ─

대체 앞으로 어떻게 나올까? ─ 꿍꿍이가 있을 거야 ─

메피스토펠레스

이 세상에 부족함 없는 곳이 어디 있겠나이까?

여긴 이게 없고 저긴 저게 없는데, 이 나라엔 돈이

부족합니다.   4890

물론 마룻바닥에서 돈을 긁어모을 수는 없지만,

지혜의 힘을 빌리면 아무리 깊은 것이라도 파낼 수가 있지요.

산중의 광맥이나 돌담의 밑바닥에서도,

주조(鑄造)한 금화나 주조되지 않는 걸 찾아낼 수 있나이다.

그런데 그것을 누가 캐낼 것이냐고 물으신다면,   4895

재능 있는 사나이의 본성과 정신의 힘이라고 말하겠나이다.

재상

본성과 정신이라*—그건 기독교인에게 할 말이 아니다.

그따위 언사란 매우 위험스러운 것이기 때문에,

무신론자들을 불에 태워 죽이느니라.

본성이란 죄악이며, 정신이란 악마이다.   4900

이 두 가지가 서로 어울리면, 의혹이라고 하는

불구의 잡종 자식을 탄생시키게 되느니라.

여기선 그리 되지 않으리라! — 폐하의 오랜 이 제국에는,

오직 두 계통의 씨족만이 존립하여,

그들이 위풍 있게 옥좌를 받들어 모시고 있느니라.   4905

그것은 바로 성직자와 기사들인데,

---

* 재상이 대주교를 겸하고 있으므로, 본성과 정신을 믿고 신의 은총을 경시하는 것은 비기독교적이라 함.

그들은 어떤 폭풍우도 가로막고 나섬으로써,

그 대가로 교회와 국가를 위임받고 있느니라.

그러나 정신이 혼란한 천민들의 근성으로부터는

오직 반역만이 번성하게 마련인데,					4910

이단자와 마법사들이 바로 그들이리라!

그런 자들이 도시와 나라를 망치고 있느니라.

너는 지금 그런 작자들을 철면피한 농담을 하며,

이 존엄한 대궐 안으로 슬쩍 끌어들이려 하는 것이로다.

너희는 썩어빠진 마음을 품어 기르고 있으니,				4915

그놈들은 이 바보 광대와 가까운 친척지간이로다.

메피스토펠레스

말씀을 듣자니 학식 있는 분임을 알겠소이다!

당신네가 손으로 만져보지 않은 것은 수십 리 밖에 있고,

당신네가 잡지 못한 것은 아예 존재하지도 않으며,

당신네가 계산하지 못한 것은 사실이 아니라 생각하고,			4920

당신네가 달아보지 않은 것은 전혀 무게가 없으며,

당신네가 주조한 돈이 아니면 통용될 수 없다고 생각하시죠.

황제

그리 말한다 해도 우리의 부족함이 해결되는 건 아니니라.

그런 사순절 설교와도 같은 소리로 무슨 말을 하려는 것이냐?

이러면 어떨까, 저러면 어떨까 계속하는 소리엔 진력이 났다.		4925

여기엔 돈이 없다. 그러니 돈을 만들어내도록 하라.

메피스토펠레스

원하시는 대로 만들어내죠. 그 이상 만들겠나이다.

그것은 손쉬운 일입니다만, 쉬운 일이 어려운 법이죠.

돈은 이미 여기 있습니다. 그것을 손아귀에 넣는 일,

그것이 기술이지요, 누가 그 일을 시작하겠소이까?　　　　4930

잘 생각해보십시오. 인간의 무리가 홍수처럼 밀려와서,

나라와 백성을 삼켜버렸던 저 공포의 시절에,

누구누구 할 것 없이 모두가 지독히 놀랐을지라도,

가장 귀한 물건만은 여기저기 숨겨놓았단 말입니다.

이런 일은 강력했던 로마시대로부터 시작되어　　　　4935

어제까지, 아니 오늘까지도 계속되고 있나이다.

그리하여 이 모든 보물은 땅 속에 묻혀 있는데,

토지는 폐하의 것이오니, 폐하께서 가지심이* 지당하지요.

재무상

바보치고는 말하는 것이 그럴듯하군,

사실 그것은 옛날부터 황제의 권리로 되어 있지요.　　　　4940

재상

마귀가 경들에게 금실로 짠 올가미를 치고 있는 것이오.

되어가는 꼴이 참되고 온당한 일 같지가 않소이다.

궁내상

궁정에서 필요한 재물만 만들어준다면야,

---

* 깊은 땅 속에 파묻힌 보물은 황제에게 속한다는 것이 고대 독일의 법이었음.

나는 약간의 부정한 일이라도 눈감고 싶소이다.

병무상

누구에게나 필요한 걸 약속하니, 그 바보놈 영리하군.　　　　　4945

병사들이야 그 돈이 어디서 나왔는지 묻지도 않을 것이오.

메피스토펠레스

여러분께서 내게 속는다고 생각하시면,

여기 훌륭한 분이 계십니다! 그 천문박사께 물어보십시오!

이분은 시수(時數)며 십이궁(十二宮)을 속속들이 알고 계시니,

말씀해보시지요. 오늘의 천문(天文)은 어떻습니까?　　　　　4950

중얼거리는 소리

두 놈이 다 악당이다 ─ 서로 통하는구나 ─

바보놈과 망상가로다 ─ 옥좌에 그렇게 가까이 있다니 ─

싫증이 나도록 불러대던 ─ 낡아빠진 가락이다 ─

바보놈이 불어넣어주고 ─ 박사가 지껄이는구나 ─

천문박사 (메피스토펠레스가 불어넣어주는 대로 지껄인다.)

태양만 하더라도 그 자체가 순금인* 것입니다.　　　　　4955

그 사자(使者)인 수성은 총애와 급료 때문에 따라다니고,

금성으로 말하자면 여러분을 유혹하여,

아침부터 밤늦게까지 사랑스런 눈짓만 보내고 있습니다.

정절을 지키는 달님은 시름에 젖어 변덕을 부리고,

화성은 맞히지는 않아도 그 힘이 여러분을 위협하지요.　　　　　4960

---

* 점성술과 연금술에서는 일곱 개의 별들을 금속으로, 즉 태양은 금, 수성은 수은, 금성은 동, 달은 은, 화성은 철, 목성은 주석, 토성은 아연으로 대표시키고 있음.

그리고 목성은 언제나 가장 아름다운 빛을 내고 있으며,

토성은 크기는 하나 안계(眼界)에는 멀어 작게 보이지요.

그것은 금속으로서 별로 환영을 받지 못하고 있으니,

무게는 대단하면서도 그 값어치는 없단 말입니다.

그렇소이다! 해와 달이 정답게 어울리기만 한다면!　　　　4965

금과 은이 화합하는 것이니 즐거운 세상이 되며,

그 나머지는 모두가 소원 성취하게 되리라.

궁궐이건 정원이건, 유방이건 불그레한 뺨이건,

위대한 학자라면 이 모든 것을 다 만들어낼 수 있으니,

그는 아무도 할 수 없는 일을* 해낼 수 있습니다.　　　　4970

황제

저 사람이 하는 말은 이중으로** 들려서,

그 뜻이 무엇인지 도대체 납득이 가지 않는구나.

중얼거리는 소리

그게 무슨 소용이냐? — 알맹이 없는 재담이다 —

책력(冊曆)으로*** 점치는 수작이야 — 연금술 따위야 —

저런 소릴 종종 들었지만 — 늘 속기만 했다 —　　　　4975

저자가 온다 해도 — 틀림없이 사기꾼일 거야 —

메피스토펠레스

여러분은 빙 둘러서서 탄복만 하시면서,

---

* 금전을 조달하는 일.
** 메피스토펠레스가 천문박사에게 속삭이는 소리도 들리기 때문임.
*** 점성술사나 연금술사가 그해에 일어날 일을 점쳐서 책력으로 발행하였음.

이 고귀한 발견(發見)을 믿지는 않으시고,

어떤 이는 알라우네* 짓이라고 헛소리를 하는가 하면,

어떤 이는 검은 개의** 짓이라고 터무니없는 말만 하십니다. 4980

어떤 사람은 약은 체하며 비난을 해대고,

어떤 사람은 마술을 쓴다고 야단이지만, 그게 무슨 소용입니까.

그도 한번쯤은 발바닥이 근질근질해지고,

확실하던 발걸음이 휘청거릴*** 때가 있을 텐데요!

여러분들도 모두 영원히 지배하는 자연의 4985

신비로운 작용을 몸에 느끼고 있는 것이지요.

그리고 가장 깊은 대지의 밑바닥으로부터

생동하는 흔적이 위를 향하여 솟아오르는 것입니다.

만일 온 사지가 꼬집히는 듯하거나,

서 있던 곳이 어쩐지 섬뜩해지거나 하면, 4990

지체 없이 그 자리를 파헤쳐보십시오.

거기에 악사(樂師)가 있거나 보화가 묻혀 있을 것이외다!

중얼거리는 소리

나는 발이 납덩이처럼 무거워진다—

나는 팔에 경련이 이는걸— 이건 통풍(痛風)이다—

---

* 인간을 섬기는 마술의 힘을 가진 추악한 작은 요정으로 지하의 보물을 지킨다고 함.
** 비밀의 보물을 지키는 역할을 맡고 있는 악마적인 개.
*** 발바닥이 간지럽거나 발걸음이 말을 듣지 않는 곳을 파보면 보물이 묻혀 있다는 속
설이 있음.

나는 엄지발가락이 근질거리는데—   4995

나는 등이 온통 쑤시는데—

이런 징조로 본다면 아마도 여기에

엄청난 보물이 묻혀 있는 것 같군.

황제

자, 서둘러라! 너는 다시 빠져나가지 못하리라.

그 물거품 같은 거짓말이 사실임을 증명해 보이고,   5000

그 고귀한 장소를 당장 우리에게 알리도록 하여라!

네 말이 거짓이 아니라면, 짐은 여기에

검(劍)과 홀(笏)을 내던지고 이 고귀한 손으로

친히 그 사업을 완성토록 하리라.

허나 그것이 거짓이라면, 네놈을 지옥으로 보내버릴 것이다!   5005

메피스토펠레스

지옥으로 가는 길은 물론 잘 알고 있습니다만—

도처에 주인 없이 파내주기만 기다리며 묻혀 있는

그 많은 보화들을 일일이 다 알려드릴 수는 없나이다.

쟁기로 밭고랑을 갈던 농부가

흙덩이와 함께 황금단지를 파내는 수도 있고,   5010

진흙 담벼락에서 초석(硝石)이나 파내려 하다가,

황금빛도 찬란한 돈 꾸러미를 발견하고는 기절초풍하며

가난으로 여윈 두 손에 쥐고 기뻐하는 수도 있나이다.

아무리 훌륭한 아치건물이라도 폭파해버려야만 하고,

어떠한 바위틈이나 어떠한 갱도에라도   5015

보물이 있는 곳을 아는 자는 밀고 들어가야만 하나니,
바로 지옥의 근처까지라도 육박해가야만 하는 법입니다!
옛날부터 간직되어온 널찍한 지하실에 당도하면,
황금으로 된 큰 잔이나 대접이나 접시들이
줄지어 진열되어 있는 것을 발견하게 되지요.   5020
홍옥으로 만든 다리가 긴 잔도 있어서,
그것으로 한잔 마시려고 한다면,
바로 그 곁에는 수천 년 묵은 술도 있습지요.
하지만 — 이 일에 정통한 내 말을 믿으실지 모르겠지만 —
그 술통의 나무는 이미 오래 전에 썩어 문드러지고,   5025
주석(酒石)이 굳어 포도주 담는 통 노릇을 하고 있답니다.
황금과 보석뿐만이 아니라
이런 고귀한 술의 정수까지도
어둠과 무서운 곳에 휩싸여 있습지요.
현자는 이러한 곳을 끊임없이 찾고 있소이다.   5030
밝은 대낮에 인식한다는 것은 어린애 장난이며,
신비란 암흑 속에 자리를 잡고 있는 법이외다.

황제

그런 것은 네게 맡기겠노라! 암흑이 무슨 소용이냐?
값진 게 있다면, 무엇이든 백일하에 드러내놓아야 하느니라.
깊은 밤에 누가 악당인들 제대로 구분할 수 있겠는가?   5035
암소는 검고 고양이는 회색빛으로 보이게 마련이다.
황금이 무겁게 가득 찬 땅속의 항아리들을 —

쟁기로 갈아 밝은 곳으로 파내도록 하라.

메피스토펠레스

괭이와 삽을 들고 친히 파내도록 하십시오.

농부의 일은 폐하를 위대하게 해줄 것이며, 5040

금송아지들의 무리가* 떼를 지어

땅속에서부터 쏟아져나올 것입니다.

그렇게 되면 아무런 거리낌 없이 황홀한 기분으로,

폐하 자신과 사랑하는 여인을 치장하실 수 있을 것입니다.

빛깔이며 광택이 찬란한 보석은 5045

제왕의 아름다움과 그 위엄을 더욱 높여줄 것이옵니다.

황제

당장 시작토록 하라! 당장에! 언제까지 질질 끌 작정인가!

천문박사 (앞에서와 같이)

폐하, 그렇게 성급한 욕망을 진정하시고,

가지가지의 즐거운 놀이를 우선 끝내도록 하십시오.

마음이 산란하다면 목적에 다다를 수가 없나이다. 5050

우선 우리는 마음을 가다듬고 속죄를 하여,

천상의 것을 통하여 지하의 것을** 얻어야만 합니다.

선한 것을 원하는 자는 우선 자신이 착해야 하며,

즐거움을 원하는 자는 자신의 혈기를 달래야 할 것이며,

---

* 재물보화를 의미함.
** 지하에 묻힌 재보(財寶)를 뜻함.

술을 갈망하는 자는 무르익은 포도알을 짜야 할 것이며, 5055

기적을 원하는 자는 자신의 믿음을 굳게 해야 할 것이외다.

황제

그렇다면 유쾌하게 시간을 보내도록 하라!

마침 성회(聖灰) 수요일도* 다가오고 있구나.

아무튼 간에 그 동안 우리는 더욱더 흥겹게,

성대한 사육제를 즐기도록 하자꾸나. 5060

(나팔 소리, 퇴장)

메피스토펠레스

업적과 행복이 서로 얽혀 있다는 사실을

저 바보놈들은 결코 깨닫지 못하는구나.

저자들이 비록 현자의 돌을** 가졌다 할지라도,

그 돌에는 현자가 따르지 않는단 말이다.

---

* 사순절(四旬節)의 첫날인 부활절 전의 제7수요일로 가톨릭 신자들은 이날 참회의 뜻으로 이마에 성회를 바름.

** 연금술에서 말하는 만능의 돌도 어리석은 자들에게는 아무 효능이 없다는 뜻임.

곁방들이 딸린 넓은 홀

가면무도회를 위해 단장되어 있다.*

의전관

여러분은 악마춤, 바보춤, 해골춤이 난무하는   5065

독일 국경 안에 있다고 생각하지 마십시오.

신나는 축제가 여러분을 기다리고 있습니다.

폐하께서는 로마 원정길을 떠나서,

자신의 필요 때문에, 또 여러분의 즐거움을 위하여,

험준한 알프스 산들을 넘으시고,   5070

이 명랑한 제국을 손에 넣으셨습니다.

황제께선 교황의 성화(聖靴)에 입 맞추시고,

먼저 통치를 위한 권리를 간구하여 얻으셨으며,

황제의 관(冠)을 받으러 행차하셨을 때에는,

우리를 위하여 방울 달린 벙거지까지 가져오셨습니다.   5075

이제 우리 모두는 새로 태어난 것이나 다름없으니,

처세에 능한 사람은 누구나 할 것 없이

그 모자를 머리에서 귀에까지 푹 눌러써보십시오.

그러면 미쳐버린 바보들과 흡사한 것 같지만,

벙거지 밑에선 무슨 짓이든 할 수 있게 총명해진답니다.   5080

저기 벌써 떼를 지어 물려오는 모습이 보이고,

---

* 괴테는 로마의 사육제를 연상하며 이 가장무도회 장면을 묘사했다고 함.

비틀거리며 떨어졌다가, 다시 정답게 짝을 짓기도 하는군요.

합창대들도 꼬리에 꼬리를 물고 밀려들고 있습니다.

들어오고 나가고 끊임이 없습니다만,

오만 가지 익살을 다 부린다 해도 5085

결국 이 세상이란 예전이나 마찬가지로

오로지 크나큰 바보에 불과할 것입니다.

여정원사들 (만돌린 반주에 맞추어 노래한다.)

　여러분의 칭찬을 받고 싶어,

　우리 피렌체 젊은 아가씨들,

　오늘밤 이렇게 몸단장하고서 5090

　화려한 독일 궁중 찾아왔어요.

　갈색으로 곱슬곱슬한 머리에는

　만발한 꽃들을 멋으로 꽂았어요.

　비단실과 비단송이도* 여기에선

　제 역할 찾아 치장해주지요. 5095

　공들여 우리 단장했으니,

　온갖 칭찬도 받을 만하지요.

　우리 손으로 만든 찬란한 꽃들,

　사시사철 언제나 피어 있어요.

---

* 괴테 시대의 여자들이 가졌던 이탈리아에서 수입된 조화(造花).

오색으로 물들인 색종이들을   5100
좌우 똑같은 꼴로 맞추었어요.
조각조각 보시면 비웃으시겠지만,
전체를 보시면 마음이 끌릴 거예요.

우리 깔끔한 꽃 가꾸는 여인들,
보시면 귀여워 정이 가지요.   5105
여인들이 타고난 천성부터가
너무나도 예술과 가까우니까요.

의전관

너희들 머리에 이고 가는 꽃바구니,
팔에 안고 가는 꽃바구니에서 넘실거리는,
그 알록달록 풍부한 꽃들을 보여드리고,   5110
누구에게나 마음에 드는 걸 골라드려라.
자, 어서 서둘러 이 정자와 통로들을
꽃이 만발한 정원으로 변하게 하라!
꽃 파는 아가씨들이나 꽃들이나 모두,
모여들어 구경할 가치가 있습니다.   5115

여정원사들

흥겨운 곳에서 꽃을 사세요,
그러나 여기는 장터가 아니에요!

의미 깊게 짤막한 몇 마디로

사신 꽃의 꽃말을 알려드리죠.

열매 달린 올리브나무 가지[*]

난 어떤 꽃송이도 질투하지 않고,　　　　　　　5120

싸움이라면 언제나 피한답니다.

그런 건 내 천성에 맞지 않으니까요.

이 몸은 원래가 땅의 정수로서,

틀림없는 담보물과 같은 것이라,

어디에서나 평화의 상징이 되지요.　　　　　　5125

오늘 내가 바라는 바는, 아리따운 머리를

품위 있게 장식하는 것이랍니다.

이삭 화환 (황금색)

체레스의[**] 선물로 치장하시면,

아담하고 사랑스럽게 어울릴 거예요.

실용적이라 환영받는 이 이삭이　　　　　　　5130

당신들 장식품으로도 아름다울 거예요.

환상의 화환

당아욱 비슷한 오색찬란한 꽃들이,

이끼에서 피어나니 이상도 하구나!

자연에는 그런 일 있을 수 없더라도,

유행이란 이런 것도 만들어내지요.　　　　　　5135

---

[*] 평화의 상징인 동시에 승리의 영관(榮冠)이라는 점을 스스로 자랑하고 있음.
[**] 고대 로마의 곡식의 여신.

환상의 꽃다발

　　내 이름을 여러분에게 가르쳐주는 일은,

　　테오프라스트* 박사라도 못 할 거예요.

　　그러나 모든 사람에게는 아니라 하더라도,

　　많은 여인들의 마음에 들고 싶어요.

　　나 여인들의 소유가 되고 싶으니,　　　　　　　5140

　　날 머리에 꽂아주시거나,

　　마음을 정하시어 앞가슴에라도,

　　내 자리를 마련해주셨으면 합니다.

장미꽃 봉오리 (도전)**

　　오색찬란한 환상의 꽃들은

　　나날의 유행 따라 피어도 좋으리라.　　　　　　5145

　　자연에는 한 번도 나타난 적 없는,

　　경이로운 모습을 보여줌도 가하리라.

　　초록빛 줄기에 황금빛 방울꽃이,

　　탐스런 고수머리 사이로 눈짓을 하네! ―

　　그러나 우리는 ― 숨어서 있으리니,　　　　　　5150

　　신선한 우리 모습 찾아내는 자 복되리라.

　　여름이 왔노라 소식을 알려오고,

　　장미꽃 봉오리에 불이 켜지면,

---

* 기원전 4세기경의 그리스 철학자이며 생물학자. 식물학의 아버지라고 불리는 사람으로 아리스토텔레스의 제자이며 친구이고 후계자였음.
** 이제까지 숨어 있던 여자 정원사가 장미꽃 봉오리를 들고 조화에 대해 도전하는 것임.

누가 가히 그런 행복 마다할까요?

약속하고 그것을 지키는 일은,   5155

꽃들 나라에선 눈매와 생각과

마음을 동시에 다스리는 것이랍니다.

(정자로 통하는 푸른 산책길에서 여정원사들이 그들의 상품을 곱게 장식하고 있다.)

정원사들 (테오르베의[*] 반주에 맞추어 노래한다.)

보십시오, 꽃들이 고요히 피어나서,

그대들의 머리를 곱게 단장해주는 것을.

열매는 유혹하려 들지 않으니,   5160

그것을 맛보며 즐기셔도 좋습니다.

버찌며 복숭아며 자두의 열매들이

풍성하게 붉어진 얼굴을 내밀었으니,

시십시오! 혀와 입에 비한디면,

눈만으로 제대로 판단할 수 없지요.   5165

어서 오십시오, 무르익은 이 과일을

맛있고 즐겁게 잡수십시오!

---

[*] 저음의 기타와 유사한 14~16현으로 된 목이 긴 이탈리아 악기.

장미라면 시로도 읊을 수 있지만,
사과는 입으로 깨물어봐야 알지요.

당신네 풍성한 젊음의 꽃들 사이에　　　　　　　　5170
우리도 함께 어울리도록 허락해주오.
우리도 이웃답게 잘 익은 열매들을
푸짐하게 쌓아올려 이 자리 꾸미리다.

흥겹게 엮어놓은 나뭇가지 밑에서,
장식도 아름다운 정자 한구석에서,　　　　　　　5175
무엇이든 당장 발견할 수 있습니다.
꽃봉오리와 나뭇잎, 꽃과 열매들을.
(기타와 테오르베의 반주에 맞추어 교대로 노래하며, 두 패의 합창대는
계속해서 그들의 상품을 층층으로 높이 쌓아올려 진열해놓는다.)

(어머니와 딸, 등장한다.)

어머니

아가야, 네가 세상에 태어났을 때,
너를 고깔 씌워 단장해주었더니,
얼굴이 정말 귀엽기도 하고　　　　　　　　　5180
작은 몸매 정말 보드랍기도 하였단다.
당장에 새색시나 된 듯이 생각되고,
당장 부잣집 신랑에게 시집을 가서

벌써 새아씨가 된 것처럼 생각했단다.

아아! 그런데 어언간 많은 세월이   5185
덧없이 무상하게 흘러가버렸구나.
이런저런 구혼자가 무리지어 오더니만,
순식간에 모두가 사라져버렸구나.
한 남자와 날렵하게 춤을 추면서,
다른 총각에게 예쁜 눈짓을 하며   5190
팔꿈치로 살짝 찌르기도 했었지.

이런저런 잔치를 열어보아도
아무런 소용이 없었으며,
벌금놀이, 술래잡기를 해보아도
아무런 도움이 되지 못했지.   5195
오늘은 누구나 바보처럼 놀아나고 있으니,
아가야, 너도 가슴 살짝 열어 보이렴.
뉘라도 한 녀석 걸려들지 모르니까.
(젊고 아름다운 여자 친구들이 몰려와서 어울리고, 정다운 잡담 소리가
드높아진다.
어부와 새 사냥꾼들이 그물, 낚싯대, 끈끈이장대, 그리고 다른 도구들을
가지고 등장하여 아름다운 소녀들 사이에 섞인다.
양편이 서로 유혹하고 환심을 사려 하며, 도망치고 잡으려 하면서, 즐거
운 대화의 장을 만들어낸다.)

나무꾼 (사납고도 불량한 태도로 등장하여)

비켜라! 물러서라!

우린 공간이 필요하다.   5200

우리가 나무를 찍으면,

우지끈 쿵쾅 쓰러진다.

나무를 메고 갈 때면,

여기저기 부딪히게 마련이다.

우리 자랑 한마디 할 테니   5205

이것만은 똑똑히 알아두라.

거칠게 일하는 일꾼들

이 나라에 없다면,

약은 체한다지만,

귀하신 양반네들   5210

어떻게 살아가노?

이것만은 명심하라!

우리네가 땀 흘리지 않으면,

당신네는 얼어 죽소.

어릿광대 (미련하게, 거의 바보같이)

너희는 바보들,   5215

날 때부터 꼬부라졌지.

우리는 영리하여,

짐져본 일 아예 없다.

우리들의 벙거지,

저고리건, 누더기옷이건   5220
가볍게 입을 수 있지.

기분 좋게 우리는
언제나 놀고먹고,
슬리퍼 신은 발로,
장터나 구경터로   5225
이리저리 다니면서
멍청하게 서 있다가,
욕설도 얻어먹지.
그런 소리 울려오면,
밀고 밀치는 사람들 사이로   5230
뱀장어처럼 빠져나가,
한데 얼려 날뛰고,
한데 뭉쳐 발광하지.
너희가 칭찬을 하건
우리에게 욕설을 퍼붓건,   5235
그런 게 무슨 상관이야.

식객들* (비위를 맞추며, 탐이 나는 듯)
당신네 씩씩한 나무꾼들,
그리고 당신네 의형제인
숯 굽는 사람들,

---

* 로마 귀족생활에서 흔히 볼 수 있던 아첨에 능한 성격의 인간으로 당시 희극의 대표적
인물들 중 하나임.

우리에겐 모두가 소중한 분들이오.   5240
모든 일에 굽실거리고,
지당한 말씀이라 끄덕이며,
속 뻔한 빈말도 하고,
따스해졌다 차가워졌다,
두 가지 숨을 쉬면서,   5245
상대방 기분 맞추는데,
그게 무슨 상관 있겠소?
하기야 저 하늘에서
무시무시한 불이
내려올 수도 있겠지만,   5250
아궁이 넓이대로
작열하며 불타오를,
장작이나 숯 바리가
없을 수 있겠는가.
그래야 굽고 끓이고,   5255
지지고 볶아 요리하지요.
진정한 식도락가,
접시까지 핥는 자,
구운 고기 냄새도 맡아보고,
보지 않고도 생선인 줄 알아내지요.   5260
그래야 주인나리 식탁에서
실력 발휘를 할 수 있지요.

술주정꾼 (제정신을 잃고)

오늘은 어떤 놈도 내 앞에 얼씬 마라!

날아갈 듯 내 멋대로 자유로운 기분이다.

신선한 기쁨과 즐거운 노래들,   5265

그것도 내가 손수 가져온 것이다.

그러니 술을 마신다! 마시자, 마셔!

술잔을 부딪쳐라! 쨍그랑, 쨍그랑!

저기 뒤에 있는 양반,* 이리 오시오!

자, 건배합시다. 옳지, 됐소이다.   5270

내 마누라가 분통 터져 소리치며,

얼룩진 옷을 보고 얼굴을 찡그렸지.

아무리 내가 폼을 낸다 해도,

난 허수아비 옷걸이 같다고 욕을 하더군.

에라 마시자! 마시자, 마셔!   5275

잔을 부딪쳐라! 쨍그랑, 쨍그랑!

허수아비 옷걸이들아, 건배하자!

쨍그랑 소리 나니, 그럼 됐다, 됐어.

나를 길 잃은 놈이라고 말하지 마라.

이래도 난 마음 내키는 곳에 와 있는 것이다.   5280

―――――――――

* 관람석에 앉아 있는 관객을 향해 하는 말.

주인이 거절하면 안주인이 외상 주고,
끝판에는 색시가 외상을 준다.
언제나 난 마신다! 마시자, 마셔!
자, 여러분 일어나라! 쨍그랑, 쨍그랑!
술잔을 돌려라! 계속해 돌려라!   5285
옳지, 제대로 잘되는 것 같구나.

어디서 어떻게 내가 재미를 보든,
멋대로 하도록 내버려두라.
날 누워 있는 곳에 그대로 내버려두라.
더이상 서 있고 싶지가 않단 말이다.   5290

합창

형제 여러분, 술을 마시자, 마셔!
신나게 건배하며 쨍그랑, 쨍그랑!
의자나 널빤지 위에 단단히 앉아라!
상 밑에 쓰러지면 그것으로 끝장이다.

(의전관이 각종 시인들의 등장을 알린다. 자연시인, 궁정시인, 기사시인,
정감情感시인, 열광시인 등이다. 저마다 서로 앞을 다투는 까닭에 다른
시인에게 낭독의 기회를 주지 않는다. 한 시인이 몇 마디 시구를 낭송하
며 지나간다.)

풍자시인

　　그대들은 아는가, 시인인 나를 　　　　　　　　　　5295
　　진정 즐겁게 해주는 것이 무엇인가를?
　　어느 누구도 듣기 원치 않는 것을,
　　나 노래하고 말할 수 있음이니라.

　　(밤의 시인과 묘지시인이* 나오지 못한다고 전갈을 보낸다. 그들은 방금
　　새로 나타난 흡혈귀들과** 흥미진진한 대화를 나누고 있는 중이며, 거기서
　　아마도 새로운 시의 유형이 발전해나올 수도 있다는 것이다. 의전관은 부
　　득이 그것을 인정해주고, 그 동안에 그리스 신화의 인물들을 불러낸다. 그
　　들은 현대적 가면을 쓰고 있기는 하나 그 특성이나 매력을 잃지 않고 있다.)

우미(優美)의 여신들*

아글라이아

　　우리는 인생에 우아함을 부여하나니,
　　주는 데에도 우아함이 깃들도록 하라. 　　　　　　　5300

헤게모네

　　받는 데에도 우아함이 있어야 하리니,
　　소원을 성취하는 것은 즐거운 일이로다.

---

* 낭만주의 작가 호프만(E.T.A. Hoffmann)을 가리킴.
** 미국의 폴리도리가 집필한 소설 『흡혈귀』를 호프만이 모방하였음. 이는 독일에서도
화제가 되었지만, 괴테는 이처럼 음산한 경향을 싫어했음.
*** 우미의 여신들인 아글라이아는 증여를, 헤게모네는 수납을, 에우프로시네는 감사를
상징함.

에우프로시네

평온한 나날의 울타리 속에서 사노라면,

감사의 마음도 진정 우아해야 하리라.

운명의 여신들[*]

아트로포스

나이 많은 이 몸이 이번에   5305

실을 자으라고 초대를 받았네.

가냘픈 생명의 실을 잣고 있노라면

생각할 것도 많고 궁리할 것도 많아요.

유연하고 부드러운 실이 되도록,

제일 섬세한 아마(亞麻)를 가려내었네.   5310

매끈하고 날씬하고 곧은 실이 되도록

재치 있는 손가락으로 매만질 거예요.

즐거움에 젖거나 춤을 출 때에

당신들 너무 지나치게 흥에 겨우면,

이 실의 한계도 생각하시고,   5315

끊어지지 않도록 조심하세요!

---

[*] 헤시오도스(Hesiodos)의 설에 의하면 인간의 수명을 다스리는 운명의 여신들로, 클로
토는 생명의 실을 잣고, 라케시스는 그 실을 가르고, 아트로포스는 가위로 실을 끊어버
리는데, 괴테는 여기에서 클로토와 아트로포스의 역할을 뒤바꿔놓았음.

클로토

지난 며칠 동안 이 가위가

내 손에 맡겨진 걸 알아두세요.

우리 노파들이 하는 행동에서

아무도 감동받지 않기 때문이에요.　　　　　5320

아무런 쓸모 없는 실오리들은

햇빛과 바람 속에 오래 잡아매놓고,

희망에 부푼 훌륭한 실들은

잘라서 묘혈 깊이 이끌어가지요.

그러나 나 또한 젊은 혈기에　　　　　5325

벌써 몇백 번 잘못을 저질렀어요.

오늘은 나 자신 억제하려고,

가위를 상자 속에 넣어두었어요.

그리고 나 이렇게 기꺼이 속박당하며,

다정한 마음으로 이 자리를 바라보지요.　　　　　5330

당신들 이 자유로운 시간만이라도

마음대로 계속 도취해보시라고요.

라케시스

나 혼자만이 사리에 밝아서

질서를 지키는 임무를 맡고 있어요.
내 물레는 언제나 생생하게 돌아가며,   5335
한 번도 성급하게 굴어본 적이 없어요.

실오리가 나오면 도투마리에 감아놓고,
실 가닥마다 제 갈 길을 찾아주어요.
어느 하나 빗나가게 하지 않으니,
빙글빙글 도는 대로 감기게 되지요.   5340

내가 한번 정신을 놓는 날이면,
세상이 어찌 될지 두려워져요.
시간을 헤아리고 세월을 저울질하며,
직조공이 운명의 고삐를 잡고 있어요.

의전관

여러분이 고서(古書)에 아무리 박식하다 할지라도,   5345
지금 나오는 여신들은 알지 못할 것입니다.
그렇게 못된 짓을 많이 하고 다닐지라도 그들을 보면,
쌍수로 환영하는 손님들이라 말하실 것입니다.

아무도 믿지 않겠지만, 그건 복수의 여신들입니다.
예쁘고 몸매도 날씬하고 친절한데다가 나이도 젊지요.   5350
저들과 한번 사귀어보면, 이런 비둘기들이

뱀처럼 무서운 상처를 입힌다는 걸 알게 될 것입니다.

물론 음흉스럽긴 하지만, 오늘과 같은 날에는
누구나 바보 되어 자기 결점을 자랑하는 판이니,
그들도 천사로서의 명성을 바라지 않고,   5355
도시나 시골에서의 재앙거리로 자처하고 있지요.

복수의 여신들*

알렉토

무슨 소용 있겠어요? 결국 우릴 믿게 될 거예요.
우리는 예쁘고 젊은데다가 고양이처럼 알랑거리니까요.
당신네 중에 누구든 귀여운 애인을 가진 자가 있으면,
우리는 귀가 간지럽도록 아양을 떨어 가까워져서는,   5360

마지막엔 눈과 눈을 마주 보며 이렇게 말할 거예요.
그년은 당신뿐만 아니라 이놈 저놈에게 추파를 던지고,
우둔한 머리통에 허리는 굽은데다 다리까지 저니,
당신의 신붓감으론 정말 아무런 쓸모가 없다고요.

---

* 고대 신화에 의하면 복수와 형벌을 다스리는 여신들은 추악하고 무서운 노파의 형상이
지만, 괴테는 그로테스크한 과장을 피하기 위해 귀엽고 아름다운 여인의 모습으로 등장
시키고 있음. 증오를 상징하는 여신 알렉토는 여기에서 애인들 사이만을 이간질하고, 적
의와 질투의 여신 메가이라는 부부간의 권태와 불만을 증가시키고, 원수를 갚는 여신 티
시포네는 부정한 애인을 벌하고 있을 따름임.

그 신붓감에게는 이렇게 말하며 괴롭힐 거예요.　　　5365
그런데 당신 애인이 몇 주일 전에,
어떤 여자한테 당신을 모독하는 말을 하더라고요! —
이러면 화해를 한다 해도 꺼림칙한 마음이 남을 거예요.

메가이라

그 정도는 장난에 불과해요! 그들이 일단 맺어지면,
내가 그 일을 도맡아서, 어떠한 경우라도　　　5370
아름다운 행복을 근심으로 넌더리나게 해놓겠어요.
사람도 변하고, 시간도 계속 변하는 것이니까요.

아무도 소망하던 바를 품안에 간직하고 있지는 못해요.
최고의 행복에 곧 익숙해지고 습관이 되면, 누구나
어리석게도 보다 소망하는 그 무엇을 동경하게 되지요.　　　5375
태양을 멀리하고, 차가운 서리를 따뜻하게 하려는 격이에요.

나는 이런 모든 일을 처리하는 재주를 타고났기에,
내 절친한 친구 아스모디를* 불러들여,
적당한 시기에 불행의 씨를 뿌려놓고,
짝을 지은 인간 족속들을 파멸시켜버리지요.　　　5380

---

* 구약성서의 토비트서 제3장 8절에 나오는, 결혼을 파괴하는 악마 아스모데오를 말함.

티시포네

배반자에게 나는 독설을 퍼붓는 대신에
독약을 타 먹이고 칼날을 세우리라.
다른 계집을 사랑하게 되면, 이르든 늦든 간에,
파멸이란 것이 너를 엄습하게 되리라.

잠시 동안의 달콤한 재미가   5385
거품이 부글대는 독약으로 변하리라!
여기엔 흥정도 없고 에누리도 없나니—
저지른 죗값은 그대로 치러야만 하리라.

용서를 찬양하여 노래하지 마라!
나 암벽을 향해 내 사정을 호소하나니,   5390
들어보라! 산울림은 복수! 라고 메아리친다.
여자를 바꾼 자, 죽어 마땅하리라.

의전관

여러분, 저쪽 옆으로 좀 비켜주십시오.
지금 등장하는 것은 당신네와 같은 부류가 아니기 때문이오.
보시는 바와 같이 산더미가* 들이닥치고 있습니다.   5395
옆구리에는 현란한 양탄자를 자랑스럽게 늘어뜨리고,

---

* 거대한 코끼리를 의미하는데, 이는 잘 통치되어 있는 국가를 상징함.

머리에는 긴 이빨과 뱀 같은 코를 달고 있는데,

신비스럽긴 하지만 내가 그걸 푸는 열쇠를 보여드리지요.

목덜미에 말쑥하고도 사랑스런 여인이 앉아,

가냘프고 조그만 채찍으로 정확하게 몰고 갑니다.   5400

그 위에는 다른 여인이 장엄하고 품위 있게 서 있는데,

광채로 둘러싸여, 너무나 내 눈이 부십니다.

그 곁에는 고귀한 여인들이 사슬에 묶인 채 걸어가는데,

한 명은 불안해 보이고, 다른 한 명은 즐거워 보입니다.

한 명은 자유를 갈망하고, 다른 한 명은 자유를 얻은 것 같군요. 5405

자, 자기가 누구인지 각자 밝히도록 하시오.

공포

　그을음을 내뿜는 횃불, 등불, 촛불들이

　혼잡스런 축제를 어스름하게 비춰주고 있구나.

　헛된 환상이 가득한 이 가면들 사이에

　아아, 쇠사슬이 날 꽁꽁 묶어놓는구나.   5410

　물러가라, 너희 웃음 짓는 무리들아!

　히죽거리는 당신네 웃음이 수상하기만 하다.

　나를 모함하는 원수의 무리들이

　오늘밤 내게로 달려들고 있구나.

　보라! 여기 한 친구가 벌써 원수가 되었으니,   5415

나는 그가 쓴 가면을 벌써 알고 있다.

저자는 나를 찔러 죽이려 했지만,

이제 탄로가 나니 슬금슬금 도망을 치는구나.

아아, 어느 쪽으로 가든 이 세상을

빠져나가 도망칠 수 있다면 얼마나 좋겠는가.　　　　5420

하지만 저세상으로부터 파멸이 날 위협하며,

어두움과 두려움 속에 날 잡아놓고 있구나.

희망

안녕들 하세요, 정다운 자매들이여!

오늘도 어제도 당신들은 벌써

가장무도회에 흥겹게 빠져 있지만,　　　　5425

내일이면 모두가 그 가면을 벗으리란 걸,

난 너무나 분명히 알고 있어요.

그리고 이런 횃불 아래서는

우리 별나게 즐겁진 않지만,

명랑하게 햇빛 비치는 대낮에는　　　　5430

우리들 마음대로 행동할 수 있으니,

때로는 친구들과 어울려서, 때로는 혼자서

아름다운 들판을 자유로이 거닐기도 하고,

마음 내키는 대로 쉬기도 하고 움직이기도 하며

근심 걱정 모르는 생활 속에서　　　　5435

아쉬운 것 없이 언제나 노력하고,
어디서나 환영받는 손님이 되어,
우리는 안심하고 삶을 살아가지요.
틀림없이 어디에서라도 최고의 것을
찾아낼 수 있게 마련이지요.   5440

지혜

인간에게 가장 큰 적(敵) 두 가지,
공포와 희망을 쇠사슬에 묶어서,
이를 군중으로부터 떼어놓으련다—
길을 비키시라!—그대들은 구원되었도다.

보시라, 탑처럼 높은 짐을 실은   5445
이 살아 있는 거상(巨象)을 나 몰고 가나니,
한 걸음 한 걸음 가파른 길을
그놈은 끈기 있게 거닐고 있도다.

그러나 저 높은 뾰족탑 위에는
여신이 민첩하고도   5450
넓은 날개를 펴고, 승리를 거두려고
사방을 두루 살피고 있구나.

여신을 에워싼 영광과 광채는

사방으로 멀리까지 빛나고 있나니,

스스로 승리자라 이름하는 그녀는 5455

모든 활동을 다스리는 여신이니라.

초일로-테르시테스[*]

허허! 이것 참, 내가 마침 잘 왔군.

당신네들 모두가 형편없다고 욕을 해야겠소!

하지만 내가 목표로 삼고 있는 것은,

저 위에 있는 승리의 여신 빅토리아올시다. 5460

하얀 날개를 두 개씩이나 달고 있으니,

제가 독수리나 된 것처럼 느껴지는 모양이오.

아무 곳으로나 얼굴을 돌리기만 하면,

백성이건 땅이건 모두 제 것이 되는 줄 착각하니 말이오.

그런데 무언가 명예스런 것이 이루어지면, 5465

나는 당장에 화가 나서 죽을 지경이외다.

낮은 것을 높다 하고, 높은 것을 낮다 하며,

굽은 것을 곧다 하고, 곧은 것을 굽다 하고 싶소이다.

그렇게 해야만 내 직성이 풀리니,

난 세상만사를 그렇게 해놓고 싶소이다. 5470

---

[*] 초일로는 기원전 3세기 아테네 수사학자로 호메로스 서사시의 잘못된 문법과 어법을 비난함. 『일리아스』에 나오는 테르시테스는 트로이 전쟁의 영웅과 용사들을 험담함. 위대한 것을 흠잡는 두 인물이 하나가 된 꼴추로 등장한 것은 비꼬인 정신을 상징함.

의전관

　　너 개 같은 악당놈아, 이 거룩한 몽둥이로

　　능숙하게 내려치는 일격의 맛 좀 보아라!

　　당장 구부러지며 몸을 비트는구나! ─

　　난쟁이를 쌍으로 겹쳐놓은 것 같은 몸뚱이가

　　저렇게 빨리 구역질나는 덩어리로 뭉쳐버리다니! ─　　　　5475

　　놀라운 일이로다! ─ 덩어리가 계란이 되고,

　　계란이 부풀어오르더니 두 조각으로 터지는구나.

　　그 속에서 이제 쌍둥이 같은 것이 튀어나오는데,

　　하나는 살모사요 하나는 박쥐로다.*

　　살모사는 쓰레기 속을 계속 기어다니고,　　　　　　　　　5480

　　박쥐는 시커멓게 천장으로 날아오른다.

　　놈들이 서로 합치려고 서둘러 밖으로 나가는데,

　　나는 그들과 한패가 되고 싶지가 않다.

중얼거리는 소리

　　기운 내! 저 안에선 벌써 춤을 추고 있어 ─

　　싫어요! 난 진작 떠나버리고 싶었어 ─　　　　　　　　　5485

　　저 귀신 같은 녀석들이

　　우릴 에워싸고 있다는 걸 느끼겠니? ─

　　내 머리 위에서 무슨 쏴쏴 하는 소리가 나는데 ─

　　그런데 난 발에서 그런 것 같아 ─

---

* 살모사는 질투와 허위를, 박쥐는 광명을 두려워하는 속성을 나타냄.

우리 중에는 아무도 다친 사람이 없는데 ─   5490
하지만 모두가 겁에 질려 있어 ─
재미 보기는 이제 다 틀려버렸군 ─
그 짐승 같은 놈들이 그러려고 했던 거야.

의전관

가장무도회가 열릴 때마다
의전관의 직무를 위임받은 이래,   5495
여러분의 이런 즐거운 자리에
어떤 해로운 게 숨어들지 못하도록,
저는 단호하게 문간을 지키고 서서,
전혀 동요하지도 물러서지도 않았습니다.
그러나 바람을 타고 다니는 유령들이   5500
창문을 통해 들어오지나 않을까 걱정입니다.
그런 도깨비나 마법에 대해서는
저도 여러분을 지켜드릴 수가 없습니다.
그 난쟁이 놈도 수상쩍은 짓을 하고 있는데,
보세요! 저 뒤에서 억세게 밀려드는 게 있습니다.   5505
저 형상이 의미하는 바를
제 직책상 설명해드리고 싶습니다.
하지만 이해할 수 없는 것이란,
저라도 설명할 수가 없으니,
여러분 도움을 얻어 저도 좀 배워야겠습니다! ─   5510
저 군중 속을 흔들거리며 밀려오는 것이 보입니까?

네 마리 용마(龍馬)가 끄는 화려한 수레가

모든 것을 헤치며 달려오고 있습니다.

그런데 그 수레는 사람들을 갈라놓지도 않고,

어디서도 혼란이 일어나는 게 보이지 않습니다.　　　5515

멀리에서 형형색색의 빛이 번쩍이고,

마법의 등불에서 비쳐오는 듯

오색찬란한 별들이 요란스레 반짝이며,

용마들이 콧숨을 내뿜으며 폭풍처럼 달려옵니다.

비키십시오! 저도 소름이 끼칩니다!

수레 모는 소년*

　　　　　　　　　　　　　멈추어라!　　　5520

용마들아, 너희 날개를 접어라.

이 익숙한 고삐를 느낀다면,

내가 너희를 제어하듯 너희 스스로를 제어하라.

내가 정기를 불어넣을 때만 달려가도록 하라 ─

이 공간에서는 점잖게 존경을 받도록 하자!　　　5525

주위를 둘러보라, 감탄하는 사람들이

점점 그 수가 늘어 몇 겹으로 우릴 에워싸고 있구나.

자! 의전관 어른! 당신 나름대로,

---

* 용이 끄는 마차에 부(富)의 신 플루투스를 태워오는 소년은 제3막에서 에우포리온으로 태어나는 영이라고 함. 그는 시에 대한 알레고리로서 시간과 장소와 특정한 인물에 구애받지 않는 시의 정신을 마구 뿌리며 자기를 완성시키는데, 물질적 욕망으로 가득 찬 황제의 궁정에서는 정신의 아름다운 불씨가 아무 소용도 없다는 것을 암시하고 있음.

우리가 이곳에서 다시 떠나기 전에

우리를 설명하고 소개해주시구려.   5530

우리는 알레고리이기 때문이오.

이렇게 말하면 우리의 정체를 아시겠지요.

의전관

자네의 이름을 댈 수는 없지만,

보이는 대로 설명이야 할 수 있지.

수레 모는 소년

그럼 한번 해보시오!

의전관

　　　　　　　　　솔직히 말하건대,   5535

첫째로 자네는 젊고 잘생겼어.

자네는 어른이 되다 만 소년이야. 그렇지만 여인들은

자네가 완전히 성숙한 모습을 보고 싶어할 거야.

내가 보기엔 자넨 장차 여자깨나 희롱할 것 같아.

정말로 타고날 때부터 바람둥이라 할 수 있지.   5540

수레 모는 소년

그거, 들을 만한 소리군요! 계속해보세요.

수수께끼를 풀듯 즐거운 말을 찾아내보세요.

의전관

검은 번개 같은 두 눈, 칠흑 같은 고수머리,

보석 박아 장식한 허리띠에 잘도 어울리는군!

그리고 곱게 치장한 옷자락이   5545

어깨로부터 발끝까지 흘러내리는데,

자줏빛 단에 반짝거리는 금을 박은 옷이로군!

자네를 어딘지 계집애 같다고 탓할 수도 있겠으나,

좋으니 나쁘니 해도 자네는 벌써

아가씨들에게 대단한 인기를 끌고 있을 것이며,   5550

그들이 사랑의 에이 비 시를 가르쳐주겠군.

수레 모는 소년

그럼 여기 수레 위 옥좌에

위엄 있게 좌정하신 이분은 누구겠소?

의전관

부유하고 인자하신 임금님으로 보이는데,

그분의 은혜를 입는 자는 복될지어다!   5555

더이상 얻으려 노력할 필요도 없으시니,

어디 모자라는 곳이 없는지 살피다가

은혜를 베푸는 순수한 즐거움이

재산이나 행복보다 훨씬 더 클 것이로다.

수레 모는 소년

여기서 그쳐서는 아니 됩니다.   5560

그분을 좀더 상세히 설명토록 하십시오.

의전관

저 품위 있는 모습은 설명할 수가 없네.

하지만 달과 같이 둥글고 건강한 얼굴,

오동통한 입과 꽃이 핀 듯한 두 뺨이

보화로 장식된 터번 아래 화려하게 빛나고 있군.   5565

주름 많은 옷을 입으시고 아주 편안한 모습이야!

고매한 몸가짐에 대해 무슨 말을 해야 할까?

저분은 통치자로서 이미 유명한 것 같다네.

수레 모는 소년

실은 부귀의 신 플루투스*이십니다!

이분이 이 화려한 차림으로 거동하신 것은,   5570

지엄하신 황제께서 간곡히 청하셨기 때문이오.

의전관

자네 자신은 무엇 하는 누구인지 말해보게!

수레 모는 소년

나는 낭비라오. 시(詩)입니다.

가장 소중한 재물을 아낌없이 낭비함으로써

스스로를 완성시키는 시인이지요.   5575

나 역시 헤아릴 수 없을 정도로 부유하기에

감히 플루투스와 비등하다고도 자부하고 있지요.

저분의 무도회나 향연을 꾸며 활기 있게 해주며,

저분에게 없는 것을 내가 나누어주고 있지요.

의전관

그 뽐내는 모습이 자네에게 아주 잘 어울리는데,   5580

그럼 자네의 재주를 한번 보여주게나.

---

* 부귀의 신으로, 여기서는 파우스트가 가장한 모습임.

수레 모는 소년

자 보세요, 이렇게 손가락을 튀기기만 하면,

벌써 수레 주위가 번쩍번쩍, 반짝반짝거리지요.

여기 진주목걸이도 튀어나오고요!

(계속해서 손가락을 튀기면서)

자, 황금으로 된 목걸이와 귀걸이를 받으세요.　　　　　　　　5585

나무랄 데 없는 금빗도 나오고 금관도 나오고,

반지에 박을 아주 값진 보석도 있습니다.

때때로 조그마한 불꽃도* 뿜어내는데,

혹시 어디 태울 만한 곳이 있나 기대하면서 말입니다.

의전관

저 많은 자들이 움켜쥐고 잡아채고 하는 꼴 좀 보시오!　　　　5590

저러다간 주는 사람이 치여 죽을 지경이로군요.

그는 마치 꿈속인 것처럼 보석을 튀겨내고 있으며,

넓은 홀 안의 모든 사람이 그걸 주우려 야단법석입니다.

그런데 이번엔 새로운 술책을 쓰는군요.

한 사나이가 그렇게 부지런히 주워모았는데,　　　　　　　5595

그 주운 것들이 저렇게 훨훨 날아가버리다니,

그자는 정말로 허탕친 꼴이 되고 말았군요.

진주알을 꿰고 있던 끈이 풀어지더니,

그의 손 안에는 딱정벌레들이 우글거리는군요.

---

* 인간의 정신을 불붙게 하는 예술 또는 시의 불꽃으로 해석할 수 있음.

저 가련한 녀석이 그것을 내동댕이치니까,   5600
벌레들이 그의 머리 주위를 윙윙 날아다니고 있습니다.
다른 사람들도 실속 있는 물건인 줄 알고 잡았는데,
잡고 보니 고약스런 나비들이었습니다.
저 악당 같은 놈이 그렇게 큰소리를 치더니,
내준 것은 금빛으로 번쩍이는 것들뿐이로군요!   5605

수레 모는 소년

알고 보니, 당신은 가면에 관한 건 잘 전해주는데,
껍질 속에 쌓인 본질을 파헤치는 일은,
궁정 의전관이 맡아야 할 소임이 아닌가 싶군요.
그런 일에는 좀더 날카로운 안목이 필요하지요.
하지만 나는 어떤 일로도 다투는 것이 싫습니다.   5610
주인어른, 당신에게 직접 물어봐야겠습니다.

(플루투스에게로 몸을 돌리고)

당신께서는 제게 이 바람처럼 빠른
사두(四頭)의 용마차를 맡겨주시지 않았습니까?
분부하시는 대로 탈 없이 수레를 몰지 않았나이까?
당신이 뜻하시는 곳으로 가지 않은 적이 있었습니까?   5615
그리고 대담하게 날아서 당신을 위해
승리의 종려나무를 따다 드리지 않았나이까?
자주 저는 당신을 위해 결투를 하였으며,
그때마다 번번이 승리를 거두었지요.
당신의 이마를 월계관으로 장식하게 된 것도,   5620

제가 손과 마음을 바쳐 엮어드린 게 아니겠습니까?

플루투스

나 너에게 증명하는 말을 해줄 필요가 있다면,

넌 내 정신의 정신이라고 말해주고 싶도다.

너는 언제나 나의 뜻에 따라 행동하고,

나 자신보다도 훨씬 더 부유하도다.   5625

너의 공로에 보답하기 위하여 나는 어느 왕관보다도,

이 푸른 월계나무 가지를 더욱 값지게 여기노라.

모든 사람에게 내 진심의 말을 전하노니,

사랑하는 아들아, 너는 진정 내 마음에 드는구나.

수레 모는 소년 (군중을 향하여)

보세요! 제 손에 있는 가장 큰 선물들을,   5630

저는 제 주위에 두루두루 뿌렸습니다.

이 사람 저 사람의 머리 위에서

제가 뿌린 작은 불꽃이 작열하고 있습니다.

그 불꽃은 이 사람에게서 저 사람에게로 튀기도 하고,

어떤 이에겐 그대로 있는데, 어떤 이에게선 달아나기도 합니다.   5635

아주 드문 일이긴 하지만 어떤 때는 불길이 솟아올라,

순식간에 훨훨 불꽃이 피어나기도 합니다.

그러나 대부분은 알아차리기도 전에,

슬프게도 타버려 완전히 꺼져버립니다.

여인들의 재잘거리는 소리

저 사두의 수레 위에 앉아 있는 놈,   5640

그놈은 틀림없이 사기꾼일 거예요.

바로 뒤에 쭈그리고 앉은 어릿광대놈은,

굶주리고 목이 말라 바싹 말랐나본데,

저런 꼴은 아직 한 번도 본 적이 없어요.

꼬집어댄다 해도 놈은 아픈 줄도 모를 거예요.   5645

말라빠진 남자*

내 몸 가까이 오지 말라, 구역질나는 계집들아!

내가 너희들 마음에 들어본 적이 없다는 건 잘 알고 있다 —

여자들이 아직 부엌일을 돌보고 있었을 때는,

나는 알뜰한 살림꾼이란 소릴 들었었다.

그때엔 우리 집 형편도 넉넉했었으니,   5650

들어오는 것은 많고 나가는 건 없었단 말이다!

나는 상자와 장롱을 열성으로 보살폈는데,

자칫 그것이 악덕이 될 정도였다.

그런데 요 근년에 와서는

계집들은 전혀 절약하는 습관이 없어지고,   5655

누구나 할 것 없이 모두가 지독한 빚쟁이처럼,

가진 돈보다도 훨씬 더 욕심을 부린단 말이다.

그러니 남편이란 온갖 고생을 겪어야 하고,

어디를 둘러보아도 빚투성이뿐이란 말이다.

계집들은 긁어낼 수 있는 것은 모조리 긁어내서   5660

---

* 메피스토펠레스가 분장한 말라빠진 인물로서 강렬한 욕심쟁이로 나타남.

몸치장을 하거나, 정부놈한테 갖다 바쳐버리는 거야.

게다가 치근거리며 희롱하는 사내놈들과 어울려

먹기도 더 잘 처먹고 마시기도 더 잘 마셔댄단 말이다.

그리하여 나는 돈에 대한 욕심이 더욱 커져서,

남성명사 중에서도 가장 지독한 탐욕이 된 것이다!   5665

여인의 우두머리

용은* 용들끼리 다투는 게 좋겠어요.

결국엔 모든 게 거짓이고 속임수일 텐데요!

저자는 남자들을 선동하려고 온 거예요.

그러잖아도 사내들이란 귀찮은 존재인데 말예요.

여인들의 무리

저 허수아비 같은 놈! 따귀나 한 대 갈겨주지그래!   5670

저런 나무십자가 같은 놈이 우릴 위협하겠다고?

저따위 상판을 보고 우리가 무서워하겠나!

용이란 것들도 나뭇조각과 갑종이로 만든 것이니,

자, 기운을 내어 저놈을 무찔러버립시다!

의전관

내 권장(權杖)을 걸고 명하건대, 조용히들 하시오!—   5675

하지만 내가 나설 필요도 없겠군요.

자, 보십시오. 저 성난 괴물들이

---

* 말라빠진 남자가 용이 끄는 수레에 실은 돈궤 위에 앉아 있는 꼴을 보물을 지키는 용으로 비유한 것임. 옛 전설에는 용이 보물을 지킨다는 이야기가 흔히 나오며, 바싹 마르고 기분 나쁜 메피스토펠레스는 용을 연상시킴.

날쌔게 밀고 들어온 공간에서 움직이며,

두 개의 이중 날개를 활짝 펼쳤습니다.

용들이 비늘로 덮인 커다란 아가리를   5680

분노한 듯 불을 내뿜으며 흔들어대고 있습니다.

군중은 다 도망치고 그 자리가 텅 비어 있군요.

(플루투스가 수레에서 내려온다.)

의전관

수레에서 내리는 모습, 제왕과도 같구나!

그가 눈짓을 하니, 용들이 움직이며,

황금과 탐욕이 든 상자들을   5685

수레에서 내려놓았군요.

상자는 이제 그분의 발치에 놓여 있습니다.

어떻게 저런 일이 일어나는지 기적 같군요.

플루투스 (수레 끄는 소년에게)

이제 너는 성가신 이 일에서 벗어났으며,

자유로이 해방되었으니, 이제 힘차게 네 영역으로 가거라!   5690

여긴 너의 영역이 아니다! 여기서는 일그러진 형상들이,

잡다하게 뒤엉켜, 사납게 우리에게로 몰려들고 있다.

네가 명료하게 사랑스런 명료함을 바라볼 수 있는 곳,

오직 네가 너 자신의 것이 되며 자신만을 믿을 수 있는 곳,

미(美)와 선(善)만이 마음에 드는 그곳,   5695

그 고독의 영역으로* 가거라!— 거기서 너의 세계를 창조하라.

수레 모는 소년

그럼 저는 당신의 값진 사자(使者)로 자처하고,

가장 가까운 친척으로서의** 당신을 사랑하겠나이다.

당신이 머무는 곳에는 충만함이 깃들고,

제가 있는 곳에서는 누구나 화려한 이득을 느낄 것입니다.   5700

때로는 당신에게 몸을 바쳐야 할는지? 저를 따라야 할는지?

모순적인 삶 속에서 방황하는 자도 있을 것입니다.

당신을 따르는 자는 물론 한가롭게 지낼 수 있겠지만,

저를 따르는 자들은 언제나 할 일이 많을 것입니다.

저는 남몰래 일을 수행할 수가 없으니,   5705

제가 숨만 쉬어도, 벌써 탄로가 나고 만답니다.

그럼 안녕히 계십시오! 당신은 제게 행복을 베풀어주셨습니다.

가만히 속삭이기만 하셔도, 저는 당장 다시 돌아오겠나이다.

(등장하던 때와 같은 모습으로 퇴장)

플루투스

이제 보화들을 풀어놓을 시각이 되었도다!

의전관의 지팡이를 빌려 내 이 자물쇠를 열겠노라.   5710

자, 열려라! 이걸 보시라! 청동의 가마솥 안에서

펼쳐져서는 황금의 피처럼 끓어오르는도다.

먼저 왕관, 목걸이, 반지 등의 보물이 쏟아져나온다.

너무 부풀어올라서 보물들을 녹여 삼켜버릴 것 같구나.

---

* 시의 고향을 뜻함.

** 부귀와 시인은 남에게 베풀어준다는 점에서 서로 비슷하고 가까움.

군중이 번갈아가며 고함치는 소리

이것 좀 봐, 아, 저기! 엄청나게 솟아오르는군.   5715

상자 가장자리까지 가득 차 넘치는구나—

황금으로 만든 그릇이 녹아버리고,

동전 꾸러미들이 마구 뒹구는구나—

지금 막 찍어낸 금화들이 튀어나오니,

아아, 내 가슴이 너무나 두근거리는군—   5720

탐나는 것을 여기에서 모두 다 보게 되다니!

저기 땅바닥으로 굴러떨어지는구나—

당신네에게 주어진 것이니, 당장 이용토록 하고,

그저 허리만 굽혀 주워가지고 부자가 되어라—

우리 다른 패들은 번개같이 날쌔게,   5725

저 상자를 몽땅 집어가도록 하자.

의전관

이게 무슨 꼴이오, 바보 같은 양반들아? 대체 무슨 짓이오?

이건 단지 가장무도회의 장난일 따름이오.

오늘밤엔 더이상 욕심을 부리지 마시오.

여러분에게 정말 황금이나 값진 보물을 줄 거라 믿습니까?   5730

이런 놀이에서는 거스름 동전일지라도

여러분에겐 너무 과할 것입니다.

어리석은 양반들 같으니라고! 재주를 부린 가상(假象)이

당장 천박한 진실이 되어야 하다니.

여러분의 진실이 대체 무엇이란 말이오?—여러분은   5735

막연한 망상의 꿍무니만 붙잡고 있는 것입니다 —
가면 쓴 플루투스여, 이 가장무도회의 주인공이시여,
이 군중을 제발 이 마당에서 몰아내주시오.

플루투스

그대의 권장은 이럴 때 쓰자고 마련된 것이려니,
그것을 잠시 나에게 빌려주시오 —   5740
이 권장을 재빨리 타오르는 불길 속에 집어넣겠소 —
자, 가면 쓴 자들이여, 조심할지어다!
번쩍번쩍하고 타닥거리며 불똥이 튀어오른다!
지팡이가 벌써 시뻘겋게 달아올랐다.
누구든 너무 가까이 달려드는 자는,   5745
당장 무참하게 태워죽이리라 —
자, 이제 한번 돌아보리라.

비명과 혼란

아이고! 우린 다 죽는다 —
도망칠 수 있으면 어서 도망쳐라! —
뒤에 있는 양반, 어서 물러나요, 물러나! —   5750
뜨거운 불똥이 내 얼굴에 튀는구나 —
시뻘겋게 단 지팡이가 무겁게 나를 짓누르네 —
우리는 모두 다 끝장이로다 —
가면 쓴 무리여, 물러나라, 물러나!
이 정신 나간 무리여, 비켜라, 비켜! —   5755
아아, 날개가 있다면, 날아서라도 도망갈 텐데 —

플루투스

둘러섰던 무리가 이제 모두 물러났도다.

불에 타 죽은 자, 아무도 없을 것이다.

군중은 물러가고,

다 쫓겨나고 말았노라 ─   5760

그러나 이러한 질서를 보증하기 위해

나 보이지 않는 끈을 둘러쳐놓으리라.

의전관

훌륭한 일을 해내셨습니다.

현명히 처리해주신 데 대해 감사드립니다!

플루투스

여보게, 좀더 참아봐야 할 것이야.   5765

아직 여러 가지 소동이 벌어질 것 같다네.

탐욕

이제는 하고 싶은 대로 마음 놓고,

여기 둘러선 무리들을 구경할 수 있겠구나.

뭣이고 구경거리가 있거나, 먹을 것이 있는 곳엔,

언제나 여자들이 먼저 덤벼드니까 말이야.   5770

난 아직 그렇게 완전히 녹이 슬진 않았거든!

예쁜 계집이란 언제 봐도 예쁘단 말이야.

게다가 오늘은 돈도 한푼 들지 않으니,

마음 놓고 계집 사냥이나 해보자꾸나.

그러나 이렇게 사람들로 가득 찬 곳에서는   5775

말하는 소리가 어떤 귀에도 제대로 들리지 않을 테니,

재주껏 굴어대며, 몸짓으로 내 뜻을 전해볼

작정인데, 틀림없이 성공하게 될 거야.

손짓, 발짓, 몸짓만으로는 충분치가 않을 테니,

익살극이라도 하나 벌여보아야겠어.   5780

금을 한번 젖은 진흙처럼 주물러보기로 하자.

이 금속은 무엇으로라도 변화시킬 수 있으니 말이야.

의전관

저 말라빠진 바보놈, 무슨 짓을 할 작정인가!

저렇게 굶주린 놈도 유머를 할 줄 안단 말인가요?

저놈은 금을 모조리 반죽으로 만들고 있습니다.   5785

저놈의 손아귀에 들어가면 금이 물렁물렁해지는군요.

아무리 이겨대고 아무리 둥글게 뭉쳐대도,

계속해 흉악한 형상 그대로 남아 있군요.

이제 저쪽 여자들에게로 몸을 돌리니,

모두 비명을 지르고 달아나려 하며,   5790

정말로 싫어서 못 견디겠다는 몸짓을 합니다.

저 악당놈이 정말 흉측한 짓을 해대는군요.

저놈은 풍기를 문란하게 해놓는 것이,

즐기는 것이라 생각하는 모양입니다.

그렇다면 내가 잠자코 있을 수 없으니,   5795

저놈을 쫓아버리도록 권장을 이리 주십시오.

플루투스

　밖에서 무슨 일이 닥칠지, 그놈은 예측도 못 하고 있다.

　그 바보짓을 하도록 그냥 내버려두라!

　그런 장난질을 할 여지가 곧 없어지리라.

　법률도 강력하지만, 필연의 힘은 더욱 강력하니라.　　　　　5800

혼잡과 노래

　드높은 산에서 깊은 계곡에서,

　사나운 무리들 어울려왔도다.

　막을 길 없이 밀려들어와서,

　위대한 판(Pan) 신을 제사하는도다.

　아무도 알지 못하는 것, 그들은 알고,　　　　　5805

　텅 빈 구역으로* 몰려들어간다.

플루투스

　난 너희와 너희의 위대한 목양신 판도** 알고 있노라!

　너희들 한데 어울려 대담한 수작을 하였구나.

　아무도 알지 못하는 것을 나는 익히 알고 있으니,

　그 대가로 이 비좁은 구역을 열어주겠노라.　　　　　5810

　그들에게 멋진 행운이 따르기를 바라노라!

　지극히 경이로운 일이 일어날 수도 있으니,

　그들은 그들이 어디를 가고 있는지 알지 못하며,

---

* 플루투스로 가장한 파우스트가 상자 주변에 마법의 선을 쳐놓은 구역을 의미함.
** 원래 목축과 수렵의 신이지만, 그리스어로 'Pan'은 '전체'를 뜻하므로 만물의 신으로서 요정들을 거느리고 나타남. 로마 신화의 파우누스.

자신의 앞일도 전혀 예측하지 못하는구나.

거친 노래

> 이봐, 단장한 친구들, 겉만 번지르르하구나!　　　　　5815
> 상스럽게 걸어오고, 야만스레 달려오는구나.
> 껑충껑충 높이 뛰고 잽싸게 달리면서,
> 거칠고도 기운차게 발을 굴러대누나.

숲의 신 파우누스들

> 즐겁게 춤추는
> 파우누스의 무리들,　　　　　5820
> 곱슬곱슬한 머리에
> 떡갈나무 관을 썼네.
> 예쁘고 뾰족한 귀
> 고수머리 위에 솟아나오고,
> 납작코에 넓적한 얼굴이지만,　　　　　5825
> 여자들에게 흉이 되진 않는다네.
> 파우누스가 손 내밀어 춤을 청하면,
> 절세미인이라도 쉽게 거절하지 못한다네.

산림의 신 사티로스

> 다음으론 사티로스가 염소 발에
> 바싹 마른 다리로 뛰어나옵니다.　　　　　5830
> 다리는 말랐어도 힘줄은 강해야 하나니,
> 산양들처럼 높은 산 위에 서서
> 사방을 두루 살펴보기를 좋아하기 때문이라.

자유로운 공기로 원기를 북돋우며,

저 깊은 계곡의 안개와 연기 속에서   5835

그래도 삶을 사노라고 안일하게 생각하는

여자나 남자나 아이들을 비웃고 있답니다.

정결하고 방해받지 않는 곳, 저기

저 높은 산은 그들만의 세계이기 때문이지요.

지신(地神) 그놈들

여기 난쟁이 무리가 아장아장 나오나니,   5840

그들은 서로서로 짝짓는 것을 싫어하지요.

이끼로 지은 옷에 초롱불 밝혀 들고는,

뒤엉켜서 재빠르게 오락가락하면서,

저마다 지신을 위해 혼자서 일하는데,

빛을 내는 개미들처럼 우글거리지요.   5845

그러고는 분주하게 이리저리 오가면서,

가로로 세로로 한없이 바쁘게 움직이지요.

경건한 자선요정들과 가까운 친척이며,

암벽의 외과의사로도* 명성이 드높지요.

우리는 높은 산에서 피를 뽑기도 하고,   5850

그 풍부한 맥관에서 뽑아내기도 합니다.

복 나와라! 복 나와라! 인사를 나누며,

---

* 외과의사가 인체를 잘 아는 것처럼 산의 난쟁이 요정은 광맥을 알고 그 보물(피)을 빼
내는 일도 잘 알고 있음.

우리들은 금속을 산더미처럼 파 내놓지요.
이것도 원래 선의에서 하는 일이니,
우리는 선량한 사람들의 친구랍니다.   5855
하지만 우리가 금을 백일하에 파 내놓으면,
사람들은 도둑질하고 간음하려 하며,
오만스런 사나이에겐* 무기를 제공하게 되어,
대량학살을 꿈꾸게 하지요.
세 가지 계율을** 범하는 자는,   5860
다른 계율 역시 지키지 않지요.
그러나 이 모든 것이 우리의 죄는 아니니,
여러분도 우리처럼 참고 견디도록 하시오.

거인들

난폭한 사나이들이라 불리기에,
하르츠 산중에선 이름이 났노라.   5865
타고난 벌거숭이로 힘은 강하며,
모두 함께 거인답게 걸어나온다.
전나무 지팡이 오른손에 들고,
울퉁불퉁한 동아줄 허리에 두르고,
가지와 잎으로 만든 우악스런 앞치마를 둘렀으니,   5870
교황께서도 갖지 못한 호위병들이라.

물의 요정 님프들의 합창 (위대한 목양신 판을 에워싸고서)

---

* 전쟁을 기획하는 사람.
** 도둑질하지 말라, 간음하지 말라, 살인하지 말라.

저분도 오셨구나! ─

이 세상 만물은

위대한 판 신에

구현되어 있도다.   5875

명랑한 요정들아, 저분을 에워싸고,

너울너울 현혹적인 춤을 추어라.

엄하면서도 착하신 분이시니,

모두가 즐겁게 놀기를 바라시기 때문이라.

푸르른 창공 아래서도   5880

그분은 언제나 잠 깨어 계시니라.

하지만 시냇물 졸졸 흘러내리고,

산들바람 솔솔 불어 그분을 부드럽게 잠재우리라.

그리하여 한낮에 그분이 잠드시면,

나뭇가지 잎조차 움직이지 않으며,   5885

싱싱한 초목의 싱그러운 향기가

소리 없이 고요한 대기 속에 가득 차리라.

물의 요정들도 깨어 있을 수 없으니,

서 있던 자리에서 잠이 들지요.

그러다가 판 신의 목소리가   5890

우렛소리처럼, 바다의 파도처럼,

예기치 않게 우렁차게 울려퍼지면,

그 누구도 어찌할 바 알지 못하고,

싸움터의 용맹스런 군사들도 산산이 흩어지며,

그 소동 속에서 영웅도 몸을 벌벌 떨지요.　　　　　5895

그러니 존경받아 마땅한 분에게 존경을 바치고,

우릴 인도해주신 분께 영광을 바치자!

지신 그놈들의 대표 (위대한 판 신을 향하여)

저렇게 번쩍이는 풍부한 보화가

실오리 같은 광맥으로 바위틈을 흐르나니,

오직 영악스러운 마술의 지팡이만이*　　　　　5900

그 얽힌 미로(迷路)를 가리켜주느니라.

캄캄한 굴 속에 우리들 집을 지어

혈거(穴居)하는 민족처럼 그 속에 살았나니,

당신은 한낮의 맑은 바람 속에서

갖가지 보화들을 자비롭게 나누어주나이다.　　　　　5905

이제 우리 바로 이 곁에서

경이로운 샘을** 하나 찾았나니,

그 샘은 그렇게도 얻기 어려운 것들을,

선선히 내줄 것을 약속하는 샘이지요.

이런 일은 당신만이 하실 수 있으리니,　　　　　5910

---

* 보물을 파내고 광물을 발견해내는 데 사용하는 마술지팡이.

** 플루투스의 수레에서 내린 보물상자를 말함.

주여, 당신의 보호 아래 두옵소서.

어떤 보물이든 당신 손에 들어가야

온 세상에 복이 될 것이옵나이다.

플루투스 (의전관을 향하여)

우리는 마음을 굳건히 가다듬고,

일어날 일은 그대로 일어나도록 내버려두어야 할 것이다. 5915

그대는 이전에도 용기로 충만해 있지 않았던가.

이제 곧 지극히 무서운 일이 눈앞에 전개되리라.

현세나 후세 사람들이 그것을 완강히 부인할 것이니,

그대는 사실 그대로 그대의 기록 속에 남기도록 하라.

의전관 (플루투스가 손에 들고 있던 권장을 받아쥐면서)

난쟁이들이 위대한 판 신을 살며시 5920

불을 내뿜는 샘으로 인도해 갑니다.

샘은 깊은 나락으로부터 끓어올랐다가

다시금 맨 밑바닥으로 가라앉으니,

떡 벌어진 아가리는 더욱 캄캄해 보입니다.

그러다가 다시 작열하는 불길이 솟아오르고, 5925

위대한 판 신 즐거운 기분으로 거기에 서서,

그 이상스런 물건들을 바라보는데,

진주알의 거품이 좌우에 휘날리고 있습니다.

어찌하여 저분이 이런 걸 믿을 수 있을까요?

그는 몸을 굽혀 깊은 속을 들여다보는군요. 5930

그런데 수염이 그 속으로 떨어져버렸습니다!—*
저렇게 매끈한 턱을 가진 사람이 대체 누구일까요?
우리가 보지 못하도록 손으로 가리는군요—
그런데 이제 정말 큰일이 났군요.
그 수염에 불이 붙어 다시 날아오더니,   5935
그분의 관(冠)과 머리와 가슴에 불을 붙이는군요.
환락이 변하여 고통이 되어버린 것이지요—
불을 끄려고 사람들이 달려가지만,
누구 하나 불길에서 헤어나질 못하는군요.
아무리 두들겨대고 아무리 쳐보아도,   5940
새로운 불길만 일어날 뿐입니다.
온통 화염에 휩싸여서,
가장한 무리가 몽땅 불타버립니다.

그런데 귀에서 귀로, 입에서 입으로,
우리에게 들려오는 소리는 무엇인가!   5945
아아, 영원토록 불행한 밤이여,
어찌 이런 고통을 우리에게 안겨주었는가!
누구도 듣고 싶어하지 않는 이 소식은,
내일이면 전파되어 모두 다 알게 되겠지.
벌써 여기저기서 고함치는 소리가 들려옵니다.   5950

---

* 수염이 떨어지며 목양신 판으로 가장한 황제의 얼굴이 나타남.

"황제께서 그런 화를 당하셨다"라고.

아아, 그것만은 사실이 아니었으면!

황제께서 그리고 그 신하들이 타고 있는 것입니다.

황제 폐하를 유혹하여, 송진 바른

나뭇가지를 엮어 몸에 두르시게 하고는,   5955

울부짖듯 노래하고 미쳐 날뛰며,

모두를 몰락하게 한 그놈 저주를 받아라.

오오, 청춘이여, 청춘이여, 그대는 결코

환락의 절도를 깨끗하게 지킬 수 없단 말인가?

오오, 폐하여, 폐하여, 그대는 결코   5960

전능하신 것처럼 현명하게 행동할 수 없으신가요?

산림도* 벌써 불길에 휩싸였습니다.

불길은 그 뾰족한 혀를 날름거리며

나무로 지은 막사 지붕까지 치솟아오르니,

어디나 온통 불길에 휩싸일 기세입니다.   5965

재난의 한도가 이제 넘어섰으니,

누가 우릴 구해줄는지 모르겠습니다.

그렇듯 풍성하던 황제의 영화도 내일이면

하룻밤의 잿더미로 변하는 것입니다.

---

* 홀 안이 산림 속의 통로처럼 장식되어 있음.

플루투스

이만하면 충분히 놀랐을 터이니,   5970

이제 구원의 손길을 뻗치도록 하라! —

대지가 진동하고 울리도록,

신성한 권장을 힘껏 내리치도록 하라!

너, 광활하게 사면에 퍼진 대기여,

냉랭한 향기를 가득 채우도록 하라!   5975

물기를 품고 줄줄이 뻗어나간 자욱한 안개여,

이리로 불어와서 여기에 떠돌며,

불길에 싸인 혼잡한 무리를 덮어버려라!

살랑살랑 보슬비 뿌려주고, 안개구름 일으켜,

구르며 미끄러져 들어와 살며시 누르며,   5980

어디에서나 불길을 잡아다오.

불길을 진압하는 축축한 너희들,

저토록 공허한 불꽃의 장난을

한 줄기의 번갯불로 변하게 하라! —

정령들이 우리를 해치려 하면,   5985

마법이 그 위력을 보여줘야 하리라.

유원지

아침 해.

황제와 신하들. 파우스트와 메피스토펠레스는 눈에 띄지는 않으나 풍습에 맞는 점잖은 옷을 입고, 무릎을 꿇고 있다.

파우스트

폐하, 현혹적인 불꽃놀이를* 용서해주시겠나이까?

황제 (일어서라고 손짓하면서)

짐은 그러한 장난을 심히 원하고 있노라 —

갑자기 작열하는 불바다에 갇힌 자신을 보니,

짐은 마치 지하의 신 플루톤이 된 느낌이었도다.   5990

암흑과 석탄으로 된 암석 바닥이 깔려 있는데,

화염으로 불타오르는 듯했노라. 여기저기 틈새로부터

수천 갈래의 거친 불길이 소용돌이치며 솟아오르고,

하나의 둥근 천장 모양으로 뭉게뭉게 타올랐노라.

가장 높은 용마루에도 불길이 혀를 날름댔기에,   5995

그 용마루가 계속 보였다 사라졌다 하였노라.

뒤틀린 불기둥이 넘실대는 드넓은 홀을 통해

백성들이 길게 줄지어 지나가는 것이 보였는데,

그들은 커다란 원을 그리며 가까이 밀려오더니

---

* 파우스트는 가장무도회에서 플루투스라는 이름으로 비현실적인 불꽃놀이를 했지만, 이번 장면에서는 실제적인 대마술사로 등장함.

언제나 그러했듯이 짐에게 충성을 표시했노라.   6000

그중에는 궁중의 신하들도 한두 사람 눈에 띄었는데,

짐은 마치 수많은 살라만더의* 제왕이 된 기분이었노라.

메피스토펠레스

폐하, 그건 사실이옵니다! 왜냐하면 사대원소가

폐하의 엄위를 무조건 인정하고 있기 때문입니다.

이제 불이 충성한다는 것은 시험해보셨나이다.   6005

이번엔 사나운 파도가 발광하는 바다에 뛰어들어보십시오.

폐하께서 진주들이 즐비하게 깔린 해저를 밟자마자,

물이 솟아올라 화려한 둥근 자리를 만들어드릴 것입니다.

자주색 단을 장식한 엷은 초록빛 파도가 위아래로 움직이며,

폐하를 중심으로 아름다운 궁전으로 부풀어오르는 것을   6010

보시게 될 것입니다. 그리고 폐하께서 옥보(玉步)를 옮기시어

가시는 곳마다, 그 궁전들도 어디나 따라다닐 것이옵니다.

물로 된 벽 자체가 생명을 향유하고 있어,

화살같이 빠르게 떼를 짓고 이리저리 몰려다니고 있나이다.

바다의 괴물들이 그 새로 생긴 부드러운 빛을 향해 몰려들어,   6015

마구 덤벼대고 있지만, 한 놈도 안으로 들어올 수는 없소이다.

그곳엔 오색찬란한 황금빛 비늘로 뒤덮인 용들이 노닐고,

상어란 놈도 입을 벌려대지만, 폐하께선 그 입 속을 보고 웃으리다.

지금도 온 대궐이 폐하를 모시고 흥겹게 지내고는 있지만,

---

* 살라만더(Salamander)는 불의 정령.

그렇게 흥청대는 바다 속 모습은 보신 적이 없을 것이옵니다. 6020

하지만 그곳에는 아주 사랑스러운 것들도 없지 않습니다.

호기심으로 가득 찬 네레우스의 딸들이*

영원한 신선미를 지니고 화려한 대궐을 구경하러 올 것입니다.

젊은 것들은 물고기처럼 수줍어하면서도 음탕하며,

나이든 것들은 영리하죠. 큰언니 테티스가 벌써 알아차리고, 6025

폐하를 제2의 펠레우스로** 알고 손과 입을 내밀 것이외다—

그 다음 자리를 올림포스 산***으로 옮기게 되면……

황제

그런 허공의 세계는 그대에게 맡기겠노라.

그런 옥좌라면 훨씬 더 일찍이 오를 수 있으리라.

메피스토펠레스

그리고 폐하! 대지는 이미 폐하의 소유이옵니다. 6030

황제

마치 『천일야화』에서 직접 튀어나온 것처럼,

그대가 이곳에 온 것은 그 얼마나 다행스런 일인가?

그대의 재간이 세에라자드와**** 견줄 만큼 풍부하다면,

짐은 그대에게 최고의 은총을 보증하리라.

---

* 그리스 신화에 나오는 바다의 신 네레우스에게는 요정들인 오십 명의 딸이 있다고 함.
** 바다의 여신 테티스는 네레우스의 맏딸이며, 펠레우스와 결혼하여 아킬레우스를 낳았음.
*** 그리스의 신들이 모여 사는 곳.
**** 『천일야화』에 나오는 재상의 딸로서 터키 황제에게 사로잡힌 후 끊임없이 재미있는 이야기를 해줌으로써 목숨을 건진 여자.

종종 그러하듯 이 현실의 세계가 지긋지긋해지면,　　　6035

그대를 부를 것이니, 항상 대기하고 있도록 하라.

궁내상 (황급히 등장한다.)

황제 폐하, 저는 살아생전에 이런 최상의 행복을

어전에 고할 수 있으리라고는 생각지 못하였나이다.

그러나 폐하께 이런 일을 고하게 되다니,

신은 너무나 행복하여 황홀할 지경이옵니다.　　　6040

부채라는 부채는 모조리 정리되었으며,

고리대금업자의 성화도 이제 잠잠해졌습니다.

그 지옥 같던 고초에서 벗어나게 되었으니,

천국에 간다 해도 이보다 즐거울 수는 없을 것 같습니다.

병무상 (황급히 뒤따라 등장한다.)

군인들 봉급은 할부로 지불키로 하였으며,　　　6045

군대 전체가 새로 계약을 맺었나이다.

사병들은 싱싱한 피가 끓는 듯 느끼는데,

술집 주인과 작부들까지 좋아하고 있습니다.

황제

경들은 가슴을 활짝 펴고 숨을 쉬고 있구나!

그 주름 잡혔던 얼굴에도 희색이 만면하구나!　　　6050

경들은 어찌하여 이다지도 황급히 달려들어오는가!

재무상 (이미 등장해 있다.)

이 사업을 완수한 이 두 사람에게 물어보시옵소서.

파우스트

이런 일은 재상께서 말씀드리는 것이 좋겠습니다.

재상 (천천히 다가온다.)

오래 살다보니 이런 행복한 일을 보게 되었습니다 —

그럼 모든 고통을 행복으로 바꾸어놓은   6055

이 역사적인 문서를 보시고 또 들어주십시오.

(낭독한다.)

"알고자 하는 모든 사람에게 고하노라.

여기 이 지폐는 일천 크로네로 통용한다.

제국의 영토 내에 매장되어 있는 무진장한 보화를,

그 확실한 담보로 제공할 것임을 보증한다.   6060

이 풍부한 보물을 곧 발굴하여,

태환용(兌換用)으로 사용하도록 조치하였다."

황제

철면피한 짓이, 엄청난 사기가 벌어진 것 같구나!

누가 여기에 황제의 서명을 위조했단 말이냐?

이런 범법행위를 했는데도 처벌되지 않았단 말인가?   6065

재무상

기억을 더듬어보십시오! 폐하 스스로 서명하셨나이다.

바로 어젯밤 일입니다. 폐하께서 위대한 판 신으로 계실 때,

재상께서 신들과 함께 나아가 진언드렸사옵니다.

"이 성대한 잔치가 백성들의 행복이 될 수 있도록,

몇 글자 적어주시옵소서"라고 했습니다.   6070

폐하께서 순순히 적어주셨고, 그날 밤으로 즉시

만능술사를 시켜 수천 장을 만들어냈습니다.

그리고 그런 은혜가 만백성에게 골고루 미치도록,

소신들도 당장 연명으로 날인하였으니,

십, 삼십, 오십, 일백 크로네짜리 지폐가 마련된 것입니다.   6075

그것이 얼마나 백성들을 기쁘게 했는지 상상도 못 하실 것입니다.

시내를 돌아보십시오! 반쯤 죽은 듯 곰팡이가 슬어 있던 것이,

지금은 모두 소생하여 환락에 젖어 들끓고 있사옵니다!

폐하의 이름은 오래 전부터 세상을 복되게 했었지만,

이번만큼 만백성이 우러러본 적은 없었나이다.   6080

다른 글자들은 이제 무용지물이 되었고,

어명의 서명 글자 속에서만 모두가 행복을 느끼고 있답니다.

황제

그럼 백성들에게 그것이 금화 대신 통용된단 말이오?

군대나 궁중에서도 완전한 급료로 지불되고 있단 말이오?

몹시 놀라운 일이긴 하나, 그대로 인정하지 않을 수 없도다.   6085

궁내상

순식간에 퍼져버린 것들을 회수하기란 불가능합니다.

번개처럼 빨리 흩어져 유통되고 있습니다.

환금(換金)은행들은 모조리 문을 열어놓고 있습지요.

한 장 한 장의 지폐에 대해 당연히 할인은 하지만,

금화나 은화로 바꾸어주고 있습니다.   6090

이제 사람들은 푸줏간, 빵집, 술집으로 달려가고 있으니,

세상 사람 절반은 오직 먹는 것만 생각하고,

나머지 절반은 새옷 해 입고 뽐내려는 것 같습니다.

소매점에선 옷감을 끊어주고, 재단사는 옷을 짓고 있나이다.

지하 술집에서는 "황제 만세!" 소리가 들끓고,   6095

지지고 굽고, 달그락거리는 접시 소리가 요란합니다.

메피스토펠레스

누구든 테라스 위를 홀로 산책하고 있으면,

화려하게 차려입은 아름다운 여인이

자랑스러운 공작털 부채로 한쪽 눈을 살짝 가리고,

방긋이 웃으면서 그런 지폐를 곁눈질해본답니다.   6100

어떤 위트나 재담으로보다도, 이런 것이라야

풍성한 사랑의 재미를 더욱 빨리 안겨줄 수 있지요.

지갑이나 돈주머니처럼 거추장스럽지도 않고,

지전 한 장이야 가슴에 품고 다니기도 간편하며,

연애편지와 짝짓기하기도 편하단 말입니다.   6105

신부는 경건하게 기도책 속에 끼워가지고 다닐 테고,

병사들은 허리에 찬 전대가 빨리 가벼워져서,

그만큼 재빠르게 동작 방향을 바꿀 수 있지요.

너무 사소한 것까지 아뢰어 이 위대한 업적을

천하게 보이도록 했다면, 폐하께 용서를 비는 바입니다.   6110

파우스트

무진장한 보화가 폐하의 영토 안에

깊은 땅속에 묻힌 채, 때를 기다리며

이용되지 않고 있습니다. 아무리 원대한 사상일지라도,

이러한 재보에 비하면 한없이 보잘것없는 것입니다.

또한 공상이 제아무리 높이 날아올라,   6115

노력한다 할지라도, 그것은 충분히 성취할 수가 없나이다.

그러나 깊이 통찰할 수 있는 고귀한 정신은

무한한 것에 무한한 신뢰를 갖는 법입니다.

메피스토펠레스

황금이나 진주를 대신하는 이런 지폐는,

아주 편리하고, 자기가 얼마를 갖고 있는지도 알 수 있소이다.   6120

그래서 우선 흥정을 한다거나 환전할 필요도 없으며,

마음껏 사랑이나 술에 취할 수가 있습니다.

금속으로 된 돈을 원하면, 환전소가 준비되어 있고,

그곳에도 금이 없으면, 잠시 동안 파내면 되지요.

파낸 잔이나 목걸이를 경매에 부쳐서,   6125

당장 지폐를 상환해주면 될 것이니,

건방지게 우리를 비웃던 놈들도 창피하게 될 것입니다.

사람들이 지폐에 익숙해지면, 다른 것은 원치 않을 겁니다.

그리하여 이제부터는 황제의 영토 어디를 가나,

보석과 황금과 지폐가 얼마든지 넘쳐날 것이옵니다.   6130

황제

우리 제국이 크게 번영함은 그대들의 덕택이로다.

가능한 한 그 공로에 어울리는 상을 내리고 싶구나.

제국의 땅속을 그대들에게 맡기겠으니,

그대들은 보물의 가장 훌륭한 관리자가 되도록 하라.

보물이 간직되어 있는 넓은 곳을 잘 알고 있을 터이니,　　　　6135

그것을 파낼 때엔 그대들의 말을 따르도록 하겠노라.

우리 보물을 관리하는 그대 두 사람은 힘을 합하여,

맡은 바 임무를 즐거운 마음으로 완수토록 하라.

지상의 세계와 지하의 세계가 서로

즐겁게 일치단결하여, 협력해야 하리라.　　　　6140

재무상

소신들 사이에 어떤 불화도 생기지 않게 하겠나이다.

마술사를 동료로 맞게 되어 신도 기쁘옵니다.

(파우스트와 함께 퇴장)

황제

궁중의 한 사람 한 사람에게 얼마씩 선물을 할 터인즉,

그 돈을 어디에 쓸 것인지 말해보도록 하라.

시동(侍童) (돈을 받으면서)

흥겹고 명랑하게, 재미있게 살겠나이다.　　　　6145

다른 시동 (마찬가지로 돈을 받으면서)

저는 당장 애인에게 목걸이와 반지를 사주겠나이다.

시종(侍從) (돈을 받으며)

이제부터는 갑절 좋은 술을 마시겠습니다.

다른 시종 (마찬가지로 돈을 받으며)

주머니 속에서 주사위가 벌써 근질거리고 있습니다.

기수(旗手)* (신중하게)

성과 전답을 잡힌 빚을 갚겠나이다.

다른 기수 (마찬가지로 신중하게)

이 보물을 다른 보물들과 함께 저축해야겠습니다.　　　　　6150

황제

짐은 새로운 활동을 위한 흥미와 용기를 기대하였노라.

그러나 너희를 아는 사람이면 쉽사리 그 마음을 짐작하겠지.

짐도 알 수 있는바, 아무리 보화가 꽃핀다 해도,

너희들 생각은 예나 지금이나 다름이 없도다.

어릿광대 (앞으로 다가오면서)

은혜를 베푸시려면, 소인에게도 베풀어주시옵소서!　　　　　6155

황제

다시 살아났다 해도, 네놈은 이걸 다 술마셔버리겠지.

어릿광대

마술로 얻은 지폐라! 전 도무지 알 수 없는 일이옵니다.

황제

아마 그럴 게다. 네놈은 그걸 제대로 쓸 줄도 모를 테니까.

어릿광대

여기 지폐가 또 떨어졌군요. 어찌해야 할지 모르겠군요.

황제

그냥 받아두어라. 그건 네 몫으로 떨어진 것이니라. (퇴장)　　6160

---

* 방기(方旗)를 높이 들고 출진할 수 있는 중세의 기사.

어릿광대

　오천 크로네나 내 손에 들어오다니!

메피스토펠레스

　두 발 달린 술통 같은 놈아, 다시 살아났구나?

어릿광대

　가끔 있는 일이지만, 지금처럼 좋아본 적은 없었다오.

메피스토펠레스

　너무나도 좋아서 땀에 푹 젖었구나.

어릿광대

　이것 좀 보시오. 이게 돈으로 쓰인단 말이죠?　　　　　6165

메피스토펠레스

　그걸로 목구멍이나 배때기가 원하는 걸 사고말고.

어릿광대

　그럼 밭이나 집이나 가축도 살 수 있단 말이오?

메피스토펠레스

　물론이다! 그걸 내놓으면 못 사는 것이 없을 것이다.

어릿광대

　숲과 사냥터와 양어장이 딸린 성도 살 수 있소?

메피스토펠레스

　물론이다!

　네놈이 지엄하신 성주가 된 모습을 보고 싶구나!　　　6170

어릿광대

　오늘밤엔 대지주가 된 꿈이나 꾸어보자!— (퇴장)

메피스토펠레스 (혼자서)

누가 우리 어릿광대들의 재간을 의심할 자 있겠는가!

어두운 복도

파우스트, 메피스토펠레스

메피스토펠레스

어찌하여 날 이 음산한 복도로 끌어내는 겁니까?

저 안에서는 아직도 즐거움이 충분치 못하단 말이오?

오만 궁중 사람들이 빽빽하게 몰려 있는 곳에선   6175

장난질이나 속임수로 재미 볼 기회가 없단 말인가요?

파우스트

그따위 말은 그만둬라. 그런 짓은 이미

옛날에 싫증이 나도록 해보지 않았는가.

하지만 지금 네가 이리 피하고 저리 피하는 것은,

오직 내게 확실한 이야기를 하지 않으려는 수작이로다.   6180

그러나 나는 싫어도 해야만 할 일이 있다.

궁내상과 시종이 날 몰아붙이고 있단 말이다.

황제께서 헬레나와 파리스를 눈앞에 보고 싶다면서,

그것도 지금 당장 해내라는 것이다.

즉 남자와 여자의 이상적인 전형을   6185

분명한 형상으로 보고 싶다는 것이다.

당장 일을 시작하라! 난 그 약속을 어길 수가 없다.

메피스토펠레스

경솔하게 그런 약속을 하다니, 어처구니없소이다.*

파우스트

네 마술이 우릴 어디로 이끌어갈지,

네놈은 생각도 못한 모양이로구나.   6190

우리가 황제를 부자로 만들어놓았으니,

이제 그를 즐기도록 해주어야 할 것이로다.

메피스토펠레스

그런 일이 척척 이루어질 거라고 망상하시는군요.

이번 일은 험난한 단계에 부딪히게 되었소이다.

전혀 생소한 영역에 손을 내밀었으니,   6195

결국에는 무모하게도 새로운 빚을 지게 될 것이오.

대체 헬레나를 금화 대신 쓰는 종이도깨비처럼,

그렇게 쉽사리 불러낼 수 있다고 생각하다니요 —

각종의 마녀나 바보년, 엉터리로 만든 도깨비들,

목에 혹 달린 난쟁이 같은 것들이야 당장 대령시키겠지만,   6200

비난할 데는 없다 할지라도, 악마의 정부 따위를

그 유명한 여자 대신 내세울 수는 없는 노릇이외다.

---

* 고대 그리스는 중세의 기독교적 악마에게는 힘이 미치지 못하는 세계임. 따라서 명부
에서 헬레나와 파리스를 불러내라는 요구는 메피스토펠레스에게 불가능하고 어처구니
없는 일임.

파우스트

또다시 옛날 칠현금 같은 잔소리를 늘어놓는구나!

너한테 걸리면 언제나 이야기가 불확실해진단 말이야.

너는 모든 일을 방해하는 놈들의 아비답게,　　　　　　　6205

어떤 방법을 강구할 때마다 새로운 대가를 요구하는구나.

주문을 잠깐 지껄이기만 하면, 다 된다는 것을 알고 있다.

뒤 한번 돌아보는 사이에 그들을 이 자리에 불러올 수 있으리라.

메피스토펠레스

그런 고대의 이교도들과는 난 아무 상관 없소이다.

놈들은 자기들만의 독자적인 지옥에 살고 있지요.　　　6210

방법이 하나 있긴 하지만.

파우스트

　　　　　　　　　　말하라, 지체하지 말고!

메피스토펠레스

그런 지고한 비밀을 털어놓고 싶진 않소만,

그 여신들은 적막한 곳에 도도하게 좌정하고 있는데,

그들 주위에는 공간도 없고 시간도 없소이다.

그들에 대한 이야기를 하는 것조차가 당황스럽지요.　　6215

그것은 어머니들이외다!*

파우스트 (깜짝 놀라서)

---

* 괴테의 자연관에 의하면 모든 생물의 발생과 생성은 자연의 내부, 즉 모태에 지니고 있는 '원형'에서 생겨난다고 함. 괴테가 창안해낸 '어머니들'은 과거와 미래에 걸쳐 모든 존재의 이념인 이 원형을 수호하는 신들로 적막한 유명(幽冥)의 영역에 존재하고 있음.

어머니들이라!

메피스토펠레스

소름이 끼치나이까?

파우스트

어머니들! 어머니들이라! ─ 이상스럽게 들리는구나!

메피스토펠레스

사실 이상스럽지요. 죽을 운명의 인간들에겐

알려지지도 않았고, 우리도 부르기를 꺼려하는 여신들올시다.

그들 처소에 가려면 가장 깊은 곳으로 숨어들어가야 합죠.   6220

그런 것들을 필요로 하다니, 당신 스스로 저지른 잘못이오.

파우스트

그 길이 어디냐?

메피스토펠레스

길은 없소이다! 아직 가본 적도 없고,

발을 들여놓을 수도 없는 길이죠. 부탁받은 일도 없고,

부탁할 수도 없는 길이오. 마음의 준비가 되었나이까? ─

열어젖혀야 할 자물쇠도 없고 빗장도 없으며,   6225

그저 온갖 적막함에 시달림을 당하게 될 것이외다.

황량함이나 고적함이 무엇인지 알고 계시나이까?

파우스트

그런 틀에 박힌 말은 안 해도 되리라 생각한다.

여기에서도 마녀의 부엌 같은 냄새가 풍기는데,

이건 이미 오래 전에 사라진 지난날의 냄새로다.   6230

이제까지 나도 세상과 교제하지 않았더냐?

공허함을 배우고, 공허를 가르치지 않았더냐? —

내가 관조한 바를 이치에 맞게 말할라치면,

그 반대의 소리가 갑절이나 드높게 울려왔었지.

그리하여 그 귀찮은 세상일들을 피하여,   6235

고적한 곳으로, 황량한 곳으로 도망쳐야만 했었다.

그런데 완전히 버림받은 채 홀로 살지 않으려고,

결국엔 악마에게 내 몸을 맡기고 말았노라.

메피스토펠레스

그런데 당신이 망망대해를 헤엄쳐 다니면서,

끝없이 아득한 바다를 바라본 적이 있다고 하신다면,   6240

물 속에 빠져죽을까봐 두렵긴 하겠지만,

거기에선 그래도 계속 밀려오는 파도를 볼 수 있었을 것이오.

아무튼 무엇이든 볼 수가 있지요. 고요한 바다의

푸른 물 속을 지나가는 돌고래라도 볼 테지요.

흘러가는 구름이나 해와 달과 별들이라도 보겠지요 —   6245

그러나 영원토록 공허한 저 먼 곳에서는 아무것도 보이지 않고,

당신이 걷는 발소리도 들리지 않으며,

몸을 쉬려 해도 견고한 자리조차 찾을 수 없을 것입니다.

파우스트

네놈은 자고로 새로 들어온 충실한 제자를 속여먹는,

비교(秘敎)의 도사들 중 제일가는 놈처럼 말하는구나.   6250

그 반대일 뿐이겠지. 네놈은 나를 공허한 곳으로 보내어,

거기에서 내 기교와 힘을 증진시켜주겠다는 것이리라.

네놈은 저 뜨거운 불 속에서 알밤을 꺼내다주는

암고양이처럼 날 취급하려 드는구나.

자, 계속해보자! 밑바닥까지 밝혀내보자꾸나.   6255

네가 말하는 무(無) 속에서 나는 삼라만상을 찾아내리라.

메피스토펠레스

당신이 떠나가기 전에 칭찬을 해드려야겠소.

당신은 악마를 너무나 잘 알고 있다는 사실을 알겠나이다.

여기 이 열쇠를 받으시오.

파우스트

                         이런 조그만 것을!

메피스토펠레스

우선 손에 받으시고, 그걸 과소평가하진 마시오.   6260

파우스트

손에 잡으니 커지는구나! 번쩍번쩍 빛도 나는구나!

메피스토펠레스

가지고 있는 게 무슨 물건인지 이제 알아차리겠소?

그 열쇠가 올바른 장소를 냄새로 알아낼 것이외다.

그놈을 따라 내려가시오. 어머니들에게로 안내해줄 것입니다.

파우스트 (몸을 떨면서)

어머니들이라! 들을 때마다 한 대씩 얻어맞는 기분이로다!   6265

나 정말 듣고 싶지 않으니, 무슨 말이 그러할까?

메피스토펠레스

새로운 말을 싫어할 만큼 옹졸하단 말이시오?

언제나 들어오던 말만 듣기를 원하십니까?

벌써 오래 전부터 이상스런 일에 익숙해왔으니,

앞으로 어떤 소리가 들려도 그걸 싫어하지 않도록 하시오.   6270

파우스트

그러나 난 마비된 상태에서 내 행복을 찾지는 않겠다.

전율이란* 인간이 지닌 가장 훌륭한 감정이니라.

세상이 인간에게 그런 감정을 쉽게 주진 않을지라도,

그런 감정에 사로잡혀야 거대한 일을 깊이 느끼게 되느니라.

메피스토펠레스

그럼 내려가시오! 올라가시오! 라고 말해도 되겠지요.   6275

그건 마찬가지니까요. 이미 생성된 것에서 빠져나와**

매인 곳이 없는 형상들의 나라로 가도록 하시오!

이미 오래 전부터 존재하지 않았던 것을 즐겨보십시오.

이리저리 떠다니는 구름처럼 달라붙는 것이 있을 테니,

이 열쇠를 휘둘러 몸에 닿지 않도록 하시오!   6280

파우스트 (열광하여)

좋다! 열쇠를 꽉 잡으니 새로운 힘이 솟는구나.

---

* 괴테는 신비로운 것에 대한 전율이 인간의 가장 소중한 소질이며, 이런 전율에 의해 값
진 과학적 발견이 이루어진다고 하였음.
** 이미 만들어진 현상세계를 떠나, 실체가 아닌 형상만이 존재하는 공허한 나라로 가라
는 것.

가슴을 활짝 펴고, 위대한 일을 향해 나아가리로다.

메피스토펠레스

활활 타오르는 삼발이 향로(香爐)가* 보이게 되면,

당신은 깊고 깊은 맨 밑바닥에까지 다다른 것이오.

향로의 불빛을 받아 어머니들을 보게 될 터인데,   6285

앉아 있는 이도 있고 서 있는 이도 있으며, 방금 오는 것처럼

걸어가기도 할 것이오. 형상이 생기기도 하고 바뀌기도 하며,

영원한 의미의 영원한 유희를 하고 있을 것이오.

주위에는 온갖 피조물의 영상이 떠돌고 있지만,

그들은 당신을 보지 못할 것이오.

그림자만 볼 수 있기 때문이오.   6290

그러나 위험이 크니 마음을 단단히 가다듬고,

저 삼발이 향로가 있는 데로 곧장 걸어가서는,

이 열쇠로 그것을 건드리도록 하시오!

(파우스트 열쇠를 가지고 단호하게 명령하는 듯한 태도를 취한다.)

메피스토펠레스 (그를 바라보면서)

그 정도면 됐소이다!

그러면 향로가 당신에게 붙어 충실한 하인처럼 따라올 것이외다.

침착하게 계속 올라오시면, 행운이 당신을 끌어올릴 것이니,   6295

어머니들이 알아차리기 전에 향로를 가지고 되돌아오게 됩니다.

---

* 불가사의한 신비의 표상으로 신의 예배나 예언의 상징. 그리스 델피의 예언하는 여인
피티아는 향로에 앉아서 신탁을 받아 신성한 예언을 했다고 함.

일단 향로를 이곳으로 끌어오기만 하면,

남녀 영웅들을 밤의 세계로부터 불러낼 수가 있으니,

당신은 감히 이런 일을 해낸 최초의 사람이 되는 것이외다.

그 일이 성취되면, 당신이 그것을 이룩한 것이 되지요.　　　　6300

그 다음엔 마술을 써서 조작을 하게 되면 틀림없이,

향로의 연기가 여러 가지 신들 모습으로 변할 것이외다.

파우스트

그럼 이제 어떻게 한다?

메피스토펠레스

　　　　　　　　혼신을 다해 아래로 내려가시오.

발을 구르며 내려갈 것이며, 다시 발을 구르며 올라오도록 하시오.

(파우스트 발을 구르며 아래로 내려간다.)

메피스토펠레스

열쇠가 제대로 위력을 발휘해주었으면 좋겠군!　　　　6305

그가 다시 돌아올 수 있을는지 궁금하구나.

밝게 불이 켜진 홀들

황제와 제후들, 그리고 부산하게 움직이는 신하들

시종 (메피스토펠레스에게)

유령이 나오는 장면을 우리에게 보여준다고 했지요.

빨리 시작하시오! 폐하께서 안달하고 계시오.

궁내상

방금도 폐하께서 어찌 되었나 물으셨소.

이봐요! 폐하께 무엄할 정도로 우물거리지 마시오.   6310

메피스토펠레스

나의 동료가 그 일 때문에 떠났소이다.

어떻게 해야만 되는지, 그 친구가 잘 알고 있으며,

혼자 조용히 틀어박혀 실험을 하고 있는데,

그야말로 온갖 심혈을 다 기울이고 있답니다.

미(美)라고 하는 보물을 끌어오려는 자는,   6315

현자(賢者)의 마술이라는 최고의 기술이 필요하니까요.

궁내상

어떠한 기술을 필요로 하는지 상관할 바 아니지만,

황제 폐하께서는 빨리 끝나기만 바라고 계십니다.

금발의 여인 (메피스토펠레스에게)

여보세요, 한 말씀만! 보시다시피, 제 얼굴이 이렇게 깨끗한데,

그 지겨운 여름이 오면 그렇지를 못해요!   6320

갈색의 붉은 반점이 수없이 돋아나서,

이 하얀 살결을 덮어버리니 정말 지긋지긋해요.
약이 없을까요!

메피스토펠레스

안됐소이다! 이처럼 찬란한 미인에게
오월이 되면 얼룩고양이처럼 반점이 생기다니요.
개구리 알과 두꺼비 혓바닥으로 맑은 즙을 내서,   6325
보름달이 되었을 때 조심스레 증류를 시켰다가
다시 달이 기울거들랑 깨끗하게 바르도록 하시오.
봄이 다시 돌아와도 반점은 돋아나지 않을 것이외다.

갈색 머리의 여인

모두들 당신을 에워싸고 몰려드는군요.
제게도 처방 좀 해주세요! 발에 얼음이 박혀서   6330
걷는 데도 춤을 추는 데도 고통스럽고,
인사할 때도 움직이기가 어설프고요.

메피스토펠레스

실례지만 내 발로 한번 밟아드리지요.

갈색 머리의 여인

그런 건 애인들끼리나 하는 짓인데요.

메피스토펠레스

아가씨, 내가 밟는 데는 더 큰 의미가 있다오.   6335
어떤 병에 걸려 있든, 이열치열하는 법이오.*

---

* 같은 것은 같은 것으로 치료한다는 동종요법(同種療法)을 의미함.

그러니 발은 발로 고치고, 다른 사지도 모두 마찬가지라오.

이리 와요! 조심하시오! 그렇다고 내 발을 다시 밟아서는 안 돼요.

갈색 머리의 여인 (소리를 지르며)

아야! 아야! 타는 것 같아요! 지독하게 밟으시는군요.

말발굽에* 밟힌 것 같아요.

메피스토펠레스

이제 치료되었소이다.   6340

지금부터는 마음대로 춤을 출 수 있을 것이며,

식사중에 애인과 마주 앉아 발장난도 할 수 있을 겁니다.

귀부인 (밀고 들어오며)

나 좀 들어갑시다! 난 너무나도 고통스러워요.

가슴속이 온통 뒤끓으며 부글거리고 있어요.

어제까지만 해도 그이가 내 눈길에서 행복을 찾았는데,   6345

다른 년과 소곤거리며 내게 등을 돌리고 말았어요.

메피스토펠레스

그것 참 심각하군요. 하지만 내 말을 들으시오.

어떻게 해서든 그에게 살짝 다가가도록 하시오.

이 숯을 가지고 가서, 그분의 소매나 외투나 어깨나,

칠하기 좋은 곳에 줄을 하나 그어놓도록 하시오.   6350

그러면 그는 마음속에 은은한 후회의 정을 느끼게 될 거요.

하지만 당신은 그 숯을 당장 삼켜야만 하는데,

---

* 메피스토펠레스가 말발굽을 달고 다닌다는 것은 제1부의 2490행과 4140행에 나타남.

포도주나 물을 입에 대서는 아니 됩니다.

그러면 오늘밤 그이가 당신 대문 앞에서 한숨 지을 것이오.

귀부인

독약은 아니겠지요?

메피스토펠레스 (격분해서)

존경할 만한 것은 존경토록 하시오!　　6355

이런 숯을 구하려면 사방을 헤매고 다녀야만 할 거요.

그것은 우리가 예전에 열심히 불을 질렀던

화형장의 장작 더미에서 가져온 것이란 말이오.

시동

저는 사랑에 빠졌는데, 사람들이 어른 취급을 해주지 않아요.

메피스토펠레스 (옆으로 혼잣말로)

누구의 말을 먼저 들어야 할지 모르겠군.　　6360

(시동에게)

너무 젊은 계집에게서 재미 보려 하지 말게나.

나이깨나 먹은 여자라야 자네를 소중히 여겨줄 걸세―

(다른 사람들이 밀려온다.)

벌써 또다른 사람들이 몰려오는군! 이거 정말 악전고투로다!

결국 진실을 털어놓고 곤경에서 벗어나야겠구나.

아주 형편없는 발뺌이로다! 하지만 고통이 너무나 크단 말이야―　6365

오, 어머니들, 어머니들이여! 제발 파우스트를 놓아주시오!

(주위를 돌아보며)

홀 안의 밝은 불빛들이 벌써 희미해지고,

궁중의 온 무리가 갑자기 술렁이는구나.

모두들 점잖게 줄을 지어서 긴 복도와

멀리 뻗은 회랑 길을 지나가는 게 보이는구나.   6370

그래! 옛날 기사의 방이었던 드넓은 홀로 모이고 있는데,

저 홀 안에 다 들어갈 것 같지가 않구나.

드넓은 벽에는 양탄자들이 장식되어 있고,

여러 구석과 벽감에는 갑옷들이 걸려 있구나.

이런 곳이라면 마술의 주문도 필요 없겠는걸,   6375

유령들이 저절로 나타날 것 같으니 말이다.

기사의 방

어둑어둑한 조명.

황제와 신하들이 등장해 있다.

이전관

연극을 통고하는 나의 오랜 소임도,

유령들의 은밀한 작용으로 인해 어렵게 되었습니다.

그렇게 얽히고설킨 사건을 이치가 분명하도록

설명한다는 것은 아무래도 헛된 일인 듯합니다.   6380

의자나 걸상들은 벌써 준비가 다 되어 있고,

황제 폐하를 바로 벽 앞쪽에 모셨으니,

벽걸이 양탄자에 그려진 전성시대의 전투를

아주 편안하게 구경하실 수 있을 것입니다.

이쪽에는 폐하와 신하들이 모두 둘러앉아 계시고, 6385

그 뒤쪽에는 긴 의자들이 꽉 들어차 있습니다.

유령이 나오는 음산한 시각에도, 연인들은

바로 연인 곁에 정답게 자리를 차지하고 있습니다.

자, 이렇게 모든 사람이 제게 어울리는 자리를 잡았으니,

준비는 다 되었군요. 유령들이여 이제 나타나라! (나팔 소리) 6390

천문박사

당장에 연극을 진행시키도록 하라.

폐하께서 분부하신다. 벽들아, 열려라!

아무것도 거칠 것이 없다. 여기는 마술의 세상이니라.

양탄자는 불길에 휘말린 것처럼 사라지고,

담벼락도 갈라져서 빙빙 돌아가고 있으니, 6395

심연의 무대가 마련되는 것 같고,

신비에 찬 불빛이 밝혀지는 것 같도다.

난 무대 앞쪽으로 올라가보아야겠다.

메피스토펠레스 (프롬프터가 들어앉는 구멍에서 모습을 나타내며)

나는 여기서 구경꾼들의 총애나 받아보아야겠다.

대사를 속삭여주는 것이 악마의 화술이니까. 6400

(천문박사에게)

당신은 별들이 운행하는 박자까지도 알고 있으니,

내가 속삭여주는 것도 능란하게 알아들을 수 있겠지요.

천문박사

불가사의한 힘으로 여기 눈앞에 나타난 것은,

거대하기 이를 데 없는 고대의 신전입니다.*

옛날 하늘을 떠받치고 있던 아틀라스와도 같이,   6405

거대한 기둥들이 줄지어 늘어서 있습니다.

기둥 두 개면 거대한 건물도 떠받칠 수 있을 정도이니,

이 정도면 바위산의 무게라도 능히 지탱할 수 있으리라.

건축가

저게 고대 양식이군요! 훌륭하다고는 못 하겠는데요.

우악스러운데다 너무 육중하다고 해야겠습니다.   6410

조야한 것을 고상하다 하고, 볼품없는 것을 위대하다 하는군요.

내가 좋아하는 건 끝없이 위로 뻗어간 좁다란 기둥이지요.**

끝이 뾰족한 천장(天障)은 인간 정신을 고양시켜주는바,

그런 건축물이라야 우리를 진정으로 감동시킨답니다.

천문박사

성운(星運) 좋은 이 시각을 경건한 마음으로 맞으시오.   6415

이성일랑 마법의 주문으로 묶어놓으시고,

그 대신 화려하고도 대담한 상상력을

자유자재로 폭넓게 이끌어오도록 하시오.

여러분이 대담하게 갈망하던 것을 이제 눈으로 보십시오.

---

* 이는 그리스의 아테네와 로마의 판테온과 같은 고대 건축물을 연상시키고 있음.
** 중세의 고딕 양식의 기둥을 말함.

그것이 불가능한 것이기에, 믿을 만한 가치가 있을 것입니다.* 6420

(파우스트가 무대 앞쪽의 다른 편에서 솟아오른다.)

천문박사

사제복을 입고 관을 쓴 요술사가 나타나서,

자신 있게 시작했던 일을 이제 완수하려 합니다.

삼발이 향로가 공허한 동굴로부터 함께 올라오고 있는데,

그 향로에서 벌써 향연(香煙)이 피어오르는 것 같습니다.

그가 이 대사업을 축복하고자 만반의 준비를 갖추고 있으니, 6425

이제부터는 행복스러운 일만 일어날 것입니다.

파우스트 (장엄하게)

나 그대들 이름으로 행하노라, 어머니들이여.

끝없는 곳에 좌정하여 영원히 고적하게 지내지만, 그래도 한곳에

모여 살아가는 그대들이여, 그대들의 머리 위에는

생명의 형상들이 생명 없이 움직이며 떠돌고 있도다. 6430

그 옛날 언젠가 온갖 광채와 가상(假象) 속에 존재했던 것이,

거기서 움직이고 있으니, 그것은 영원하기를 원하기 때문이다.

전능의 위력을 지닌 그대들은 그것을 나누어서,

대낮의 천막으로, 밤의 지붕 밑으로** 보내고 있도다.

---

* 초대 기독교 교부인 테르툴리아누스(160~222)가 그리스도의 죽음에 대해 '불합리하
기 때문에 믿어라'라고 말하고, 그리스도의 부활에 대해 '불가능하기 때문에 확실하다'
고 말한 것을 합친 내용.

어떤 자는 즐거운 인생 행로를 잡을 것이고,   6435

어떤 자는 대담한 마술사를 찾아가리라.

마술사는 자신만만하게 누구나 소망하는 것을,

그 기적 같은 일들을 아낌없이 보여주리라.

천문박사

작열하는 열쇠가 향로를 건드리자마자,

안개가 뭉게뭉게 피어올라 당장 방 안을 뒤덮는군요.   6440

안개는 살금살금 기어들어 구름처럼 피어오르고,

늘어졌다 뭉쳤다, 얽혔다 갈라졌다, 다시 짝을 짓습니다.

자, 이제 정령들의 걸작품을 보도록 하십시오!

정령들이 떠다니는 데 따라 음악 소리가 일어납니다.

공중에 흐르는 음향에서 뭔가 알 수 없는 것이 솟아나고,   6445

정령들이 움직이는 대로 모든 것이 멜로디가 됩니다.

기둥들은 물론 세 줄기 장식까지***\ 울려퍼지니,

마치 신전 전체가 노래를 부르는 것 같습니다.

안개가 차츰 가라앉더니, 그 가벼운 베일 속에서

아름다운 젊은이가 박자에 발맞춰 걸어나옵니다.   6450

여기서 내 소임도 끝낼 것인즉, 그의 이름을 댈 필요도 없겠습니다.

어느 누가 그 잘생긴 파리스를****\ 알지 못하겠습니까!

** 지상의 현상세계와 지하의 암흑세계를 의미함.

*** 그리스의 도리아 식 원주에 새겨진 세 줄기의 오목하게 파인 곳.

**** 스파르타의 왕비 헬레나를 유혹하여 전쟁을 유발시킨 트로이의 왕자.

(파리스가 나타난다.)

귀부인

오! 피어오르는 청춘의 힘이 어쩌면 저렇게도 찬란할까!

둘째 귀부인

싱싱하고도 즙이 풍부한 복숭아 같군요!

셋째 귀부인

예쁘고도 달콤한 저 포동포동한 입술!   6455

넷째 귀부인

넌 저 입술을 술잔처럼 빨고 싶은 모양이지?

다섯째 귀부인

기품은 없을지라도 정말 미남이로군요.

여섯째 귀부인

조금만 더 민첩했으면 좋으련만.

기사

양치는 목동을* 바라보는 느낌이로군.

귀공자 같지도 않고 궁중 예법도 모르는 것 같습니다.   6460

다른 기사

그렇군요! 반나체의 젊은이라 아름다운 것 같은데,

일단 갑옷을 입혀놓고 봐야겠지!

---

* 파리스가 이다 산에서 양치는 목동으로 살아갈 때 세 여신을 만났다는 고사가 있음.

귀부인

　자리에 앉는군요. 얌전하고도 편안하게.

기사

　그의 품에 안기면 기분 좋으시겠군요?

다른 귀부인

　머리에다 팔을 괸 모습이 정말 우아하군요.　　　　　6465

시종

　버릇없는 짓이오! 저건 참을 수 없는 일이야!

귀부인

　남자분들은 매사에 흠만 잡으려 하는군요.

시종

　황제 폐하의 어전에서 저런 버릇없는 짓을 하다니!

귀부인

　저건 연기일 뿐이에요! 그는 혼자 있다고 생각하는 거예요.

시종

　연극일지라도 여기선 예의를 지켜야만 합니다.　　　　6470

귀부인

　저 사랑스런 사람이 고이 잠들었군요.

시종

　곧 코를 골겠지요. 완전히 생긴 대로 노는군!

젊은 귀부인 (황홀하여)

　여기 향연에 섞여 나는 냄새는 무엇일까요?

　내 가슴 깊은 곳까지 시원해지는 것 같아요.

중년 귀부인

정말이에요! 그 향내가 마음속 깊은 곳까지 스며드는군요.　　6475

저분에게서 풍겨오는 거예요!

노년 귀부인

　　　　　　　　　　　그건 청춘의 꽃냄새라오.

젊은이의 몸 속에서 영약으로 마련되어

주변의 대기 속으로 퍼지는 것이라오.

(헬레나가 나타난다.)

메피스토펠레스

바로 이 여자로군! 이것 같으면 난 안심이다.

예쁘기는 하지만, 내 구미에는 맞지 않는다.　　6480

천문박사

명예를 존중하는 사람으로서 솔직히 고백하건대,

이번에는 나로서도 더이상 할말이 없습니다.

저런 미인이 나오면 불같은 혀를 가졌대도 어찌할 수 있으랴! ―

미(美)에 대해선 옛날부터 무수히 찬양의 노래가 있었지만 ―

저런 미녀를 보게 되면, 누구나 정신을 잃을 것이고,　　6485

저런 여자를 소유했던 자는 너무나 행복했을 것입니다.

파우스트

내 눈이 아직 제대로 붙어 있는가? 마음속 깊이에서

아름다움의 샘물이 철철 넘쳐흐르는 게 보이는 것일까?

무시무시한 여행에서 난 가장 성스러운 선물을 가져왔구나.

세상은 나에게 얼마나 무가치하고 폐쇄되어 있었던가!　　6490

그런데 내가 사제가 된* 이후 세상은 어떻게 변했는가?

이제야 바람직하고 근본이 있고 영속적인 것이 되었도다!

만일 내가 언제고 다시 그대와 떨어지게 된다면,

차라리 내 생명의 숨결이 사라지는 게 좋으리라!—

예전에 마술의 거울** 속에 나타나 날 즐겁게 하고,　　6495

또 나를 황홀하게 했던 그 아름다운 형상은,

이런 미인에 비하면 한낱 물거품 같은 모상(模像)에 불과하도다! —

내가 온갖 힘의 충동을, 내 정열의 정수를,

그대를 향한 동경을, 사랑을, 염원을, 광란을

모두 바칠 사람은 바로 그대로다.　　6500

메피스토펠레스 (프롬프터의 상자 안에서)

정신 차리고 맡은 역할을 잊지 마시오!

중년 귀부인

키도 크고 몸매도 예쁜데, 머리가 너무 작군요.***

젊은 귀부인

저 발 좀 보세요! 어쩌면 저렇게 투박할까!

---

* 파우스트는 어머니들의 나라에서 돌아온 후 사제 복장을 하고, 헬레나에게 봉사하는 미의 사제로 살아감.

** 비극 제1부의 '마녀의 부엌' 장면에서 아름다운 여인의 나체 모습이 나타났던 거울을 말함.

*** 그리스의 조각품들은 일반적으로 머리가 작고 발과 다리가 크다는 평을 받고 있음.

외교관

　제후의 부인들 중에서 저런 모습을 본 적이 있습니다.

　머리에서 발끝까지 정말 아름답다고 생각됩니다.　　　　6505

궁신

　잠자고 있는 젊은이에게로 살며시 다가가는군요.

귀부인

　저 순결한 젊은이의 모습에 비하면 정말 못생겼네요!

시인

　그녀의 아름다움으로 인해 젊은이가 빛나는 것입니다.

귀부인

　엔디미온과 루나* 같아요! 꼭 그림 같군요!

시인

　그렇습니다! 여신이 몸을 숙이는 듯한 모습입니다.　　　6510

　젊은이 위에 몸을 굽히고 그의 입김을 들이마시는군요.

　질투가 나는걸! ─키스를 하는군! ─이거 너무 지나치군.

궁녀장(宮女長)

　모든 사람들 앞에서 그러다니! 저건 미친 짓이에요!

파우스트

　애송이한테 지나친 정을 주는구나! ─

메피스토펠레스

　　　　　　　　　　　쉿! 조용히 하시오!

─────────

* 영원히 잠든 미소년 엔디미온에게 달의 여신 루나가 남몰래 다가가서 입을 맞추는 모
습은 자주 시와 그림의 소재가 되었음.

유령이 하고 싶은 대로 하도록 그냥 내버려두시오.　　6515

궁신

여인이 사뿐히 물러나고, 젊은이가 잠에서 깨어나는군.

귀부인

그녀가 돌아다보는군요. 내 그럴 줄 알았어요.

궁신

그가 놀라는군! 그에게 기적 같은 일이 일어났으니까.

귀부인

여자로선 눈앞에 벌어진 일이 기적이랄 게 없어요.

궁신

그녀가 얌전히 그에게로 돌아가는군요.　　6520

귀부인

그럴 테지요. 그 젊은이를 가르치려는 거예요.

이런 경우 남자들이란 모두가 멍청하단 말예요.

저 젊은이도 제가 첫번째라고 생각할 테지요.

기사

꼭 내 마음에 드는군요! 품위가 있고 고상해요!─

귀부인

음탕한 여자예요! 저런 걸 천하다고 하는 거예요!　　6525

시동

내가 저 사람 입장이라면 얼마나 좋을까!

궁신

저런 그물에 걸려들지 않을 사람 누가 있겠는가?

귀부인

저 패물은 벌써 여러 사람의 손을 거쳐간 거예요.

금박 입힌 칠도 벌써 상당히 벗어져버렸고요.

다른 귀부인

여남은 살 때부터* 저 여잔 벌써 못쓰게 되었어요. 6530

기사

사람은 누구나 그때그때 최상의 것을 취하게 마련이지요.

나는 저 아름다운 여인의 찌꺼기라도 갖겠습니다.

학자

나도 저 여인을 똑똑히 보고 있지만, 솔직히 고백하건대,

저 여인이 진짜인지 아닌지 의심이 가는군요.

눈앞에 보이는 것은 과장하도록 유인하기에, 6535

난 무엇보다도 기록된 것을 중히 여긴답니다.

기록을 읽어보니, 저 여인은 실제로 트로이의

수염 난 노인들에게 각별한 사랑을 받았다고 합니다.

그것이 이번에도 꼭 들어맞는다는 생각이 드는군요.

사실 난 젊지도 않은데, 저 여인이 마음에 들거든요. 6540

천문박사

이젠 소년이 아니로군요! 대담한 용사가 되어

여자를 끌어안으니, 그녀는 저항을 할 수도 없습니다.

억센 팔로 그 여인을 높이 들어올렸는데,

---

* 헬레나는 열 살 때 벌써 아테네 왕 테세우스에 의해 아티카로 유괴되었다고 전해짐.

그녀를 유괴하려는 것일까요?

파우스트

이 철면피한 바보놈아!

감히 그런 짓을! 들리지 않느냐! 멈춰라! 그건 너무 심하다!   6545

메피스토펠레스

그런 도깨비장난은 당신 자신이 하고 있는 것이오!

천문박사

한마디만 더 하겠습니다! 이제까지의 사건 전모로 보아,

이 연극작품은 '헬레나의 납치'라고 부르겠습니다.

파우스트

뭐, 납치라니! 내가 쓸데없이 이 자리에 있는 줄 아느냐!

이 열쇠가 아직도 내 손아귀에 있지 않느냐!   6550

이것이 저 적막한 영역의 공포와 파랑(波浪)을 뚫고,

이 확고한 해안으로 나를 인도해준 것이다.

여기에 나는 발을 딛고 서 있다! 여기에 현실이 있으며,

이곳으로부터 정신은 정령들과 싸울 수가 있고,

위대한 이중세계를* 세울 수 있으리라.   6555

그렇게 아득한 곳에 있던 여인이 어찌 더 가까울 수 있겠는가!

내가 그녀를 구하리라. 그럼 그녀는 이중으로** 내 것이 되리라.

자, 용기를 내자! 어머니들이여! 어머니들이여! 용납해야 하리라!

---

* 상상과 현실이 교차하는 세계.

** 파우스트는 헬레나를 어머니들의 나라에서 데려오고, 또 파리스에게서 빼앗으니까
이중으로 자기 것이 된다고 생각함.

저 여인을 알게 된 자, 그녀를 놓칠 수는 없으리라.

천문박사

무슨 짓을 하시오, 파우스트! 파우스트! ─ 힘으로　　　6560

그 여인을 잡다니, 벌써 그 형상이 흐려지는구나.

이젠 열쇠를 젊은이에게로 돌려,

그의 몸에 대는구나! ─ 아이고! 저런! 순식간에!

(폭발. 파우스트 바닥에 쓰러진다. 유령들은 연기 속으로 사라진다.)

메피스토펠레스 (파우스트를 어깨에 걸머지고)

자, 이것 보시오! 바보 녀석을 떠맡게 되면,

결국 악마 자신까지 손해를 본단 말이야.　　　6565

(암흑, 소동)

제2막

높고 둥근 천장을 이룬 협소한 고딕 식 방

옛날 파우스트의 방, 변한 것이 없다.

메피스토펠레스 (휘장 뒤에서 나타난다. 그가 휘장을 들고 뒤를 돌아보는 동
안, 고풍스런 침대에 누워 있는 파우스트의 모습이 보인다.)
여기 누워 있어라. 헤어나기 어려운,
사랑의 굴레에 유혹당한 불행한 친구여!
헬레나로 인해 기절한 자는,
쉽게 정신을 차리지는 못할 것이다.
(주위를 돌아본다.)
위를 쳐다보고, 여기저기를 돌아보아도,   6570
조금도 변한 것이 없고 옛날 그대로구나.
채색된 창유리가 약간 더 탁해진 것 같고,

거미줄이 좀더 많아졌구나.

잉크는 말라붙었고, 종이는 누렇게 색이 변했다.

그러나 모든 것이 제자리에 그대로 있구나.　　　　　　　　6575

파우스트가 악마에게 계약서를 써준

그 펜까지도* 여기 그대로 놓여 있구나.

그렇다! 내가 멋지게 속여 빼앗은 피 한 방울이,

아직도 이 펜대 깊숙한 곳에 엉켜 있겠지.

하나밖에 없는 이런 진품(珍品)을 얻어주어　　　　　　　6580

위대한 수집가라도 기쁘게 해주었으면 좋겠구나.

저 낡은 모피옷까지도 옛날 옷걸이에 걸려 있으니,

그때 엉터리 같은 소리로 장난치던 생각이 난다.

언젠가 내가 그 학생에게 가르쳐준 대로,

그놈은 청년이 되어서도 그걸 되씹고 있을 거야.　　　　　6585

포근하고 따스한 털외투여, 너를 몸에 걸치고,

세상 사람들이 언제나 옳다고 생각하고 있는

대학교수가 되어 다시 한번 뽐내보고 싶은

생각이 진정 간절하게 떠오르는구나.

학자라면 성취하는 법을 알겠지만,　　　　　　　　　　6590

악마에게는 이미 오래 전에 지나간 일이로다.

(옷걸이에서 모피옷을 내려 턴다. 귀뚜라미, 딱정벌레, 나방들이 튀어나

온다.)

---

* 파우스트가 사용하던 거위 깃으로 만든 펜대.

곤충들의 합창

어서 오세요! 어서 오세요.

옛날 우리의 보호자시여!

우리는 날고 노래 부르며

당신을 벌써 알아보았죠.   6595

은밀히 한 마리씩

우리를 심어놓으셨기에,

아버지시여, 수천의 무리 되어,

우리 여기 춤을 춥니다.

약은 놈은 가슴속에   6600

깊숙이 숨어 살지만,

털옷 속의 이들은

일찌감치 이렇게 나왔나이다.

메피스토펠레스

이 작은 녀석들을 뜻밖에 만나니 기쁘구나!

씨를 뿌려놓으면, 언젠가는 수확을 하기 마련이로다.   6605

이 낡은 옷을 다시 한번 털어보자.

여기저기에 또 한 마리씩 튀어나오는구나 —

뛰어올라라! 이리저리 흩어져라! 이 귀여운 녀석들아,

어서어서 수많은 구석 찾아 숨어들어가거라!

저기 낡은 상자들이 놓여 있는 곳이나,   6610

여기 이 갈색으로 변한 양피지 책 속이나,

먼지가 뒤덮인 깨진 항아리 조각 속이든지,

저 해골바가지의 눈구멍 속에라도 숨어라.

이렇게 지저분하고 곰팡이가 낀 곳에는

언제든지 벌레가 우글거려야 하는 법이다. 6615

(모피옷을 걸쳐입는다.)

자, 내 어깨를 다시 한번 덮어다오!

오늘은 내가 다시 일류교수가 되었다.

그러나 날 그렇게 불러본들 아무 소용 없구나.

나를 인정해줄 사람들이 어디 있단 말인가?

(그가 초인종 줄을 잡아당기자, 날카롭게 울리며 가슴을 파고드는 소리

가 울려퍼진다. 그로 인해 집 안이 온통 진동하고 문들이 튕겨나가듯 활

짝 열린다.)

조수 (길고 어두운 복도를 비틀거리며 걸어온다.)

이 무슨 소리인가! 이 어인 진동인가! 6620

층계가 흔들리고 벽이 진동하는구나.

덜컹거리는 채색된 유리창 너머로는

번갯불이 번쩍번쩍 빛나는 게 보인다.

마룻바닥이 파열하고, 천장으로부터는

석회와 흙덩이가 밀려 흘러내린다. 6625

단단히 잠가놓았던 문들이

알 수 없는 힘으로 인해 열려버렸다 —

저것 좀 보게! 무시무시하구나! 거인 같은 사나이가

파우스트 박사님의 낡은 모피옷을 입고 서 있다니!

그의 눈초리나 그의 손짓에도 6630

나는 그 자리에 주저앉아버릴 것 같구나.

달아나야 할까? 그냥 서 있어야 할까?

아아, 나는 대체 어떻게 될 것인가!

메피스토펠레스 (손짓을 하면서)

여보게, 이리 오게!—자네 이름이 니코데무스지.

조수

그렇습니다. 존경하는 선생님!—기도를 올려야겠군요.　　6635

메피스토펠레스

그런 건 그만두게!

조수

　　　　　저를 알고 계시니 기쁩니다!

메피스토펠레스

잘 알고 있네. 나이는 먹었어도 아직 학생이군.

만년학생이겠지! 비록 학자라 할지라도

어쩔 도리가 없으니, 그렇게 계속 공부나 하는 것이야.

그리하여 상당한 공중누각을 세울 수는 있지만,　　6640

아무리 위대한 인간이라도 그걸 완성시킬 수는 없다네.

하지만 자네의 선생은 정말 훌륭한 분이야.

지금 학계에서 제일인자가 되신,

그 고귀한 바그너 박사님을* 누가 모르겠나!

---

* 비극 제1부에서 파우스트의 조수였던 바그너가 지금은 위대한 학자가 되어 인조인간
을 제조하고 있음.

학계를 지탱하고 있는 유일한 분으로서   6645

매일매일 지혜를 증진시키고 계시는 분이지.

온갖 지식을 갈망하는 청강생들이

떼를 지어 그분의 주위에 몰려들고 있어.

강단에선 오직 그 한 분만이 빛나고 있으며,

그분은 마치 성 베드로처럼 열쇠를* 사용하여,   6650

지상의 것이건 천상의 것이건 다 해명해주시지.

그 누구보다도 광채를 발하며 빛나고 있기에,

어떤 명성도, 어떤 명예도 그에게 맞설 수가 없다네.

파우스트 박사의 이름조차 희미해지고 있으니,

독창적인 인재는 오직 그분뿐일세.   6655

조수

존경하는 선생님! 이런 말씀을 드린다면,

말대꾸를 하는 것 같아 죄송합니다만,

지금 말씀하신 것은 모두 문제가 되지 않습니다.

겸손이야말로 그분의 타고난 천성이십니다.

저 고명한 박사님께서 불가사의하게 실종되신 후   6660

그분은 어찌할 바를 모르고 계시며,

박사님이 돌아오시는 것만이 위안이며 행복이라 염원하십니다.

이 방도 파우스트 박사님이 계시던 때와 마찬가지로,

---

* 마태복음 제16장 19절에서 베드로는 천국과 지옥의 문을 여닫는 열쇠를 맡아 가지고 있는데, 여기서는 바그너가 천상과 지상의 비밀을 여는 열쇠를 쥐고 있는 것임.

떠나신 이후로 아직 손 하나 댄 일 없이

옛 주인이 돌아오시기만을 기다리고 있습니다.　　　　6665

저 같은 건 감히 이 방에 들어올 엄두도 내지 못한답니다—

대체 지금의 성시(星時)는* 어찌 되어 있습니까?

벽들이 모두 겁에 질려 있는 것처럼 보이고,

문설주도 흔들리고 빗장도 모두 튕겨져버렸습니다.

그렇지 않았다면 선생님도 들어오지 못하셨을 겁니다.　　　6670

메피스토펠레스

자네 선생님은 어디 가셨단 말인가?

나를 그분에게 안내하거나, 그분을 이리 모셔오게나!

조수

아이고! 그분의 분부가 너무나 엄하셔서,

제가 감히 그렇게 해도 되는지 모르겠습니다.

위대한 작업** 때문에 벌써 여러 달 동안을,　　　　6675

아주 조용히 파묻혀 지내고 계십니다.

학자들 중에서도 가장 나약한 분인데도,

마치 숯 굽는 일꾼 같은 모습으로,

귀밑에서 코끝까지 검정칠을 하고 계시죠.

불을 부느라고 두 눈이 충혈된 채,　　　　6680

매 순간 정말로 애태우고 계시는데,

---

* 점성술에 의하면 각 시간은 특정한 별의 지배를 받는다고 함. 인조인간이란 대사업을
완성할 단계에 있는 바그너는 특히 시간에 예민한 것임.
** 인조인간 호문쿨루스를 만들어내는 일.

불집게 달가닥거리는 소리가 음악처럼 울린답니다.

메피스토펠레스

내가 들어가는 걸 그분이 거절할 수 있겠나?

나는 그의 성공을 촉진시켜줄 사람이라네.

(조수는 퇴장하고, 메피스토펠레스는 거드름을 피우며 자리에 앉는다.)

내가 여기에 자리를 잡자마자,   6685

저 뒤편에 안면 있는 손님이 하나 나타나는군.

하지만 저자도 이제 최신학파에 속하고 있으니,

이번엔 한없이 뻔뻔스럽게 굴어대겠지.

학사(學士) (복도를 마구 달려오면서)

대문도 방문도 다 열려 있구나!

이제 드디어 희망이 보인다.   6690

지금까지처럼, 곰팡이 속에서

살아 있는 사람이 죽은 사람같이

오그라들고 썩어가며,

산 채로 죽어가는 일은 없으리라.

이 담들도, 이 벽들도 곧   6695

기울어지고, 마침내 쓰러질 테니,

우리가 빨리 피하지 않으면,

무너지는 밑에 깔려버리리라.

난 어느 누구보다 대담하지만,

더이상은 들어가진 못하겠구나.   6700

그런데 오늘은 이상한 일도 다 있구나!
이곳은 벌써 여러 해 전에 내가,
착하디착한 학생으로서,
두려워 가슴 죄며 찾아왔던 곳이 아니냐?
그리고 저 수염 난 작자들을 믿고,   6705
그들의 허튼소리에 감동하던 곳이 아닌가?

케케묵은 낡은 책들 속에서,
그들이 알아낸 것으로 나를 속였지.
자신이 아는 것조차 믿지 않으며,
그들과 나의 인생을 앗아가버렸지.   6710
저게 뭐지? — 방 안의 저쪽 뒤편
어두컴컴한 속에 아직 한 놈이 앉아 있구나!

가까이 다가가보니 놀랍게도,
저 작자는 정녕 내가 떠날 때와도 같이
갈색 모피옷을 입고 앉아 있구나.   6715
아직도 저 거친 털옷에 싸여 있다니!
그때는 내가 제대로 알질 못해서,
저 작자가 노련하게 여겨졌었지.
오늘은 아무것도 소용없을 것이니,
당당하게 그자에게 부딪쳐보자!   6720

노(老)선생님, 망각의 강 레테의 탁한 물결이

비스듬히 숙여진 선생님 대머리를 씻어버리지 않았다면,

대학의 채찍질을 벗어난 지 이미 오래된,

옛 학생이 이렇게 찾아온 것을 알아보실 겁니다.

제가 보기에 선생님은 처음 뵈었을 때나 그대로인데,   6725

저는 다른 사람이 되어 다시 찾아온 것입니다.

메피스토펠레스

초인종 소리를 듣고 자네가 와주어 기쁘군.

그 당시에도 자네를 과소평가하지는 않았다네.

애벌레나 번데기를 보면, 그것이 장래에

오색찬란한 나비가 되리란 것을 알 수 있는 법일세.   6730

자네는 고수머리에다가 옷깃에는 레이스를 달고,

어린아이다운 기쁨을 느끼고 있었다네—

자네는 머리를 땋아내린 적이* 없는 모양이지?—

오늘은 스웨덴 식으로 머리를 짧게 깎았군.

아주 과단성 있고 씩씩하게 보이기는 하지만,   6735

절대주의자가** 되어 집으로 돌아가진 말게나.

학사

노선생님! 우리가 옛날과 같은 장소에 있긴 하지만,

---

* 18~19세기 초에 유행한 머리모양으로 편협하고 현학적 기풍이라 하여 배척의 대상이
었음.

** 피히테, 셸링, 헤겔처럼 체험은 가벼이 여기고 사변에만 의존하는 사상가를 뜻함.

새로워진 시대의 흐름을 잘 생각하시어

애매모호한 말씀일랑 삼가주시지요.

우린 이제 완전히 다른 것에 관심을 기울이고 있습니다.　　　6740

선생께선 착하고도 성실한 젊은이를 우롱하셨고,

아무런 재주도 없이 그런 일에 성공을 거뒀지만,

오늘날에는 누구도 감히 그러지 못할 것입니다.

메피스토펠레스

젊은 사람에게 순수한 진리를 말해주면,

아직 주둥이도 노란 것들이 전혀 좋아하질 않는단 말이야.　　　6745

그러나 그뒤에 여러 해가 지나서,

모든 것을 직접 자기 피부로 경험하고 나서는,

그것이 마치 자기 머리에서 나온 것처럼 착각하며,

선생님은 바보였노라고 떠들어댄단 말이야.

학사

사기꾼이라고 하겠죠! ─ 왜냐면 대체 어떤 선생이　　　6750

우리 얼굴에다 대고 직접 진리를 말해준단 말입니까?

선생이란 누구나 적당히 보태기도 하고 빼기도 하면서,

순진한 학생들을 근엄하게, 또 친절하게 대하기도 하지요.

메피스토펠레스

배우는 데는 물론 때가 있는 법인데,

보아하니 자네는 벌써 가르칠 준비가 되어 있는 것 같군.　　　6755

그 이후 벌써 여러 달이 지나고 여러 해가 지났으니,

자네도 제법 풍부한 경험을 쌓았겠구먼.

학사

경험이라고요!* 그건 물거품이나 연기와 같은 것이오!

결코 정신과 같은 종류의 것이 아닙니다.

솔직히 고백하시지요! 이제까지 알고 있던 것은,   6760

전혀 알 만한 가치가 없는 것이라고 말입니다.

메피스토펠레스 (잠시 쉬었다가)

오래 전부터 그렇게 생각하고 있었네. 내가 바보였지.

이제는 내가 정말 멍청하고 우둔하다는 생각이 든다네.

학사

아주 반가운 말씀이군요! 분별 있는 말씀을 들었습니다.

이성 있는 노인장을 만난 게 이번이 처음입니다!   6765

메피스토펠레스

나는 숨겨진 황금보화를 찾으러 나섰다가,

몸서리나는 석탄만 캐내온 꼴이라네.

학사

솔직히 말씀하십시오. 선생님의 두개골과 대머리가

저기 있는 텅 빈 해골보다 값지다고는 못하시겠죠?

메피스토펠레스 (유유하게)

여보게, 자넨 자네가 얼마나 난폭한지 모르는 모양이군?   6770

학사

독일에서는 점잖게 말할 때 거짓말을 한답니다.

---

* 주관적 관념론자는 선험적인 것(Apriori)만 믿고, 직관적 인식의 기초가 되는 경험을
경시함.

메피스토펠레스 (바퀴 달린 의자를 무대 전면으로 가까이 밀고 나와, 관람객
들을 향하여)

여기 높은 데 있으니 눈이 부시고 숨이 막힐 것 같습니다.

나도 여러분들 틈에 자리 하나 얻을 수 있겠습니까?

학사

시대에 뒤떨어져 더이상 아무것도 아닌 것이,

제법 무엇이나 되는 척하는 놈을 난 건방지다고 봅니다.   6775

인간의 생명이란 피 속에서 살아가는 것인데,

젊은이에게서처럼 피가 약동하는 곳이 어디 있습니까?

새로운 생명을 생명으로부터 창조해내는 것은,

싱싱한 힘을 지니고 살아 있는 피지요.

거기에서 모든 것이 약동하고 무엇인가가 이루어지며,   6780

약한 것은 쓰러지고 유용한 것은 뻗어나갑니다.

우리가 이 세상의 절반을 점령하는 동안에

당신네들은 대체 무엇을 하였나이까? 졸다가 생각하다,

꿈을 꾸다가, 궁리하다가, 언제나 계획만을 세웠지요.

확실합니다! 노령(老齡)이란 차가운 열병과 같아서,   6785

변덕스러운 고민으로 오한을 일으키고 있는 것이죠.

누구나 나이 서른이 넘으면,*

이미 죽은 것이나 마찬가지입니다.

당신네들은 적당한 때에 때려죽이는 게 상책일 겁니다.

---

* 피히테는 '사람이 삼십 세가 넘으면 자신의 명예를 위해 또는 세상을 위해 죽는 편이
좋다고 말하지 않을 수 없다'고 했는데, 예나와 바이마르 청년들이 이를 자주 인용했음.

메피스토펠레스

　　이쯤 되면 악마도 더이상 할 말이 없겠군.　　　　　　　　　6790

학사

　　내가 원치 않으면, 악마도 존재할 수가 없소이다.

메피스토펠레스 (옆쪽으로 떨어져서)

　　그 악마가 이제 네놈의 다리를 걸어 넘어뜨릴 것이다.

학사

　　이것이 젊은이들의 가장 고귀한 사명이올시다!

　　세계는 내가 창조해내기 전에는 존재하지 않았고,

　　태양은 내가 바다에서 끌어올린 것이며,　　　　　　　　　6795

　　달도 그 교차하는 운행을 나와 더불어 시작하였고,

　　하루하루는 내가 가는 길을 장식해주고 있으며,

　　대지는 나를 맞아 푸르러지고 꽃을 피우는 것입니다.

　　수많은 모든 별들도 저 첫날 밤에,

　　내 눈짓 하나로 찬란한 빛을 내게 되었지요.　　　　　　　6800

　　속물적으로 편협한 사상의 굴레에서

　　당신네들을 해방시킨 것이 내가 아니고 누구였습니까?

　　그러나 나는 정신이 일러주는 대로 자유로이,

　　내 내면의 빛을 즐거운 마음으로 따라가며,

　　광명을 앞으로 하고 암흑을 뒤로 물리고서,　　　　　　　6805

　　독자적인 황홀경에 젖어 재빠르게 나가고 있습니다. (퇴장)

메피스토펠레스

　　괴상한 놈, 너 좋을 대로 계속해보라! ―

그러나 우매한 생각이든, 슬기로운 생각이든,
옛사람들이 이미 생각지 못한 것이 없다는 사실을
깨닫게 되면, 네놈도 몹시 마음이 아프겠지? ─   6810
하지만 저런 놈이 있다 해서 우린 위험할 게 없으니,
몇 해만 지나면 그것도 달라질 것이다.
포도즙이 아무리 괴상하게 끓어오른다 해도,
결국에는 포도주가 되고 말거든.
(박수를 치지 않는 관람석의 젊은이들을 향하여)
자네들은 내 말을 듣고도 냉담한데,   6815
선량한 아이들이라 그냥 내버려두겠네.
잘들 생각해보게. 악마는 늙은이니까,
자네들도 늙으면, 그의 말을 이해할걸세!

실험실

중세풍의 실험실

공상적인 목적을 위한, 사용하기 어려운 잡다한 기구들이 있다.

바그너 (화로 곁에서)
무시무시하게 초인종이 울리면서,
그을음투성이의 벽들이 뒤흔들리는구나.   6820
이렇도록 진지한 기대가 불확실하게
더이상 오래 지속될 수는 없다.

저 캄캄한 암흑이 벌써 밝아지고,

시험관의 가장 깊은 내면에서 벌써

살아 있는 석탄과 같은 것이 불타오른다.　　　　　6825

그래, 극도로 찬란한 홍옥과 같은 것이,

어둠을 뚫고 번개처럼 빛을 발산하고 있다.

밝고도 하얀 빛이 나타나는구나!

아아, 이번에는 실패하지 말아야지! ―

아니, 저런! 문이 어째서 저렇게 덜거덕거릴까?　　　6830

메피스토펠레스 (들어오면서)

안녕하시오! 호의로 찾아왔소이다.

바그너 (불안스럽게)

성운(星運)이 좋은 때에 잘 오셨습니다!

(낮은 소리로)

그러나 입을 꼭 다물고 숨을 죽이고 계십시오.

곧 굉장한 일이 이루어질 것입니다.

메피스토펠레스 (더욱 낮은 소리로)

대체 무슨 일이지요?

바그너 (더욱 낮은 소리로)

　　　　　　　　　인간을 만드는* 중입니다.　　　　6835

메피스토펠레스

인간이라고요? 그럼 사랑에 빠진 한 쌍을,

---

* 중세 말에 인간을 화학적으로 합성하려는 생각이 미신으로 유행하였고, 파라셀수스는
이를 과학적으로 연구하였음.

이 연기 나는 구멍에 가두어놓았단 말인가요?

바그너

천만의 말씀! 이제까지 유행하던 생산 방법을,

우리는 허영에 찬 장난이라고 선언하는 바입니다.

생명이 튀어나온 그 보드라운 결합점이나,   6840

체내에서 밀고 나와 받거니 주거니 하면서,

자신의 모습을 본떠내고, 처음에는 가까운 것을,

다음에는 낯선 것을 자기 것으로 만드는

그 사랑스런 힘은 이제 그 가치를 잃고 말았습니다.

동물들은 앞으로도 그런 짓을 계속 즐길지 모르지만,   6845

위대한 천성을 타고난 인간이라면,

장차 보다 고귀하고 고상한 근원에서 태어나야지요.

(화로 쪽으로 몸을 향하고서)

빛나고 있군요! 보십시오! — 이젠 정말 희망이 보입니다.

우린 수백 가지 물질을 혼합해서 —

하긴 그 혼합이 제일 중요한 것이지만 —   6850

인간의 원질(原質)을 적절히 구성해냅니다.

그리고 그것을 시험관 속에 넣어 밀봉하고,

그에 적당하게 증류시키면,

은밀히 그 일이 이루어지는 것입니다.

(다시 화로 쪽으로 향하고서)

생성되고 있군요! 덩어리가 더욱 맑게 움직이고 있습니다!   6855

확신하고 있던 바가 점점 진실이 되어갑니다.

우리가 자연의 신비라고 찬양해오던 것을,

감히 오성(悟性)의 힘으로 실험해보고,

이제까지는 자연이 유기적으로 빚어내던 것을,

우리가 결정(結晶)시켜 만들어내는 것입니다.   6860

메피스토펠레스

오래 살다보면, 여러 가지 경험을 하게 되는데,

그런 사람에겐 이 세상에 새로운 일이란 있을 수 없소이다.

나는 벌써 두루 방랑을 하고 다니던 시절에,

결정으로 이루어진 인간의 무리를 본 적이 있소이다.

바그너 (그때까지 계속 시험관을 주시하고 있다.)

이제 올라옵니다. 빛이 나고 한데 모여듭니다.   6865

이제 곧 이루어질 것입니다.

위대한 계획이란 처음에는 미친 듯이 보이지만,

앞으로는 우연이란 걸 비웃어버려야겠습니다.

그리고 탁월한 생각을 해야 할 두뇌도,

앞으로는 사상가가 만들어낼 것입니다.   6870

(황홀하게 시험관을 들여다보며)

사랑스러운 힘에 의해 유리병이 울리는군요.

흐릿해졌다가 맑아지는군요. 틀림없이 생성될 것입니다!

저렇게 조그마한, 귀여운 인간이

사랑스런 모습으로 몸짓하는 게 보입니다.

우린 뭘 바랄 것이며, 세상이 더이상 뭘 바라겠습니까?   6875

신비가 백일하에 드러났는데 말입니다.

이 소리에 귀를 기울여보십시오.

저것이 목소리가 되어, 말로 변할 것입니다.

호문쿨루스[*] (시험관 속에서 바그너에게)

안녕하세요, 아빠! 이건 농담이 아니었군요.

가까이 오셔서 절 포근하게 가슴에 안아주세요!　　　　　　6880

그러나 유리가 깨지지 않도록, 너무 꼭 껴안진 마세요.

사물의 특성에 대해 말씀드리건대,

자연적인 것에는 우주 공간도 충분치 않지만,

인공적인 것은 제한된 공간을 필요로 합니다.

(메피스토펠레스에게)

장난꾸러기 아저씨![**] 당신도 마침 요긴한 순간에　　　　6885

여기에 와 계셨군요. 정말로 감사해요.

정말 운수가 좋아서 당신을 이리로 들어오게 했는데,

저도 이렇게 존재하는 동안 활동을 해야겠어요.

당장 일을 시작할 준비를 하고 싶어요.

아저씬 노련하시니, 빠른 방법을 가르쳐주세요.　　　　　6890

바그너

나도 한마디만 하자! 지금까지 늙은이고 젊은이고

여러 가지 문제를 가지고 몰려드는 게 난 질색이었다.

---

[*] 파라셀수스의 설에 의하면 남성의 정자를 밀폐된 증류기에 넣어두면 생기를 얻게 되는데, 거기에 사람 피의 정수를 섞어 사십 주 동안 양육하면 인간의 모습이 된다고 함. 괴테는 이 설을 근거로 인조인간 호문쿨루스를 만들어낸 것이라 판단됨.

[**] 인조인간의 탄생에 악마도 협조했으며, 양자가 모두 악마적인 존재이기 때문에 친척과도 같은 친근감을 느끼는 것임.

예를 들자면, 이건 아직 아무도 파악하지 못한 일인데,

영혼과 육체란 그다지도 잘 어울리고,

결코 서로 떨어질 수 없이 단단히 결합해 있는데,   6895

그런데도 언제나 서로를 싫어하는 이유가 무엇일까.

그리고 또 ―

메피스토펠레스

멈추시오! 나라면 차라리 이렇게 묻겠소.

어찌하여 남자와 여자는 그다지도 사이가 나쁘냐고요?

여보시오, 당신은 이에 대해 분명한 대답을 못할 것이외다.

여기 할 일이 하나 있는데, 바로 그걸 꼬마가 하려는 거요.   6900

호문쿨루스

할 일이 뭔가요?

메피스토펠레스 (옆문을 가리키며)

　　　여기서 네 재주를 보여다오!

바그너 (여전히 시험관을 들여다보며)

정말, 너는 사랑스럽기 한이 없는 아이로구나!

(옆문이 열리고, 침상에 누워 있는 파우스트가 보인다.)

호문쿨루스 (놀라면서)

　　　굉장하군요! ―*

---

* 호문쿨루스가 천리안적인 정신력으로 기절한 파우스트가 꿈꾸고 있는 정경을 투시하고 있음. 즉 그리스 신화에 레다가 강변에서 목욕할 때 백조의 무리가 날아오자 다른 소

(시험관이 바그녀의 손을 빠져나와 파우스트 위에서 맴돌면서 그를 환하
게 비춰준다.)

　　　　　　　사방이 아름답구나! ─ 무성한 숲속에
맑은 물이 흐르고 있구나! 여자들이 옷을 벗는데,
진정 아름다운 여인들이로다! ─ 볼수록 멋진 광경이로다. 　　6905
그중에도 뛰어나게 빛나는 한 여인이 있으니,
지고한 영웅들의 혈통일까, 신들의 혈통일까.
그 여인이 투명하도록 맑은 물에 발을 담그니,
고귀한 육체의 우아한 생명의 불길이
유순한 수정 같은 물결 속에 식어가는도다 ─ 　　6910
그러나 이 무슨 성급하게 활개치는 소리일까!
무엇이 수런거리고 찰싹이며, 잔잔한 수면을 교란시킬까?
처녀들은 질겁해서 달아나는데, 그 여왕만은
홀로서 태연하게 그것을 바라다보고,
백조들의 왕이 집요하고도 유순하게 그녀의 무릎으로 　　6915
파고드는 모습을 자랑스러운 여인의 흐뭇한 기분에 젖어
바라보고 있도다. 백조왕은 거기에 익숙해지는 것 같네 ─
그런데 갑자기 안개구름이 솟아올라
가늘게 짠 엷은 비단 폭으로
무엇보다도 가장 매력적인 그 장면을 덮어버리네. 　　6920

────────────

너들은 놀라 달아나고 레다만 남아 있으며, 제우스의 화신인 백조 한 마리가 정답게 그
녀를 따라가 레다는 헬레나의 어머니가 되는 광경임.

메피스토펠레스

못 할 소리 없이 잘도 지껄이는구나!

몸은 그렇게 작아도 넌 굉장한 공상가로다.

난 아무것도 안 보이는데—

호문쿨루스

　　　　　　그럴 거예요. 당신은 북쪽 출신으로,*

안개처럼 모호한 시대에 어린 시절을 보냈고,

기사와 성직자가 판치는 혼란 속에서 자랐으니,　　　　　6925

어떻게 당신 눈이 트이겠어요!

암흑의 세계만이 당신의 고향이지요.

(사방을 둘러보면서)

이끼가 뒤덮이고 구역질나는 갈색으로 변한 돌벽이,

뾰족한 홍예처럼** 알록달록하게 내려앉아 있구나!—

이 사람이 여기서 깨어나면, 새로운 고통이 생길 테니,　　　6930

당장 그 자리에서 죽어버리고 말리라.

숲속의 샘물, 백조들과 벌거벗은 미녀들,

이것이 그분의 예감에 찬 꿈이었는데,

어찌 그가 이런 곳에서 살고자 하겠습니까!

모든 일에 잘 순응하는 나조차도 참을 길이 없는데요.　　6935

그분을 데리고 떠납시다!

---

* 메피스토펠레스는 중세의 북유럽 미신에 나오는 악마임.

** 중세 북유럽의 고딕 식 건축을 의미하며, 이는 남유럽의 밝은 건축과 대조를 이룸.

메피스토펠레스

　　　　　그 방법이 괜찮겠군.

호문쿨루스

　　전사들은 싸움터로 가도록 명하시고,

　　처녀들은 춤추는 곳으로 데려가세요.

　　그러면 모든 일이 당장 해결됩니다.

　　갑자기 생각난 것인데, 오늘은 마침　　　　　　　　　6940

　　고전적 발푸르기스의 밤 축제가 벌어지는 날이에요.

　　우리가 잡을 수 있는 최선의 기회지요.

　　그분을 자기 본성의 영역으로* 데리고 갑시다!

메피스토펠레스

　　그런 축제가 있다는 걸 들어본 적이 없는데.

호문쿨루스

　　어찌 그런 이야기가 당신 귀에 들어가겠어요?　　　　　6945

　　당신네는 그저 낭만적 유령들만 알고 있을 뿐인데요.

　　진정한 유령이란 역시 고전적이어야만 합니다.

메피스토펠레스

　　그럼 대체 어느 쪽으로 떠나야 한단 말이냐?

　　고풍적인 친구들이란 말만 들어도 거슬리는구나.

호문쿨루스

　　마귀 아저씨, 당신의 환락 구역은 서북쪽이지만,　　　　6950

---

* 음산한 북방의 세계가 아니라 밝고 명랑한 남방의 세계, 즉 그리스를 말함.

이번에는 동남쪽으로 돛을 달도록 하지요 —

광활한 평원에 페네이오스 강물이* 유유히 흐르며,

조용하고 습한 만(灣)이 수풀과 나무로 둘러싸여 있어요.

수많은 산골짜기에는 평원이 넓게 펴져 있는데,

그 위에 신구(新舊)의 파르살루스** 시가 자리잡고 있습니다. 6955

메피스토펠레스

아이고, 맙소사! 그만두어라!

폭군과 노예들의 그 싸움일랑 집어치우도록 해라.

난 지루해서 죽을 지경이다. 거의 끝났는가 하면

놈들은 싸움을 처음부터 다시 시작하기 때문이다.

그런데 사실은 악령 아스모데우스가*** 뒤에 숨어서   6960

농락하는 건데, 그걸 아무도 알아차리지 못하고 있어.

놈들은 자유권을 위해 싸운다고 말하지만,

자세히 보면 노예가 노예들과 싸우는 것이야.

호문쿨루스

인간의 호전적 기질은 어쩔 수 없는 일이지요.

누구나 어린 시절부터 할 수 있는 한, 자신을 방어해야 하며, 6965

그렇게 하다가 결국엔 어른이 되는 것이거든요.

지금 문제는 어떻게 이 사람을 치유할 수 있느냐는 거예요.

---

* 테살리아 평원을 가로질러 에게 해로 흘러들어가는 강.

** 고전적 발푸르기스의 밤이 전개되는 곳으로, 카이사르와 폼페이우스의 전투가 벌어졌던 페네이오스 강가의 전장이기도 함.

*** 5378행에서는 아스모디라고 함. 부부간의 정을 끊는 악마이지만, 여기서는 일반적 불화를 빚어내는 악령으로 나타남.

방법이 있으시면, 그걸 여기서 시험해보세요.

그렇게 할 수 없으면, 나에게 맡겨두시구요.

메피스토펠레스

브로켄 산의 마술은 시험해볼 만한 것도 많지만,   6970

이교도들의 빗장은 내게 단단히 잠겨 있다는 생각이 든다네.

그리스 백성이란 별로 쓸모가 없는 종족이지!

그런데도 방종한 관능의 유희로써 너희를 현혹시키고,

인간의 마음을 즐거운 죄악으로 유혹하고 있거든.

그러니 우리의 죄악은 언제나 더욱 음산해 보일 테지.   6975

그런데 어떻게 한다?

호문쿨루스

　　　　　　　　당신은 이전엔 별로 멍청하지 않았어요.

내가 테살리아의 마녀들에* 대한 이야기를 했다면,

해야 할 말은 다 한 것으로 생각되는군요.

메피스토펠레스 (음탕하게)

테살리아의 마녀들이라! 좋아! 그건 내가

이미 오랫동안 찾고 있던 계집들이야.   6980

밤마다 그것들과 함께 산다면,

기분이 썩 좋으리라 생각하진 않지만,

시험 삼아 한번 찾아가보는 건—

---

* 테살리아는 마녀와 요괴들이 많이 나오는 고장으로 유명함. 호문쿨루스는 음탕한 메피
스토펠레스의 마음을 끌기 위해 이곳의 호색적인 마녀들을 끌어대는 것임.

호문쿨루스

　　　　　　　　　그 망토를 이리 주세요.

여기 이 기사(騎士)님을* 둘러싸주세요!

이 포대기가 예전이나 마찬가지로　　　　　　　　　6985

당신네 두 사람을 날라다줄 거예요.

내가 앞에서 불을 밝히지요.

바그너 (불안하게)

　　　　　　　　　그럼 나는?

호문쿨루스

　　　　　　　　　　아, 그렇지,

당신은 집에 남아서 아주 중요한 일을 해주세요.

그 옛날 양피지 책을 펼쳐놓고,

처방에 따라 모든 생명의 원소들을 모아　　　　　　　6990

이것저것을 조심스레 배합시켜보세요.

무엇을보다는 어떻게 할 것인가를 더 생각하세요.

그 동안 나는 세상 구석을 두루 돌아보며,

i자의 윗점 하나쯤은 발견해내겠어요.

그렇게 되면 위대한 목적은 달성되는 것입니다.　　　　6995

그만한 노력에는 그만한 대가가 따르는 법이죠.

황금이나 영광, 명성이나 건강한 장수,

그리고 아마도 — 학문과 덕망까지 얻을 수 있겠죠.

---

* 파우스트는 파리스에게 유괴될 뻔한 헬레나를 기사처럼 구원하려 했음.

안녕히 계세요!

바그너 (침울하게)

잘 가거라! 내 마음이 미어지는구나.

다시는 널 만나지 못할까 걱정이 되는구나.　　　　　7000

메피스토펠레스

자, 페네이오스 강으로 힘차게 내려가보자!

조카님도 업신여겨선 안 될 인물이로군.

(관객을 향해서)

결국 우리는 우리가 만들어낸,

인간에게 끌려다니는 신세가 되었구나.

고전적 발푸르기스의 밤*

파르살루스의 들판

암흑

마녀 에리히토

음산한 마녀인 나 에리히토는** 전에도 그랬듯이,　　　　7005

오늘밤에도 저 몸서리나는 축제에 참석토록 하겠어요.

---

* 고대 그리스의 북쪽 테살리아의 들판에서 6월 6일 전야에 벌어지는 남방 요괴들의 집회. 제1부의 독일 브로켄 산에서 벌어진 낭만적 '발푸르기스의 밤'과 대조적인 것으로, 파우스트와 메피스토펠레스와 호문쿨루스를 각각 중심으로 하는 세 이야기가 전개됨.
** 테살리아의 마녀로 밤의 요귀이며 예언가이기도 함.

그 불쾌한 시인놈들이 지나치게 나를 욕하고 있지만,

그 정도로 흉측하진 않답니다…… 시인들이란 칭찬하는 것도

비난하는 것도 끝이 없어요…… 저 멀리 저 골짜기는

회색 천막들이 물결치는 바람에 희뿌옇게 보이는데,   7010

그것은 걱정과 공포가 충만했던 밤의 잔상이에요.

벌써 얼마나 자주 되풀이되었는지 몰라요! 앞으로도

영원히 되풀이되겠지요…… 어느 누구도 자기 나라를

남에게 넘겨주려 하지 않고, 힘으로 빼앗아 강력하게 다스리는

사람에게도 맡기지 않지요. 왜냐하면 내면의 자아를   7015

다스릴 줄 모르는 자는, 누구나 자기의 오만한 뜻에 따라,

이웃 사람의 의지를 지배하려 하니까요……

하나의 커다란 예로 여기에서도 처절한 싸움이 벌어졌었어요.

폭력이 보다 더 강한 폭력에 맞서 싸우고,

수천 가지 꽃으로 엮은 자비로운 자유의 화환은 찢어지고,   7020

딱딱하게 굳어버린 월계관이 승자의 머리에 씌워졌지요.

여기에서 폼페이우스 대왕은 지난날의 위대한 전성 시절을

꿈꾸었고,

저기서는 카이사르가 흔들리는 운명의 저울침 가늠하며 밤을

새웠죠!

우열은 가려지겠지요. 어느 쪽이 이겼는지는 세상이 다 알고 있어요.

화톳불은 시뻘건 불꽃을 올리며 훨훨 타오르고,   7025

대지는 수없이 흘린 피의 반사를 냄새 맡고 있는데,

흔히 볼 수 없는 이 밤의 기이한 불빛에 이끌려,

그리스 전설에 나오는 수많은 군대들이 몰려드는군요.

화톳불마다 그 주위에는 옛날이야기에 나오는 듯한 형상들이,

불안스럽게 흔들거리기도 하고 쾌적하게 앉아 있기도 합니다. 7030

보름달은 아닐지라도 환하게 빛나는 달이

솟아올라, 부드러운 광채를 사방에 뿌려주고 있으니,

천막들의 환상은 사라지고, 불은 파랗게 타오르는군요.

그런데 내 머리 위에는! 이 무슨 예기치 않은 유성인가요?

그것은 반짝반짝 빛나며 육체와도 같은 공을 비춰주고

있군요. 7035

생명의 냄새가 나는군요, 내가 해를 끼치게 될

생명체에 가까이 다가간다는 것은 내게 어울리지 않아요.

그런 일은 나쁜 소문만 가져오지, 덕 될 것이 없어요.

벌써 내려오는군요. 나는 조심해서 피해야 되겠군요!

(마녀 에리히토, 퇴장한다.)

(공중을 나는 자들, 위에서)

호문쿨루스

　　이 몸서리쳐지는 곳과 불꽃 위를　　　　　　7040

　　다시 한번 빙 돌며 날아봅시다.

　　골짜기나 바닥이나 모두가

　　정말 도깨비가 나올 것 같아요.

메피스토펠레스

그 옛날 창문 너머로 북방의

혼란과 무시무시한 꼴을 보듯이,   7045

여기서도 온통 흉측한 유령들을 보게 되니,

저기나 여기나 모두 집에 있는 듯하구나.

호문쿨루스

보세요! 저기 키가 큰 여자* 하나가

우리들 앞을 성큼성큼 걸어가고 있어요.

메피스토펠레스

그녀는 마치 겁을 내는 것 같군.   7050

우리가 공중으로 날아오는 것을 보고서 말이야.

호문쿨루스

그냥 가도록 내버려두세요! 당신의 기사 양반,

그분이나 내려놓으세요. 그러면 당장

그의 생명이 다시 돌아올 거예요.

옛이야기 속에서** 생명을 찾고 있으니까요.   7055

파우스트 (땅바닥에 닿자마자)

그녀는 어디 있는가? ―

호문쿨루스

그건 모르겠습니다만,

아마도 여기에서 물어볼 수 있을 거예요.

---

* 추악한 마녀 에리히토를 말함.
** 고대 그리스 세계를 가리킴.

날이 새기 전에 어서 서둘러

화톳불마다 차례로 찾으며 다녀보세요.

감히 어머니들한테까지 찾아갔던 분이니까   7060

그 이상 견뎌내야 할 것은 없을 거예요.

메피스토펠레스

나도 여기서 볼일이 있긴 하지만,

우리 모두가 즐겁게 지낼 가장 좋은 방법은,

각자가 흩어져 화톳불 주위를 돌아다니며,

스스로의 모험을* 시험해보는 것이겠네.   7065

그리고 우리가 다시 만나기 위해서라면,

꼬마 친구야, 자네 빛을 소리내며 빛내도록 하게나.

호문쿨루스

이렇게 빛을 내고 이렇게 소리를 내겠어요.

(유리가 울리며 소리를 내고 강한 빛을 발한다.)

그럼 기운을 내서 신기한 것들을 구경하러 갑시다!

파우스트 (혼자서)

그녀는 어디 있는가? ─ 지금은 더이상 묻지 않으리라……   7070

이 흙덩이는 그녀가 밟던 흙이 아닐지라도,

이 물결이 그녀를 향해 밀려왔던 파도가 아닐지라도,

이 공기는 그녀의 말을 전하던 공기로다.

---

* 그리스 땅에 도착하자마자 실신 상태에서 깨어난 파우스트는 미의 전형인 헬레나를 찾고, 메피스토펠레스는 추의 전형인 마녀를, 그리고 정신뿐인 인조인간 호문쿨루스는 육체를 구하려고 모험함.

여기! 기적에 의해 나는 여기 그리스 땅에 와 있노라!

나는 내가 서 있는 땅이 어디인가를 곧 느꼈노라.　　　　7075

잠자던 나에게 새로운 정신이 불타오르자,

나는 생기를 되찾은 안타이오스와* 같은 기분으로 여기 서 있다.

그리고 어떤 기괴한 것들이 한데 모여 있다 해도,

나는 저 불꽃의 미로를 샅샅이 찾아다니리라.

(퇴장한다.)

페네이오스 강 상류

메피스토펠레스 (사방을 살피면서)

　　이 화톳불 주위를 두루 돌아다녀보니,　　　　7080

　　나는 아무래도 완전히 낯설다는 생각이 드는구나,

　　거의 모두가 벌거숭이이고, 어쩌다 내복만 입었을 뿐이다.

　　스핑크스는** 수치심을 모르고 그라이프는*** 철면피하고,

　　앞에서나 뒤에서 눈에 비쳐 들어오는 것은

---

* 바다의 신 포세이돈과 대지의 여신 가이아 사이에서 태어난 거인. 발이 대지에 닿기만
하면 새로운 힘을 얻는다는 안타이오스는 헤라클레스에게 공중에서 정복당했다고 함.
** 이집트의 스핑크스는 원래 사자의 몸에 왕자의 머리통을 하고 있어 왕자의 신비스런
권력을 상징했는데, 그리스 예술가들은 여자의 상반신에 날개가 달린 모습으로 생각하
였음. 괴테도 그를 여성으로 묘사하고 있음.
*** 사자의 몸에 독수리 머리를 하고 날개가 달린 상상의 괴조로 보물, 묘지, 궁전 등의
보물을 수호한다고 함. 그리프스, 그리펀이라고도 함.

모두가 고수머리에다가 날개를 달지 않은 것이 없구나 ―　　　7085
우리들도 속마음이 별로 얌전한 편은 아니지만,
고대의 것들은 너무나 노골적이란 말이야.
최신의 감각으로 이런 것들을 휘어잡아,
유행에 맞도록 다채롭게 겉칠을 해야겠구나 ―
불유쾌한 족속이로다! 하지만 불쾌한 표정을 짓지 말고,　　　7090
새로 온 손님으로서 얌전하게 인사를 하자 ―
안녕하시오, 어여쁜 아가씨들과 현명하신 그라이스(늙은이)들!

그라이프 (카랑카랑한 목소리로)

그라이스가 아니야! 그라이프란 말이야! ― 누구를 막론하고
늙은이라 부르는 소리는 듣기 싫어해. 어떤 말이건
그 의미를 규정하는 어원에 따라 소리 나기 마련이지.　　　7095
회색, 분노한, 불만스런, 잔인스런, 무덤들, 격분한 등은
어원학상으로 다 같은 음(音)에 속하는 말들로
우릴 화나게 하지.

메피스토펠레스

　　　　　　　하지만 너무 딴 데로 빗나가진 맙시다.
존함 그라이프의 첫머리 '그라이'는 '거머잡다'는 뜻이니
마음에 들 테죠.

그라이프 (여전히 카랑카랑한 목소리로, 그리고 계속 그렇게)

물론이야! 그 말이 닮았다는 것을 시험해보면서,　　　7100
때로 욕도 많이 먹었지만, 칭찬을 더 많이 들었어.
계집이고 왕관이고 황금이고 마구 거머잡도록 해.

행운의 여신도 대개는 거머잡는 놈을 친절히 대하거든.

개미들 (아주 거대한 종류)

황금 이야기들을 하시는데, 우리들도 잔뜩 모아

암벽과 동굴 속에 남몰래 묻어두었지요.   7105

그런데 외눈박이 아리마스펜 족이* 그 냄새를 맡고는,

그걸 훔쳐 멀리 달아나서는 저기서 웃고 있답니다.

그라이프들

우리가 그놈들을 잡아 자백을 시키도록 하지.

아리마스펜

이 자유분방한 환락의 밤에만은 그만두세요.

내일까지면 모든 것을 다 탕진해버리고 말 테니까.   7110

이번에는 우리 어쩌면 성공할 것 같아요.

메피스토펠레스 (스핑크스들 사이에 자리를 잡고 앉았다.)

이곳이라면 쉽사리, 그리고 즐겨 살겠구나,

한 놈 한 놈 말하는 것을 다 이해할 수 있으니까.

스핑크스

우리는 유령의 소리를 입김으로 뿜어낼 뿐인데,

당신네가 그것을 구체적인 말로 바꾸어놓는 거예요.   7115

앞으로 서로 알게 되겠지만, 우선 이름을 말해주세요.

---

* 헤로도토스에 의하면 개보다는 작지만 여우보다는 큰 개미들이 사금을 모아 지하에 집
을 짓는다고 하는데, 스키티아에 사는 외눈박이 아리마스펜 족이 그 황금을 훔쳤기 때문
에 개미들이 슬퍼한다는 설화가 있음. 이 아리마스펜 족은 황금을 수호하는 괴조 그라이
프 족과 자주 투쟁을 벌였다고 전해짐.

메피스토펠레스

사람들은 날 여러 이름으로 부르고 있소이다—

여기 영국 사람 있소이까? 그자들은 여행을 너무 많이 해서

옛 전쟁터나 폭포수, 허물어진 성벽들 할 것 없이,

고전적으로 음산한 장소는 모조리 찾아다니지요.　　　　7120

그러니 이곳도 그들에겐 어울리는 목적지가 되겠소이다.

그들이 만들어낸 것이지만, 옛날 무대연극에서는

나를 늙은 악덕이라고* 간주했지요.

스핑크스

왜 그런 생각을 했을까요?

메피스토펠레스

　　　　　　　　　왜인지는 나도 모르겠소.

스핑크스

그럴 수도 있지요! 별자리에 대해서 아는 게 있나요?　　　7125

현재의 시각에 대해 어떤 말을 할 수 있어요?

메피스토펠레스 (위를 쳐다보며)

별이 별을 쫓아 쏜살같이 달리고, 이지러진 달이 밝기도 하구나.

그리고 나는 이렇게 정다운 자리에 앉아,

그대의 사자털에 싸여 몸을 따스하게 하고 있다네.

일부러 하늘나라까지 올라간다는 것은 손해날 일이니,　　　7130

---

* 중세 영국의 교화극(敎化劇)에 '악덕'이란 배역이 있는데, 이는 악마와 함께 등장하여 악마를 차거나 놀리는 역할을 함. 이로써 메피스토펠레스는 악마로서의 본성을 은폐하려는 것임.

차라리 수수께끼라도 물어다오. 글자 맞추기라도 좋지.

스핑크스

당신 자신 이야길 하면, 그게 벌써 수수께끼가 될 거예요.

당신 자신을 한번 자세히 풀어보도록 하지요.

"착한 이에게나 악한 이에게나 다 필요한 존재로서,

착한 이에게는 금욕을 위해 싸우는 갑옷이 되고,   7135

악한 이에게는 미친 짓을 하기 위한 동료가 되는 것,

그 두 가지가 모두 제우스 신을 즐겁게 하기 위한 것이다."

첫째 그라이프 (카랑카랑한 목소리로)

난 저놈이 싫어!

둘째 그라이프 (더욱 카랑카랑한 목소리로)

저놈이 여기서 어쩌자는 거지?

둘이 함께

저 추악한 놈을 여기에 그냥 둘 수가 없다!

메피스토펠레스 (난폭하게)

네놈은 이 손님의 손톱이 네놈의 날카로운 발톱만큼   7140

할퀼 수가 없을 것이라고 생각하는 모양이지?

자, 한번 해보자!

스핑크스 (온건하게)

얼마든지 여기 계시구려.

우리들 가운데서 당신 스스로가 달아나버릴 텐데요.

당신네 나라에선 그래도 행복하게 지내신 모양인데,

내가 잘못 보지 않았다면, 여기선 기분이 언짢은 것 같아요.   7145

메피스토펠레스

당신은 상반신을 보니 구미가 당기는데,

아래통의 짐승 모습을 보니 소름이 끼치는구려.

스핑크스

당신 같은 거짓말쟁이는 지독히 후회하게 될 거예요.

우리들의 앞발이 그야말로 억세니까요.

당신의 그 오그라든 말발굽을 가지고서야   7150

우리들 사이에 끼여 어찌 마음이 편하겠어요.

(바다의 요정 세이렌들이* 위쪽에서 전주곡을 노래한다.)

메피스토펠레스

저 강물 같은 백양나무 가지에 앉아,

흔들거리며 노래하는 새들은 무엇이오?

스핑크스

조심하셔야 돼요! 가장 훌륭한 분들도

저 노랫소리에는 넘어가고 말았으니까요.   7155

세이렌들

아아, 어찌하여 그런 추하고 괴상한 것들

사이에서 더러운 생활을 하려 하시나이까!

들어주세요, 우리들 떼지어 여기에 와서

가락이 맞는 음조로 노래를 부르니,

이것이 세이렌들에 어울리는 모습이에요.   7160

---

* 『오디세이아』에 나오는 물의 요정으로 아름다운 노래를 불러 뱃사람을 유혹하여 난파시킨다고 함.

스핑크스들 (같은 멜로디로 조롱하며 노래한다.)

> 억지로라도 그네들을 내려오도록 하세요!
>
> 그네들은 추악한 매의 발톱을
>
> 저 나뭇가지들 속에 숨겨놓고 있어요.
>
> 만일 그대가 귀를 기울이고 있으면,
>
> 그대를 사로잡아 파멸로 이끌어가요.   7165

세이렌들

> 증오를 버리세요! 질투를 버리세요!
>
> 하늘 아래 여기저기 흩어져 있는
>
> 정갈한 즐거움을 모으도록 합시다!
>
> 물 위에서나 땅 위에서나,
>
> 가장 명랑한 몸짓을 하며,   7170
>
> 우리의 손님을 환영합시다.

메피스토펠레스

> 이것은 정갈한 신곡(新曲)들이로구나.*
>
> 목구멍에서 나는 소리와 현에서 나는 소리가
>
> 서로서로 얽히고설키는 소리로구나.
>
> 이렇게 떨리는 소리란 내게 아무런 효과가 없으니, 7175
>
> 귓전은 기분 좋게 간질여주지만,
>
> 가슴속까지는 스며들지 못하는구나.

---

* 낭만주의자들의 새로운 시도로 음악적인 시를 의미함.

스핑크스들

가슴속이란 말은 하지 마세요! 그건 허영이에요.

그보다는 쭈글쭈글한 가죽주머니라는 게,

당신의 얼굴에는 더욱 잘 어울려요.   7180

파우스트 (가까이 다가오며)

정말 경이로운 일이로다! 보기만 해도 마음이 즐겁다.

이 흉측한 형상들 속에도 위대하고 건실한 모습이 깃들어 있구나.

나는 벌써 축복받은 운명을 예감하겠는데,

이 진지한 눈길은 나를 어디로 데려갈 것인가?

(스핑크스들에 관련해서)

이런 것들 앞에 언젠가 오이디푸스가 서 있었단 말이지.   7185

(세이렌들에 관련해서)

이런 것들의 유혹이 두려워 오디세우스는 삼끈으로 몸을

묶도록 했지.

(개미들에 관련해서)

이런 것들에 의해 최고의 보화가 저장되었으며,

(그라이프들에 관련해서)

그리고 이것들에 의해 충실하고도 틀림없이 보관되었단 말이지.

나는 새로운 정신이 마음속에 스며드는 것을 느끼겠구나.

형상들이 위대한 만큼 그 추억들도 위대하도다.   7190

메피스토펠레스

전에는 이런 것들을 저주하며 물리치더니,

지금은 이런 것도 마음에 드시는 모양이외다.

하기야 애인을 찾아다니는 마당에선,

괴물들까지도 반가우실 테니까요.

파우스트 (스핑크스들을 향하여)

너희 여인상들이여, 내게 말해보아라.   7195

그대들 중 누가 헬레나를 본 사람 있는가?

스핑크스들

우리는 그녀가 살던 시대까지 미치지를 못해요.

우리의 막내가 헤라클레스에게* 맞아 죽었어요.

그건 키론에게** 물어보도록 하세요.

그는 이런 유령들 축제일 밤에는 이리저리 뛰어다니고 있어요.   7200

그를 붙잡아 세우기만 한다면, 당신은 대성공이에요.

세이렌들

당신에게도 틀림없이 말해드리겠어요! ―

우리를 업신여기며 급히 지나가지 않고,

오디세우스가 우리들 있는 곳에 머물렀을 때,

그분은 여러 가지 이야기를 들려주었어요.   7205

당신이 푸른 바닷가에 뻗어 있는

---

* 제우스와 알크메네 사이에 태어나 지상의 유해한 괴물을 모두 퇴치했다는 그리스 영
웅. 헤라클레스에게 스핑크스가 맞아 죽었다는 것은 괴테의 창작임. 자연신화시대의 스
핑크스는 훨씬 후에 시작되는 그리스 영웅시대의 헤라클레스나 헬레나를 알지 못하기
때문임.
** 상반신은 인간이고 하반신은 말인 켄타우로스 족의 하나로 그리스 자연신화시대와
영웅시대 사이의 교량 역할을 했다고 함. 의사이고 음악가이며 천문학자인 그는 현자로
서 헤라클레스, 이아손, 아킬레우스 등 많은 영웅들을 교육시켰다고 전해짐.

우리가 사는 평원을 찾아주신다면,

그 모든 이야기를 들려드리겠어요.

스핑크스

귀하신 손님, 저런 말에 속지 마세요.

오디세우스가 자신의 몸을 묶도록 했던 대신,　　　7210

우리들의 친절한 충고에 마음을 묶어보세요.

그 고귀한 키론만 찾아낼 수 있으시면,

제가 장담해드린 것을 다 알게 될 거예요.

(파우스트, 떠나간다.)

메피스토펠레스 (화를 내며)

날개치며 까옥까옥 울고 가는 것이 무엇이냐?

눈에 보이지도 않을 정도로 저렇게 빨리,　　　7215

계속 줄을 지어 지나가고 있으니,

사냥꾼이라도 지쳐버리고 말겠구나.

스핑크스

겨울에 휘몰아치는 폭풍과도 같이 빠르고,

알키데스의* 화살도 당할 수 없겠어요.

저것은 슈팀팔리덴 호수의** 쏜살같이 빠른 새들이며,　　　7220

독수리 같은 주둥이와 거위 같은 발을 가졌으나,

---

* 알케우스의 손자 헤라클레스를 가리킴.

** 아르카디아 동북지방의 고산으로 둘러싸인 골짜기에 있는 호수. 그곳에 사는 새들은
날카로운 깃털과 부리와 발톱을 가지고 있는데, 깃털을 화살처럼 쏘아서 인간을 잡아먹
는다고 함.

까옥까옥 우는 것은 호의적으로 인사하는 것이지요.

저들은 원래 우리들 틈에 끼어들어서,

자기도 친척 사이임을 보이고 싶어하는 거예요.

메피스토펠레스 (겁나는 것처럼)

그 중간 중간에 쉿쉿거리는 것이 또 있는데.　　　　　　　7225

스핑크스

이런 건 조금도 겁낼 것 없어요!

저건 레르나의 뱀대가리들이에요.*

허리통이 잘려나갔는데도, 아직 무엇인 척하는 거지요.

그런데 대체 당신은 어떻게 되신 거예요?

그렇게 불안한 몸짓을 하니 어쩐 일이죠?　　　　　　　7230

어디로 가시려는 거예요? 그럼 떠나도록 하세요! ─

알겠어요, 저기 있는 저 합창단에게로

당신은 목을 돌리고 계시는군요. 억지로 그럴 것 없이,

어서 가보세요! 얼굴이 매력적인 그들에게 인사라도 하세요!

저건 라미에들이에요.** 쾌락을 주는 예쁜 매춘부들로,　　　　　7235

입가엔 미소를 짓고 뻔뻔스런 이마를 하고 있어,

사티로스 족속에겐*** 대환영을 받지요.

염소 발굽을 가진 자라면 저기서 무슨 짓이라도 할 수 있어요.

---

* 대가리가 아홉 개 달린 아르골리스 지방 레르나에 사는 독사. 목을 잘라도 다시 생겨나기 때문에 헤라클레스는 목을 자를 때마다 이를 불로 지져서 죽였다고 함.
** 인간에 가까운 모습을 지닌 무서운 마녀. 하얀 유방을 드러내 남자를 유혹하여 그 남자의 살을 먹고 피를 빨아먹는다고 함.
*** 반신반양(半神半羊)의 모습을 하고 있는 숲속의 음탕한 신들.

메피스토펠레스

그대들은 여기 남아 있겠지? 다시 만나야겠는데.

스핑크스들

그럼요! 가서서 저 경박한 것들과 어울려보세요!　　　　7240

우리는 이집트 시대로부터 이제까지 수천 년 동안

우리들끼리 이렇게 앉아 있는 데 습관이 들었어요.

하지만 우리들이 앉아 있는 위치를* 유의하도록 하세요.

이렇게 우리는 음력과 양력을 조정하고 있거든요.

민족들의 최후의 심판을 보려고,　　　　7245

우리는 피라미드 앞에 마주 앉았습니다.

홍수가 나고 전쟁이 일고 평화가 찾아와도 —

우리는 얼굴 한번 찡그리지 않았답니다.

페네이오스 강 하류

강물의 신 페네이오스가 늪과 물의 요정 님프들에 둘러싸여 있다.

페네이오스

솔솔 일어라, 갈대의 속삭임이여!

고요히 숨쉬어라, 다정하게 늘어선 갈대들이여,　　　　7250

---

* 움직이지 않는 위치 때문에 스핑크스는 시간을 재는 표준이 되고, 여러 민족의 흥망성 쇠의 목격자가 됨.

살랑거려라, 늘어진 버들가지여,

속삭여라, 떨고 있는 백양나무 가지들아,

깨져버린 꿈길을 더듬어서! —

멀리에서 울리는 무시무시한 천둥 소리,

남몰래 만물을 흔들어대는 진동이,   7255

물결 속에 잠들어 쉬던 나를 깨우는구나.

파우스트 (강물로 다가가면서)

내가 올바로 들은 것이라면,

이 나뭇가지와 관목들의

나뭇잎이 얼기설기 얽힌 속에서,

사람의 속삭임 소리가 울리는 듯하구나.   7260

물결도 무엇인가 재잘거리는 것 같고,

살랑거리는 바람도 — 흥겨운 이야기 같구나.

님프들 (파우스트에게)

　그대에게 바람직한 일은,

　여기에 몸을 눕히고,

　피로한 그대의 몸을   7265

　시원한 곳에서 쉬게 하며,

　언제나 그대를 피하는

　휴식을 즐기는 거예요.

　우리는 살랑거리고 졸졸거리며,

　그대에게 살며시 속삭이다.   7270

파우스트

정녕 이건 꿈이 아니로다! 오 그대로 노닐게 하라,

비할 데 없이 아름다운 저 형상들을.*

저 여인들은 거기서 내 눈이 본 그대로구나!

너무나도 경이롭게 내 마음속을 파고드는구나!

이것이 꿈일까? 아니면 추억일까?   7275

이미 너는 한 번 이렇게 행복한 적이 있었노라.

부드럽게 흔들거리는 빽빽한 수풀의

상쾌한 사이를 가만히 흐르고 있는데,

살랑거리지도 않고 졸졸거리는 소리도 나지 않는다.

수백 줄기의 물이 사방에서 흘러와,   7280

목욕하기 알맞게 평평한 웅덩이를 이루면서

깨끗하고 맑은 물이 한곳에 모이는도다.

건강하고 젊은 여인들의 팔다리가

거울 같은 수면에 비쳐 이중으로

황홀한 나의 눈을 즐겁게 해주는구나!   7285

여인들은 한데 어울려 즐겁게 목욕하고,

대담하게 헤엄치고 두려운 듯 물 속을 거닐기도 하더니,

끝내는 소리를 지르며 물싸움을 시작한다.

나는 이 광경으로 만족해야 할 것이고,

내 눈은 이것만 즐겨야 할 것일진대,   7290

---

* 파우스트가 꿈속에서 본 강변의 여인들로. 헬레나의 어머니 레다가 백조의 모습으로
나타난 제우스와 가까이하는 장면을 상기시켜줌.

내 관능은 점점 더 멀리로 치닫고 있구나.

눈길은 날카롭게 저 가려진 곳을 꿰뚫어보고 있으니,

초록빛으로 뒤덮인 무성한 나뭇잎 속에

지고하신 여왕님이 숨어 있지 않을까 해서이다.

이상도 하구나! 후미 쪽으로부터   7295

백조들도 당당하게 정결한 모습으로

이리로 헤엄쳐 오는구나.

유유히 떠다니며 정답게 어울리지만,

오만스럽게 자기 만족을 하는 듯

머리와 주둥이를 놀려대고 있구나 —   7300

그중 한 마리가 다른 것들보다도

가슴을 활짝 펴고 자신만만한 것 같은데,

모든 무리를 헤치고 재빨리 앞으로 헤엄쳐간다.

온몸의 깃털을 부풀릴 대로 부풀리고,*

주름지는 물결 위에 큰 물결을 일으키며   7305

저 신성한 장소로 돌진해 들어간다 —

다른 백조들은 조용히 깃털을 반짝이면서

이리저리 헤엄치며 왔다갔다하다가는,

때로는 활발하고 화려한 싸움도 벌이는데,

그것은 수줍은 처녀들의 마음을 딴 데로 돌려,   7310

---

* 제우스의 화신인 백조는 깃털을 부풀려 그 자신이 물결처럼 보이게 하고 있음.

여왕을 수호하는 임무를 잊게 하고,
오로지 자신의 안전만을 생각하게 하는구나.

님프들

여보세요, 이 강변의 초록빛 언덕에
귀를 대고 가만히 들어보세요.
내가 제대로 들었다면, 어쩐지   7315
말발굽 소리가 울리는 것 같아요.
대체 누가 오늘밤 축제에
급한 소식 전하러 오는 걸까요.

파우스트

성급한 말발굽 소리에 울려,
대지가 꿩꿩히 울리는 것 같구나.   7320
내 눈길아, 저쪽을 보라!
은혜로운 행운이,
벌써 나를 찾아드는 것이런가?
아아, 비할 데 없는 기적이로다!
기사가 한 사람 달려오고 있는데,   7325
재치와 용기를 타고난 것 같으며,
틀림없다, 나 그를 이미 알고 있나니,
눈부시게 하얀 말을 타고 있구나……
필리라의 유명한 아들이로다! —*

---

* 크로노스와 필리라 사이에서 키론이 태어남.

멈추시오, 키론! 멈춰요! 나 그대에게 할말이 있소이다…… 7330

키론

무슨 일이오? 왜 그러시오?

파우스트

그대의 발걸음을 늦추도록 하시오!

키론

나는 쉬어갈 수가 없소.

파우스트

그럼 부탁이오! 나를 데려가주시오!

키론

올라타시오! 그럼 마음대로 물어볼 수 있을 것이오.

어디로 가는 길이오? 그대는 이 강변에 서 있는데,

나 그대를 이 강을 건네줄 준비가 되어 있소. 7335

파우스트 (올라타면서)

그대 마음대로 가시오. 영원히 나 그대에게 감사하리오……

그대는 위대한 인물이고 고귀한 교육자이시오.

영웅의 일족을 길러 유명하게 하였고,

저 아르고 호를 탔던* 훌륭한 무리들과

시인들 세계의 소재가 된 모든 영웅들을 길러냈소. 7340

---

* 아르고라는 배를 타고 이아손을 대장으로 하여 콜키스 국으로 금양모피(金羊毛皮)를 빼앗으러 갔던 그리스의 영웅들을 말하며, 헬레나의 오빠 카스토르와 폴룩스도 이들에 속함.

키론

그런 이야기는 그만두기로 하시오!

팔라스*조차도 교육자로선 영광을 얻지 못했소.

제자들이란 마치 교육을 받지 않은 것처럼,

결국엔 제멋대로 해나가는 법이니까 말이오.

파우스트

그대는 의사로서 온갖 식물 이름을 다 알고,　　　　　7345

그 뿌리들을 심오한 데까지 다 알아내어,

병자를 고쳐주고 상처의 아픔을 덜어주고 있으니,

나 여기 온갖 정신력과 체력을 다해 그대를 붙잡고 있소!

키론

내 곁에서 영웅이 부상을 당하면,

나 그를 치료하고 돌봐주었소.　　　　　　　　　　7350

그러나 내 치료 기술도 결국에는

약초 캐는 무녀나 목사들에게 맡겨버렸소.

파우스트

그대는 진정 위대한 인물이라,

칭찬의 말조차 듣지 않는구려.

겸손해서 말을 피하려 하며,　　　　　　　　　　　7355

자기 같은 것은 얼마든지 있는 듯한 태도이시오.

---

*『오디세이아』에는 팔라스(지혜의 여신 아테나)가 오디세우스의 친구 멘테스의 모습으로 나타나며, 그는 오디세우스의 아들 텔레마코스가 아버지를 찾아나서는 데 동행하고 있음.

키론

> 그대는 아첨하는 기술이 능한 것 같으니,
>
> 군주나 백성들에게도 비위를 잘 맞추겠소.

파우스트

> 그렇지만 이것만은 내게 말해주어야겠소.
>
> 그대는 그대 시대의 위대한 영웅들을 보았고,   7360
>
> 행위에 있어선 고결한 인물들을 본받으려 하였으며,
>
> 반신(半神)처럼 성실하게 매일매일을 살아왔소.
>
> 그렇다면 수많은 영웅적인 인물들 중에서,
>
> 그대는 누구를 가장 위대한 사람이라 생각하시오?

키론

> 아르고 호에 탔던 저 숭고한 용사들은   7365
>
> 저마다 자기의 독자적 방식에 따라 훌륭하였고,
>
> 각자가 지녔던 역량에 따라
>
> 서로 모자라는 점을 보충해주었소.
>
> 충만한 청춘과 아름다움을 숭상하는 곳에서는
>
> 제우스의 쌍둥이 형제가* 언제나 승리를 거두었소.   7370
>
> 결단력과 민첩한 행동으로 남을 구원하는 데는
>
> 보레아스의 두 아들이** 훌륭한 몫을 했지요.

---

* 헬레나의 쌍둥이 오빠 카스토르와 폴룩스. 그들은 테세우스에게 납치된 헬레나를 탈환하고, 아르고 호의 원정에도 참가함.
** 그리스의 풍신(風神) 보레아스의 날개 달린 두 아들 제테스와 칼라이스. 그들은 날개와 발톱이 사나운 괴물 하르피아이로부터 트라키아의 장님 왕 피네우스를 구출함.

신중하고 힘세고 총명하며 조언도 잘하는데다가,

여인들에게도 인기가 높았던 것은 이아손이* 지배적이었소.

그 다음 오르페우스는** 얌전하고 항상 고요하고 침착하며,　　7375

어느 누구보다도 뛰어나게 칠현금을 뜯었소.

눈길이 날카로운 린케우스는*** 밤낮을 가리지 않고,

암초와 언덕을 피하며 거룩한 배를 몰았지.

모두가 협력을 해야만 위험을 이겨낼 수 있으니,

한 사람이 활동하면 다른 사람은 모두 칭찬을 하지요.　　7380

파우스트

헤라클레스에**** 관해서는 한마디도 하지 않겠소?

키론

오오, 슬프도다! 내 그리운 마음을 건드리지 마시오.

나는 태양신 포이보스를***** 한 번도 본 적이 없고,

아레스며 헤르메스라고****** 하는 자들도 본 일이 없지만,

모든 사람들이 신처럼 찬양하는 그분만은,　　7385

바로 내 눈앞에 서 있는 것을 보았소.

그는 천성적으로 왕으로 태어났고,

---

* 아이손의 아들로 아르고 호의 대장.

** 선사시대 트라키아의 칠현금 명수이며 가수.

*** 아르고 호의 조타수로 눈이 밝은 천리안의 소유자.

**** 제우스와 알크메네의 아들. 힘과 미(美)의 이상을 상징하는 영웅으로 수많은 괴물을 퇴치함.

***** 태양신 아폴론의 그리스 이름으로 '빛을 발하는 자'라는 뜻.

****** 아레스는 그리스의 군신(軍神)으로 로마의 마르스와 같으며, 헤르메스는 제우스와 마야의 아들로 교역의 신이며 신들의 사자(使者)인데 로마의 메르쿠리우스와 같음.

젊었을 때엔 그야말로 훌륭한 모습이었으며,

사촌 형님에게도 잘 순종하고,

사랑스런 여인들에게도 상냥하였소.   7390

대지의 여신 가이아도 다시는 그런 자를 낳지 못할 것이며,

청춘의 여신 헤베도* 그를 결코 하늘로 보내지 않을 것이오.

노래로 불러보고자 해도 헛된 수고만 할 뿐이오,

돌에 새겨보고자 해도 헛된 고생만 할 따름이오.

파우스트

조각가가 아무리 그를 열심히 다루어본다 한들,   7395

결코 그렇게 훌륭하게는 표현해내지 못할 것이오.

그대가 가장 훌륭한 남자에 대한 이야기를 하였으니,

이제 가장 아름다운 여자에 대한 이야기를 해주시오!

키론

뭐라고!…… 여자의 아름다움이란 이렇다 할 만한 것이 없으니,

자칫하다간 딱딱하게 굳어버린 모습이 되기 쉽소.   7400

내가 찬양할 수 있는 미의 본질이란 오로지,

즐겁고 삶을 향락하는 데서 솟아나오는 모습이오.

아름다운 미녀란 그 자체 성스럽게 머물기 쉬운데,

애교가 있어야 거역할 수 없게 되지요.

내가 태워다주었을 때의 헬레나처럼 말이오.   7405

---

* 제우스와 헤라 사이에 태어난 딸로 청춘의 여신. 헤라클레스는 올림포스에서 헤베와 결혼함으로써 천상에 오르게 됨.

파우스트

그대가 태워다주었소?

키론

그래, 여기 이 등에 태웠었지.

파우스트

그렇지 않아도 난 몹시 당황하고 있지 않나?
이런 자리에 앉았으니 행복하기 한량없구나!

키론

헬레나도 내 머리채를 꽉 잡고 있었소,
지금 그대처럼.

파우스트

아아, 이거야말로 진정   7410
나 정신을 잃을 것 같구나! 어찌 된 건지 이야기해주시오.
그녀만이 내가 갈망하는 유일한 사람이오!
아아, 그대는 어디에서 어디로 그녀를 태워다주었소?

키론

그런 질문은 쉽사리 대답할 수가 있소.
제우스의 쌍둥이 형제가 그 당시에   7415
어린 누이동생을 도둑떼의 손에서* 구출해냈소.
그러나 한 번도 져본 일이 없는 도둑떼는

---

* 헬레나가 어렸을 때 스파르타의 디아나 신전에서 춤추는 모습에 반한 테세우스가 그녀
를 유괴해갔는데, 쌍둥이 오빠 카스토르와 폴룩스가 그녀를 구출해냄.

다시 기운을 차리고 그 뒤를 추격해왔소.

그때 엘레우시스 도시* 근처의 늪들이

그 남매들의 바쁜 걸음을 가로막았지요.　　　　　　　7420

형제는 걸어서 건너고, 난 그녀를 태우고 물을 치며 헤엄쳐 건넜소.

그녀가 펄쩍 뛰어내리고서 물에 젖은

나의 갈기를 쓰다듬으며, 사랑스럽고 영리하게

애교를 부리고 또 자신만만한 모습으로 감사하였소.

얼마나 매력적이었는지! 젊은 것이 늙은이까지 즐겁게 했소!　7425

파우스트

　　　겨우 열 살쯤 되었는데!

키론

　　　　　　　　　　　내 알기로는 문헌학자들이

그대는 물론 자기 자신까지도 속였던 것이오.

신화 속에 나오는 여자란 아주 독특한 존재로,

시인들이 필요한 대로 표현해놓는단 말이오.

그러기에 어른이 되지도 않고 결코 늙지도 않으며,　　　　7430

언제 보아도 식욕을 돋우는 모습을 하고 있어,

어려서도 유혹을 당하고 늙어서도 청혼을 받고 있으니,

요컨대 시인들이란 시간의 속박을 받지 않는단 말이오.

파우스트

　　　그렇다면 그녀도 시간의 속박을 받지 않아야 할 것이오!

———————

* 살라미스 섬 맞은편에 있는 아티카 해변의 도시 이름.

아킬레우스가 페레 시에서* 그 여인을 만났던 것도   7435
모든 시간을 초월한 것이었소. 얼마나 희귀한 행복이오.
운명을 거역하고 사랑을 얻었으니 말이오!
그러니 나도 그리움에 가득 찬 힘으로,
오직 하나인 그 여인의 모습을 살려낼 수는 없겠소?
그 위대하고 상냥하며, 고상하고도 사랑스러우며,   7440
신들과도 비길 수 있는 영원한 그 모습을?
그대는 옛날에 그녀를 보았지만, 나는 오늘** 만나보았는데,
아름답고 매력적이며, 그리움을 자아내는 아름다움이었소.
이제 내 감각, 내 마음이 무섭게 사로잡혔으니,
나 그녀를 얻을 수가 없다면, 살아갈 수가 없소.   7445

키론

낯선 분이시여! 인간으로서의 그대는 감격적이지만,
정령들 사이에선 미친 것처럼 보일 것이오.
그런데 여기 그대를 위해 다행한 일이 있소.
물론 잠깐씩이긴 하지만 해마다 나는
의술의 신 아스클레피오스의 딸 만토한테***   7450

---

* 전설에 의하면 사후에 다시 돌아온 아킬레우스의 환영이 레우케 섬에서 명부에서 돌아
온 헬레나의 환영과 결혼하여 에우포리온을 낳았다고 함. 괴테는 그들의 결혼 장소를 레
우케 섬이 아니라 테살리아의 페레 시라고 함.
** 파우스트는 오늘의 꿈속에서 헬레나를 만나보았음.
*** 만토는 원래 눈먼 예언자 테이레시아스의 딸로 아폴론 신전의 무녀. 예언으로 사람
을 치료하는 처방도 해주었기 때문에, 괴테는 그녀를 의술의 신 아스클레피오스의 딸이
라고 함.

들러보곤 한다오. 그녀는 조용히 기도를 드리며,

자기 아버지께 제발 아버지의 명예를 위해서라도,

의사들의 마음을 이제 그만 거룩하게 만들어주시고,

무모하게 사람 때려죽이는 일이 없도록 해달라고 간청하지요.

무당들 중에서 그녀가 가장 사랑스러운 것으로,　　　7455

보기 흉하게 까불어대지도 않고, 정답게 상냥한 처녀라오.

잠시 그애의 집에 머물면서 약초 뿌리의 힘으로 치료하면,

그대의 병을 근본적으로 고칠 수 있을 것이오.

파우스트

난 치료 따위는 받고 싶지 않소. 내 심신은 건전하오.

그렇게 되면 나도 다른 사람들처럼 속물이 되고 말 거요.　　　7460

키론

고귀한 샘물로* 치료할 수 있는 기회를 놓치지 마시오!

빨리 내리시오! 이제 다 왔소이다.

파우스트

말하시오! 이 무시무시한 밤에 그대는

자갈 깔린 강물을 건너, 나를 어느 곳으로 데려왔소?

키론

여기는 로마와 그리스가** 서로 맞서 싸우던 곳이오.　　　7465

오른쪽에 페네이오스 강이 흐르고, 왼쪽에 올림포스 산이 솟아 있소.

---

* 파우스트를 치유할 수 있는 고귀한 샘물이란 만토의 교훈을 의미함.

** 기원전 168년 피드나 전투에서 마케도니아의 국왕 페르세우스가 로마의 집정관 파울
루스에게 패하여 로마의 속령이 되었음. 괴테는 마케도니아를 그리스라 하였음.

그 위대한 제국이 덧없이 사라지고,

제왕은 도망치고, 시민들이 승리를 외쳤던 곳이오.

위를 쳐다보시오! 저기 아주 가까운 곳에

불멸의 신전이* 달빛을 받으며 서 있소이다.   7470

만토 (안에서 꿈을 꾸듯이)

이 거룩한 계단에

말발굽 소리 울리며,

반신(半神)께서 오시는군요.

키론

바로 맞았다!

눈이나 떠보아라!   7475

만토 (잠을 깨면서)

어서 오세요! 거르지 않고 오실 줄 알았어요.

키론

너의 신전도 언제나 그대로 서 있으니까!

만토

당신은 여전히 쉬지 않고 쫓아다니시나요?

키론

네가 언제나 고요히 평화롭게 살고 있는 것처럼,

나는 계속 돌아다니는 것이 즐겁단다.   7480

---

* 올림포스 산에 있는 아폴론 신전.

만토

제가 가만히 기다리고 있으면, 시간이 제 주위를 돌아요.

그런데 이분은?

키론

소문이 자자한 오늘밤의 축제가

소용돌이치듯이 이 사람을 이곳으로 데려왔단다.

헬레나를, 미친 듯한 심신으로

헬레나를 손에 넣겠다고 하면서,   7485

어떻게 어디서 시작해야 할지조차 모르고 있단다.

누구보다도 아스클레피오스의 치료가 필요할 것이다.

만토

불가능한 것을 갈망하는 자, 전 그런 사람을 좋아해요.

(키론은 벌써 멀리 가버렸다.)

만토

들어가세요, 과감한 분이시여, 그리고 기뻐하세요!

이 캄캄한 길은 지하의 여신 페르세포네로* 통하고 있어요.   7490

그녀는 올림포스 산의 공허한 기슭에서,

남몰래 금지된 인사에 귀를 기울이고 있어요.

언젠가 저는 여기서 오르페우스를** 몰래 들여보내주었어요.

---

* 페르세포네는 제우스와 데메테르 사이에 태어난 딸. 그녀는 강제로 황천세계로 끌려갔
기 때문에 지상세계에 대한 동경을 갖고 있으며, 빛을 볼 수 없다는 금기를 무시하고 지
상으로부터의 청을 들어준다고 함.
** 살아 있는 인간 오르페우스는 만토의 도움으로 명부의 세계로 들어가며, 사랑하는 아
내 에우리디케를 다시 지상세계로 데리고 나옴.

그분보다 더 잘해보세요! 기운 내세요! 마음을 단단히 하세요!

(그들은 아래로 내려간다.)

페네이오스 강 상류

세이렌들 (이전 장면과 같이)

> 페네이오스 강물 속으로 뛰어들어요!　　　　　　　7495
> 거기서 철썩철썩 헤엄을 치고,
> 불쌍한 족속들을* 생각해주어,
> 노래에 노래를 부릅시다.
> 물이 없으면 행복도 있을 리 없어요!
> 우리들 밝은 무리 떼를 지어서　　　　　　　　　7500
> 서둘러 에게 해로 내려가면,
> 가지가지 즐거움을 맛보게 되지요.

　　(지진)

세이렌들

> 물결은 거품 일며 되돌아오고,
> 낮아진 강바닥엔 물도 흐르지 않아요.
> 땅바닥이 진동하고 물이 요동치며,　　　　　　　7505
> 자갈밭과 언덕이 갈라져 연기를 뿜어요.

---

* 지상은 지진 때문에 불행하고 위험해, 세이렌들은 강물에 뛰어들어 에게 해로 내려감.

피하세요! 모두들 오세요, 어서 오세요!
이런 괴변이 아껴줄 사람은 아무도 없어요.

자, 갑시다! 즐겁고 고귀한 손님들이여,
바다에서 일어나는 명랑한 축제 보러 갑시다.   7510
떨리는 물결이 반짝반짝 빛나면서,
조용히 굽이쳐서 기슭을 적셔요.
밝은 달빛은 이중으로 빛나면서,
성스러운 이슬로 우리를 적셔주어요.
그곳에는 자유로운 삶이 깃들고,   7515
이곳에는 무서운 지진이 일었어요.
영리한 분이라면 모두모두 서둘러 갑시다!
이 고장은 너무나 몸서리가 쳐져요.

세이스모스＊ (깊은 땅속에서 으르렁거리며 쿵쿵 소리를 낸다.)
한 번 더 힘을 내어 밀어젖히고,
용감하게 어깨로 들어올려라!   7520
그래서 우리가 땅 위로 나가면
모두가 겁이 나서 피할 것이다.

스핑크스들
얼마나 불쾌한 진동인가요.
추악하고 무시무시한 날씨로군요!

＊ 세이스모스(Seismos)는 '지진'을 뜻하는 그리스어로, 괴테는 이를 지진의 신으로 의인
화함.

이 무슨 요동이며, 이 무슨 지진이,   7525
그네 뛰듯 이리저리 흔들흔들하나요!
정말로 견딜 수 없이 불쾌한 기분이군요!
하지만 지옥이 송두리째 터진다 해도,
우리는 앉은 자리를 옮기지 않아요.

이제는 이상스럽게도 둥근 천장 같은 것이   7530
솟아올라오네요. 저것은 바로
이미 오래 전에 백발이 된 그 노인이에요.
그는 해산의 고통을 당하는 여인을* 위해,
물결치는 파도를 헤치고 델로스 섬을
밀어올려 만드신 분이에요.   7535
저분은 기를 쓰며 밀어대고 눌러대고,
두 팔을 쭉 뻗고 등을 구부리고,
아틀라스와** 같은 몸짓을 하고서,
땅바닥이건 잔디밭이건 대지건 간에,
그리고 자갈이나 왕모래, 가는 모래나 진흙까지도   7540
우리의 고요한 강 언덕을 밀어올려요.
그리하여 골짜기의 조용한 대지를
가로질러 한 조각 찢어놓았어요.

---

* 아폴론과 디아나의 어머니인 레토를 말함. 그녀가 헤라 여신의 질투에 쫓기며 해산의
진통을 겪을 때, 순산을 돕기 위해 바다 한가운데에서 델로스 섬이 솟아올랐다고 함.
** 등을 굽히고 두 팔로 천공을 떠받치고 있는 거인.

아무리 기운을 써도 결코 지치지 않으니,

거대한 여상(女像)의 기둥과 같은데,　　　　　　7545

무시무시한 돌 바탕을 치켜들고 있지만,

가슴 아래는 아직 땅속에 묻혀 있군요.

그러나 그 이상은 올라오지 못하리니,

스핑크스들이 이렇게 자리잡고 있으니까요.

세이스모스

이 모양을 오직 나 홀로 만들었다는 것을,　　　　7550

세상 사람들도 결국엔 인정해줄 것이다.

만일 내가 흔들어대고 밀어대지 않았던들,

이 세계가 어떻게 이처럼 아름다울 수 있으랴?

그림같이 황홀한 모습을 하고 있는 저 산들도

만일 내가 밀어내주지 않았더라면,　　　　　　7555

저 화려하게 순수한 파란 창공에

어찌 저렇게 높이 솟아 있을 수 있겠는가?

밤과 혼돈이라는 최고의 조상들 앞에서,

내가 있는 힘을 다 발휘하여,

거인들과 어울려 공놀이를 하듯이,　　　　　　7560

펠리온 산이나 옷사 산을* 마구 던지곤 했을 때,

우리는 젊은 혈기에 미친 듯 장난을 하다가,

마침내 놀기에도 싫증이 나자 마지막으로,

---

* 그리스 테살리아에 있는 산들. 거인들이 신들을 습격하기 위해 이 산을 쌓아올리고 제
우스의 옥좌에까지 다다르려 했다는 전설이 있음.

페르나소스 산에다가* 이중 모자를 씌우듯이
오만하게도 저 두 개의 산을 올려놓았지 —   7565
지금은 아폴론이 행복스런 뮤즈들의 무리와 더불어
저기에서 즐거운 세월을 보내고 계시다.
우레의 신 유피테르와** 그 번개를 위해서도
앉을 의자를*** 높이 치켜들어주었다.
그리하여 지금도 섬뜩할 정도의 노력으로,   7570
저 깊은 땅속으로부터 밀고 올라와서,
즐겁게 살고 있는 주민들에게 큰 소리를 지르며
새 생활을 하도록 요구하고 있는 것이다.

스핑크스들

여기에 이렇게 우뚝 솟은 산들이,
땅속에서부터 질식하듯 빠져나오는 꼴을,   7575
만일 우리가 직접 눈으로 보지 않았다면,
태고로부터 여기 있었다고들 말할 테지요.
무성한 숲이 계속 위로 퍼져나가고,
아직도 바위들이 계속 움직이며 몰려들고 있지만,
스핑크스라면 그런 것쯤은 조금도 개의치 않고,   7580
성스러운 그 자리에 꼼짝 않고 앉아 있을 거예요.

---

* 그리스 중부에 있는 봉우리가 두 개인 산으로 아폴론이나 뮤즈들이 거처한다고 함.
** 제우스 신의 로마 식 이름.
*** 올림포스 산을 의미함.

그라이프들

종이쪽 같은 황금, 번지르르한 황금이

바위틈에서 번쩍번쩍하는 것이 보이는구나.

저런 보물을 빼앗겨서는 안 될 것이니,

개미들아, 자, 어서 저것을 파내려무나!   7585

개미들의 합창

거인들이 저 산을

밀어올린 것처럼,

아장거리는 발을 가진 너희들도,

빨리 위로 올라가거라!

재빠르게 들락날락하라!   7590

이런 바위틈에서는

아무리 조그만 부스러기라도

간직할 만한 가치가 있느니라.

모든 구석 샅샅이

서둘러 드나들며,   7595

어떤 작은 것이라도

찾아내야 하느니라.

너희 우글대는 무리들아,

부지런히 일해서,

돌들일랑 버려두고,   7600

황금만을 물어오라!

그라이프들

들어오라! 들어와! 황금을 쌓아올려라!

우리가 그것을 발톱으로 짓누르고 있을 것이니,

자물쇠로서는 최고의 종류가 될 것이고,

최고의 보화라도 안전하게 간직되리라.   7605

피그메들*

우리들 이렇게 자리를 잡기는 했지만,

어떻게 된 일인지는 알 수 없어요.

우리가 어디서 왔는지는 묻지 마세요.

아무튼 이렇게 여기에 와 있으니까요!

인생을 즐겁게 지내는 곳이라면,   7610

그 나라가 어디든 다 적합할 것인즉,

바위에 틈이 생기기만 하면,

난쟁이도 벌써 자리를 잡게 되지요.

남녀 난쟁이 모두 부지런하여,

어느 쌍이든 부부의 모범이 되지요.   7615

그 옛날 천국에서도 벌써

그러했었는지는 나도 모르지요.

하지만 우리는 여기가 제일 좋으니,

별들의 축복에 감사를 드려야겠죠.

동쪽에서건 서쪽에서건   7620

---

* 그리스 신화에서 학들과 전쟁을 벌이곤 한다는 난쟁이들. 괴테는 땅속에서 금을 캐내
는 난쟁이로 취급하고 있음.

어머니 대지는 즐겨 생명을 낳으니까요.

닥틸레들*

어머니 대지는 하룻밤 사이에

조그만 어린애들을 낳았어요.

아주 작은 어린애도 낳을 테니까,

그에 어울리는 상대도 생겼겠지요.   7625

피그메의 최고령자

어서어서 서둘러 편안한

자리를 마련하라!

서둘러 일들을 하라!

기운 대신에 재빠르게!

세상은 아직 평화로우나,   7630

대장간을 세워놓고,

갑옷과 무기를 만들어

군대들을 무장시켜라.

너희 모든 개미들은,

떼를 지어 일을 하며   7635

쇠붙이를 날라오라!

가장 작고 수가 많은

꼬마난쟁이 닥틸레들은,

---

* 피그메들보다 더 작은 꼬마난쟁이이며, 솜씨 좋은 대장장이로 쇠를 달구는 일을 함.

너희에게 명하나니,

장작을 가져오라! 7640

그것을 쌓아올려

가마 불에 구워내서,

검정 숯을 만들어라.

장군

화살과 활을 메고

기운차게 나가거라! 7645

저기 저 연못가에

무수하게 집을 짓고,

교만하게 뽐내는

학들을* 쏘려무나.

한꺼번에 모조리, 7650

한 마리도 남김없이!

그것으로 우리는 투구를

장식하고 나타나리라.

개미들과 닥틸레들

누가 우리를 구해주겠는가!

우리가 쇠붙이를 마련해오면, 7655

저들은 쇠사슬을 만들어내네.

우리들 뿌리치고 달아나기엔,

---

* 피그메들은 학을 학살하여 깃털을 투구의 장식으로 사용하기 때문에, 학들은 이를 복
수하기 위하여 난쟁이들을 습격함.

아직 때가 되지 않았으니,

고분고분 참는 것이 좋으리라.

이비코스의 학들*

죽이는 고함소리, 죽어가는 탄식소리!   7660

두려움에 날개를 푸드덕거리는 소리!

이 무슨 신음 소리, 이 무슨 비탄의 소리가

여기 이 높은 데까지 밀려오고 있는가!

저들은 벌써 모두가 맞아 죽어서,

호수는 그들 피로 빨갛게 물들었구나.   7665

흉악한 무리들의 탐욕이

백로의 고귀한 장식을 빼앗아가는구나.

하지만 저 배불뚝이 꾸부정다리 악한들의

투구 위에서 깃털은 벌써 나부끼고 있구나.

너희 우리 무리의 친구들이여,   7670

줄을 지어 바다를 방랑하는 동료들이여,

우리의 가까운 친척들이 당한 일에,

복수로써 대할 것을 요구하노라.

누구든지 힘이나 피를 아끼지 말고,

저 악한 족속들의 영원한 원수가 되라!   7675

(까옥까옥 울어대며 공중으로 흩어진다.)

메피스토펠레스 (평지에서)

---

* 이비코스는 기원전 6세기의 그리스 시인. 프리드리히 실러의 담시에 의하면 이비코스
의 억울한 죽음을 목격한 학들이 그 죄상을 폭로하여 복수의 계기를 마련해준다고 함.

저 북녘 마녀들은 쉽사리 다룰 수가 있었는데,

이곳 낯선 유령들은 내 마음대로 되지가 않는구나.

브로켄 산은 정말로 있기 편안한 곳이라서,

어디를 가든지 자기 있는 곳을 알 수 있었단 말이야.

마누라 일제는* 그녀의 바위 위에서 우릴 지켜주고,   7680

하인리히도 자기 언덕 위에 있으니 즐거울 거야.

드르렁 바위는 엘렌트 마을을 마주 보고 코를 골아대지만,

천 년이 지나가도 모든 것은 그냥 그대로란 말이야.

그런데 이곳에선 어디를 가든지, 어디에 서 있든지,

제 발 밑의 땅바닥이 부풀지 않으리라고 누가 알겠는가?……   7685

내가 평평한 골짜기를 기분 좋게 거닐 때면,

내 뒤에서 갑자기 산이 하나 솟아오른단 말이야.

하긴 산이라고 부를 것까지야 없겠지마는,

그래도 스핑크스들과 나를 갈라놓을 정도로는

높단 말이다 — 여기에서 골짜기를 따라 내려가면서   7690

아직도 많은 화톳불이 빛나며 이상한 것들을 비추고 있구나……

우아한 계집들이 아직도 나를 유혹하는 듯 피하는 듯,

교활하게 너울거리고 이리저리 춤을 추며 떠다니고 있구나.

어디 슬슬 가볼까! 무엇이든 훔쳐먹는 데는 익숙한지라,

여기가 어디든 간에 무엇이든 가로채보기로 하자.   7695

요녀 라미에들 (메피스토펠레스를 유인하면서)

---

* 비극 제1부의 '발푸르기스의 밤'에 나오는 이름들로 일젠슈타인과 하인리히는 브로켄 산의 암벽들이고, 드르렁 바위는 시에르케의 남쪽 마을 엘렌트에 있는 바위임.

빨리, 좀더 빨리 해라!

좀더 앞으로

그러곤 다시 주저주저하며,

재잘대며 떠들어라.

저 늙어빠진 죄인을   7700

우리한테로 끌어다가

심한 속죄를 시키면,

정말 재미있는 일이로다.

굳어버린 발굽으로

절름거리고 비틀거리며*   7705

이쪽으로 따라온다.

발굽을 질질 끌며,

우리가 도망치는 대로

곧장 뒤를 쫓아오는구나!

메피스토펠레스 (걸음을 멈추면서)

재수 더럽구나! 속임수에 넘어간 놈이 됐군!   7710

아담 때부터 사내들이란 꾐에 넘어간 얼간이였지!

제대로 나이는 처먹어도, 똑똑한 놈 누가 있담?

그만하면 바보짓도 할 만큼 하지 않았던가!

저런 허리통을 졸라매고, 얼굴에 잔뜩 화장을 한

족속들이란 애당초 아무런 쓸모가 없다는 것 다 알고 있지.   7715

---

* 메피스토펠레스는 말발굽을 달고 다니기 때문에 절름대고 비틀거림.

어디를 만져보아도 성한 데라곤 하나 없이,

사지가 모두 썩어 문드러졌단 말이다.

그런 것쯤은 보아서도 알고 만져서도 알고 있는데,

그 썩은 계집들이 피리를 불면 춤을 추게 된단 말이야!

라미에들 (멈춰 서면서)

잠깐만! 저 작자 생각에 잠겨 주저하며 서 있구나!　　　7720

도망가지 못하도록 저 작자를 잘 맞이하도록 하라!

메피스토펠레스 (계속해 걸어가며)

계속해보자꾸나! 어리석게도

의혹의 올가미에 걸려들지는 말아야지.

대체 이 세상에 마녀들이 없다면,

어떤 악마가 악마 노릇을 하겠나!　　　7725

라미에들 (온갖 아양을 떨며)

이분 주위에 둘러서봐요!

그러면 틀림없이 어느 한 사람에 대한 사랑이

이분의 마음속에 싹틀 거예요,

메피스토펠레스

희미한 불빛에 비추어보는 것이지만,

당신들은 아름다운 아가씨들 같구려.　　　7730

그러니 나 당신네를 비난하고 싶지가 않소이다.

엠푸사* (뛰어들면서)

---

* 그리스 신화에서 한쪽은 당나귀 발굽, 다른 한쪽은 사람 발굽을 가진 요괴로, 여러 가지 무시무시한 모습으로 변한다고 함.

나도 욕하지 마세요!

친구로서 나도 당신네들을 뒤따르게 해줘요.

라미에들

저애가 우리한테 낀다는 건 너무 심해요.

언제든지 우리들의 놀이를 망쳐놓는단 말예요.　　　　7735

엠푸사 (메피스토펠레스에게)

사촌여동생 엠푸사 인사를 받으세요!

당나귀 발굽을 가진 가까운 사이예요.

당신은 말발굽만을 가지고 계시지만,

그래도 사촌오빠, 인사를 받으세요!

메피스토펠레스

여기엔 온통 낯선 자들만 있는 줄 알았는데,　　　　7740

재수 없게도 가까운 친척을 만나게 되었군.

옛날 책이라도 한번 떠들어봐야겠군.

하르츠로부터 헬라스까지 어디에나 친척들이라니!

엠푸사

저는 당장에 무엇이든 해낼 수 있으며,

저 자신 여러 가지로 변신할 수도 있어요.　　　　7745

하지만 이번에는 당신에게 경의를 표하려고

조그마한 당나귀 머리를* 얹어놓았어요.

---

* 엠푸사가 당나귀 머리를 가진 것은 괴테의 창작임.

메피스토펠레스

알고 보니, 이 족속들에게서는

일가친척이라는 게 큰 의미를 지니는 것 같군.

하지만 설사 무슨 일이 일어난다 할지라도,　　　　　7750

당나귀 대가리만은 제발 치워주었으면 좋겠군.

라미에들

그런 추한 여자는 내버려두세요.

그 여자는 아름답고 사랑스럽다고 여겨지는 건 모조리 쫓아버려요.

무엇이든 아름답고 사랑스러운 것이 있다고 해도

저 여자가 나타나면 그만 없어지고 말아요!　　　　　7755

메피스토펠레스

이 상냥하고 나긋나긋한 아가씨들도,

내게는 모두가 수상쩍기만 하단 말이야.

저렇게 장미꽃 같은 얼굴 뒤에도

괴이한 변형이 숨어 있다는 생각이 드는군.

라미에들

우리는 이렇게 많이 있으니, 한번 해보세요!　　　　　7760

잡아보세요! 그리고 이 놀이에서 운수가 좋으면,

가장 좋은 제비를 골라잡게 될 거예요.

음탕한 몸짓으로 우물쭈물대야 무슨 소용이겠어요?

당신은 참으로 형편없는 구혼자예요.

오만스레 돌아다니며 잘난 척이나 하구요! —　　　　　7765

이제 저 작자가 우리들 패거리에 걸려들었다.

하나하나 가면들을 벗어던지고

너희들의 정체를 드러내도록 하라.

메피스토펠레스

최고의 미녀를 하나 골라잡았다……

(그녀를 껴안으며) 이런, 제기랄! 이건 말라빠진 빗자루로군!　　7770

(다른 여자를 붙잡는다.)

그럼 요것은?…… 지독한 상판대기로군!

라미에들

그보다 더 좋은 걸 바라다니? 생각도 말아야지.

메피스토펠레스

작은 계집을 하나 꽉 잡으려 했더니……

도마뱀처럼 내 손아귀에서 빠져 달아났구나!

매끈하게 땋아내린 머리채가 뱀처럼 미끈거렸어.　　7775

그 대신에 이번에는 키다리 계집을 잡았더니……

주신 바쿠스의 지팡이를* 잡은 것 같고,

그 끝에는 솔방울 같은 대가리가 달려 있구나!

자, 어떻게 한다?…… 뚱뚱보 계집을 한번 잡아보자.

이것이라면 아마 재미 좀 볼 수 있을 거야.　　7780

이게 마지막 판이다! 자, 해보자꾸나!

정말로 물컹물컹하고 허벅허벅하군.

동양인들이라면 비싼 값을 치르겠구나……

---

* 술의 신 바쿠스들이 가지고 있는, 포도나무 잎이 감기고 끝에 솔방울이 달린 지팡이.

그런데 이것 봐라! 말불버섯이 두 조각이 났구나!

라미에들

자, 서로들 헤어져요, 번갯불처럼   7785

둥실둥실 날아가서 이곳에 뛰어든 마녀의 자식놈을

검은 날개로 새까맣게 에워쌉시다!

그리고 불확실하고 무시무시한 굴레를 만듭시다!

박쥐들처럼 소리 없는 날갯짓을 합시다!

그래도 저놈은 용케 이곳을 빠져나갔어.   7790

메피스토펠레스 (몸을 떨면서)

나도 별로 더 똑똑해지지는 못한 모양이로군.

북쪽에서도 엉망이더니 이곳에서도 엉망이란 말이야.

유령들이란 여기서나 저기서나 모두 비틀어졌고,

민중이나 시인놈들은 모두 멋이 없단 말이야.

마침 이곳에도 가장 무도회가 열리고 있는데,   7795

세상 어디서고 마찬가지로 감각적 춤이야.

나도 귀여운 상판을 한 놈들을 따라가보았지만,

소름이 끼치는 놈을 붙잡고 말았지……

그나마도 좀더 오래 지속될 수만 있다면,

알고도 모르는 척 속아주려 했었지.   7800

(바위들 사이를 헤매고 다니며)

도대체 여기가 어디지? 어디로 빠져나간담?

전에는 소로였는데, 이젠 자갈밭이 되었군.

나는 평평한 길들을 걸어왔는데,

지금은 굉장한 돌멩이들이 앞을 가로막고 있구나.

아무리 올라갔다 내려왔다 하더라도 소용없으니,　　　7805

그 스핑크스들은 어디에서 다시 찾게 될까?

이렇게 미친 짓은 생각도 못 했거늘,

하룻밤 사이에 이런 산이 생기다니!

이건 마녀들이 신이 나서 날아올 때,

브로켄 산까지 날라온 것이라 말할 정도로군.　　　7810

오레아스* (천연바위 위에서)

이리 올라오세요! 나의 산은 오래된 것으로,

원래의 모습 그대로 서 있어요.

이 험준한 바위산 소로를 존경하세요,

핀두스 산맥에서** 뻗어나온 마지막 줄기예요!

폼페이우스가 나를 넘어 도망쳤을 때에도,　　　7815

나는 꼼짝도 하지 않고 이렇게 서 있었어요.

이 옆에 서 있는 환상의 형상들은***

닭이 울기만 해도 벌써 사라져버리지요.

그와 같은 환상적 이야기들은 생겨났다가

갑자기 다시 사라져버리곤 한답니다.　　　7820

메피스토펠레스

존경할 만한 산이여, 경의를 표하겠소이다.

----

* 산의 요정.

** 페네이오스 강의 원천으로 테살리아와 에피루스의 경계를 이루는 산맥.

*** 신화적 인물이나 요괴, 또는 분화나 지진으로 갑자기 생겨난 산들을 의미함.

높다란 떡갈나무숲이 힘차게 둘러섰구나!

한량없이 밝은 달빛이라도

숲속의 어두운 곳을 뚫고 들어가진 못하리라 —

그런데 저 숲을 옆으로 하고   7825

은근히 작열하는 불빛이 지나가고 있구나.

이 모든 것이 대체 어찌 된 셈인가!

그렇지, 저건 틀림없이 호문쿨루스이다!

이봐, 꼬마친구, 자넨 어디서 오는 길인가?

호문쿨루스

난 이렇게 이곳저곳으로 떠돌아다니고 있는데,   7830

어떻게든 최선의 의미로 생성(生成)하고 싶으며,*

이 유리를 깨뜨리고 나가고 싶어 못 견딜 지경이에요.

그러나 내가 지금까지 본 바로는,

어느 한 군데도 들어가고 싶은 곳은 없었어요.

다만 당신에게만 믿고 말씀드리건대,   7835

나는 지금 두 사람의 철학자** 뒤를 쫓고 있어요.

귀를 기울여 들어보니 자연, 자연! 이라고 해요.

나는 이들 두 사람에게서 떨어지고 싶지가 않은데,

그들은 어쨌든 지상의 일을 잘 알고 있을 테니까요.

그리고 결국에 가서는 내가 어디에 몸을 의탁하는 것이   7840

가장 현명한지를 저들에게서 배우게 될 거예요.

---

* 인조의 유리병을 벗어나 육체를 가진 독자적 인간 존재가 되고 싶다는 의미.
** 아낙사고라스와 탈레스를 가리킴.

메피스토펠레스

그것은 너 혼자의 힘으로 하는 것이 좋다.

유령들이 자리를 잡고 있는 곳이라면,

철학자도 대환영을 받으니까 말이다.

사람들이 그의 기술과 호의를 보고 기뻐하도록,   7845

그는 당장에 한 다스쯤 새 유령들을 만들어낸단 말이야.

너도 방황을 하지 않으면, 오성에 도달하지 못하리라.

네가 생성하기를 원한다면, 혼자의 힘으로 생성하라!

호문쿨루스

훌륭한 충고는 역시 물리칠 수가 없어요.

메피스토펠레스

그럼 어서 떠나라! 우리 두고 보자꾸나. (헤어진다.)   7850

아낙사고라스* (탈레스에게)

자네의 그 고집스런 생각은 전혀 굽힐 줄을 모르는군.

자네에게 확신을 시키려면 무엇이 더 필요한가?

탈레스**

파도는 어떤 바람에게나 기꺼이 순종하지만,

완강한 바위를 만나면 멀리 피해서 지나간다네.

---

* 기원전 5세기의 그리스 자연철학자로 생물이 불 작용의 결과로 발생한다는 화성론(火成論)의 대변자.
** 기원전 6세기의 그리스 자연철학자로 만물이 물에서 생겼다는 수성론(水成論)의 대변자.

아낙사고라스

그런 바위도 화염의 연기로 생겨난 것일세.　　　　7855

탈레스

생물은 모두가 습기 속에서 생겨났지.

호문쿨루스 (두 사람 사이에 끼여서)

나도 두 분 곁에서 걸어가도록 해주세요.

나도 간절하게 생성되기를 원하고 있어요!

아낙사고라스

여보게 탈레스, 자네는 하룻밤 사이에

진흙으로 이런 산을 만들어낸 적이 있었나?　　　　7860

탈레스

자연이나 또 자연의 생생한 흐름이란

결코 낮이나 밤이나 시간 등에 얽매여 있지 않다네.

자연은 어떠한 형상이라도 그 법칙에 따라 형성하는데,

위대한 것일지라도 절대 폭력을 쓰지는 않는다네.

아낙사고라스

하나 여기선 그랬다네! 저승의 왕 플루톤의 성난 불길과,　　　7865

바람의 신 아이올로스의 무서운 연기가 폭발하는 힘으로

평평한 대지의 해묵은 표피가 파열되고,

당장에 새로운 산이 하나 생겨났단 말일세.

탈레스

그러고 나서 그 다음은 어떻게 됐는가?

산은 생겨난 것이니, 그건 그렇다고 해두세.　　　　7870

이러한 논쟁으로 우리가 시간을 낭비할 뿐이며

참을성 많은 민중들을 이리저리 끌고 다닐 따름이라네.

아낙사고라스

산에는 개미처럼 잽싼 미르미도네 족이* 들끓으며,

찢어진 바위틈에 자리잡고 살게 되었지.

이를테면 피그메 족과 개미들과 난쟁이들과,   7875

그밖에도 부지런히 일하는 조그만 족속들이 우글거린다네.

(호문쿨루스를 향하여)

자네는 한 번도 위대한 것을 추구하지 않고,

은둔자처럼 제한된 생활을 하고 있구먼.

만일 자네가 지배자의 생활에 익숙할 수 있다면,

나는 자네를 왕으로 제관(祭冠)시켜주겠네.   7880

호문쿨루스

탈레스 선생은 어찌 생각하시죠?

탈레스

　　　　　　　　　　　　　권하고 싶지 않네.

작은 놈들과는 작은 일을 하게 마련인데,

큰 놈들을 상대하면 작은 놈도 커지는 법이지.

저걸 좀 보게! 저 시커먼 학의 무리들을!

저들은 흥분해서 날뛰는 족속을 위협하고 있는 것인데,   7885

국왕에게라도 저렇게 위협을 가할 것일세.

─────────────

* 제우스 신이 페스트로 사멸한 주민을 보충하려고 개미를 인간으로 변화시켰다는 부지런하고 작은 종족. 이는 화성론을 대변함.

학들은 날카로운 주둥이와 예리한 발톱으로
저 작은 무리를 향해 내리 치닫고 있으니,
불길한 운명은 벌써 번개처럼 빛나고 있군.
그것은 고요하고 평화로운 연못을 둘러싸고,　　　　　　　　7890
백로들을 무참히 죽인 만행의 대가일세.
그러나 저 살육의 빗발 같은 화살은
무섭게 피비린내나는 복수심을 만들어내어,
난쟁이 피그메들의 흉포한 피를 요구하는
가까운 친척인 학들의 분노를 자극한 것일세.　　　　　　　7895
이제 와서 방패나 투구나 창이 무슨 소용이겠나?
학들 깃의 광채가 난쟁이들에게* 무슨 도움이 되겠나?
꼬마난쟁이 닥틸레들과 개미들이 숨는 꼴을 보라!
저 무리는 벌써 뒤흔들리고 도망치고 무너지고 있네.

아낙사고라스 (잠시 후에 장엄하게)
지금까지 나는 지하세계의 위력을 찬양해왔지만,　　　　　7900
이런 경우에는 하늘을 향해 몸을 돌려야겠네……
그대여! 천상에서 영원히 늙지 아니하고,
세 가지 이름에 세 가지 형상을** 지닌 자여,
우리 백성들이 고난을 당하기에 나 그대를 부르나니,
달의 여신 디아나여, 루나여, 헤카테여!***　　　　　　　　7905

---

* 화성론을 대변하는 난쟁이 군대가 학들에게 패배한다는 것은 수성론의 승리를 뜻함.
** 상현달, 보름달, 하현달을 의미함.
*** 달의 여신을 천상에서는 디아나, 지상에서는 루나, 지하세계에서는 헤카테라고 함.

그대 가슴을 펴게 하고 가장 깊이 생각하는 자여.

그대 고요히 내리비치고 강력하며 은근한 자여,

그대 그림자의 무서운 입을 벌려서,

옛날의 그 위력을 아무런 마술 없이 나타내주소서!

(잠시 쉬었다가)

내 소원을 너무나 빨리 들어준 것일까?   7910

저 하늘을 향한

나의 기원이

자연의 질서를 문란케 했는가?

둥글게 에워싸인 여신의 옥좌가,

벌써 점점 더 커져서 가까이 다가오니,   7915

보기에도 무섭고 어마어마하구나!

어스름한 곳으로 그 붉은 빛이 비쳐오고……

더이상 가까이 오지 말라, 위협적으로 거대한 둥근 달이여!

그대는 우리를, 육지와 바다를 파멸시키려는가!

그럼 그것이 사실이었던가? 테살리아의 마녀들이*   7920

모독적으로 마술로써 정다운 체하며

그대를 그대의 궤도로부터 노래를 불러 끌어내리고,

가장 큰 재앙을 그대로부터 탈취했다는 것이 사실인가?……

빛나는 원반(圓盤)의 주위가 어두워지며,

---

* 테살리아의 마녀는 신비한 노래의 힘으로 달과 별을 지상으로 끌어내릴 수 있다고 함.

갑자기 폭발하여 번쩍번쩍하며 불꽃이 튀기는구나!　　　　7925

저 터지는 소리! 저 칙칙거리는 소리!

그 사이사이에 천둥 소리와 폭풍 소리가 울려온다? —

나는 공손하게 옥좌의 계단 앞에 엎드리리라! —

용서하소서! 내가 불러내린 일이올시다.

(땅바닥에 얼굴을 대고 엎드린다.)

탈레스

이 사람은 안 듣는 게 없고 안 보는 게 없구나!　　　　7930

우리에게 무슨 일이 일어났는지 나는 전혀 알 수가 없고,

그가 말하는 것을 느껴보지도 못하겠구나.

솔직히 말하자면, 지금은 미칠 듯한 시각이다.

그리고 달의 여신 루나는 예나 다름없이,

그 자리에 안일하게 떠 있구나.　　　　7935

호문쿨루스

저 피그메들이 있는 자리를 보세요!

둥그렇던 저 산이 지금은 뾰족해졌어요.*

나는 무시무시한 충격을 느꼈었는데,

저 바위산이 달에서 떨어졌던 거예요.

이것저것 물어볼 것도 없이 다짜고짜로　　　　7940

저 산은 친구든 적이든 닥치는 대로 으깨 죽였어요.

하지만 저는 그런 기술을 찬양하지 않을 수 없어요.

---

* 하룻밤 사이에 생긴 둥근 산봉우리에 운석이 떨어져 뾰족한 산정을 형성한 것임.

단 하룻밤 사이에 창조적으로,

아래로부터 또한 동시에 위로부터,

이런 산을 만들어낸 기술을 말예요.　　　　　　　7945

탈레스

진정하게! 그건 그저 생각한 것에 불과하네.

그런 흉측한 난쟁이 무리는 없어져야 한다네!

자네가 왕이 되지 않은 것은 다행일세.

자, 이제 즐거운 바다의 축제에나 가보도록 하세.

거기서는 진귀한 손님들을 환대하고 존중한다네.　　　　7950

(퇴장한다.)

메피스토펠레스 (반대쪽에서 기어올라오며)

내가 이렇게 가파른 바위 층계 길이나,

늙은 떡갈나무의 딱딱한 뿌리를 헤치고 다녀야만 하다니!

내 고향 하르츠 산에서는 송진부터가

역청과도 같은 냄새가 나고, 더욱이 마음에 드는 것은

유황도 있었는데…… 여기 이 그리스인의 나라에선　　　7955

그와 같은 냄새라곤 맡아보려야 흔적도 없구나.

그런데 호기심이 나는 것은, 그리스인들은

지옥의 고통이나 불꽃을 무엇으로 마련하느냐는 것이다.

드리아스*

고향인 당신 나라에선 영리했던 모양인데,

---

* 떡갈나무 drys라는 그리스어에서 나온 나무의 요정을 뜻하는 말로서 자연력을 나타냄.

이 낯선 고장에선 당신도 별수 없는 모양이군요.　　　　7960

생각을 그렇게 고향으로만 돌리지 마시고,

여기 이 신성한 떡갈나무의 가치도 알아주세요.

메피스토펠레스

누구나 버리고 온 것을 그리워하는 법이거늘,

자기가 살던 고장은 언제나 천국과 같은 곳이지.

그런데 말해보게, 저기 저 동굴 속에 희미한 빛을 받으며　　　7965

세 겹으로 쭈그리고 앉아 있는 친구는 누구인가?

드리아스

암흑의 여인 포르키아스들이에요.* 무섭지 않으시면,

그곳으로 다가가서 그들과 이야기를 해보세요.

메피스토펠레스

왜 못하겠나! ─ 하지만 보고는 놀라겠다!

나도 오만스럽기 이를 데 없지만, 저런 것들은　　　　7970

아직 한 번도 본 일이 없다고 고백하지 않을 수 없군.

저것들은 뿌리의 요정 알라우네보다도 더 고약하구나……

이 세 겹으로 된 괴물을 한번 보기만 하면,

태곳적부터 비난을 받고 있는 죄악들도

조금도 추하다고 생각하지 않을 것 같군.　　　　7975

우리 고장에선 가장 소름끼치는 지옥의

---

* 바다의 신 포르키아스와 요괴 케토 사이에 태어난 세 딸. 그들은 눈과 이빨이 하나뿐인 추악한 모습으로 무엇을 먹고 볼 때에 눈과 이를 서로 빌려 씀. 햇빛이 비치지 않는 곳에 살며, 태어났을 때부터 백발의 노파로서 노령을 상징함.

문턱일지라도 저런 것을 두고는 참지 못할 것이다.

저런 것이 여기 이 미(美)의 나라에 뿌리박고 있는데,

그것을 고대적이라고 부르며 명성이 높다니……

저놈들이 움직인다, 내 냄새를 맡은 모양이다.　　　　　7980

저 박쥐 같은 흡혈귀들이 피리 소리를 내며 지저귀는구나.

포르키아스

동생들아, 눈을 좀 이리 다오. 우리들의 성전에

감히 이렇게 가까이 다가온 것이 누구인지 알아봐야겠다.

메피스토펠레스

존경하는 아주머니들이여! 실례입니다만,

여러분들 가까이 가서 삼중으로 축복을 받고 싶소이다.　　　7985

아직은 잘 알지 못하는 자로서 이렇게 찾아왔지만,

내가 잘못 아는 것이 아니라면, 먼 친척이 됩니다.

예로부터 존경받는 신들은 벌써 뵈었으며,

오프스와 레아 여신* 앞에서도 공손하게 인사를 드렸고요.

혼돈의 아이이며 당신들과 자매 관계인 운명의 여신　　　7990

파르체들도** 어제던가 — 아니 그저께 만나뵈었지요.

그러나 당신 같은 분들은 한 번도 만나본 적이 없소이다.

나는 지금 말도 못 하겠고, 그저 황홀하게만 느끼고 있지요.

---

* 고대 로마의 수확의 여신 오프스가 훗날에는 그리스의 여신 레아와 동일시되고 있음.
** 인간의 수명을 다스리는 운명의 여신들. 추악한 포르키아스처럼 태초의 존재들을 나타내지만, 파르체 자매들은 서로 다르게 아름다움을 서술하고 있음.

포르키아스들

　이 정령은 제법 사리를 잘 아는 것 같군.

메피스토펠레스

　당신들을 찬양하는 시인이 없으니 이상할 따름이오.　　　　7995

　그게 대체 어찌 된 일이지요? 어찌 그런 일이 있을 수 있소?

　그림에서도 당신네처럼 고상한 분들을 본 적이 없소이다.

　조각가의 끌도 유노나 팔라스나 베누스와* 같은 것들이 아니라,

　당신네들의 모습을 아로새기도록 해야 했을 텐데요.

포르키아스들

　고독과 고요한 암흑 속에 틀어박혀 있기에,　　　　　8000

　우리들 셋은 미처 그런 생각을 해보지 못했어요!

메피스토펠레스

　어떻게 그런 생각을 하겠소? 이렇게 세상을 등지고,

　아무도 만나지 않고 아무도 당신들을 보지 못하니 말이오.

　당신들도 화려함과 예술이 같은 자리에 앉아 있고,

　대리석 덩어리가 날마다 영웅의 모습으로 변하여,　　　8005

　이중의 발걸음으로 민첩하게 세상으로 걸어나오는,

　그러한 고장에 살았어야 했을 것입니다.

　그곳에는 ―

포르키아스들

　그만두세요. 그리고 우리의 욕정을 돋우지 말아요!

---

* 유노는 제우스의 비(妃)로 헤라, 팔라스는 지혜의 여신 아테나, 미의 여신 베누스(비너
스)는 아프로디테라고도 함.

그것이 더 좋다는 걸 안다고 해서 무슨 소용이겠어요?

밤에 태어나서, 어두운 밤의 것들과 친척이 되어,　　　　8010

어느 누구도 모르고 우리 자신도 거의 모르고 지내는걸요.

메피스토펠레스

경우가 그렇다면 별로 드릴 말씀도 없지만,

자기 자신을 다른 사람에게 맡겨볼 수도 있는 일이지요.

당신네 셋은 눈 하나, 이빨 하나면 충분하지요.

그러나 세 분의 본질을 두 분으로 줄이고,　　　　8015

세번째 분의 모습을 나에게 맡겨주신다 해도,

신화학적으로 볼 때 가능한 일이지요.

잠시 동안만 말씀이오.

한 포르키아스

　　　　　　어떻게들 생각해? 괜찮을까?

다른 포르키아스들

한번 해봐요? ─ 하지만 눈과 이빨은 안 돼요.

메피스토펠레스

그럼 당신네가 가장 좋은 것을 빼앗아가는 셈인데,　　　　8020

그래서야 어떻게 그대로 꼭 닮은 형상이 되겠나!

한 포르키아스

한쪽 눈을 감으세요, 쉽게 할 수 있어요.

그리고 당장 앞니를 하나 드러내 보이세요.

그러면 옆모습은 우리들과 똑같아지고,

우리와 동기간처럼 그대로 닮아버릴 테니까요.　　　　8025

메피스토펠레스

영광이오! 해봅시다!

포르키아스들

해보세요!

메피스토펠레스 (포르키아스와 같은 옆모습으로)*

이렇게 난 벌써,

혼돈세계의 총애를 받는 아들이 되었소이다!

포르키아스들

우리들은 두말할 것도 없이 혼돈세계의 딸들이고요.

메피스토펠레스

이제 자웅동체라고** 비난받을 테니 창피하군.

포르키아스들

새로 생겨난 세 자매는 정말 미인들이야!   8030

우린 이제 눈도 둘이고 이빨도 둘이 되었어.

메피스토펠레스

나는 모든 사람들의 눈을 피해 숨어 있어야겠군.

지옥 진흙탕 속의 악마들까지 놀라게 할 정도니까. (퇴장한다.)

---

* 북방의 악마 메피스토펠레스가 그리스 세계에서 활동하기 위해 추악한 포르키아스로
변장한 것임. 제3막 끝에서 가면을 다시 벗어버림.
** 남성의 악마가 혼돈의 딸들인 포르키아스와 하나가 되었으므로, 한 몸에 남성과 여성
을 지닌 자웅동체인 것임.

에게 해의 암석으로 된 만(灣)

달이 중천에 떠 있다.

세이렌들 (절벽 위에 여기저기 자리를 잡고 피리를 불며 노래한다.)

    언젠가 밤이 두려울 때

    테살리아의 마녀들이 뻔뻔스럽게도   8035

    당신을 하늘에서 끌어내렸지요.

    오늘은 당신의 밤하늘에서

    떨리는 물결 위에 부드럽게 반짝이는

    저 현란한 빛의 무리를 조용히 바라보소서.

    그리고 파도를 헤치고 솟아나온,   8040

    저 혼란스런 무리를 비추어주소서!

    당신을 위하는 일에 몸 바치겠으니,

    아름다운 루나여, 자비를 베풀어주소서!

네레우스의 딸들과 트리톤들* (바다의 요괴들로서)

    광막한 바다에 울려퍼지도록,

    드높이 날카로운 소리 내어,   8045

    깊은 바다 속의 무리를 불러내어라!

    맹렬한 폭풍의 무서운 나락을 벗어나서

    고요하기 한이 없는 육지로 피했더니,

    사랑스런 노랫소리 우릴 이끄는구나.

---

* 바다의 신 네레우스에게는 오십 명의 딸들이 있고, 해신 포세이돈의 아들 트리톤은 하반신이 물고기와 같으며 소라와 같은 피리를 분다고 함.

보시라! 우리는 너무나 황홀하여　　　　　　　　　8050
황금의 사슬로 몸을 단장하고,
화려한 왕관에다 보석이 박힌
팔찌와 허리띠까지 갖추었지요!
이것은 모두가 당신네가 마련해준 선물이라오.
파선하여 여기에 침몰한 이 보물들은,　　　　　　8055
우리들 만(灣)에 사는 정령인 당신네들이,
노래 불러 우리에게 모아준 것이지요.*

세이렌들

우리는 알아요, 시원한 바다에서
물고기들이 근심 없이 떠돌며,
유쾌하고 평탄하게 잘 산다는 것을.　　　　　　　8060
그러나 축제하러 모여든 무리들이여,
오늘 우리는 알고 싶어요,
그대들이 물고기보다 훌륭하다는 것을.

네레우스의 딸들과 트리톤들

우리가 이곳에 도착하기 전에,
벌써부터 그런 생각을 하고 있었지요.　　　　　　8065
형제들아, 자매들아, 어서들 서둘러라!
오늘은 잠깐 길을 떠나서,
완벽하게 증명해야 하리라.

---

* 세이렌들의 유혹적인 노래로 배가 파선하고 그 배에 실었던 보물이 바다의 요정들 소
유가 되었음을 의미함.

우리가 물고기보다 훌륭하다는 것을. (퇴장한다.)

세이렌들

> 순식간에 다들 떠나갔군요! 8070
>
> 곧장 사모트라케를* 향하여
>
> 순풍을 타고 사라졌군요. 고귀한 카비레들의** 나라에 가서,
>
> 무슨 일을 하려고 생각하는가?
>
> 그것은 기이하기 그지없는 신들이에요. 8075
>
> 끊임없이 자기 자신을 낳고 있으면서도,
>
> 자신이 누구인지를 전혀 모르고 있지요.
>
>
> 자비로운 루나여, 은혜롭게
>
> 하늘 높이 머물러 계시옵소서.
>
> 밝은 대낮이 우리를 몰아내지 못하도록, 8080
>
> 어두운 밤이 오래오래 남아 있도록!

탈레스 (해변에서 호문쿨루스에게)

> 자네를 네레우스 노인에게로*** 데리고 가도 좋아.
>
> 그가 살고 있는 동굴이 멀지는 않지만,
>
> 그는 지독하게 고집이 센 분으로
>
> 심통이 사나운 영감태기란 말일세. 8085

---

* 에게 해의 동북부에 있으며 흑해의 입구에서 멀지 않은 섬. 그 위치가 항로상에 있어서 난파선이 자주 표착하지만, 기슭이 암벽이라 배를 대기가 어렵다고 전해짐.
** 위대한 것이란 의미로 페니키아인들의 수호신. 수가 일정치 않게 계속 생산을 해서, 그 정체를 알 수 없는 것이 특색이라고 함.
*** 오십 명의 딸을 둔 바다의 신으로 예언의 능력을 지닌 친절한 노인.

성미가 까다로운 그 노인에겐

인간세계의 일이 하나도 마음에 들지 않는다네.

하지만 그는 미래의 일을 잘 알아맞히기에,

그 점에서는 누구나 경의를 표하고,

그 노인을 그 자리에 앉혀놓고 있다네.   8090

사실 여러 사람에게 좋은 일도 많이 했거든.

호문쿨루스

우리도 시험 삼아 문을 한번 두드려보지요!

당장에 유리나 불꽃이 희생되지는 않겠지요.

네레우스

내 귀에 들리는 것은 인간의 목소리가 아닌가?

당장 내 가슴속에 화가 치밀어오르는구나!   8095

저 형상들은 신들의 영역에까지 도달하려 애쓰지만,

언제나 자기 자신과 같은 존재로 머물도록 저주받았지.

나는 옛날부터 신들처럼 편안히 쉴 수도 있지만,

훌륭한 자에게 잘해주고픈 충동에 사로잡혀 있단 말이야.

그런데 마지막에 놈들이 해놓은 것을 보면,   8100

충고를 해주지 않은 것이나 꼭 마찬가지란 말이야.

탈레스

그렇지만, 바다의 노인이여, 모두들 당신을 믿고 있지요.

당신은 현인이시오. 우리를 여기서 내쫓진 마세요!

이 불꽃을 보십시오. 인간의 모습을 닮긴 했지만,

전적으로 당신의 충고에 몸을 맡기려 하고 있습니다.   8105

네레우스

뭐 충고라고! 충고 따위가 인간에게 도움 된 적이 있었던가?

현명한 말도 굳어버린 귀에는 마비되고 마는 법이지.

저지른 일로 인해 화를 내며 수없이 자책하고 있을지라도,

인간 족속은 예나 다름없이 제 고집만 부린단 말이야.

저 파리스만 하더라도 그의 욕정이 외국 계집에게 얽매이기

전에,   8110

내가 아버지처럼 얼마나 경고를 해주었던가!*

그가 그리스의 해안에 대담하게 서 있었을 때,

나는 내 정신 속에서 본 것을 그에게 일러주었지.

공중으로 연기가 피어오르며 사방으로 번져가는 붉은 불길,

불길이 치솟고 있는 대들보와 그 아래 벌어지는 살육과 참사,   8115

이런 트로이 심판의 날은 시구(詩句)로 엮어져서,

수천 년 동안 전해질 무시무시한 사실이 되리라고 했지.

이 노인의 말이 그 건방진 놈에겐 한낱 장난처럼 여겨졌고,

놈은 자기 정욕을 따랐으며, 결국 일리오스는** 멸망하고 말았어―

오랜 고통 끝에 굳어버린 거대한 시체는,   8120

핀두스의 독수리들에겐*** 아주 반가운 먹이가 되었지.

---

* 호라티우스의 『카르미나』 제1권 15송가에는 트로이의 왕자 파리스가 헬레나를 유괴하여 그리스 해안을 떠나려고 할 때, 네레우스가 트로이의 멸망을 예언해주었지만 아무런 소용이 없었다는 이야기가 나옴.
** 트로이를 말함.
*** 핀두스는 테살리아의 산맥으로, 핀두스의 독수리는 트로이를 공격한 그리스 군대를 의미함.

오디세우스도 그랬어! 그에게도 내가 미리 말해주지 않았던가?

마녀 키르케의* 간계며, 애꾸눈 키클로프스의** 잔인성을 말이야.

게다가 그놈 자신의 우유부단함이며, 부하들의 경거망동까지도

모두 다 일러주었지! 그것이 놈에게 무슨 소용이 있었던가?   8125

한없이 풍랑에 시달린 다음, 그것도 너무나 뒤늦게야

물결 덕분으로 간신히 호의적인 해안에 다다를 수가 있었지.

탈레스

그러한 행동이 현명하신 분에게 고통을 주었겠지만,

그래도 선량한 분이라면 다시 한번 해보시겠지요.

사소한 감사라 할지라도 현인을 크게 만족케 하여,   8130

엄청난 배은망덕을 완전히 상쇄해줄 것입니다.

우리가 간청하는 것도 결코 사소한 것이 아니기 때문인즉,

여기 이 아이가 현명하게 생성되길 소망하고 있는 것입니다.

네레우스

모처럼 맛보는 내 이 즐거운 기분을 망치지 말게!

오늘은 그런 것과는 아주 다른 할 일이 있다네.   8135

도리스가 낳은 나의 딸들인

저 바다의 여신 그라치에들을 모두 불러놓았지.

올림포스 산에도, 자네들의 고장에도,

그렇게 애교 있게 구는 예쁜 아이들은 없을걸세.

그애들이 정말로 우아한 몸짓으로,   8140

---

* 태양의 신 헬리오스의 딸로 오디세우스의 동료 절반을 돼지로 변화시킨 마녀.
** 오디세우스의 동료 여섯 명을 삼킨 벌로 하나뿐인 눈을 잃은 외눈박이 거인.

해룡(海龍)에서 넵투누스의 말로* 옮겨타는 모습이란,

물거품이 그들을 높이 들어올려주기라도 하는 듯,

물과 그 성품이 너무나 섬세하게 어울린단 말일세.

제일 예쁜 딸 갈라테아는** 베누스 여신의

오색찬란한 조개수레를 타고 올 것인데,   8145

그애는 키프리스가 우리를 등지고 떠나간 이후로,

바다의 도시 파포스에서 여신으로 숭배되고 있다네.

그 귀여운 아이는 베누스의 상속녀로서 벌써 오래 전부터

신전이 있는 도시와 수레옥좌를 차지하고 있지.

물러가게! 아버지로서의 즐거움을 누리고 있는 이 시각에   8150

가슴에 증오를 품고, 입에 욕지거리를 올리는 건 어울리지 않네.

프로테우스나*** 찾아가보게! 그 기적의 친구에게,

어떻게 하면 생성하고 변신할 수 있는지를 물어보게나.

(바다 쪽으로 사라진다.)

탈레스

이 방법으로는 아무것도 얻어내지 못했군.

프로테우스를 만난다 해도 그 역시 곧 사라져버릴걸세.   8155

만일 그가 자네를 만나준다고 해도 결국에는,

---

* 넵투누스(포세이돈)의 마차를 파도 위로 끌어가는 돌고래들을 말함.
** 네레우스의 딸들 중에서 가장 아름다운 갈라테아는 키프리스라고도 불리는 베누스가 올림포스 산으로 자리를 옮긴 이후, 베누스 대신에 키프로스 섬의 파포스에 있는 키프리스 신전에 모셔진 미의 여신.
*** 호메로스의 『오디세이아』에 나오는 물, 불, 나무, 사자, 용 등의 형상으로 변신할 수 있고 예언에도 능한 바다의 신.

깜짝 놀랄 이야기만 하고, 우릴 당황하게 만들걸세.

하지만 자네는 어쨌든 그런 충고가 필요할 테니까,

우리 한번 시험 삼아 발길을 돌려보도록 하세!

(퇴장한다.)

세이렌들 (위쪽 바위 위에서)

파도치는 바다 저 멀리로부터   8160

미끄러지듯 헤치고 오는 것은 무엇이런가?

마치 바람이 조정하는 데 따라

흰 돛이 이끌려가는 듯하니,

찬란하게 빛나는 바다의 처녀들은

보기에도 눈이 부실 정도로군요.   8165

자, 우리 저 아래로 기어내려가,

저들의 목소리를 들어봅시다.

네레우스의 딸들과 트리톤들

우리들이 손에 받쳐들고 온 것은,

여러분 모두를 기쁘게 할 것입니다.

거대한 거북요정 첼로네는*   8170

근엄한 형상으로 번쩍이고 있어요.

우리가 모셔온 것은 신들이니,

거룩한 노래들을 부르도록 하세요.

---

* 제우스나 헤르메스에 의해 거대한 거북으로 변신한 그리스의 요정.

세이렌들

모습은 작아도,

지닌 힘은 위대하니,   8175

난파한 자를 구하는 이,

태고부터 모셔온 신들이에요.

네레우스의 딸들과 트리톤들

평화로운 축제를 벌이기 위해

우리는 카비레들을 모시고 왔어요.

이분들이 성스럽게 다스리는 곳에선,   8180

넵투누스도 얌전하게 굴 테니까요.

세이렌들

우리는 당신네에게 뒤지고 있어요.

배가 난파하게 되면,

대적할 수 없는 힘으로

사공들을 보호해주세요.   8185

네레우스의 딸들과 트리톤들

세 분을 우리는 모셔왔는데,

네번째 분은 오시려 하지 않았어요.

자기는 그들 모두를 위해 생각하는

진정한 신이라고 말하셨어요.

세이렌들

한 분의 신이 다른 신들을   8190

아마도 조롱하는 모양이군요.

하지만 은총이라면 모두 존중하고,

앙화라면 모두 두려워해야 합니다.

네레우스의 딸들과 트리톤들

신들은 본래 일곱 분이지요.

세이렌들

나머지 세 분은 어디 있나요?   8195

네레우스의 딸들과 트리톤들

그것은 우리도 알지 못하니,

올림포스 산에 가서 물어보세요.

거기엔 아직 어느 누구도 생각지 못한

여덟번째 신도* 계실 거예요!

그들은 자비롭게 우리를 돌봐주고 계시지만,   8200

모두가 다 완성된 것은 아니지요.

비길 데 없는 이 신들은

언제나 계속해 소망하며,

도달할 수 없는 것을 얻고자 하는

동경에 찬 굶주림에 시달리는 자들이지요.   8205

세이렌들

신들이 어디에 좌정하였든,

태양이나 달을 향해 기도를

올리는 것은 우리의 습관,

---

* 카비레들은 계속 자기 생식을 하기 때문에 명확한 숫자를 알 수 없음. 원래는 셋이라고
하나 넷, 다섯, 일곱, 여덟이라는 설도 있음.

그 보답은 있게 마련이에요.

네레우스의 딸들과 트리톤들

이런 축제를 인도하는   8210

우리의 명예는 얼마나 드높이 빛나겠는가!

세이렌들

고대 영웅들의 명예가

어디서 얼마나 빛났다 해도,

이처럼 빛나지는 못했을걸요.

그들은 황금모피를 얻었다지만,   8215

당신들은 카비레 신들을 모셔왔어요.

(전원의 합창으로 되풀이된다.)

그들은 황금모피를 얻었다지만,

우리들은

당신들은 카비레 신들을 모셔왔어요.

(네레우스의 딸들과 트리톤들은 지나간다.)

호문쿨루스

저 괴상한 모습들을* 보고 있자니,

흙으로 만든 형편없는 항아리 같군요.   8220

그런데 현인들은 그것들과 맞붙어서,

그 딱딱한 머리들을 깨뜨리고 있군요.

---

* 카비레 신은 문학이나 예술에서 거의 취급되지 않는데, 셸링이 「사모트라케의 신들에 관하여」라는 논문에서 다룬 사실을 야유하는 것임.

탈레스

저런 것이 바로 모두들 갈망하는 것이라네.

동전도 녹이 슬어야 값이 나가는 법이거든.

프로테우스 (모습은 나타나지 않고)

나같이 늙은 공상가에겐 저런 것이 마음에 든단 말이야!   8225

이상하면 이상할수록 더욱 훌륭하게 여겨지거든.

탈레스

프로테우스, 자네 어디 있나?

프로테우스 (복화술로* 때로는 가까운 데서, 때로는 먼 데서)

여기 있네! 이번엔 여기야!

탈레스

자네가 예로부터 해오는 농담을 나무라진 않겠지만,

친구한테는 그런 공허한 소릴랑은 집어치우게!

난 자네가 엉뚱한 곳에서 말하고 있다는 걸 알고 있다네.   8230

프로테우스 (먼 곳에서인 것처럼)

잘 있게!

탈레스 (낮은 소리로, 호문쿨루스에게)

그는 아주 가까이 있어. 불을 환히 밝혀보게!

그는 물고기처럼 호기심이 많아서,

어디에 어떤 모습을 하고 처박혀 있든,

불꽃을 밝히면 유인해낼 수 있지.

---

* 프로테우스는 보이지 않게 가까이 있으면서도 복화술자처럼 목소리를 때로는 가까이
에서, 때로는 멀리에서 울리게 함으로써 자기 위치를 현혹시키고자 함.

호문쿨루스

　　당장에 수많은 빛을 쏟아내겠지만,　　　　　　　　　　　8235

　　유리가 깨지지 않도록 조심해야겠어요.

프로테우스 (거대한 거북의 형상으로)

　　저렇게 우아하고 아름답게 빛나는 것이 무엇인가?

탈레스 (호문쿨루스를 덮어 가리면서)

　　좋아! 보고 싶다면 좀더 가까이에서 볼 수도 있지.

　　하지만 약간의 수고를 불쾌하게 여기지 말고,　　　　　8240

　　사람처럼 두 발로 선 모습으로 나타나주게.

　　우리가 감추어 가지고 있는 것을 보려는 자는

　　우리의 호의, 우리의 의사대로 따라야 할걸세.

프로테우스 (고귀한 모습으로)

　　자네는 처세술의 잔꾀를 여전히 잘 알고 있군.

탈레스

　　모습을 즐겨 바꾸는 게 여전히 자네 도락이로군.

　　(호문쿨루스를 벗겨 보인다.)

프로테우스 (깜짝 놀라서)

　　빛을 발하는 난쟁이라! 아직 한 번도 본 적이 없는걸!　　8245

탈레스

　　조언을 구하여 생성하고 싶어한다네.

　　내가 그에게서 들은 바로는, 이상스럽게도 자기는

　　그저 반쪽으로 이 세상에 태어났다는 것일세.

　　정신적인 특성에서는 결여된 바가 없지만,

손에 잡힐 수 있는 유용성은 전혀 없다는 것일세.　　　　8250

지금까지는 오로지 저 유리가 무게를 주고 있는데,

어떻게 해서든지 우선 육체를 가졌으면 한다네.

프로테우스

너야말로 진짜 숫처녀의 아들이로구나.

존재해야 하기도 전에 벌써 존재하고 있으니 말이다!

탈레스 (낮은 소리로)

다른 면에서도 의심스러워 보이는걸.　　　　8255

저 친구는 아무래도 자웅동체 같은* 생각이 든단 말이야.

프로테우스

그렇다면 일은 그만큼 더 잘될 것이네.

그가 어디에 가건 거기에 제대로 순응할 테니까.

하지만 여기서 여러 가지 생각을 할 필요는 없고,

드넓은 바다에서 시작해보면 될걸세!　　　　8260

처음에는 우선 조그마한 것에서 시작하여,

아주 작은 놈을 삼키는 것으로 만족해야지.

그렇게 하여 점차로 크게 자라나서,

보다 높은 완성을 향해 형성해나가는 것이지.

호문쿨루스

이곳엔 아주 부드러운 바람이 불고 있군요.　　　　8265

신록의 냄새가 풍기니, 그 향기가 정말 기분 좋군요!

---

* 호문쿨루스는 화학적 합성인간이기 때문에 남성인지 여성인지가 명확하지 않음.

프로테우스

그럴 것이다, 귀여운 아가야!

좀더 가면 훨씬 더 기분이 상쾌해질 것이다.

혓바닥처럼 생긴 이 해변에는

쾌적한 향내가 형언할 수 없을 정도란다.   8270

저 앞에까지 나가면 지금 막 떠오르는

행렬이 아주 가까이에 보일 것이다.

자, 함께 그리로 가자!

탈레스

　　　　　　　나도 함께 가겠네.

호문쿨루스

정말로 진귀한 세 유령의* 행차로군요!

(로도스 섬의 텔키네 족들이** 말의 몸체에 물고기 꼬리 모습의 괴수와

해룡을 타고, 넵투누스의 삼지창을 휘두르며 등장한다.)

합창

광란하는 거센 파도를 진정시켜주도록,   8275

우리는 넵투누스에게 삼지창을 만들어드렸지요.

우레의 신이 먹구름을 가득히 펼쳐놓으면,

그 무시무시하게 구르는 소리에 넵투누스가 대적하지요.

---

* 연금술로 만들어진 인조인간 호문쿨루스와 철학자의 망령 탈레스와 바다의 괴물 프로
테우스를 가리킴.
** 로도스 섬의 원주민들로 수공업에 뛰어나 해신 넵투누스의 삼지창을 달구어냈고, 태
양신 헬리오스의 거상을 만들어냈다고 함.

위로부터 날카로운 번갯불이 내리칠 때면,

아래로부터는 물결에 물결을 계속 뿌려대지요.　　　　8280

그 사이에 겁에 질려 싸우는 자는,

오랫동안 휘둘린 끝에 깊은 물 속에 가라앉지요.

그러기에 넵투누스가 오늘 우리에게 그 창을 맡겨주었으니 ─

축제일답게 안심하고 신나게 떠오르도록 합시다.

세이렌들

태양신 헬리오스에게* 귀의하고,　　　　8285

밝은 대낮의 축복을 받은 그대들이여,

달의 여신 루나를 높이 찬양하고 싶은

이 시각이라도 반가운 인사를 받으세요!

텔키네 족

창공에 높이 떠 계신 경애하는 여신이여!

당신의 오빠를 찬양하는 이 소리를 기꺼이 들어주소서.　　　　8290

기쁨에 넘치는 로도스 섬에 귀를 기울이시면,

거기에선 헬리오스 찬양 소리가 영위히 솟아오르리다.

그분이 하루의 여정을 시작하여 과업을 성취하시면,

불같은 광선의 눈길로 우리를 내려다보십니다.

산들도 도시들도, 해변도 물결도　　　　8295

신의 마음에 들어 사랑스럽고 화창합니다.

안개조차 우리를 에워싸는 일이 없고, 어쩌다 끼어들어도

---

* 그리스의 태양신으로 달의 여신 루나와는 남매지간.

한 줄기 햇살이나 약간의 바람만 불면, 섬은 다시 맑아집니다!
지고한 신은 수백 가지 형상으로 나타나시니,
젊은이나 거인으로, 위대한 자나 부드러운 자로도 보이지요. 8300
신들의 위풍을 존귀한 인간의 모습으로*
처음 그려낸 것은 바로 우리들이었습니다.

프로테우스

마음대로 노래하고 자랑하도록 내버려두라!
태양의 성스런 생명의 광선에 비하면,
생명 없는 작업이란 농담에 불과하다. 8305
지치지도 않고 만들었다 녹였다 하면서
청동으로 주조해 만들어놓고는,
제법 그럴듯한 것이라고 생각한단 말이다.
이 오만한 무리가 결국 무엇이란 말인가?
신들의 형상들이 거창하게 서 있긴 하지만 — 8310
지진이 일어나 그것들을 파괴해버렸고,
또다시 하나로 녹아버린 지도 오래되었다.
지상에서 하는 일이란 그것이 어떻든 간에,
언제나 한낱 헛수고에 지나지 않는다.
살아가는 데는 파도가 더욱 유용하리라. 8315
영원한 물의 세계로 너를 데리고 가는 것은

---

* 기원전 303년에 로도스 섬의 조각가 카레스는 거대한 아폴론 청동상을 인간의 모습으로
건립했는데, 이는 팔십 년 후에 지진으로 붕괴됨. 이전의 아폴론 상은 동물의 모습이었음.

프로테우스 돌고래이다.*

(변신한다.)

자, 이제 되었다!

이제 너도 틀림없이 성공하게 되리라.

내가 너를 등에 태워가지고 가서,

대양(大洋)과 인연을 맺어주겠다.   8320

탈레스

생명의 창조를 처음부터 시작하려는

그 기특한 소망에 찬사를 보내노라!

신속하게 작용하도록 준비하라!

영원한 규범을 따라 활동하며,

수천, 수만의 형태를 거쳐서,   8325

인간에 이르기까지는 많은 시간이 걸리리라.

(호문쿨루스는 프로테우스 돌고래에 올라탄다.)

프로테우스

징신만의 존재로 습기 찬 넓은 나라로 가자.

거기서 너는 당장 종횡무진으로 살 수 있고,

마음 내키는 대로 활동할 수 있을 것이다.

다만 보다 높은 대열에 끼려고 노력하지 마라.   8330

네가 일단 인간 같은 것이 되어버리고 나면

---

* 프로테우스는 모습을 잘 숨기고 거대한 거북이 되기도 함. 여기서는 돌고래의 형상으로 호문쿨루스를 모든 생명의 원천인 바다로 데리고 가는 것임.

너라는 존재도 완전히 끝장날 테니까* 말이다.

탈레스

그건 그때의 사정에 달렸겠지. 자기가 사는 시대의

멋진 사나이가 되는 것도 좋은 일일걸세.

프로테우스 (탈레스에게)

자네와 같은 사나이 말이로군!   8335

그것이라면 아직 한참 동안은 지탱할 수 있겠지.

창백한 유령들의 무리 속에 끼여 있는 자네를

벌써 수백 년 전부터 만나보고 있으니 말일세.

세이렌들 (바위 위에서)

달님 주위에 두껍게 원을 이루고

구름의 고리처럼 둘러친 것이 무엇인가?   8340

그것은 사랑에 불타는 비둘기들이지요.

그 날개는 햇빛처럼 하얗답니다.

정열에 불타는 저 새의 무리들은

파포스에서 보내온 것이지요.**

우리의 축제는 한 고비를 넘어서,   8345

명랑한 환희가 가득하고 청명하구나!

네레우스 (탈레스에게 다가가면서)

밤길을 재촉하는 나그네는 저 달무리를

---

* 호문쿨루스가 인간 이하의 존재일 때는 무한한 변화의 가능성이 있지만, 인간의 단계에 이르면 그 형성 능력을 잃게 된다는 뜻.
** 이 비둘기 무리는 베누스 대신인 여신 갈라테아를 안내하며 파포스에서 날아온 것임.

공기의 현상이라고 했다지만,

우리 정령들은 완전히 다르게 생각하는데,

그것이 유일하게 옳은 생각일 것이오.　　　　8350

저것은 옛날 옛적에 배워 익힌,

특별한 방법으로 기묘하게 비행하면서,

나의 딸이 조개수레를 타고 올 때,

그 길을 인도하는 비둘기들이올시다.

탈레스

나도 그것이 가장 옳다고 생각합니다.　　　　8355

조용하고 따스한 보금자리 속에서

신성한 것이 살아서 움직인다면,

훌륭한 사나이의 마음에도 드는 법이지요.

프실레 족과 마르세 족＊ (물소와 물송아지와 물양들을 타고서)

키프로스 섬의 거친 동굴 안에,

바다의 신에게도 파묻히지 않고,　　　　8360

지진의 신에게도 무너지지 않고,

영원한 산들바람에 둘러싸여,

아득한 옛날에 있던 그대로,

고요한 가운데 즐거운 마음으로

우리는 키프로스의 수레를 간직했어요.　　　　8365

그리고 밤들이 조용히 살랑거릴 때,

＊ 프실레 족은 리비아에, 마르세 족은 이탈리아에 살던 뱀 주술을 하던 종족. 여기서는
치페른 섬으로 옮겨져 베누스의 수레를 수호하는 무리로 묘사됨.

사랑스럽게 물결치는 곳을 통해서,

새로운 종족의 눈을 피하여,

한없이 귀여운 따님을* 모셔왔어요.

우리 가만히 일만 하는 무리들은,　　　　　　　　　8370

독수리도 날개 돋친 사자도,

십자가도 저 달도** 겁내지 않아요.

저 위에 살며 통치하는 자,

얼마든지 교체되고 흔들린대도,

쫓고 쫓기며 죽인다 해도　　　　　　　　　　　8375

곡식과 도시가 망한다 해도요.

우리는 언제나 변함없이,

귀여운 아가씨를 모셔오지요.

세이렌들

경쾌하게 움직이며 알맞은 속도로,

수레 주위를 몇 겹으로 둘러싸고　　　　　　　　8380

행렬과 행렬이 서로 얽히며,

뱀처럼 줄줄이 늘어서서,

가까이 오라, 민첩한 네레우스의 딸들아.

밉지 않게 사나운 강건한 여인들이여,

사랑스러운 도리스의 딸들이여, 모셔오라,　　　　　8385

---

* 갈라테아를 말함.

** 기원전 58년 이후 키프로스 섬과 지중해를 지배했던 네 종족, 즉 로마인(독수리), 베
네치아인(사자), 영국인(십자가) 그리고 터키인(달)의 상징임.

어머니의 모상인 갈라테아 아가씨를.

아가씨는 신들을 닮아 진지하시고,

존귀한 불멸의 모습이지만,

사랑스러운 인간의 여인과도 같이

매혹적인 우아함도 갖추셨군요.   8390

도리스의 딸들 (합창하며 네레우스의 곁을 지나간다. 모두들 돌고래를 타고
있다.)

루나여, 빛과 그림자를 빌려주시어,

이 젊은 꽃들을 밝게 비춰주소서!

우리들은 아버님께 간청을 드려,

사랑하는 남편을 보여드리려 하니까요.

(네레우스에게)

이들은 파도의 성난 이빨 속에서,   8395

우리가 구해낸 젊은이들이에요.

갈대와 이끼 위에 눕혀놓고서,

따뜻이 감싸주어 세상의 빛을 보게 하였더니,

그들은 이제 뜨거운 키스로써

진심으로 우리에게 보답하고 있어요.   8400

사랑스런 이들을 너그러이 보아주소서!

네레우스

일거양득이란 높이 평가해야지.

인정을 베풀고 동시에 자신도 즐거우니 말이다.

도리스의 딸들

> 아버님, 우리들이 한 일을 가상히 여기시고,
>
> 우리가 얻은 기쁨을 너그러이 허락하신다면,　　　　8405
>
> 이 사랑하는 이들을 불사의 몸으로 만들어,
>
> 영원히 젊은 이 가슴에 단단히 안기게 해주소서.

네레우스

> 너희들이 사로잡은 그 아름다운 것을 마음껏 기뻐하고,
>
> 그 젊은이들을 너희의 남편으로 길러내어라.
>
> 하지만 제우스 신만이 허락해줄 수 있는 것을*　　　　8410
>
> 내가 혼자서 베풀어줄 수는 없느니라.
>
> 너희들을 출렁출렁 뒤흔들고 있는 파도는,
>
> 사랑도 영원히 지속되게 하지는 않을 것이니,
>
> 현혹적으로 사랑하는 마음에서 깨어나거든,
>
> 그들을 조용히 육지로 돌려보내주도록 하여라.　　　　8415

도리스의 딸들

> 사랑스런 젊은이들, 너무나 소중하건만,
>
> 할 수 없이 슬픈 이별을 해야만 되겠어요.
>
> 우리는 영원한 정절을 갈망했건만,
>
> 신들이 그것을 용서하지 않는다오.

젊은이들

> 우리는 젊고 성실한 선원들,　　　　8420

---

* 불멸의 생명을 의미함.

언제까지나 그렇게 보양(保養)해주소서.

이렇게 행복한 때 일찍이 없었고,

더이상 복된 것도 바라지 않소.

(갈라테아, 조개수레를 타고 다가온다.)

네레우스

너로구나, 귀여운 내 딸아!

갈라테아

　　　　　　　오, 아버님, 반가워요!

돌고래야, 멈추어라, 저 눈길이 나를 잡아매고 계신다.　　　　8425

네레우스

벌써 지나가버렸구나, 그것들이 원을 그리듯

펄쩍펄쩍 뛰면서 지나가버렸구나.

마음속이 아무리 요동한들 무슨 소용이랴!

아아, 그들이 나도 데리고 간다면 좋으련만!

하지만 단 한 번 바라본 즐거운 눈길이,　　　　8430

일 년은 충분히 보상해줄 수 있으리라.

탈레스

만세! 만세! 또다시 만세!

미(美)와 진(眞)이 온몸에 스며드니,

꽃피는 듯한 기쁨을 느끼겠노라……

만물은 물에서 생겨났도다!!　　　　8435

만물은 물에 의해 생명이 유지되리라!

대양이여, 그대의 영원한 지배를 베풀어다오.

만일 그대가 구름을 보내지 않았다면,

수많은 개울을 흐르게 하지 않았다면,

여기저기에 냇물을 굽이치게 하지 않았다면,　　　　8440

그리고 여러 강물을 이루어놓지 않았다면,

산들은 어찌 되고, 평야와 세계는 어찌 되었겠는가?

싱싱한 생명을 유지해주는 것은 바로 그대뿐이다.

메아리 (등장인물 전체의 합창)

　　싱싱한 생명을 솟아나게 하는 것은 바로 그대뿐이다.

네레우스

　　파도에 흔들리며 내 딸들이 아득히 되돌아가니,　　　　8445

　　이제는 더이상 눈과 눈을 마주 볼 수도 없구나.

　　길게 늘어선 쇠사슬같이 원을 그리며,

　　축제에 어울리는 기분을 내려는 듯,

　　무수한 무리들이 빙빙 돌고 있구나.

　　그러나 갈라테아의 조개껍데기 옥좌는　　　　8450

　　아직도 보이고, 또다시 보인다.

　　그것은 저 군중을 뚫고

　　별처럼 반짝이고 있다.

　　사랑스런 그 모습이 빽빽한 무리 속에 빛나는구나!

　　저렇게 아득히 멀어졌어도*　　　　8455

　　언제까지나 가깝고 진실하게,

---

* 갈라테아가 멀리 떨어져 있어도 부친 네레우스의 심안에는 이상적인 아름다움의 모습
이 아로새겨져 있음을 나타냄.

밝고 맑게 반짝이는구나.

호문쿨루스

자비로운 물의 세계에서는

내가 여기서 무엇을 비춰보아도,

모든 것이 매력적으로 아름답구나.   8460

프로테우스

생명의 물 속에서야말로

네가 비추는 빛도 비로소

화려한 소리를 내며 빛나리라.

네레우스

저 무리의 한가운데에서 무슨 새로운 신비가

우리들의 눈에 계시되려 하는 것일까?   8465

조개수레 옆, 갈라테아의 발치에서 반짝이는 게 무엇일까?

때로는 강렬하게, 때로는 사랑스럽게 또 달콤하게 불타오르는데,

마치 사랑의 맥박으로 감동이라도 받은 듯하구나.

탈레스

저것은 호문쿨루스요. 프로테우스의 꾐에 빠져서……

달랠 길 없는 그리움에 빠진 징조들로,   8470

몸부림치며 괴로워하는 신음 소리가 들리는 듯하구나.

반짝반짝 빛나는 옥좌에 부딪혀 산산조각나지나 않을까.

불꽃이 이는구나. 번쩍번쩍 빛나며, 벌써 녹아 흘러내리는구나.

세이렌들

서로 부딪쳐서 번쩍번쩍 빛나며 깨지는 파도를,

변용시켜 보여주는 저 기이한 불꽃은 무엇인가?   8475

저렇게 빛을 내고 흔들거리며, 이쪽을 밝혀주고 있네요.

저 물체들은 어두운 물길 위에서 작열하고 있는데,

사면에는 모든 게 불길에 싸여 흘러내리고 있어요.

만물을 시작하신 에로스 신이여,* 이대로 다스리소서!

　거룩한 불길에 둘러싸인   8480

　바다여, 만세! 파도여, 만세!

　물이여, 만세! 불이여, 만세!

　희귀한 위업이여,** 만세!

모두 함께

　부드러운 바람이여, 만세!

　비밀에 가득 찬 동굴이여, 만세!   8485

　이 세상에 있는 것 모두, 축복받으라,

　사대원소*** 모두, 축복받으라!

---

* 플라톤의 『향연』에 의하면 에로스는 혼돈에서 생성된 최초의 자연발생적 신으로, 만물의 근원인 물과 불이 상호 반발하며 하나가 되듯이 에로스의 힘도 융합의 기능을 지녔다고 함.

** 물과 불이 결합하는 희한한 사건.

*** 물과 불, 바람과 땅의 사대원소를 찬양하는 것임.

제3막

스파르타에 있는 메넬라오스 왕의 궁전 앞

헬레나, 사로잡힌 트로이 여인들의 합창단과 함께 등장.

판탈리스, 합창을 지휘하는 여인

헬레나

경탄도 많이 받고 비난도 많이 받은 헬레나입니다.

지금 막 우리가 상륙한 해변에서 오는 길입니다.

아직도 거센 파도로 격심하게 흔들리는 듯 어지러워요. 8490

프리기아의* 드넓은 평원에서부터 높이 치솟아오르는

파도의 등을 타고서, 바다의 신 포세이돈의 은총과

남동풍 에우로스의** 힘을 빌려 조국의 만에 당도했습니다.

---

* 트로이의 평야지대.

** 이집트에서 불어오는 남동풍.

저 아래 해변에서는 메넬라오스 왕이 자기 용사들 중

가장 용맹스런 자들과 함께 개선을 축하하고 있습니다.   8495

그러나 거룩한 궁전이여, 그대는 나를 반가이 맞아다오.

이것은 부왕 틴다레오스께서* 귀국하시면서

팔라스 구릉의** 산허리 가까이에 건립하신 것인데,

나는 여기에서 클리템네스트라와*** 자매지간으로

또한 카스토르와 폴룩스와도**** 즐겁게 노닐며 자라났어요.   8500

그땐 스파르타의 어느 집보다도 화려하게 꾸며져 있었지요.

너희 청동으로 만든 문짝들이여, 내게 인사해다오!

옛날에 너희들이 손님을 영접하며 활짝 열려 있을 때,

많은 여인 중에서 간택된 내 눈앞에

메넬라오스 님이 찬란한 신랑의 모습으로 나타나셨지.   8505

날 위해 문을 다시 한번 열어다오. 왕비에 어울리게 입성하여,

전하의 시급한 분부를 충실히 수행하도록 해다오.

날 안으로 들게 해다오! 그리고 여기에 이르기까지 운명적으로,

날 엄습하여 괴롭히던 것은 모두 뒤로 넘겨버리도록 하지요.

그도 그럴 것이 나 아무런 걱정 없이 이 문지방을 넘어가서,   8510

---

* 스파르타의 선왕으로 헬레나의 아버지. 아테네에서의 망명에서 돌아온 후 이 궁전을
건립했으며 사위 메넬라오스 왕이 그 후계자가 됨.
** 스파르타의 수호신 팔라스 신전이 있는 곳.
*** 틴다레오스와 레다 사이에 태어난 딸로, 헬레나의 동생이며 미케네 왕 아가멤논의
아내.
**** 헬레나의 쌍둥이 남동생들. 틴다레오스가 망명한 동안 왕비 레다는 백조로 변신한
제우스 신에게 유혹되어 헬레나와 카스토르와 폴룩스를 낳았음.

성스런 의무를 다하고자 키테라의 신전을* 찾아갔다가,

거기서 프리기아의 도둑에게 잡혀간 이래로,

여러 가지 일이 일어났으며, 그것은 널리 세상 사람들의

즐거운 이야깃거리가 되었지요. 그러나 자기 이야기가 커져서

장황한 소설처럼 늘어난다면, 누구나 듣기 좋지는 않을

테니까요.   8515

합창

업신여기지 마세요, 고귀하신 왕비님,

당신이 지니신 최고의 보배를!

최고의 행복은 당신에게만 주어졌으니,

미인이란 명성은 무엇보다 뛰어나지요.

영웅들은 우선 그 이름을 울려대고,   8520

그것을 자랑 삼아 활보하고 다니지만

모든 것을 무찌르는 아름다움 앞에서는

아무리 고집 센 사내라도 뜻을 굽히고 말지요.

헬레나

그만 됐어요! 난 남편과 함께 배를 타고 왔지만,

그이의 분부대로 먼저 성내로 들어온 거예요.   8525

그러나 그이가 무슨 생각을 품고 있는지는 나도 모르죠.

내가 아내로 돌아온 걸까요? 왕비로 돌아온 걸까요?

아니면 왕의 쓰라린 고통이나 오랫동안 참아온

---

* 헬레나는 이 신전(일명 아프로디테)에 갔다가 프리기아의 파리스 왕자에게 유괴됨.

그리스인들의 불운에 대한 희생물로 오게 된 걸까요?

난 사로잡히고 말았어요. 포로가 된 것인지도 모르겠어요!   8530

아름다운 자태를 지닌 나의 의심스런 동반자로서,

저 불사의 신들은 내게 이중적 의미가 있는

명성과 운명을 정해주었으며, 이 문지방 옆에서도 그것들이

음흉하고 위협적인 모습으로 바로 곁에 붙어 있는 것 같아요.

그도 그럴 것이 텅 빈 배 안에 있을 때에도 남편은   8535

나를 쳐다보는 일도 드물었고, 위로의 말도 해주지 않았으니까요.

마치 불길한 일을 생각이라도 하는 듯 나와 마주 앉아 있었어요.

그런데 에우로타스 강의* 깊숙한 만 해변으로 항해하여

앞서가던 배들의 뱃머리가 육지에 닿자마자,

그이는 신의 계시라도 받은 듯 이렇게 말했어요.   8540

"우리 군사들은 규정에 따라 여기서 하선하오.

바닷가에 정돈시키고 내가 점검을 해야 하오.

그러니 당신은 계속해 가시오. 신성한 에우로타스 강의

비옥한 기슭을 따라 계속 거슬러올라가서,

촉촉이 젖은 꽃장식 같은 초원 위로 말을 몰아가시오.   8545

그러면 가까이에 엄숙한 산들에 둘러싸인

저 아름다운 평원에 당도하게 될 것이니, 그곳은 한때

비옥하고 광활한 들판에 라케다이몬이 건설해놓은 곳이오.**

그 다음 성탑도 높이 솟은 왕궁으로 들어가서,

---

* 스파르타를 관통하여 라코니아 만으로 흘러들어가는 강.

** 스파르타를 말함.

총명하고 나이 많은 시녀장을 거느리고,   8550

내가 남겨두고 왔던 시녀들을 점검토록 하시오.

그녀로 하여금 풍성하게 쌓아놓은 보화들을 내보이게 하시오.

그것은 당신 아버지께서 당신에게 남기신 것과,

나 자신이 전시나 평화로운 시절에 계속 불려 모아둔 것이오.

그 모든 것이 잘 정돈되어 있음을 알게 될 것이오.   8555

왕이 집으로 돌아올 때 모든 것이 전과 다름없고,

두고 나온 것들이 모두 제자리에 그대로

놓여 있다는 것을 확인하는 것이 왕의 특권이니까요.

신하들의 힘으론 아무것도 변경할 수 없기 때문이오."

합창

계속 늘어나기만 한 멋진 보화들로,   8560

이제 눈과 마음에 위안을 주도록 하세요!

화려한 목걸이와 왕관의 보석들이,

교만스레 뽐내고, 무엇이나 된 듯 생각하지만,

한 걸음 들어가서 분부만 내리시면,

그것들 재빨리 준비를 갖출 거예요.   8565

황금이나 진주나 보석을 상대로, 당신의

아름다운 자태와 겨루는 걸 보고 싶어요.

헬레나

그러고 나서 주인은 계속 이런 분부를 내리셨어요.

"그 모든 것을 정돈된 상태로 두루 살펴본 다음에는,

당신이 필요하다고 생각하는 많은 삼발이 향로와   8570

성스러운 제사를 올리기 위해 제주(祭主)가 사용하게 될
여러 가지 제기들을 꺼내놓으시오.
가마솥이며 납작하고 둥근 접시는 물론,
거룩한 샘물에서 길어 온 정한 물은 길쭉한 항아리에
담아놓고, 그러고는 또 불꽃이 빨리빨리 타오를 수 있는   8575
바싹 마른 장작도 다 준비해놓도록 하시오.
잘 갈아 날을 세운 칼도 없어서는 안 될 것이지만,
그 외의 다른 것은 모두 당신 재량에 맡기겠소."
이렇게 말하면서 그이는 내게 떠나갈 것을 재촉했어요.
그러나 지시하시는 왕께선 올림포스 신들을 경배하기 위해,   8580
살아 숨쉬는 생명을 도살하시겠다는 말씀은 하지 않으셨어요.
그것이 이상스럽기는 했지만, 나는 더이상 걱정하지 않고,
모든 것을 지고하신 신들의 뜻에 내맡겨두었어요.
신들은 그들 뜻대로 생각하신 바를 수행하고 계시니,
그것이 인간에게 이롭게, 혹은 해롭게 뜻하신 것일지라도,   8585
죽을 운명을 지닌 우리는 그걸 참아가고 있지요.
지금까지도 벌써 여러 번 희생을 바치는 제주가 축성드리며,
땅바닥에 수그린 짐승의 목에 무거운 도끼를 들어올렸지만,
그것을 내리칠 수 없었던 일이 있었으니, 그것은
가까운 적이나 신의 간여로 그것을 막았기 때문이지요.   8590

합창

무슨 일이 일어날지 다 알 수 없으니,
왕비님이여, 용기를 내시어,

앞으로 나아가소서!

좋은 일이건 나쁜 일이건

인간에겐 기약 없이 닥쳐오지요.   8595

미리 안다 해도 우리는 그것을 믿지 않아요.

트로이가 불탔고, 우리는 그 죽음을,

그 치욕스런 죽음을 눈앞에 보았지요.

그런데도 우리 행복스런 여인들은

여기 이렇게 당신을 모시고 기꺼이 시중들며,   8600

저 하늘에서 찬란하게 빛나는 태양과

이 지상에서 가장 아름다운 모습인

당신을, 은혜로운 마음으로 바라보지 않나요?

헬레나

될 대로 되어라! 앞에 무슨 일이 가로막힌다 할지라도,

지체 없이 왕궁으로 올라가는 것이 내게는 당연할 것이오.   8605

오랫동안 애타게 그리워했으며 하마터면 잃을 뻔했던 왕궁,

이 왕궁을 다시 눈앞에 보게 되니, 내 마음 어쩔 바를 모르겠어요.

어릴 때에는 단숨에 뛰어오르던 이 높은 계단을

지금은 발걸음 대담하게 걸어올라갈 수가 없군요. (퇴장한다.)

합창

슬프게도 사로잡혀온   8610

자매들이여, 온갖 쓰라림을

저 멀리 던져버려요!

귀향이 늦어지긴 했지만,

그만큼 더 확실한 걸음으로
선조가 살던 옛 집으로   8615
즐겁게 다가가시는
여왕과 기쁨을 나눠가져요,
헬레나의 행복을 함께 가져요.

행복을 마련해주시고,
고향으로 인도해주신   8620
거룩한 신들을 찬양하세요!
풀려난 자는 그래도
날개 돋친 듯, 아무리 험한 곳도
둥둥 떠서 날아가지만,
감금된 자는 그리움에 젖어   8625
감옥의 성가퀴 너머로 헛되이 팔을 뻗쳐,
고심하여 한없이 여위어만 가지요.

하지만 신께서 손을 뻗쳐,
멀리 떠나셨던 여왕을 붙잡아,
일리오스의* 폐허로부터   8630
단장도 새로 한 이곳,
옛 조상의 궁전으로

---

* 일리온이라고도 하며 트로이를 말함.

다시 모셔왔어요.

이루 다 말할 수 없는

기쁨과 슬픔을 겪으신 후에　　　　　　　　　　8635

옛날의 청춘 시절을

생생하게 생각하실 수 있도록.

판탈리스 (합창을 지휘하는 여인으로서)

이제 기쁨으로 에워싸인 노래의 소로를 떠나시어,

출입구의 활짝 열린 대문으로 눈을 돌려보세요!

이게 무슨 일일까요, 자매들이여? 왕비님께서　　　　8640

몹시 격한 걸음으로 우리들 쪽으로 돌아오시지 않나요?

위대하신 왕비님, 무슨 일이신가요? 하인들의 인사 대신에

당신 궁전의 드넓은 홀에서 대체 무슨

충격을 받을 만한 일이 일어났나요? 숨기지 마세요.

불쾌하신 빛이* 이마에 역력히 나타나 있는데,　　　　8645

고귀한 분노가 놀라움과 싸우고 있는 것 같아요.

헬레나 (문짝을 열어젖힌 채 그대로 두고, 흥분해서)

제우스의 딸인 나에게 웬만한 두려움쯤은 어울리지 않고,

순간에 지나가는 가벼운 놀라움 따위에는 손도 까닥하지 않아요.

하지만 태초의 암흑의 품안에서 솟아오르며,

갖가지 형상으로 변하여 마치 화산의 불구덩이에서　　　8650

작열하는 구름처럼 치솟아오르는 경악이라면,

---

* 헬레나가 궁전에 들어설 때 추녀로 변신한 포르키아스를 보았기 때문임.

영웅의 억센 가슴이라도 뒤흔들어놓을 것입니다.

오늘은 지옥의 일당들이 무시무시하게도

내가 이 집에 들어오리란 것을 미리 점찍고 있었어요.

그래서 나는 마치 내쫓긴 손님처럼, 그렇게도 자주 드나들고, 8655

오랫동안 그리워하던 문지방을 멀리 떠나고 싶을 정도예요.

하지만 안 되겠어요! 내가 햇빛이 비치는 곳까지 피하긴 했지만,

너희가 어떠한 요괴일지라도 나를 더이상 쫓지는 못하리라.

축성을 올릴 생각을 해야겠다. 그러면 정화된

아궁이의 불은 안주인인 나를 주인처럼 맞아주리라. 8660

합창을 지휘하는 여인

고귀한 왕비님, 당신을 공경하며 받드는

시녀들에게도 무슨 일이 있었는지 말씀해주세요.

헬레나

태초의 저 암흑이 당장 그가 낳은 형상들을

자신의 심오하고 기괴한 품 속으로 다시 삼키지 않는다면,

너희들도 내가 본 것을 직접 눈으로 보게 될 것이다. 8665

하지만 너희들도 알 수 있도록 몇 마디 이야기해주마.

내가 우선 당장 해야 할 일을 생각하면서,

왕궁의 엄숙한 내실로 경건하게 발을 들여놓았을 때,

나는 그 황량한 복도가 괴괴하게 조용한 데 깜짝 놀랐다.

부지런히 오가는 사람들의 발소리도 들리지 않았고, 8670

바쁘게 서둘러 일하는 모습도 눈에 보이지 않았으며,

하녀도 하나 나타나지 않고, 이전에는

어떤 손님이든 친절하게 맞이하던 시녀장도 보이지 않았지.

그러나 내가 부엌의 아궁이로 가까이 다가가서

식어가는 재의 미지근한 나머지 불빛에 비추어보니,   8675

땅바닥에 복면을 한 덩치 큰 여자가 앉아 있었는데,

잠자는 것 같지는 않고 생각에 잠긴 것 같았어.

추측건대 남편께서 조심스런 나머지 그녀를 고용하여

뒤에 남겨놓은 시녀장이라고 나는 생각하고,

안주인다운 말로 일어나 일을 하라고 명했지.   8680

그러나 그녀는 주름 잡힌 옷을 휘감은 채 꼼짝도 하지 않았어.

내가 위협을 하니 결국 오른쪽 팔을 겨우 움직였는데,

마치 나를 부엌과 홀에서 몰아내려는 것 같았단다.

나는 화가 나서 그녀로부터 몸을 돌려 곧장

이 계단 쪽으로 달려왔는데, 그 위쪽에는 부부의 침실이   8685

높이 솟아 있고, 그 옆에 보물창고가 있었어.

그런데 그 괴물이 재빨리 바닥에서 일어나서는

도도하게 내 길을 가로막고 섰는데, 그 모습은

바싹 마른 큰 키에, 눈은 움푹 파인데다 핏발이 서고 음산했으며,

눈과 마음을 혼란시키는 괴상한 형상이었어.   8690

하지만 난 쓸데없이 말하는 것 같아요. 아무리 말을 한들

모든 형상을 조물주처럼 창조해낼 수는 없을 테니까.

저기 저것을 보세요! 그 여자가 감히 밝은 곳까지 나왔구나!

여기서는 주인인 왕께서 돌아오실 때까지 우리가 주인이다.

저 흉측한 암흑의 요물을 미(美)의 친구이신   8695

포이보스 신께서 동굴 속에 가두거나 묶어놓을 것이다.

(포르키아스, 문설주 사이로 해서 문지방에 나타난다.)[*]

합창

청춘의 고수머리가 관자놀이 주위에
물결치지만, 나는 많은 것을 경험했어요!
흉악한 일, 전쟁의 참상 같은 것도
이 눈으로 많이 보았지요. 일리오스가   8700
함락되던 날 밤에요.

밀려오는 군사들이 구름 같은 먼지를 일으키며
미친 듯 날뛰는 가운데 신들이 무시무시하게
울부짖는 소리를 들었으며, 싸움을 야기하는
청동 같은 목소리가 들판을 가로질러 성벽 쪽으로   8705
울리는 소리를 들었지요.

아아! 일리오스의 성벽이 아직은 굳건히
서 있었건만, 충전하는 불길이 벌써
이웃에서 이웃으로 번져갔고,
자신이 불러일으킨 세찬 바람에 불려,   8710

---

[*] 헬레나가 방금 서 있던 문지방에 메피스토펠레스가 변신한 포르키아스가 나타난다는
것은 파우스트와 헬레나의 결합을 예고하는 것임.

이곳에서 저곳으로 퍼져가니,
밤의 도읍을 완전히 뒤덮고 말았네.

도망치면서 나는 연기와 화염,
혀를 날름거리며 활활 타는 불꽃을 통해
잔인하도록 분노한 신들이 가까이 다가오고,   8715
기괴한 현상으로 거인과 같이
불길로 휩싸인 암흑의 연기를 뚫고
어정어정 걸어오는 모습을 보았어요.

그렇게 혼란스런 참상을 내가 직접 눈으로
보았을까요, 아니면 공포에 휩싸였던 내 마음이   8720
상상해낸 것일까? 아무튼 무어라
말할 수가 없군요. 하지만 여기에서
그런 무서운 일을 두 눈으로 보았다는 것,
그런 것은 확실히 알 수가 있어요.
두려운 마음이 그런 위험스런 것에서   8725
나를 뒤로 잡아당기지만 않는다면,
그것을 두 손으로 잡아볼 수도 있을 거예요.

포르키아스의 딸들 중에서
너는 대체 어느 딸인가?
나는 너를 그 족속과   8730

비교할 수 있기에 묻는 것이다.

아마도 너는 태어날 때부터 백발로,

눈 하나와 이빨 하나를

번갈아가며 사용하고 있는

포르키아스들 중 하나가 이리 온 것이겠지?　　　　8735

너와 같은 흉측한 괴물이

이 아름다운 여왕과

전문가의 눈을 가진 포이보스 앞에

감히 모습을 나타낼 수 있느냐?

그렇지만 일단 한번 나와보라.　　　　8740

포이보스의 신성한 눈길은 아직 한 번도

그림자를 보신 일이 없는 것처럼,

추악한 것도 보시지 않기 때문이다.

하지만 애통하게도 슬픈 운명은 아아,

죽어갈 운명의 우리를 강요하여　　　　8745

형언할 수 없는 눈의 고통을 느끼게 하시니,

그것은 추악하고 영원히 저주받은 존재가

미(美)를 사랑하는 이에게 일으켜주는 고통이리라.

그렇다면 들어라. 네가 철면피하게도

우리들 앞에 나타난다면 저주의 소리를 들어라.　　　　8750

신들에 의해 만들어진,
복된 사람들의 저주하는 입에서 나오는
온갖 욕설과 비난의 소리를 들어라.

포르키아스

부끄러움과 아름다움이 손에 손을 잡고 나란히,
이 지상의 푸른 길을 함께 가는 일이 없다는 말은   8755
옛날부터 전해지고 있는데, 여전히 고상하고 진실하단 말이야.
이 두 가지에는 옛날부터의 증오가 깊이 뿌리박고 있어서,
언제 어떤 길에서 만난다고 할지라도,
이 두 원수는 서로 등을 돌려댄단 말이야.
그러고는 격렬한 발걸음으로 서둘러 멀리 떠나가버리는데,   8760
부끄러움은 슬픔에 잠기고 아름다움은 철면피한 생각을 하지.
만일 노년이 와서 그들을 미리 다스려놓지 않는다면,
결국 지옥의 공허한 암흑에 휩싸일 때까지 그럴 것이다.
내 너희를 보아하니, 너희 철면피한 계집들은
낯선 곳에서 오만스럽게 찾아온 모양인데, 마치   8765
시끄럽고 목쉰 소리로 울어대는 학들의 행렬과 같으니,
우리 머리 위에선 긴 구름처럼 날아가며 요란한 울음소리
아래로 질러대며, 조용히 길 가는 나그네로 하여금 위를
쳐다보도록 유혹하는 격이야. 하지만 그들은 제 갈 길을 가느니,
나그네도 자기 길을 갈 것인즉, 우리도 역시 그렇게 될 것이다. 8770
지고한 왕궁의 주위에서 마이나데와* 같이 거칠게 날뛰고

술 취한 년들처럼 미쳐 날뛰다니, 너희들은 대체 누구란 말이냐?

달을 보고 짖어대는 개떼처럼 이 왕궁의

시녀장을 보고 소리를 질러대다니, 너희가 대체 누구란 말이냐?

전쟁이 낳고 전투가 길러낸 너 젖비린내 나는 계집아, 8775

너희 성분이 어떤가를 내게 숨길 수 있다고 망상하느냐?

너 이 화냥년아, 사내들이나 유혹하고 유혹당하며,

전사와 시민의 기운을 모조리 마르게 하는 년들아!

너희가 떼지어 있는 것을 보니, 메뚜기떼가

푸른 곡식밭을 뒤덮으며 엄습하는 것 같구나. 8780

다른 사람의 근면한 노력을 갉아먹는 년들!

이제 싹트는 복지를 좀먹어 파멸시키는 년들!

약탈이나 당하고, 시장에서 팔리고 바꾸기나 할 물건 같은 년들!

헬레나

안주인의 면전에서 하녀들을 비난하는 자는,

주제넘게도 그 부인의 집안 다스리는 권리를 침해하는 것이다. 8785

왜냐하면 칭찬할 것을 칭찬하고 벌줄 것을 벌하는 것은,

오로지 안주인에게만 주어진 권한이니까.

더구나 일리오스의 강력한 힘이 포위되고,

함락되고 멸망했을 때, 저들이 내게 보여준

성실한 봉사에 대하여 나는 진정 만족하고 있으며, 또한 우리가 8790

길을 잃고 가지가지 고통스런 고초를 겪을 때,

---

* 주신 바쿠스(디오니소스)의 시중을 들며 발광하는 무녀.

누구나 우선 제 몸이나 돌볼 지경에서도 그에 못지않았다.

여기에서도 나는 이 명랑한 무리의 똑같은 봉사를 기대하고
있으며,

주인은 하인이 누구냐를 보지 않고, 어떻게 봉사하느냐를
묻는 법이다.

그러니 그대로 입을 다물고, 더이상 그들을 비난하지 말라.　8795

그대가 지금까지 안주인을 대신해서 이 왕궁을

훌륭히 지켜왔다면, 그것은 가히 칭찬을 받을 만하지만,

이제 안주인 자신이 돌아왔으니, 그대는 물러가도록 하라.

벌어놓은 상 대신에 벌이나 받지 않도록 말이다.

포르키아스

집안 일꾼을 책하는 것은, 분명 신의 축복을 받은　8800

고귀한 왕비님께서 오랜 세월 동안 현명하게 가사를 이끌어온

보답으로 얻은 커다란 권리임에는 틀림없지요.

이제 당신이 새로 인정을 받고 여왕으로서,

안주인으로서의 옛 자리를 다시 차지하게 되신다니,

오랫동안 느슨해진 고삐를 다잡아 다스리시고,　8805

온갖 보물은 물론 우리들도 함께 거두어주십시오.

그러나 무엇보다도 백조같이 아름다운 당신 곁에서,

털도 제대로 나지 않은 채 빽빽거리는,

저 거위 같은 계집들 앞에서 이 늙은이를 두둔해주십시오.

합창을 지휘하는 여인

아름다운 분 곁에 추물(醜物)이 나타나니 더욱 추하구나.　8810

포르키아스

　현명한 분 곁에 무식한 것이 나타나니 더욱 무식하구나.

　(여기서부터는 합창단에서 한 사람씩 앞으로 나와 응답한다.)

합창단 여인 1

　아비는 에레부스이고,* 어미는 밤이라고 고백해라.

포르키아스

　그럼 네 친언니 스킬라에** 대한 이야기나 하려무나.

합창단 여인 2

　너의 집 족보는 수많은 괴물들로 올라가는 모양이구나.

포르키아스

　지옥에나 가보렴! 거기서 네 살붙이들이나 찾아보아라.　　　8815

합창단 여인 3

　지옥에 사는 것들도 네게 비하면 모두 너무 어릴 텐데.

포르키아스

　넌 눈먼 늙은이 테이레시아스하고나*** 화냥질하렴.

합창단 여인 4

　오리온의**** 유모가 네 고손녀(高孫女)가 된다지.

---

* 카오스(혼돈)에서 태어난 암흑의 신으로 여기서는 메피스토펠레스의 본질을 나타냄.
** 대가리가 여섯인 바다 괴물로 남자들을 잡아먹고 개처럼 짖는다고 함.
*** 테베의 늙고 눈먼 예언자로 이백 년이나 살았음. 오디세우스는 이 노인에게 지옥으로 가는 길을 물었다고 함. 호색의 합창단 여인은 이런 노인을 상대하는 것도 싫어하지 않는다는 것임.
**** 그리스 신화에 나오는 거대한 체구의 사냥꾼으로, 포르키아스의 거구는 오리온을 연상시킴.

포르키아스

괴물 하르피아이가* 널 똥오물 속에서 길러냈다지.

합창단 여인 5

무엇을 먹고 컸기에 넌 그렇게 제대로 깡말랐니?   8820

포르키아스

네가 그렇게도 빨아먹고 싶어하는 피는 아니다.

합창단 여인 6

자신이 역겨운 송장이면서 송장을 먹고 싶은 모양이구나!

포르키아스

네 철면피한 아가리 속에서 흡혈귀의 이빨이 번쩍이는구나.

합창을 지휘하는 여인

네가 누구인지를 폭로하면, 네 입도 막힐 것이다.

포르키아스

네 이름을 먼저 말하면, 수수께끼는 저절로 풀릴 것이다.   8825

헬레나

화난 것이 아니라 슬픈 기분으로 너희들 사이에 나와,

그렇게도 횡포하게 서로 말다툼하는 것을 나 금지하노라!

충직한 하인들 사이에 은밀히 조성되는 불화만큼,

주인 된 사람에게 해가 되는 것은 없으니까 말이다.

그렇게 되면 그가 내린 명령의 메아리가   8830

재빨리 실현된 행위로서 화음을 이루어 돌아오지 않는다.

---

* 그리스 전설에 나오는 괴조. 모든 음식을 더럽혀놓는 여괴(女怪)로서 남의 애인을 가로채는 호색녀로 비유됨.

오히려 그 메아리는 자신도 당황하여, 헛된 욕설만 퍼붓는
주인을 에워싸고, 멋대로 들끓으며 발광하게 될 것이다.
그것뿐이 아니다. 너희들이 예의를 잃고 분노한 나머지
불길한 자들의 무시무시한 형상들을 불러냈기 때문에,*   8835
그것들이 내 주위에 몰아닥쳐서 나는 고향 땅에 와 있으면서도,
내 몸은 자꾸만 지옥으로 이끌려가는 듯한 느낌이구나.
이것이 추억인가? 아니면 나를 사로잡는 망상이었던가?
도시들을 황폐하게 하는 저 여인의 무시무시한 꿈의 형상은,
과거의 나였던가? 현재의 나인가? 미래의 나일 것인가?   8840
시녀 아이들은 떨고 있는데, 가장 나이 많은 너,
그대는 태연하게 서 있으니, 내게 알아듣도록 말을 해다오.

포르키아스

오랜 세월 동안 맛본 가지가지의 행복을 회상해보면,
결국은 지고한 신들의 은총까지도 한낱 꿈같이 여겨지지요.
그러나 당신은 아주 특별하게 한없이 높은 은총을 받은
분이라서,   8845
일생에 만났던 남자들은 어떤 대담한 모험이라도
당장에 해치울 만큼 사랑에 불타는 사람들이었지요.
일찍이 테세우스가** 탐욕적으로 열을 올리며 당신을 앗아갔었는데,
그는 헤라클레스처럼 강하고 몸매가 아주 훌륭한 사나이였지요.

---

* 에레부스, 스킬라, 테이레시아스, 오리온 등의 이름을 끄집어냈기 때문에, 헬레나는 자
신이 지옥에서 임시로 모습을 나타낸 유령이란 점을 상기하게 됨.
** 테세우스는 열 살 먹은 헬레나를 유괴하여 친구 아피드누스의 성에 숨겨두었다고 함.

헬레나

열 살밖에 안 된 호리호리한 사슴 같은 나를 유인하여,　　　8850

아티카에 있는 아피드누스의 성에 가두어놓았었지.

포르키아스

그러나 곧 카스토르와 폴룩스에 의해 구출되어,

당신은 뛰어난 영웅들 간에 구혼의 대상이 되었지요.

헬레나

솔직히 털어놓아서 내가 누구보다도 은밀히 좋아한 것은,

펠리데를 그대로 닮은 파트로클로스였다오.*　　　8855

포르키아스

그렇지만 아버지의 뜻에 따라 대담한 항해자이며,

또한 내정에도 뛰어난 메넬라오스 왕과 혼인을 했지요.

헬레나

아버지께선 딸은 물론 나라의 통치권까지도 그에게 내주셨고,

그 다음 그 결혼생활에서 헤르미오네가 태어났지.

포르키아스

그러나 유산으로 받은 크레타 섬을 용감히 싸워 찾으려고　　　8860

멀리 떠났을 때, 외로운 당신에게 너무나 아름다운 손님이**

나타났죠.

헬레나

어찌하여 그대는 그때의 과부나 다름없던 생활과,

---

* 펠레우스의 아들 펠리데(아킬레우스)의 친구로 그와 꼭 닮았다고 함.
** 트로이의 왕자 파리스를 가리킴.

거기서 생겨난 그 무서운 앙화를 내게 회상시키려 하느냐?

포르키아스

그 원정이 또한 자유의 몸으로 태어난 크레타 여인인 나를,

포로로 잡아다가 오랜 세월 동안 노예로 부려먹었지요.　　8865

헬레나

그이는 그대를 곧 이곳의 시녀장으로 임명하여,

성곽이나 용감히 탈취해온 보화들을 그대에게 맡기셨지.

포르키아스

당신은 이 성을 버리고, 탑들로 둘러싸인 일리오스의 도읍과

지칠 줄 모르는 사랑의 환희에 열중하셨죠.

헬레나

환희였다는 생각은 하지도 말라! 이 가슴과 머리에　　8870

너무나도 고달픈 고통이 끝없이 쏟아내리지 않았느냐.

포르키아스

하지만 사람들은 말하기를 당신은 두 개의 모습으로,

일리오스에도 나타나고 이집트에도* 계셨다고 하던데요.

헬레나

미칠 지경으로 거칠어진 내 마음을 혼란시키지 말아다오.

지금까지도 어느 것이 과연 나인지를 모르고 있단다.　　8875

---

* 에우리피데스가 그의 희곡 『헬레나』에 이용한 훗날의 전설에 따르면, 파리스가 트로이
로 유괴한 헬레나는 헤라가 만들어낸 환영이고, 실제의 헬레나는 동시에 이집트에 살고
있었다고 함.

포르키아스

　　이런 말도 있더군요. 공허한 그림자의 나라에서

　　아킬레우스도* 올라와 열정적으로 당신을 쫓고 있다고요!

　　그는 예전에도 온갖 운명을 거역하면서 당신을 사랑했었지요.

헬레나

　　그건 환영으로서의 내가 환영인 그분과 인연을 맺은 것이다.

　　그것은 꿈이었기에, 말들 자체도 그렇게 하고 있는 것이다.　　8880

　　나는 이대로 사라져서 스스로 환영이 되고 싶구나.

　　(합창단의 한쪽 사람들 팔에 쓰러진다.)

합창

　　입을 닥쳐라, 입 닥쳐라!

　　흉측하게만 보고, 비뚤어진 말만 하는 너!

　　외이빨의 잔인스런 입술에서,

　　무섭고 흉악한 그런 목구멍에서라면,　　8885

　　무슨 좋은 말이 나오겠는가!

　　겉으로는 정답게 보이지만 순 악질,

　　양가죽을 덮어쓴 늑대의 심보,

　　대가리가 셋 달린 개의** 아가리보다도

　　나는 그가 더 무시무시해요.　　8890

---

* 아킬레우스도 지하의 세계에서 다시 올라 역시 죽음의 영역에서 올라온 헬레나와 한동안 페레에서 결혼생활을 했다는 전설도 있음.

** 지옥의 문을 지키는 개 케르베루스.

우리는 불안하게 엿듣고 있었으니,
깊이 잠복해 사람을 노리는 그 괴물의
그렇게 음흉한 흉계가
언제? 어떻게? 어디서? 터져나올까 하고.

정답게 위로할 수 있는 풍부한 말들,   8895
근심 걱정 잊게 할 부드러운 말들 다 버리고,
과거를 모조리 더듬어
좋은 일보다는 나쁜 일을 들추어내고,
현재의 찬란한 광채도,
미래의 은은하게   8900
비추어 오는 희망의 빛도
너는 동시에 어둡게만 만드는구나.

입을 닥쳐라, 입 닥쳐라!
왕비님의 영혼이
벌써 떠나갈 채비를 했는데,   8905
태양이 비추어본 어느 모습보다도,
가장 아름다운 이 모습을
아직 단단히 붙잡아두어야 하리라.

(헬레나, 원기를 회복하여 다시 중앙에 선다.)

포르키아스

안개에 가려도 황홀케 하고, 이제 찬란한 광채로 다스리는

높이 솟은 오늘의 태양이시여, 흘러가는 구름에서 나와주소서. 8910

이 세상이 당신 앞에 전개된 모습을 자비로운 눈길로 보아주소서.

저들이 나를 추하다고 비난하지만, 나도 아름다운 것은

잘 안다오.

헬레나

현기증이 났을 때, 날 감싸던 황량한 상태에서 비틀거리며

나왔더니,

또다시 휴식을 취하고 싶구나. 사지가 너무나 피로한 탓이로다.

하지만 어떤 예기치 못한 위험이 닥쳐온다 할지라도

정신을 가다듬고, 8915

기운을 차리는 것이 왕비에게 어울리고, 모든 사람에게 어울리리라.

포르키아스

당신은 지금 위대하고 아름답게 우리들 앞에 서 계시지만,

당신의 눈길은 분부를 내리는 듯하니, 무슨 분부인지?

말씀하십시오.

헬레나

너희가 싸움질하느라고 시간을 허비했으니 그것을 보상하도록,

왕께서 명하신 대로 제사를 지낼 수 있게 서둘러 제물을

준비하라. 8920

포르키아스

모든 것이 집 안에 다 준비되어 있지요. 접시, 삼발이 향로,

날카로운 도끼, 정한 물과 피울 향도요. 바칠 제물만 말씀하세요!

헬레나

    왕께선 그건 말씀하시지 않으셨다.

포르키아스

                말씀 안 하셨다고요? 오, 슬픈 일이
로다!

헬레나

    무엇이 그리 슬프단 말이냐?

포르키아스

             왕비님이시여, 당신이 바로 제물이올시다!

헬레나

    내가?

포르키아스

        이 계집들도요.

합창

        슬픈 일이로다!

포르키아스

         당신은 도끼로 목이 떨어질 것이오. 8925

헬레나

    무섭구나! 짐작은 했건만, 신세가 가련하구나!

포르키아스

        피할 길이 없는 것 같소이다.

합창

아! 우리는요? 어떻게 되죠?

포르키아스

왕비께선 고귀한 죽음을 맞으실 것이다.

하지만 너희들은 지붕 처마를 받치고 있는 저 안쪽 높은 대들보에,

그물에 걸린 지빠귀처럼 줄줄이 매달려 버둥거리며 죽어갈 것이다.

(헬레나와 합창단은 미리 준비해둔 의미심장한 군상이 되어 놀라고, 겁에 질린 표정으로 서 있다.)

포르키아스

이 망령들아!* — 원래 너희 소속도 아닌 대낮과 이별을 한다

해서, 8930

너희는 소스라치게 놀라 마치 굳어버린 동상들처럼 서 있구나.

너희들과 똑같이 모조리 망령들뿐인 인간들도

숭고한 태양빛을 즐겨 단념하려 들지 않는단 말이야.

그러나 그들을 위해 탄원하고 종말로부터 구해줄 자 아무도 없어.

그들도 모두 그걸 알고 있지만, 순순히 굴복하는 놈은

별로 없더라. 8935

어쨌든 네놈들은 끝장이다! 그러니 이제 일을 시작해볼까.

(포르키아스, 손뼉을 친다. 그러자 문간에 가장한 난쟁이들이** 나타나서,

내려진 명령을 재빠르게 수행한다.)

---

* 헬레나의 시녀들 역시 황천에서 잠시 모습을 나타낸 그림자와 같은 망령들로 이 세상의 태양에는 속하지 않음.
** 북방의 악마와 같은 괴물들로 헬레나의 공포심을 더하게 하기 위한 희생의 준비를 함.

이리 오너라, 이 음산하고 공같이 둥근 괴물놈아!

이리로 굴러오라, 여기에 신나게 망쳐놓을 것이 있다.

황금뿔이* 달린 희생의 제단을 제자리에 차려놓고,

도끼는 은빛나는 가장자리에 번쩍번쩍하게 올려놓고,　　　　8940

검은 피로 무시무시하게 더러워진 곳을

씻어내야만 할 테니, 저 항아리에 물을 가득 채워놓아라.

그리고 여기 이 먼지 위에 보기 좋게 양탄자를 깔아놓아라.

희생의 제물인 왕비가 제왕답게 무릎을 꿇고,

머리가 떨어지면 당장 그걸 둘둘 말아서,　　　　8945

지체에 어울리도록 훌륭하게 장사를 지내야 할 테니까 말이다.

합창을 지휘하는 여인

왕비께선 생각에 잠겨 한옆에 서 계시고,

시녀들은 베어놓은 목초(牧草)와도 같이 시들하구나.

그러니 태곳적 할머니여, 당신과 이야기를 해보는 것은

제일 나이 많은 나의 신성한 의무라고 여겨지는군요.　　　　8950

이 아이들이 당신을 잘못 알고 버릇없이 굴어댔을지라도,

경험 많고 현명하신 당신은 우리에게 호의적인 것 같아요.

그러니 무슨 구원될 가능성을 알고 있으면 말해주세요.

포르키아스

말해주기야 쉽지. 자기 자신을 보존하고,

덤으로 너희들도 살릴 길은 오로지 왕비에게 달렸지.　　　　8955

───────────

* 제단의 뾰족한 네 귀퉁이를 뿔이라고 함.

결심이 필요한데, 그것도 시급히 해야 된단 말이야.

합창

파르체들 중에서 가장 존경받을 당신, 가장 현명한 무당인 당신,

황금의 가위는* 접어두시고, 우리에게 햇빛과 구원을 일러주세요.

자그마한 우리의 사지는 우선 춤을 추며 즐기다가,

다음에는 사랑하는 이의 품에 안겨 쉬고 싶은데, 8960

벌써 공중에 매달려 흉측스럽게 흔들거리는 느낌이에요.

헬레나

이 아이들은 겁이 나겠지! 난 괴롭기는 하나 두렵진 않다.

하지만 그대가 살아날 길을 안다면, 감사히 받아들이겠네.

현명하고 안목이 넓은 사람에게는 불가능한 일도

때로는 가능한 일로 나타나는 법이지. 어디 그 방법을 말해보게. 8965

합창

말해주세요, 어서 말해주세요. 지독스런 목걸이가 되어,

우리의 목에 씌워지려는 그 무섭고 추악한 올가미를

어떻게 하면 모면할 수 있나요? 모든 신들의

거룩하신 어머니 레아,** 당신이 불쌍히 여기지 않으신다면,

가련한 우리는 미리 숨이 끊어지고 질식해 죽을 것만 같습니다. 8970

포르키아스

이야기가 길게 늘어져도 조용히 참고서

---

* 운명의 여신 파르체들 중에서 아트로포스는 명줄을 끊는 황금가위를 가지고 있음.

** 우라노스(天)와 가이아(地)의 딸로 올림포스 신들인 제우스, 포세이돈, 하데스, 헤라, 헤스티아, 데메테르를 낳았음.

들을 수 있겠나? 여러 가지 이야기가 있으니 말이다.

합창

참고말고요! 듣고 있는 동안엔 그래도 살아 있을 텐데요.

포르키아스

집 안에서 기다리며 귀중한 보물을 간수하고,

드높은 궁궐의 담벼락에 난 틈을 때우고,   8975

비가 새지 않도록 지붕을 보전할 줄 아는 자는,

긴 평생의 나날을 편안히 살아갈 수 있을 것이다.

그러나 자기 집 문지방의 신성한 경계선을 경솔하게

덧없는 걸음걸이로 무도하게 넘어나간 자는,

다시 돌아와 옛날의 그 자리를 돌아볼 때,   8980

무너진 것은 하나 없더라도 모든 게 변했다고 생각하지.

헬레나

무엇 때문에 다 알고 있는 그런 말들을 늘어놓는가?

그대가 이야기를 한다 했으니, 불쾌한 일일랑 들춰내지 마라.

포르키아스

이건 역사적 사실이지, 결코 비난하는 게 아닙니다.

메넬라오스 왕은 해적질을 하면서 이 만에서 저 만으로,   8985

해변이나 섬들을 모조리 원수처럼 휩쓸고 다녔으며,

노획물을 가지고 돌아와 궁궐 안에 쌓아놓았지요.

일리오스를 침략하는 데는 십 년이란 긴 세월이 걸렸지만,

귀향길엔 얼마만한 세월이 걸렸는지 나도 모르죠.

그러나 틴다레오스의 장엄한 궁전은 어찌 되었나요?   8990

그리고 그 주변의 국토는 대체 어떻게 되었나요?

헬레나

그대는 욕지거리하는 것이 완전히 몸에 배어서,

비난하는 소리가 아니면 입술을 놀릴 수가 없는 모양이구나?

포르키아스

스파르타의 뒤쪽에서 타이게토스 산을 등지고,

북쪽으로 드높이 솟아 있는 계곡지대는* 그렇게도   8995

여러 해 동안 사는 이도 없이 버려져 있는데, 거기에서

힘찬 냇물이 에우로타스 강으로 흘러내려, 이 골짜기의

갈대밭을 넓게 스치고 흐르며 백조들을 먹여 기르고 있지요.

그 뒤쪽 계곡 고요한 곳에 어느덧 킴메리아의 암흑세계로부터

밀고 내려온 대담한 종족이** 이주해와 살고 있는데,   9000

기어오를 수도 없는 견고한 성을 쌓아올리고,

그곳으로부터 제멋대로 나라와 백성들을 괴롭히고 있지요.

헬레나

그런 짓을 한 수가 있었을까? 전혀 있을 수 없는 일 같구나.

포르키아스

시간이 걸렸지요. 아마도 이십 년은 되었을 것이외다.

---

* 펠로폰네소스 반도에서 가장 높은 타이게토스 산맥 뒤에 놓인 계곡 아르카디아를 말함.
** 호메로스의 『오디세이아』에 의하면 킴메리아인은 항상 암흑이 지배하는 대양에 거주
하는 종족. 여기서는 북방에서 온 파우스트와 그의 부하들을 의미하며, 메피스토-포르키
아스는 헬레나를 파우스트의 성으로 유인해가고자 하는 것임.

헬레나

두목은 하나인가? 도적들은 많은가? 도당을 맺은 것도

있는가?   9005

포르키아스

도둑들은 아니지만, 두목은 하나 있지요.

나도 한 번 습격을 받긴 했지만, 그자를 비난하진 않아요.

무엇이든 다 빼앗아갈 수도 있었지만, 자진해서 얼마간

기부해준 것으로 만족하며, 공물(貢物)은 아니라고 했소이다.

헬레나

어떻게 생겼던가?

포르키아스

　　　　　　　　　흉하진 않아요! 내 마음엔 들더군요.   9010

아주 명랑하고 대담하며 체격이 좋은 사람으로,

그리스인들 사이에선 보기 드문 이해심 많은 사나이였어요.

사람들은 그 종족을 야만족이라고 비난하지만,

일리오스 성을 공격한 많은 그리스 영웅들이 식인종같이 굴던

것에 비한다면, 한 사람도 야만스럽다는 생각이 들지 않더이다. 9015

나는 그의 위대성을 존경하며, 그를 믿고 있지요.

그리고 그의 성(城)! 그걸 당신네도 두 눈으로 보셔야 해요!

그것은 외눈박이 거인 키클로프스가 제멋대로 집을 짓듯이,

당신네 조상들이 아무런 생각도 없이 거친 돌 위에

거친 돌을 굴려 마구 쌓아올린 볼품없는   9020

성벽들과는 완전히 다르지요. 그와는 반대로 거기에는

모든 것이 수직이고 수평이며 규칙적으로 되어 있습죠.

밖에서 보십시오! 하늘 높이 치솟아올라가고 있는데,

너무나 견고하고 이은 자리 하나 없이 강철처럼 반질반질합니다.

이런 델 기어오르다니요— 생각조차 미끄러져 떨어질

지경이죠.   9025

안쪽에는 널찍한 마당이 크게 자리를 잡고, 그 주위는

온갖 목적에 따라 쓸 수 있는 건축물이 둘러서 있습죠.

거기에다 큰 기둥, 작은 기둥, 수많은 큰 홍예와 작은 홍예가

있고,

들여다보고 내다볼 수 있는 발코니와 복도들이 있으며,

문장(紋章)들도 있습죠.

합창

　　　　　　文장이란 무엇이죠?

포르키아스

　　　　　　　　　　아약스가* 그의 방패에다   9030

도사린 뱀을 새겨넣은 것을 너희들도 보았으리라.

테베를 공격한 칠인의 용사들도** 각자가

자기 방패에다가 의미심장한 무늬들을 붙이고 있었다.

거기에는 캄캄한 밤하늘에 반짝이는 달과 별이 있었고,

---

* 살라미스의 왕 텔라모스의 아들로 트로이 전쟁 영웅 중 아킬레우스 다음으로 용맹한
사람. 그의 방패에 용이 그려져 있었음.
** 아이스킬로스의 희곡 『테베를 공격한 칠인의 용사』에 나오는 주인공들. 테베는 그리
스 중부의 가장 강력한 도시 이름.

여신이나 영웅이나 사닥다리, 칼들이나 횃불도 있었으며, 9035
선량한 도시를 참혹하게 위협하는 물건들도 있었지.
우리가 말하는 용사의 무리도 선조 대대로부터
여러 가지 색깔로 반짝이는 그러한 무늬를 달고 있었죠.
사자라든가 독수리, 사나운 발톱이나 새 주둥이,
물소의 뿔이라든가 날개, 장미꽃이나 공작새 꼬리, 9040
게다가 금색, 흑색, 은색이나 파랑, 빨강으로 줄무늬 진 것도
있었죠.
그러한 것들이 커다란 홀 안에, 이 세상이 넓은 것처럼
끝이 없이 넓은 홀 안에 줄줄이 계속 걸려 있었죠.
너희는 거기서 춤도 출 수 있을걸!

합창

거기엔 춤추는 남자들도 있었나요?

포르키아스

가장 멋진 자들이지! 금발 고수머리에 싱싱한 젊은이들이야. 9045
그들은 청춘의 향기를 풍기지! 파리스가 왕비에게 가까이 왔을 때,
오로지 그만이 그런 향기를 풍겼지.

헬레나

그대는 완전히
그대 역할에서 벗어났도다. 마지막 결론을 말해보아라!

포르키아스

결론은 당신이 말씀하셔야죠. 진지하고 명백하게 좋다! 라고
하시죠.

그러면 당장에 당신을 그 성으로 안내하겠나이다.

합창

어서 말씀하세요! 9050

어서 그 한마디를 하셔서 당신을 구하시고 우리도 구해주소서!

헬레나

뭐라고? 메넬라오스 왕께서 그렇게도 참혹하게,

나를 해칠 일을 할 것이라고 두려워해야 한단 말이냐?

포르키아스

당신은 전사한 파리스의 동생인 데이포부스가,*

과부가 된 당신을 제멋대로 자기 소유로 만들어, 9055

복되게도 첩으로 삼았다고 해서, 왕께서 그를 처참하게

난도질한 사실을 잊으셨나요? 코와 귀를 잘라내고,

또다른 것을 불구로 만들었는데, 보기에도 잔인스런 참상이었지요.

헬레나

그 남자에게 그런 짓을 했는데, 그건 나 때문이었어.

포르키아스

그 남자 때문에 왕께선 당신께도 똑같은 짓을 할 것이외다. 9060

아름다움이란 나누어 가질 수 없는 것이죠. 그런 미인을

독점한 자는,

나누어 가진다는 것을 저주한 나머지 차라리 파멸시켜버린답니다.

(멀리에서 나팔 소리가 들리고, 합창단은 깜짝 놀란다.)

---

* 파리스의 동생. 파리스가 전사한 후 헬레나와 결혼하여 그녀를 그리스군에게 돌려주는
것을 반대함.

저 날카롭게 울려퍼지는 나팔 소리가 귀와 오장육부를
갈기갈기 찢어놓는 것처럼, 왕의 가슴속에서는
질투심이 미친 듯 할퀴어대고 있습죠. 그는 예전에 가졌던 걸 9065
이제는 상실하여 더이상 소유할 수 없음을 잊지 못하는 것이외다.

합창

저 뿔피리 소리가 들리지 않으세요? 무기 번쩍이는 것이
안 보이세요?

포르키아스

어서 오십시오, 주인이신 국왕이여, 상세히 보고하겠습니다.

합창

하지만 우리는?

포르키아스

　　　　　분명히 알고 있겠지만, 왕비의 죽음을 눈앞에 보고,
저 안에 너희들 죽음이 있음을 알라. 살아난다는 건
어림도 없다. 9070

(잠시 후에)

헬레나

우선 급한 대로 내가 할 수 있는 일을 생각해보았다.
그대가 좋지 못한 악령이라는 것을 잘 알고 있으며,
선한 것을 악한 것으로 바꿔놓을까봐 두렵구나,
하지만 나는 무엇보다도 그 성으로 그대를 따라가리라.
그 밖의 일은 내가 알아서 하겠다. 이때에 왕비로서 9075
가슴속 깊이 비밀로 간직하고자 하는 것은

누구에게도 알리고 싶지가 않다. 할멈, 자, 앞장을 서라!

합창

> 오, 우리는 발걸음 재촉하며,
>
> 기쁨에 넘쳐 걸어갑니다.
>
> 죽음을 뒤로하고,   9080
>
> 치솟은 성채의
>
> 넘을 수 없는 성벽을
>
> 우리 앞에 바라보면서.
>
> 저 일리오스의 성곽처럼
>
> 왕비님을 잘 지켜다오.   9085
>
> 그 성곽도 끝내는 비열한
>
> 음모로* 함락되긴 했지만.

(안개가 퍼지며 뒤쪽 배경을 덮어버리고, 가까운 곳도 적당하게 가린다.)

> 그런데, 이건 대체 어인 일인가?
>
> 자매들이여, 주위를 돌아보세요!
>
> 밝은 대낮이 아니었나요?   9090
>
> 에우로타스의 신성한 강물에서,
>
> 안개가 줄줄이 피어오르고 있어요.
>
> 갈대의 왕관을 쓴 아름다운 강변도
>
> 벌써 눈에서 사라졌어요.

---

* 스파르타군은 목마의 계략으로 트로이를 함락시킴.

자유롭고 우아하고 오만스럽게,   9095
떼를 지어 흥겹게 수영하며
부드럽게 미끄러져 다니던 백조들도
아아, 이제는 더이상 보이지 않는군요!

그렇지만, 아아, 그렇지만
백조들의 울음 소리가,   9100
멀리서 울리는 목쉰 소리가 들려옵니다.
죽음을 예고하는 소리라고들 했는데.
약속된 구원의 복음 대신에,
저것이 우리의 마지막 몰락을 알리는
소리가 아니었으면 좋겠어요.   9105
저 백조와도 같이 희고 긴,
아름다운 목을 가진 우리들도 그렇지만,
아아, 백조의 후예이신 우리 왕비님.
슬프도다, 슬프도다, 슬프도다!

주위의 모든 것이 벌써   9110
안개로 뒤덮여버렸구나.
우리들도 서로가 보이지 않는구나!
어쩐 일인가? 우리들은 가고 있는가?
땅바닥에 발걸음을 아장거리며
그저 둥둥 떠 있는 것일까?   9115

아무것도 보이지 않는가? 헤르메스 신이* 앞장서서

떠가는 것이 아닐까? 황금지팡이를 번쩍이며

우리에게 명하여, 회색으로 날이 밝고,

알 수 없는 형상들이 가득하며,

가득히 넘쳐흘러도 영원히 공허하고 불유쾌한   9120

지옥으로 우리를 다시 데려가는 것이 아닐까?

아니, 갑자기 컴컴해졌어요. 안개는 광채도 없이

어두운 회색으로, 담벼락 같은 갈색으로 사라지고요. 성벽이

눈앞에,

환하게 트인 눈앞에 나타났구나. 안마당인가? 깊은 웅덩이인가?

경우야 어떻든 무시무시하구나! 자매들이여, 아아! 우리는

사로잡혔어.   9125

전에 없던 식으로 잡혀버린 거야.

성채의 안마당

중세의 환상적인 건물들이 즐비하게 둘러서 있다.

합창을 지휘하는 여인

경솔하고 어리석은 것이 진정 전형적인 여인상이로구나!

---

* 죽은 자들의 영혼을 명부로 인도하는 사자(使者).

순간적인 일에 사로잡혀 행이냐 불행이냐 하는

낌새에 따라 놀아나다니! 너희는 행이나 불행이나 어느 하나도

태연하게 견뎌낼 줄 모르는구나. 한 아이가 언제나   9130

다른 아이에게 격렬히 대들고, 다른 아이들이 거꾸로

그녀에게 대들지.

즐거울 때, 슬플 때만은 같은 음조로 울고 웃고 하는구나.

자, 조용히들 해라! 그리고 왕비님께서 자신과 우리를 위해,

어떤 고매하신 결정을 하실는지 귀를 기울여 들어보아라.

헬레나

이름이야 어떻든, 피토니사인가* 하는 그대, 어디 있는가?   9135

이 음침한 성채의 둥근 천장에서 이리로 나오너라.

만일 그대가 저 경이로운 성주에게

내가 온 것을 알리고, 환영할 준비를 하러 갔다면

감사한 일이며, 나를 서둘러 그에게로 인도하도록 하여라.

방랑생활을 끝내고 싶다. 휴식을 취하고 싶을 따름이다.   9140

합창을 지휘하는 여인

사방을 아무리 둘러보셔도 소용없는 일입니다, 왕비님.

그 보기 싫은 형상이 사라졌어요. 어찌 된 영문인진 모르겠으나,

우리가 이상스런 발걸음으로 재빨리 이곳으로 빠져나온,

저기 저 안개 속에 혹시 그대로 남아 있는 게 아닐까요.

아니면 영주다운 화려한 환영을 준비하기 위해,   9145

---

* 델피의 신전에서 아폴론에 봉사하는 무녀의 이름. 여기서는 헬레나의 미래를 예언한
포르키아스를 그렇게 부른 것임.

경이롭게도 여러 채가 하나로 된 성채의 미로를 헤매며,

절망적으로 성주를 찾아다니고 있는지도 모르겠어요.

그런데, 저길 보세요. 저기 저 위에 떼를 지어서,

여러 복도에도 창문에도 문간에도 수많은 하인들이

바쁜 듯이 재빠른 걸음으로 이리저리 움직이고 있어요.　　9150

고상하고도 반갑게 손님을 영접하려는 것 같군요.

합창

　　이제 가슴이 후련하군요! 오오, 저것 좀 보세요.

　　젊고 귀여운 남자들이 질서정연하게 줄을 지어,

　　조심스런 걸음걸이로 품위 있고 예의 바르게

　　걸어오고 있어요. 어떻게? 누구의 명령을 받고,　　9155

　　저런 젊은이들의 훌륭한 무리가

　　이처럼 일찍 열을 지어 정돈하고 나타났을까요?

　　가장 경탄할 것이 무엇일까요? 멋진 걸음걸이일까,

　　반짝이는 이마에 물결치는 고수머리일까,

　　아니면 복숭아처럼 빨갛고, 보드라운 솜털이　　9160

　　가지런히 돋아난 조그만 양쪽 뺨일까요?

　　한번 물어뜯고 싶으나 그것도 겁이 나는군요.

　　말하기도 소름끼치는데, 언젠가 이와 비슷한 경우에

　　입 안이 온통 재로 가득 찼던 적이* 있었으니까요.

---

* 죽음의 바다 둔덕에 있는 소돔이란 나라의 시든 사과 줄기에는 재와 먼지가 가득 들어
있었다는 고사가 있음.

그런데 제일 잘생긴 애들이   9165
이쪽으로 오고 있는데,
무엇을 가져오는 것일까요?
옥좌에 올라가는 계단,
양탄자와 보료,
휘장과 천막처럼 생긴   9170
장식품들이로군요.
왕비께서 초대받으시어
벌써 화려한 옥좌에 오르시니,
그의 머리 위에는,
장식들이 구름관을 이루어,   9175
너울거리고 있어요.
앞으로 나아가서,
한 계단 한 계단
엄숙하게 줄을 서세요.
오, 멋져라, 멋지고도 또 멋지니,   9180
이러한 영접에 축복이 깃들리라!

(합창단이 말한 모든 것이 하나하나 이루어진다. 파우스트. 소년들과 시
동들이 긴 행렬을 지어 내려온 다음에, 그가 중세 기사들의 궁중예복을
입고 나타나서, 품위 있는 모습으로 천천히 걸어내려온다.)

합창을 지휘하는 여인 (주의 깊게 파우스트를 바라보면서)

신들이 종종 그러는 것처럼, 이분에게

잠시 동안만 저 놀랄 정도로 품위 있는 모습과,

고귀한 태도와 사랑스러운 풍모를

임시로 빌려드린 것이 아니라면, 이분은   9185

무슨 일을 시작하든, 사나이들 사이의 싸움에서나

아름다운 여인과의 사소한 다툼에서나 매번 성공할 것입니다.

평판이 자자한 분들을 이 눈으로 자주 보았지만,

이분은 진정 어느 누구보다도 뛰어나십니다.

성주께서는 서서히 진지하고 엄숙한 걸음걸이로   9190

나오고 계십니다. 오, 왕비님이여, 그리로 몸을 돌려보세요!

파우스트 (옆에 결박당한 사나이를 데리고 다가온다.)

이런 자리에 어울리는 장엄한 인사 대신에,

그리고 공경심으로 가득 찬 환영 대신에 나는

이 하인을 쇠사슬로 단단히 결박하여 데리고 왔습니다.

이자는 자기 의무를 저버려 제 의무도 다하지 못하게 했습니다.   9195

여기에 꿇어앉아 이 지고하신 부인에게

네가 지은 죄를 실토하도록 하라.

숭고하신 여왕이시여, 이 사나이는 유별나게도

눈이 날카로워서, 높은 탑 위에서 사방을

잘 감시하라는 소임을 맡았지요. 저 하늘이나   9200

드넓은 대지를 날카롭게 살피고 있다가,

여기저기서 혹 어떤 일들이 일어나는지,

언덕에서부터 골짜기의 견고한 성채에 이르기까지

가축떼든 군대든 움직이는 것은 모두를
보고해야 하지요. 우리는 가축이라면 보호하고,　　　　　9205
적군이라면 대항합니다. 그런데 오늘은 임무를 태만히 했지요!
당신이 오시는데도 그가 보고를 하지 않아,
이처럼 귀하신 손님을 영광스럽고 공손하게
영접하지 못하게 되었습니다. 무엄한 죄를 지었기에
당연히 사형에 처해져서, 이미 그 죽음의 피 속에　　　　9210
쓰러져 있어야 할 것이지만, 처벌하시든 용서하시든,
오로지 당신 뜻에 맡기오니 마음대로 하십시오.

헬레나

재판을 하라, 명령을 하라고 하시며,
그렇게도 대단한 권한을 제게 맡겨주셨는데,
그저 저를 시험해보시려 한다는 생각이 들어요—　　　　9215
그렇지만 재판관의 첫번째 의무로 행하고자 하는 것은
죄인의 진술을 들어보는 거예요. 자, 말해보아라.

망루지기 린케우스*

무릎 꿇게 해주십시오. 우러러보게 해주십시오.
저를 죽여주십시오. 저를 살도록 해주십시오.
저는 신께서 보내주신 이 부인에게　　　　　　　9220
이미 제 몸을 바쳤으니까요.

---

* 시력이 대단했다는 아르고 호의 키잡이 이름을 본떠 파우스트 성의 망루지기 이름을
붙인 것임.

아침의 환희를 기다리면서,
동쪽에서 해가 뜨는 것을 살피고 있는데,
태양은 갑작스럽게
이상하게도 남쪽에서* 솟아올랐습니다.   9225

골짜기나 산들 대신에,
드넓은 대지나 하늘을 바라보는 대신에,
그쪽으로 눈길을 돌려
오로지 당신 한 분만을 살펴보았나이다.

높은 나무에 앉아 있는 살쾡이처럼,   9230
광선 같은 눈길을 받은 저였습니다만,
이번에는 깊고도 어두운 꿈에서 깨어나듯
애를 쓰지 않을 수 없었나이다.

이 몸이 어디 있는지 알 수 있었던가요?
성가퀴인지? 망루인지? 닫힌 대문인지?   9235
안개가 요동하고, 안개가 사라지더니,
이러한 여신께서 나타나셨습니다!

눈과 가슴을 여신에게로 향하고,

---

* 헬레나가 남쪽 스파르타로부터 태양처럼 떠올랐다는 의미.

부드러운 광채를 마음껏 마셨지요.

눈을 부시게 하는 이 아름다움이,   9240

이 가련한 자를 완전히 현혹시켰나이다.

저는 망루지기의 임무를 잊고,

뿔피리 부는 맹세도 완전히 잊었나이다.

저를 죽이겠노라고 말씀해주십시오.

당신의 아름다움이 온갖 분노를 억제해줄 것입니다.   9245

헬레나

제가 초래한 죄를 제가 벌할 수는 없어요.

저 자신이 슬프군요! 얼마나 혹독한 운명이

저를 따라다니기에, 어디를 가나 남자들의 가슴을

저토록 유혹해서, 그들로 하여금 자기 자신이나

그 외의 귀한 임무마저 저버리게 한단 말인가.   9250

반신(半神)들, 영웅들, 신들, 심지어 악령까지도* 나를 빼앗고,

유혹하고, 쟁탈전을 벌이고, 이리저리 몰고 다녀서,

나는 여기저기를 방황하며 이끌려다녔어요.

제가 이 세상을 어지럽힌 것은 한 번이 아니고 곱절도 더 되며,

이젠 세 번, 네 번 재앙에 재앙을 초래하고 있습니다.**   9255

---

* 반신은 테세우스나 아킬레우스, 영웅은 파리스, 신은 헤르메스, 악령은 포르키아스로
변신한 메피스토펠레스 등을 말함.
** 역사적인 존재로서의 헬레나는 처음에는 독신이었으나, 파리스에 의해 트로이로 납

이 착한 사람을 데려가시어, 그를 풀어주도록 하세요.

신에게 기만당한 사람을 치욕스럽게 할 수는 없는 일이에요.

파우스트

놀랍습니다. 왕비님. 내가 여기에서 동시에 보고 있는 것은

사랑의 화살을 확실히 쏘는 여인과 그 화살에 맞은 사나이입니다.

내가 본 활은 화살을 날려 저 사나이에게   9260

상처를 입혔습니다. 그 화살은 연달아 날아오며

내 몸에 꽂히고 있습니다. 사방 어디를 보아도 이 성채 안에는

깃털 달린 화살이 이리저리 윙윙 날고 있는 것 같군요.***

이제 나는 어떻게 되겠습니까? 단번에 당신은

가장 충성스런 부하들까지도 내게 반기를 들도록 만드셨고,   9265

내 성벽도 위태롭게 했습니다. 그러니 나의 군대가

승리만 하고 패배한 일이 없는 부인께만 충성할까 두렵습니다.

이렇게 되면 나 자신은 물론 내 것이라고 망상하던 모든 것을,

당신에게 바치는 도리밖에 무슨 다른 방도가 있겠습니까?

당신의 발 아래 엎드려 자유로이 충성을 다하여,   9270

이 성에 들어오자마자 모든 재산과 옥좌를

차지하신 당신을 안주인으로 섬기게 해주십시오.

린케우스 (상자 하나를 들고 등장, 그 뒤에 상자를 든 남자들이 따라나온다.)

치되고 신들에 의해 이집트로 끌려가기도 하고, 아킬레우스와 결혼했다는 전설이 있고,
스파르타에서는 메넬라오스 왕의 왕비가 되기도 했으며, 지금은 파우스트의 성에 출현
하여 세상을 삼중 사중으로 미혹시키고 있다는 뜻.
*** 바로크 문학의 은유로 쓰이던 화살 모티프를 괴테는 내면으로 파고드는 아프고 깊
은 사랑의 상징으로 사용함.

왕비님, 왕비님을 뵈러 다시 돌아왔나이다!
부자라도 한번 뵙기를 애걸해서
당신을 뵈오면, 당장에 거지처럼 가난하고   9275
제왕처럼 부유한 감정을 동시에 느낄 것입니다.

과거에 저는 무엇이었죠? 지금은 무엇입니까?
무엇을 바랄 수 있을까요? 무엇을 할 수 있을까요?
번개처럼 예리한 눈길이 무슨 소용입니까?
당신 옥좌에 부딪혀 다시 튀어나오고 만답니다.   9280

우리는 동쪽으로부터 이곳에 왔는데,
서쪽에서는 야단이 났었습니다.
길고 폭넓은 민중의 행렬을 이루어,
맨 앞사람은 끝 사람을 알지 못할 정도였나이다.

첫째 사람이 쓰러지면, 둘째 사람이 일어서고,   9285
셋째 사람은 창을 들고 대적하지요.
사람마다 수백 배 원기가 강해져서,
천 명쯤 죽어도 눈치도 못 챕니다.

우리는 계속 돌진하고 계속 밀고 들어갔으며,
이 고장에서 저 고장으로 정복해나갔지요.   9290
오늘 내가 지배하며 명령하던 곳을,

내일이면 다른 자가 도적질하고 약탈하나이다.

우리는 살펴보았나이다 — 서둘러서 살폈지요.
어떤 자는 제일 예쁜 여자를 붙잡았고,
어떤 자는 걸음이 확실한 황소를 잡았으며,   9295
말 같은 것은 누구나가 끌어갔습니다.

그러나 제가 좋아했던 것은 아무도 보지 못한
가장 진귀한 것을 찾아내는 것이었지요.
다른 사람도 가지고 있는 것이라면,
제게는 말라버린 풀잎과도 같았습니다.   9300

나는 여러 가지 보물을 추적하며,
날카로운 내 눈길만을 따라갔지요.
어떤 주머니라도 나는 꿰뚫어볼 수가 있고,
장롱들도 모두가 투명해 보였습니다.

산더미 같은 황금이 제 것이 되었지만,   9305
가장 화려한 것은 보석입니다.
그중에서도 이 에메랄드만이
당신 가슴을 푸르게 장식할 수 있나이다.

귀와 입 사이에 흔들거리게 하시려면,

바다 밑에서 건져낸 물방울 진주가 있나이다.　　　　9310
홍옥 따위는 완전히 쫓겨버리고 말 텐데,
당신의 붉은 뺨이 그것들을 무색하게 할 테니까요.

그리고 이렇게 저는 최고의 보물들을
여기 당신의 옥좌 앞에 가져다놓겠나이다.
피비린내나는 수많은 전투에서 얻은 것들을　　　　9315
이렇게 당신 발 아래 바치나이다.

이렇게 많은 상자들을 끌고 왔지만,
철로 된 상자들은 더 많이 있습니다.
제가 당신의 뒤를 따르도록 허락해주신다면,
보물 창고를 하나 가득히 채워드리겠나이다.　　　　9320

당신이 옥좌에 올라가시자마자
이성도 부귀도 권력도,
비길 데 없이 유일한 당신의 모습 앞에
벌써 머리를 숙이고 허리를 굽힐 테니까요.

이제까지 제 것이라고 간직하던 모든 것들이,　　　　9325
이제는 저를 떠나 당신의 것이 됩니다.
값지고 귀하고 비싼 것이라고 여겼었는데,
지금은 보잘것없는 것으로 생각됩니다.

제가 소유했었던 것은 사라지고,
베어져 시들어버린 풀잎이 되었나이다.   9330
오오, 당신의 명랑한 눈길을 한번 보내주시어,
원래의 가치를 그 보물에 되돌려주소서!

파우스트

용감하게 싸워 얻은 짐짝들을 빨리 치우도록 하라.
야단을 치진 않겠지만, 칭찬도 할 수가 없다.
이 성의 품안에 감추어져 있는 것은 모두가   9335
이미 이분의 소유인즉, 특별히 이분께 바친다는 것은
쓸데없는 짓이니라. 어서 가서 보물들을 잘 정돈하여
차곡차곡 쌓아올려라. 이제까지 보지 못한 화려하고도
고상한 광경을 이룩해놓아라! 홍예천장을
신선한 하늘처럼 반짝이게 하고, 생명 없는 생명으로   9340
생생한 천국을 마련하도록 하라.
왕비님 가시는 길에는 앞질러 달려가서 꽃무늬 새긴
양탄자를 줄지어 펼쳐놓아, 보드라운 바닥에
발길을 옮기시도록 할 것이며, 바라보시는 눈길에는
거룩하신 분 눈부시지 않게 최상의 광채를 비추도록 하라.   9345

린케우스

성주님께서 내리신 분부는 쉬운 일이기에,
하인이 하기에는 노는 것이나 마찬가지입니다.

하지만 재물이나 사람의 생명은 바로
이 아름다운 분의 위력이 지배하고 있지요.
군대 전체가 벌써 맥이 풀려 있고,   9350
창검도 모두 무뎌지고 마비되었으며,
저 화려한 모습 앞에서는
태양조차 무색하고 차가워집니다.
눈에 보이는 것이 풍성한 나머지
모든 것이 공허하고 무가치해집니다. (퇴장한다.)   9355

헬레나 (파우스트에게)

당신과 말씀을 나누고 싶은데, 우선
제 곁으로 올라오세요! 여기 빈자리가
주인을 청하고 있는데, 그러면 제 자리도 안전해지겠지요.

파우스트

우선 무릎을 꿇고 당신에게 충성을 바치도록
허락해주십시오. 고귀하신 부인이시여, 나를 당신 곁으로   9360
이끌어 올리시는 이 손에 키스하게 해주십시오.
나를 경계도 모를 만큼 넓은 당신 나라의 공동통치자로
인정해주시고, 당신의 숭배자, 하인, 보호자를 모두
이 한 몸에 겸비한 사람으로 나를 받아주십시오!

헬레나

여러 가지 경이로운 일들을 보고 들었기에,   9365
저 자신 깜짝 놀라 많은 것을 물어보고 싶어요.
그러나 저 사나이의 말이 어찌하여 제게 이상하게,

아니, 이상하면서도 정답게 들리는지 이유를 가르쳐주세요.

하나의 소리가 다른 소리를 따라가는 듯하고,

하나의 말이 귀에 들어오면, 다음 말이 9370

따라나와서 첫번째 말을 애무하고 있었어요.*

파우스트

우리 백성들의 말투가 벌써 마음에 드신다면,

오오, 노래도 틀림없이 당신을 황홀하게 할 것이며,

귀와 마음 깊은 곳까지 만족시켜드릴 것입니다.

그러나 가장 확실한 것은 우리 당장 연습해보는 것이지요. 9375

말을 주고받으며** 그것을 꾀어내고 불러내는 것입니다.

헬레나

말해주세요, 어떻게 하면 저도 그토록 아름답게 말할 수 있나요?

파우스트

아주 쉬운 일이지요. 마음에서 우러나오면 됩니다.

그리고 가슴이 그리운 정으로 넘쳐흐르게 되면,

뒤를 돌아보며 묻지요—

헬레나

누가 즐거움을 함께할 것이냐고요. 9380

---

* 고대 그리스의 시에는 운율이 들어 있지 않았는데, 헬레나는 게르만어의 운이 맞는 시형으로 말하는 린케우스 대사의 음향 효과를 정답게 여기며 그 이유를 알고자 함.
** 고대 그리스의 아름다움을 대변하는 헬레나와 중세 게르만 정신을 대변하는 파우스트 사이에 시와 언어를 통한 조화가 이루어지는 것임.

파우스트

이제 마음은 앞을 내다보지도 않고 뒤도 돌아보지 않으니,

지금의 이 현재만이 —

헬레나

　　　　　　우리들의 행복이에요.

파우스트

현재만이 보물이고 이득이며, 소유이고 담보인데,

보증, 그 보증은 누가 하나요?

헬레나

　　　　　　저의 손이에요.

합창

누가 의심할까요?　　　　　　　　　　　9385

우리 왕비님이 성주님에게

정다운 모습을 보였다는 걸.

솔직히 말하건대 우리는 모두가

포로의 몸인걸요. 일리오스가

수치스럽게도 함락된 이후,　　　　　　9390

불안하고 고통스런 미로 같은 길을 떠난 후

이미 자주 포로의 신세가 되었던 것처럼.

사나이들 사랑에 익숙한 여자들은,

이것저것 가려 고르지는 않지만,

그 맛만은 정통하게 알고 있지요.　　　9395

그러기에 금발 고수머리 목동에게든,

까칠까칠한 검은머리 호색한에게든,

기회가 오기만 하면,

포동포동 살찐 자기의 팔다리를

마음대로 하라고 내맡겨주지요.　　　　　　　　　9400

두 분은 가까이, 점점 더 가까이 앉아서

벌써 서로에게 기대어 있군요.

어깨와 어깨, 무릎과 무릎을 맞대고,

손에 손을 마주 잡으시고서,

폭신폭신하게 쿠션 넣은 화려한 옥좌 위에서　　　9405

몸을 흔들거리고 계시는군요.

지체 높은 분들이란 사양함도 없이,

은밀해야 할 즐거움까지도

백성들의 눈앞에서

거리낌 없이 보여주시는가봐요.　　　　　　　　9410

헬레나

　저는 멀리 있는 듯, 바로 가까이 있는 듯한 기분이에요.

　그러면서도 기꺼이 저 여기 있어요! 여기! 하고 말하고 싶어요.

파우스트

　나는 숨이 막힐 지경이며, 몸도 떨리고 말이 막힙니다.

　시간도 장소도 다 사라져버렸으니 이건 꿈과도 같습니다.

헬레나

  저는 삶을 다 산 것도 같고 새로 시작하는 것도 같아요.   9415

  낯선 당신에게 정성을 다 바쳐 하나로 짜인 듯도 해요.

파우스트

  단 하나뿐인 운명을 너무 깊이 생각지 마십시오!

  그것이 비록 순간이 될망정, 현존한다는 것은 의무입니다.

포르키아스 (황급히 등장하면서)

  사랑의 ABC를 공부하시고,

  시시덕거리며 연애장난에만 몰두하시고,   9420

  한가하게 골똘하게 사랑놀이만 계속하고 있는데,

  지금은 그럴 시간이 아니올시다.

  둔탁하게 울리는 천둥 소리가 들리지 않소?

  저 나팔 소리만이라도 들어보시구려.

  멸망이 멀지 않았소이다.   9425

  메넬라오스 왕이 파도 같은 군대를 이끌고*

  당신네들을 치러 진군해오고 있으니,

  혹독한 전투를 치를 준비를 하시오!

  당신은 승리자들의 무리에 에워싸인 채,

  데이포부스처럼 난도질을 당하고,   9430

  여자를 앗아간 값을 치러야 할 것이외다.

  우선 이 경박한 계집들이 목매달리고,

---

* 메넬라오스 왕은 지하 명부세계의 존재로 군대를 이끌고 헬레나를 뒤쫓아올 수는 없는데, 이는 포르키아스의 위협적인 계략에 지나지 않음.

당장 이 여인이 희생될 제단에

새로 간 도끼가 준비되리라.

파우스트

무엄한 방해꾼들이로다! 귀찮게 밀려오는구나. 9435

위험에 처해 있다 할지라도 나는 무의미하게 날뛰지는 않으리라.

가장 아름다운 사신(使臣)이라도 불길한 소식 전해오면

추악해지는데,

가장 추한 너는 좋지 못한 소식만 전하는구나.

하지만 이번에는 네게 걸려들지 않으리라. 공허한 숨길 헐떡이며

공기나 흔들어대려무나. 여기엔 아무런 위험도 없다. 9440

설령 위험이 있다 해도 그것은 헛된 위협에 불과할 것이다.

(신호 소리, 망루로부터의 폭음, 여러 가지 나팔 소리, 군악과 대군大軍
이 행진하며 지나가는 소리.)

파우스트

그래, 일치단결된 용사들의 무리를

여기 집합시켜 당신께 보여드리겠습니다.

억센 힘으로 여자를 보호할 수 있는 자만이,

그들의 사랑을 받을 자격이 있는 것이지요. 9445

(대열을 떠나서 가까이 다가오는 지휘관들을 향하여)

고요히 간직했던 분노를 가지고 나아가라,
그것이 틀림없이 승리를 가져다주리라.
그대 북방의 젊은 꽃들이여,*
그대 동방의 꽃다운 힘들이여.**

강철로 몸을 싸고 광채에 둘러싸여,   9450
나라에 나라를 무찌른 용사들이여,
그대들이 나타나면 대지가 진동하고,
그대들이 지나가면 우렛소리 요란하도다.

우리는 필로스에*** 상륙했건만,
노장(老將) 네스토르는 이미 없었다.   9455
그리고 조그만 왕국들을 모두
자유분방한 우리 군대가 분쇄하였다.

이제 지체 말고 이 성곽으로부터
메넬라오스를 다시 바다로 몰아내어라.
거기서 헤매고 약탈하며 잠복토록 하라.   9460
그것이 그의 버릇이요 운명이었다.

———————————

* 게르만 족, 프랑켄 족, 노르만 족을 뜻함.
** 고트 족을 의미함.
*** 필로스는 펠레폰네소스의 항구도시로 오늘의 나바리노를 말함. 트로이 전쟁 때의
명장 네스토르가 거처하던 성이 있었음.

스파르타 왕비의 명을 받고,

나 그대 장군들에게 인사하노라.

산과 계곡을 쟁취하여 왕비 앞에 바치도록 하라.

그 땅의 소득은 그대들의 것으로 하리라.　　　　　　　9465

그대 게르만 족 장군이여! 그대는 방벽을 쌓아

코린토스의 만을 방어하도록 하라!

그리고 수많은 협곡을 이룬 아카이아는,

고트 족의 장군, 그대가 방어할 것을 명하노라.

엘리스 쪽으로는 프랑켄 족 군사가 진격하고,　　　　　　　9470

메세네는 작센 족에게 맡기겠노라.

노르만 족의 군사는 바다를 소탕하고,

아르골리스 반도를 얻어 영토를 확장하라.

그런 다음 각자가 그 땅에 정착하게 되면,

국력과 국위를 밖으로 떨치게 하라.　　　　　　　9475

그러나 왕비께서 장구한 세월 기거하셨던

스파르타는 그대들 위에 군림하게 하리라.*

---

* 코린토스, 아카이아, 엘리스, 메세네, 아르골리스, 스파르타는 펠레폰네소스 반도에 있
는 지방들. 파우스트는 독일의 각 종족으로 하여금 이 지방들을 점령 통치케 하고, 파우
스트와 헬레나는 스파르타에서 이들을 통합한 새로운 봉건국가를 통치한다는 것임.

아무런 아쉬움 없는 그 땅에서 그대들 하나하나가
복락을 누리는 것을 왕비께선 보시리라.
그대들은 안심하고 왕비의 발 아래에서   9480
보증과 권리와 광명을 찾을 수 있으리라.

(파우스트는 자리에서 내려오고, 영주들은 더욱 자세한 명령과 지시를
받기 위해 그의 주위를 둘러싼다.)

합창

최고의 미인을 얻고자 원하는 자는,
무엇보다도 유능해야 하고,
슬기롭게 무기를 돌보아야 하지요.
저이는 이 세상에서 가장 훌륭한 것을,   9485
미소하는 얼굴로 획득하긴 했지만,
안심하고 언제나 소유할 순 없지요.
남몰래 들어와 교활하게 유인해 가는 자도 있고,
대담하게 앗아가는 도둑들도 있으니,
그것을 막아낼 방도를 생각해야죠.   9490

그러기에 우리의 성주님을 찬양하고,
다른 사람들보다 훌륭하게 평가하지요.
성주님 현명하게 용사들과 손을 잡고 계시니,

어떠한 지시를 내린다 해도
힘센 용사들 순순히 복종하며 따라나서죠.   9495
그들은 명령을 충실히 수행하니,
그것은 각자가 자기 자신을 위함이라.
성주님도 감사하여 포상을 하시니,
양편이 모두 드높은 명예를 얻게 되지요.

이제 와서 어느 누가 왕비님을   9500
저렇게 강한 주인에게서 앗아갈 수 있으랴?
왕비는 저분의 것, 저분의 것이 되어야 해요.
왕비와 함께 우리까지도 안으론 견고한 성벽으로,
밖으론 비길 데 없이 강력한 군대로 지켜주시니,
우리는 갑절로 그렇게 되길 빌고 있어요.   9505

파우스트

여기서 이 용사들에게 하사한 상금이란 —
각자에게 풍성한 영토 하나씩인즉 —
크고도 훌륭한 것이로다. 자, 진군토록 하라!
우리는 여기 중앙에서 수비하고 있으리라.

저들이 앞을 다투어 방어해야 할 곳은,   9510
사방에서 높은 파도가 밀어닥치면,
나지막한 언덕들이 줄지어 서 있는,

유럽의 마지막 산맥에 연결된 반도이니라.

태양이 비춰주는 어느 나라보다도
이 나라 종족에 영원히 행복이 있으리라.   9515
일찍이 왕비를 우러러본 이 나라는
이제 왕비님의 영토가 되었느니라.

에우로타스 강의 갈대들 속삭임과 더불어
껍질을 깨고* 빛나면서 탄생하셨을 때,
왕비께서는 고귀한 어머니나 동기들보다도   9520
두 눈에 어린 광채가 훨씬 영롱했었다.

오로지 당신만을 향하고 있는 이 나라는
비길 데 없는 번영의 꽃을 피울 것이오.
세상의 온 나라가 당신의 것이라 하더라도,
오오, 당신의 조국을 무엇보다 소중히 여기소서!   9525

뾰족뾰족한 산봉우리가 그 등성이에
아직 차가운 태양빛을 감수하고 있으나,
바위들은 벌써 푸르스름한 빛을 보이니,
염소들은 인색한 먹이를 탐내어 뜯고 있구나.

---

* 헬레나는 레다의 알에서 태어났다고 전해짐.

샘물이 솟아나와 냇물이 되어 흘러내리고,   9530
골짜기와 산허리와 풀밭들은 벌써 푸르러졌도다.
평야에 늘어서 있는 수많은 언덕 위에
양떼들이 흩어져나가는 것을 보시라.

이리저리 흩어져서 조심스런 발걸음으로
뿔 달린 황소들이 험준한 절벽길을 걸어가지만,   9535
암벽들이 수많은 아치 모양의 동굴을 이루어,
온갖 짐승들의 피난처를 마련해놓고 있도다.

거기에는 판 신이 그들을 지켜주고, 생명의 요정들은
숲속 깊은 골짜기 습하고 시원한 곳에 살고 있으며,
빽빽하게 들어선 나무들은 가지를 뻗어   9540
드높은 하늘을 그리워하며 치솟아오른다.

이것이 태고의 숲이로다! 떡갈나무 힘차게 솟아올라,
가지에 가지가 고집스럽게 서로 얽혀 있구나.
단풍나무는 온순하게 달콤한 물기를 머금고,
순수하게 뻗어올라 자기 잎들과 희롱하는구나.   9545

고요한 나무그늘에서는 미지근한 젖이 솟아나와,
어린아이와 어린 양들을 어미답게 기르고 있다.

평원의 무르익은 음식인 과일들도 가까이 있고,
오목하게 팬 나무둥치에서는 꿀이 흐른다.

이곳은 쾌적한 생활이 상속되고 있기에,   9550
뺨에도 입에도 상쾌한 기분이 감돌며,
누구나가 그 자리에서 불사신이 되니,
그들은 만족스럽고 건강하도다.

이렇게 순수한 날에 사랑스런 아이들은
자라나서, 아버지로서의 힘을 얻는도다.   9555
우리는 그저 놀랄 뿐이며, 그들이 신인지,
아니면 인간인지? 하는 문제는 그대로 남는다.

그리하여 아폴론은* 목동의 모습을 하였고,
목동 중 가장 아름다운 자가 아폴론을 닮았도다.
자연이 순수하게 다스리는 곳에서는   9560
모든 세계가 감동하여 화합하기 때문이리라.

(헬레나 옆에 앉으며)

이렇게 나도 성공하고 당신도 성공했으니,

---

* 아폴론은 외눈박이 거인 키클로프스를 죽인 죄로 아드메토스 왕의 목동이 됨.

과거는 우리 뒤에 묻어두기로 합시다!

오오, 당신은 최고의 신에게서* 태어났음을 느끼시오.

당신 혼자만이 최초의 세계에** 속해 있습니다.   9565

견고한 성채라고 당신을 가두어놓을 수는 없소!

스파르타의 이웃에 있는 아르카디아가,***

환희에 가득 찬 세월을 보낼 수 있도록

아직도 영원한 청춘의 힘으로 우리를 감싸고 있습니다.

성스러운 땅에 살도록 권유를 받아,   9570

당신은 한없이 명랑한 운명으로 도망쳐온 것이오!

옥좌는 그대로 변하여 정자가 될 것이니,

우리 행복도 아르카디아에서처럼 자유로워지리라!

(무대 장면이 완전히 바뀐다. 일렬로 늘어선 암벽 동굴에 문이 닫힌 정자
들이 기대어 있다. 그늘진 숲이 주위에 둘러서 있는 절벽까지 계속된다.
파우스트와 헬레나는 아직 보이지 않는다. 합창단은 잠이 든 채 여기저기
흩어져 누워 있다.)

---

* 헬레나의 아버지 제우스 신을 의미함.

** 최초의 세계는 황금시대, 제2의 세계는 백은(白銀)시대, 제3의 세계는 청동시대.

*** 스파르타의 북쪽, 펠로폰네소스 반도의 중앙에 위치한 산악지대. 산과 푸른 목초지
로 덮여 있어 이상향적인 목가적 풍경을 이루고 있으며, 음악을 좋아하는 소박하고 명랑
한 주민이 살고 있어 지상낙원으로 알려짐.

포르키아스

이 계집들이 얼마나 오래 잠들어 있는지 모르겠구나.

내가 두 눈으로 밝고 분명하게 본 것을   9575

이 아이들도 꿈에서 보았는지, 그것도 알 수 없구나.

그러니 이것들을 깨워보자. 이 젊은 족속을 깜짝 놀래줘야지.

믿을 만한 기적의 해결을 끝까지 보겠다고,

저 아래 고집스레 앉아 있는 당신네 털보들도* 놀랄 것이오.

자, 일어나라! 일어나! 그 고수머리를 빨리 털어라!   9580

눈에서 잠을 쫓아내라! 그렇게 깜박거리지 말고 내 말 들어라!

합창

어서 말해주세요, 무슨 놀라운 일이 있었는지 이야기해주세요!

우리가 가장 듣고 싶은 것은 도저히 믿을 수 없는 일이에요.

이런 암벽이나 바라보고 있는 것은 지루하기 짝이 없으니까요.

포르키아스

겨우 눈을 비비고 일어났는데, 얘들아, 벌써 지루하단 말이냐? 9585

그럼 들어보아라. 이 구멍, 이 동굴, 이 정자 안에는,

목가에 나오는 연인들처럼 우리의 성주와 왕비님께서

세상의 눈을 피해 숨어 계신다.

합창

　　　　　　　　　뭐, 저 안에 말예요?

---

* 관객들을 가리킴.

포르키아스

　　　　　　　　　　　　　　　　　　속세를 떠나서,

오직 나 하나만 불러, 은밀히 시중을 들게 하고 계신단다.

각별한 대접을 받아 곁에서 모시지만, 그 신임에 어울리게　　9590

나도 딴전을 피우며 이것저것 구경하지. 이곳저곳으로 돌아다니며

약효를 잘 알고 있는 풀뿌리나 이끼나 나무껍질을 찾는 거야.

그래야 저렇게 두 분만 남게 되니까 말이야.

합창

당신은 저 안에 마치 온 세상이 깃들어 있는 듯 말하시는데,

숲과 초원, 냇물과 호수가 다 있다니, 그 무슨 엉터리

이야기인가요!　　　　　　　　　　　　　　　　　　9595

포르키아스

물론이다, 이 철부지들아! 저기는 알 수 없는 깊은 곳이란다.

홀과 홀이 늘어섰고 뜰과 뜰이 즐비한 것을 내 조심스레 살펴보

았다.

그런데 갑자기 커다란 웃음소리가 동굴 속에서 메아리처럼 울려

왔다.

그래서 살펴보니, 어린 사내아이가* 왕비님 품에서 성주님 품으로,

성주님 품에서 왕비님 품으로 뛰어다니며 재롱을 피우더구나.　9600

바보처럼 귀여워하며 놀려대고, 장난으로 떠들고 환호하는 소리가

---

* 파우스트와 헬레나 사이에서 태어난 아이 에우포리온을 말함. 그는 파우스트처럼 끊임
없이 위로 날아오르려는 노력을 하고, 헬레나처럼 아름다운 미모에 예술적인 기질을 지
닌 벌거벗은 신동(神童)임.

엇갈리며 내 귀가 멀 지경이었다.

벌거숭이였는데 날개 없는 천사 같고, 단단한 땅바닥 위에서

파우누스처럼* 튀어오르는데 짐승은 아니더라. 한데 바닥에

탄력이 생겨,

그 아이를 공중 높이 솟아오르게 하니, 두 번 세 번 뛰니까   9605

높은 천장에 가 닿더란 말이다.

걱정스런 어머니가 소리 치더라. 네 마음대로 몇 번이고 뛰어라,

그러나 나는 것은 안 된다, 자유롭게 나는 것은 금지되었다.

아버지도 진정으로 경고하더라. 대지에는 탄력이 깃들어 있어서,

널 그렇게 위로 밀어올리는 것이다, 발가락을 바닥에

대기만 하면,   9610

너는 대지의 아들 안타이오스처럼** 곧 힘을 얻는 것이다.

그리하여 그 아이는 거대한 암벽으로 뛰어올라가,

공이 부딪쳐 튀어오르듯 이 끝에서 저 끝으로 뛰어 돌아다녔단다.

그러다 갑자기 거친 계곡 갈라진 틈으로 사라지고 말았는데,

그 아이는 이제 끝장난 것 같더라. 어머니는 울고 아버지는

위로하고,   9615

나도 불안하게 어깨를 움찔대며 서 있었다. 한데 그때 다시

나타나다니!

---

* 인간과 양의 모습을 한 매우 호색적인 임야 또는 목축의 신.
** 바다의 신 포세이돈과 대지의 여신 가이아 사이에서 태어나 발이 대지에 닿으면 비상한 힘을 내지만, 땅에서 발이 떨어지면 무력해짐. 헤라클레스는 그를 공중으로 껴안아 올려서 교살했다고 함.

그 속에 보물이라도 숨겨져 있었던가? 그 아이는 꽃무늬 진 옷을
고상하게 차려입고 있단 말이다.

양쪽 소매에는 술이 흔들리고, 가슴에는 매듭이 펄렁거리고,
마치 어린 포이보스와도 같이 황금의 칠현금을 손에 들고,   9620
불쑥 솟아오른 바위 모서리에 기분이 좋아 나타났지. 우린
놀랐단다.

양친은 기쁜 나머지 서로를 번갈아가며 부둥켜안더라.
그애 머리가 얼마나 빛을 발했던가? 뭐가 반짝였는지 나도 모르니,
그것이 황금의 장식일까, 아니면 강력한 정신력의 불꽃일까?
이렇게 그는 어린아이로서 벌써, 장래에는 영원한 멜로디가   9625
몸 전체를 통해 흘러가는 모든 아름다움의 대가라는 것을
예고하며 거동하고 있다. 너희들도 그의 말소리를 듣고,
그의 모습을 한번 본다면, 정말 감탄하지 않을 수 없으리라.

합창

> 당신은 그것을 기적이라 하시나요,
> 크레타 출신의 아주머니?*   9630
> 노래에 담긴 교훈적인 말에
> 한 번도 귀를 기울인 적이 없는 모양이죠?
> 먼 조상 때부터 전해오는
> 신들과 영웅들에 대한 그 많은

---

* 포르키아스를 가리킴.

이오니아의 전설도 아직 듣지 못하고,   9635
헬라스의* 이야기도 들어보지 못했나요?

오늘날 일어나고 있는
모든 일은,
화려했던 조상들 시절의
슬픈 여운이지요.   9640
당신이 하신 이야기는
마야의 아들을** 노래한,
진실보다도 더 믿을 수 있는
저 귀여운 거짓말과는 비교도 안 돼요.

이 아이는 우아하고 건강하지만,   9645
아직 갓 태어난 젖먹이이기에,
조잘거리기 잘하는 유모들이
철없이 망상을 하여,
깨끗한 강보에 포근히 싸서
값진 장식끈으로 묶어놓지요.   9650
그러나 억세고 귀여운
장난꾸러기 아기는

---

* 이오니아는 그리스 서쪽의 섬들이고, 헬라스는 그리스의 옛 이름.
** 포르키아스가 에우포리온에 대해 보고하는 것은 역시 아르카디아 동굴에서 봄의 여
신 마야와 제우스 사이에 아들 헤르메스가 태어났다는 그리스 전설을 모사한 것임.

보드라우나 탄력 있는 사지를
재치 있게 빼내고, 걱정스러워
폭 싸둔 보랏빛 포대기를   9655
그 자리에 그대로 내버려두어요.
그것은 마치 성숙한 나비가
딱딱하고 답답한 고치 속에서
날개를 펴고 잽싸게 빠져나와,
햇빛이 고루 비치는 대기 속을   9660
대담하고 즐겁게 날아다니는 것 같아요.

또한 민첩하기 그지없는 그 아이는
도둑들이나 악한들에게나,
그 밖의 모든 욕심쟁이들에게까지도,*
영원히 은혜로운 악령이라는 것을,   9665
교묘하기 한이 없는 재주로
곧 실증해 보여주지요.
바다를 지배하는 신으로부터는
재빠르게 삼지창을 훔쳐내고, 아레스로부터는
교활하게 칼집에서 검을 뽑아내지요.   9670
포이보스로부터는 활과 화살을,
헤파이스토스로부터는** 불집게를 훔쳐내고요.

---

* 헤르메스 역시 사기와 절도, 음모와 속임수에 능한 악령이었음.
** 단조(鍛造) 기술의 신으로 불, 특히 화산의 자연력을 상징함.

만약 불에 놀라지만 않는다면,

아버지인 제우스의 번갯불도 빼낼 거예요.

하지만 에로스와 맞붙어 싸우면서   9675

다리를 걸어 이겨내고,

키프리아 여신이* 그를 애무해줄 때는

그녀의 가슴에서 허리띠를 훔칠 거예요.

(매혹적이고 순결한 멜로디의 현악 소리가 동굴에서부터 울려나온다. 모
두가 귀를 기울이며, 곧 진정으로 감동한 듯이 보인다. 여기서부터 다음
에 언급된 '휴식' 때까지** 계속 완전한 화음의 음악이 연주된다.)

포르키아스

기막히게 사랑스런 음악이나 들으면서,

그런 멋대로 꾸민 이야길랑 냉큼 집어치워라!   9680

너희들 신들의 낡은 무리 따위는

꺼져버려라, 그런 시대는 다 지나갔다.

아무도 너희들을 이해하려 하지 않지만,

우리는 보다 많은 세금을 요구해야겠다.

사람 마음에 감동을 주려 한다면,   9685

---

* 키프로스 섬에서 숭상되고 있는 여신 아프로디테를 의미. 그녀의 허리띠는 우아함의
상징으로 모든 남성을 매료하는 힘을 지녔다고 함.
** 9938행 다음의 지문 '완전한 휴식. 음악도 그친다'를 말함.

마음에서 우러나와야만 하는 법이니까.

(바위 쪽으로 물러간다.)

합창

무시무시한 존재인 당신도

이처럼 은근한 음악은 좋아하는군요.

우리는 상쾌하게 병이 다 나아서,

눈물이 날 정도로 마음이 부드러워졌어요.　　　　9690

태양의 광채 따위는 사라져라.

우리의 영혼에 날이 밝으면,

온 세상이 거절하고 있는 것을,

자신의 마음속에서 찾을 테니까.

(헬레나, 파우스트, 그리고 위에 서술한 복장을 입은 에우포리온 등장.)

에우포리온

노랫소리를 들으시면,　　　　9695

그건 곧 두 분의 즐거움이 되지요.

박자에 맞추어 제가 뛰는 것을 보시면,

두 분의 가슴은 어버이답게 뛸 거예요.

헬레나

인간다운 행복을 누리게 하기 위하여

사랑은 고귀한 두 사람을 가깝게 하지만,　　　　9700

신과 같은 황홀함을 맛보게 하기 위해서는,

사랑은 귀중한 세 사람을* 만들어놓아요.

파우스트

이렇게 모든 것이 이루어졌소.

나는 당신의 것, 당신은 나의 것,**

이렇게 우리 인연을 맺었으니,　　　　　　　　　　9705

이것이 변해서는 아니 되겠소!

합창

여러 해에 걸친 행복한 생활이

아드님의 부드러운 모습 되어

이 한 쌍의 부부에게 모였습니다.

오, 이 얼마나 감동적인 결합인가!　　　　　　　　9710

에우포리온

저를 뛰어오르게 해주세요.

이제 뛰어오르게 내버려두세요!

어디든지 공중으로

치솟아오르고 싶은 것이

저의 열망이에요.　　　　　　　　　　　　　　　　9715

벌써 저는 이 열망에 사로잡혔어요.

파우스트

그저 적당히! 적당히 해라!

---

* 부모인 파우스트와 헬레나, 그리고 자식 에우포리온을 뜻함.
** 이 시행은 옛날 독일 혼인서약의 형식과 같음.

무모한 짓은 하지 말고,

떨어지거나 다치는 일이

없도록 하라! 9720

그렇게 되면 소중한 아들이

우리를 파멸케 하리라!

에우포리온

더이상 땅바닥에

처박혀 있고 싶지 않아요.

제 손을 놓으세요. 9725

제 머리를 놓아주시고,

제 옷을 놓아주세요!

그것은 모두 제 것이에요.

헬레나

오, 생각해보아라! 생각해봐!

넌 대체 누구의 자식인가를! 9730

간신히 아름답게 성취한

나의 것, 너의 것, 저분의 것을,

네가 만일 부숴버린다면,

우리 마음 얼마나 아프겠는가.

합창

저들의 결합이 곧 9735

깨어질까 겁이 납니다!

헬레나와 파우스트

참아다오!

지나치게 활발하고

격렬한 충동을,

부모를 생각해서 참아다오!　　　　　　　　9740

전원 속에 살면서 고요히

이 무도장을 장식해다오.

에우포리온

두 분의 뜻에 따라

전 참고 있는 거예요.

(합창단원들의 사이를 누비고 다니면서, 그들을 춤추도록 이끌어낸다.)

여기 이 즐거운 여자들 주위를　　　　　　　　9745

빙빙 도는 게 훨씬 더 쉽군요.

멜로디는 이만하면 될까요?

몸짓도 이러면 좋을까요?

헬레나

그래, 아주 잘했다.

저 예쁜 여인들을 인도하여　　　　　　　　9750

멋진 윤무를 추도록 하여라.

파우스트

이런 짓은 끝났으면 좋겠다!

이런 속임수 놀이는

조금도 즐겁지가 않구나.

(에우포리온과 합창단원들이 춤추고 노래하며, 서로 얽힌 윤무 속에 움직이고 있다.)

합창

> 그대가 두 팔을   9755
>
> 사랑스럽게 놀리시고,
>
> 반짝이는 고수머리
>
> 흔들면서 움직이면,
>
> 그대 스텝이 경쾌하게
>
> 대지 위를 미끄러져가고,   9760
>
> 이리로 또 저리로
>
> 손발을 이끌어 다니시면,
>
> 사랑스런 아기님,
>
> 그대는 목적을 이룬 거예요.
>
> 우리들 모두의 마음은   9765
>
> 모두 그대에게 기울어졌어요.

(사이)

에우포리온

> 모두가
>
> 발걸음도 가벼운 사슴들이다.
>
> 새로운 놀이를 할 테니
>
> 기운차게 달려 나오라!   9770

나는 사냥꾼이고

너희는 짐승들이다.

합창

우리를 잡으시려거든,

그렇게 빨리 지나치지 마세요.

우리들의 소망은   9775

결국 한 가지,

그대를 품에 안아보는 것이죠.

그대 아름다운 모습을!

에우포리온

숲속으로 달려라!

나무토막과 바위를 향해!   9780

쉽사리 붙잡힌 놈은

마음에 들지 않고,

강제로 얻은 놈만이

실로 나를 즐겁게 한단다.

헬레나와 파우스트

이 무슨 방자한 짓인가! 무슨 미친 짓인가!   9785

적당히 하기를 바랄 수도 없구나.

마치 뿔피리라도 부는 것처럼

계곡과 숲들이 굉굉히 울리고 있으니,

이 무슨 난동인가! 무슨 절규인가!

합창 (한 사람씩 급히 등장하면서)

우리 곁을 그냥 지나가셨어.   9790

우리들 무시하고 경멸하시며,

이 많은 무리 중에서 하필이면

제일 사나운 계집을 끌고 오시네.

에우포리온 (한 젊은 처녀를 안고 등장한다.)

이 거친 꼬마 계집을 끌고 와서

강제로라도 재미 좀 봐야겠다.   9795

나의 환희와 나의 쾌락을 위해,

반발하는 가슴을 끌어안고서,

거역하는 입에 키스를 하며,

내 힘과 의지를 보여줄 테다.

처녀

날 놓아주세요! 내 이 몸 속에도   9800

정신의 용기와 힘이 깃들어 있어요.

당신과 마찬가지로 우리의 의지도

쉬사리 앗아가지는 못할 거예요.

내가 궁지에 몰렸다고 생각하나요?

당신의 완력을 너무 믿으시는군요!   9805

단단히 잡으세요, 나도 장난 삼아서

바보 같은 당신을 불로 지져드릴 테니까요.

(그녀는 불꽃이 되어 공중으로 타오른다.)

가벼운 공기 속으로 날 따라오세요,

딱딱한 동굴 속으로 날 따라오세요.

사라져버린 목표물을 붙잡아보세요! 9810

에우포리온 (마지막 불꽃을 털어버리며)

여기 울창한 숲 사이에

암벽으로 첩첩이 싸여 있는 곳,

나는 젊고 싱싱한데,

이 비좁은 곳에서 뭘 한단 말인가.

바람이 쇄쇄 불어오고, 9815

파도가 철썩거리고 있다.

그러나 둘 다 멀리서 들려오니,

나 가까이 가보고 싶구나.

(점점 더 높이 암벽을 뛰어오른다.)

헬레나와 파우스트와 합창

너는 산양과 같이 되고 싶으냐?

떨어질까 두려워 소름이 끼치는구나. 9820

에우포리온

더 높이 올라가야지.

점점 더 멀리 바라봐야지.

이제 내가 어디에 있는지 알겠구나!

섬 한가운데로구나.

육지와 바다가 맞닿아 있는, 9825

펠로프스의 땅* 한가운데로다.

---

* 펠로폰네소스 섬은 수많은 만으로 이루어져 절반은 육지이고 절반은 바다임.

합창

산과 숲속에서 평화롭게

살고 싶지는 않은가요?

그러면 우리들이 곧

줄지어 선 포도며,   9830

언덕 끝에 있는 포도,

무화과며 황금사과를 찾아오겠어요.

아, 이 온화한 땅에 그대로

온화하게 머물러주세요!

에우포리온

평화의 날을 꿈꾸고 있는가?   9835

꿈꾸고 싶은 자는 꿈이나 꾸도록 하라.

전쟁! 이것이 구호이다.

승리! 이것이 뒤따라 울리는 소리다.

합창

평화로운 시대에 살면서

돌이켜 전쟁을 원하는 자는,   9840

희망에 찬 행복으로부터

이별을 고한 사람이에요.

에우포리온

이 나라가 위험한 속에서

위험 속으로 낳아놓고,

무한한 용기를 지녀 자유롭고,   9845

자기 피를 아낌없이 흘리는 사람들,*

억제할 수 없는

거룩한 뜻을 위해

싸우는 모든 자들에게

보답이 있으리라!   9850

합창

위를 보세요, 너무 높이 올라갔군요!

그런데도 작아 보이지는 않아요.

갑옷을 입고 승리를 위해 나간 듯,

그 모습이 청동이나 강철로 된 것 같아요.

에우포리온

소용없고, 성벽도 소용없고,   9855

각자는 자기 자신만을 믿을 뿐이다.

끝까지 버텨내는 견고한 성채란

강철 같은 사나이의 가슴뿐이다.

너희가 정복당하지 않고 살고자 한다면,

경쾌하게 무장하고 어서 싸움터로 나가라.   9860

여자들은 아마존 왕국의 여걸같이** 되고,

어린아이는 누구나 영웅이 되라.

---

* 터키의 압박을 받던 1822년, 그리스의 독립을 위해 전쟁에 뛰어든 그리스인들을 가리
킴. 에우포리온은 시를 인격화한 존재이지만, 동시에 영웅적인 삶, 고귀한 전쟁의 천재
로도 나타남.

** 그리스 전설에 나오는 소아시아의 여인들만의 왕국. 그녀들은 매우 용맹스러운 활의
명수들로 전쟁을 좋아했으며, 전쟁에서 생포한 남성들 사이에서 아이를 얻었다고 함.

합창

거룩한 시로군요.*

하늘까지 올라가세요!

아름답기 그지없는 별이여,   9865

멀리, 더 멀리에서 빛나세요!

그래도 여전히 우리에게 비쳐오고,

그 시가 들려오니,

우리 그 소리 즐겨듣고 있어요.

에우포리온

난 어린아이로 나온 게 아니라,   9870

무장한 젊은이로 찾아온 것이다.

강한 자, 자유로운 자, 대담한 자들과 어울려,

정신 속에선 벌써 일을 다 해치웠다.

자, 나가자!

저기에 이제   9875

명예를 향한 길이 열려 있다.

헬레나와 파우스트

겨우 이 세상에 태어나,

밝은 날을 구경하자마자,

너는 현기증 나는 계단에 올라

고통으로 가득 찬 공간을 그리워하는구나.   9880

---

* 에우포리온이 시를 상징하는 존재임을 암시함. 괴테는 터키의 압제에 대항하는 그리스 독립전쟁에 참전했다가 전사한 영국 시인 바이런을 에우포리온의 모델로 삼았다고 함.

그렇다면 우리는 네게

아무것도 아닌 존재란 말이냐?

이 단란한 인연도 하나의 꿈이란 말이냐?

에우포리온

바다 위에서 천둥치는 소리가 들리십니까?

저기 골짜기마다에서 다시 우렛소리 울리고,   9885

먼지와 파도 속에 군사들이 맞붙어 싸우고,

밀고 밀리면서 악전고투를 하고 있습니다.

그리고 죽음이란

천명이지요.

그것은 너무나 자명한 일입니다.   9890

헬레나와 파우스트와 합창

놀라운 일이구나! 끔찍한 일이로다!

대체 죽음이 너의 천명이란 말이냐?

에우포리온

먼 데서 그냥 보고만 있으란 말입니까?

아닙니다! 난 근심과 고난을 함께 나누겠습니다.

앞의 사람들

무모하고 위험한 짓,   9895

죽을 운명이로다!

에우포리온

그렇지만요! ─ 양쪽 날개가

활짝 펼쳐집니다.

저쪽으로! 가야 합니다! 가야만 합니다!

날도록 허락해주세요!   9900

(에우포리온, 공중으로 몸을 던진다. 옷자락이 잠시 동안 그를 지탱한다. 그의 머리에서 광채가 나며, 불빛의 꼬리가 길게 뻗친다.)

합창

이카루스!* 이카루스와 같구나!

너무나 슬픈 일이로다.

(잘생긴 젊은이가 양친의 발 앞에 떨어진다. 시체를 보니 잘 아는 모습을** 보는 것 같다. 그러나 육체는 곧 사라지고, 후광이 혜성처럼 하늘로 올라간다. 옷과 외투와 칠현금만이 남아 있다.)

헬레나와 파우스트

즐거움 뒤에는 이내

무서운 슬픔이 따르는구나.

에우포리온의 목소리 (깊은 땅속에서)

어머니, 이 캄캄한 나라에 나를,   9905

혼자 내버려두지 마세요!

---

* 다이달루스의 아들. 다이달루스가 만든 날개를 밀초로 등에 붙이고 공중을 날아가다가 태양에 너무 가까이 다가가 초가 녹아내려 바다로 추락해 죽음. 하늘 높이 날아오르려는 에우포리온의 노력을 이카루스의 대담한 비행에 비유한 것임.
** 영국 시인 바이런의 모습.

(사이)

합창 (조가弔歌)*

혼자가 아니에요! — 그대가 어디에 계시든,

우리는 그대를 알고 있다고 생각하니까요.

아아! 그대가 이 세상을 갑자기 떠난다 해도,

누구의 마음도 그대에게서 떠나진 않을 거예요.　　　　9910

우리는 탄식할 줄조차 모른다 해도,

그리워하며 그대 운명을 노래한답니다.

맑은 날에나 궂은 날에나 그대의

노래와 용기는 아름답고 위대했다고.

오오! 귀하신 조상과 위대한 능력 지니고서,　　　　9915

이 세상의 행복 누리도록 태어났건만,

슬프게도 그대는 일찍 세상을 떠나,

청춘의 꽃은 져버리고 말았습니다!

세상을 투시하는 날카로운 눈초리를 지니고,

사람들 마음의 충동도 함께 느끼고,　　　　9920

훌륭한 여인들에겐 사랑을 불태우면서

그지없이 독자적인 노래도 지으셨지요.

* 에우포리온을 위한 조가이지만, 실제로는 바이런의 죽음을 애도하는 것임.

그러나 그대는 억제할 길 없이 자유롭게

의지도 없는 그물 속으로 줄달음쳐서,

풍습과 법률에   9925

거센 충돌을 하셨습니다.

그래도 끝내 지고한 생각이

순수한 용기를 소중히 여기고,

훌륭한 과업을 이룩하려 하였건만,

그대는 성공을 거두지 못하셨나이다.   9930

누가 성공을 거둘까? ─ 이 침울한 질문에는,

운명조차 얼굴을 가려버릴 지경이지요.

비길 데 없이 불행한 그날에*

온 국민이 피를 흘리며 침묵하던 그때에도.

그러나 새로운 노래를 소생시켜주시고,   9935

더이상 깊이 머리 숙인 채 서 있지 마세요.

대지는 지금까지 늘 그러했듯이,

앞으로도 끊임없이 노래를 지어낼 테니까요.

(완전한 휴식. 음악도 그친다.)

헬레나 (파우스트에게)

---

* 1825년 12월 그리스군의 최후 거점인 미솔롱기가 함락되던 가장 슬픈 날. 바이런도 이 곳에서 농성하다가 전사함.

행복과 아름다움은 지속적으로 합일되지 않는다는,

옛말이 유감스럽게도 제게서 증명되고 있어요.   9940

생명의 줄도 끊어지고 사랑의 끈도 끊어지고 말았으니,

두 가지를 애통해하면서 쓰라린 이별을 고하겠어요.

다시 한 번만 당신의 품에 안기겠어요.

지옥의 여신이여, 자식과 나를 데려가소서!

(헬레나가 파우스트를 포옹하자 육체는 사라지고, 옷과 면사포만이 그의
팔에 남는다.)

포르키아스 (파우스트에게)

그 남은 것이나마 단단히 붙잡으시오.   9945

그 옷을 놓쳐서는 안 돼요. 악령들이 벌써

그 옷자락을 잡아당기면서, 지옥으로

가로채 가려 하니까요. 단단히 잡으시오!

당신이 잃어버린 여신은 존재하지 않지만,

그것은 신적입니다. 헤아릴 수 없이   9950

드높은 은혜를 이용하여 위로 올라가십시오.

그것은 당신의 생명이 지속될 수 있는 한 빨리

온갖 속된 것을 초월해 당신을 천공으로 데려갈 것이오.

그럼 다시 만납시다. 먼 곳에서, 여기로부터 아주 먼 곳에서.*

(헬레나의 옷이 구름이 되어 흩어지며, 파우스트를 감싸가지고 하늘 높

---

* 제4막 '높은 산악지대' 장면에서 메피스토펠레스가 본래의 모습으로 다시 파우스트와
만나는 것을 의미함.

이 들어올려, 그를 데리고 날아간다.)

포르키아스 (에우포리온의 옷과 외투와 칠현금을 땅에서 집어들고 무대 전면

으로 나와서, 벗어놓은 옷들을 높이 치켜들면서 말한다.)

다행히 이것만이라도 찾아냈구나! 9955

불꽃은 물론 사라져버렸지만,

그런 것은 조금도 섭섭하지 않소이다.

이것으로도 충분히 시인들에게 비법을 전수할 수 있고,

동업자와 수공업자들의 질투심을 야기할 수 있소이다.

내가 재능을 부여해줄 수는 없을지라도, 9960

최소한 이 옷을 빌려줄 수는 있으니까요.

(그녀는 무대 전면의 기둥에 기대앉는다.)

판탈리스

자, 서둘러라, 아가씨들! 우리는 이제 마술에서 풀려났고,

그 늙은 테살리아 마녀의* 거친 정신적 억압에서도 해방되었다.

귀를 이지럽히고 더욱 마음속을 교란시키던,

요란하게 얽히고설킨 음악의** 도취에서도 깨어났다. 9965

지하의 나라로 내려가자! 왕비님께선 진지한 걸음으로

서둘러 내려가셨다. 충실한 시녀들이라면

곧바로 왕비의 발자취를 따라가야 하리라.

---

* 그 정체가 메피스토펠레스인 마녀 포르키아스를 가리킴.

** 판탈리스는 고대 그리스 여인이기 때문에 현대적인 낭만과 음악을 고통스럽게 여김.

우린 정체 모를 분의* 옥좌 곁에서 왕비님을 만나게 되리라.

합창

왕비들이라면 물론 어디나 기꺼이 가시겠지요.　　　　　9970

지옥에 가서도 높은 자리에 앉아 계시고,

오만스럽게 자기와 같은 분들과 어울리시며,

페르세포네 여왕님과도 정답게 지내시겠지요.

그러나 우리 따위는 수선화가** 무성한

깊숙한 초원 저 뒤 구석에 앉아서,　　　　　9975

길게 뻗은 백양나무나

열매도 맺지 못하는 수양버들과 어울리게 되니,

무슨 재미있는 소일거리가 있겠어요?

박쥐들처럼 찍찍 소리를 내며 울어대거나,

유령들처럼 재미도 없이 속삭일 따름이죠.　　　　　9980

판탈리스

명성도 얻지 못하고 고상한 짓을 원치도 않는 자는,

사대원소의 세계에 속해야 하느니라. 자, 어서 떠나가자!

왕비님과 함께 있는 것이 내 뜨거운 열망이다.

공로만이 아니라 충절이 우리 인격을 지켜주느니라.

(퇴장한다.)

---

* 명부의 여왕 페르세포네를 의미함.
** 지중해 지방에 흔히 있는 백합과 꽃으로. 고대 그리스인들은 죽은 자들이 머무는 명부세계의 초원에 피는 꽃이라고 함.

모두 함께

우리는 태양빛 밝은 곳으로 돌아왔어요.   9985

이젠 인간이 될 자격이 없다는 것을

느끼기도 하고 알고도 있지만,

지옥으로는 결코 다시 돌아가지 않겠어요.

영원히 살아 있는 자연이

우리 정령들에게 요구하듯이,   9990

우리도 자연에게 당연한 요구를 할 거예요.

합창단 일부*

우린 수많은 가지들이 속삭이듯 떨고 살랑살랑 흔들리는 속에

장난하듯 자극하며, 뿌리로부터 살며시 생명의 원천을

가지로 끌어올려요. 때로는 잎들로 때로는 꽃들로 풍성하게

덥수룩한 머리털 단장하고서 자유로이 공중으로 자라나게

하지요.   9995

열매가 떨어지면, 즐거운 인간의 무리와 가축들이 당장 몰려들어,

그걸 주워 먹으려고 급히 달려들며, 엎치락뒤치락 밀어대지요.

최고의 신들 앞에서인 것처럼 모두가 우리 주위에서 허리를

굽히지요.

다른 일부

우리는 멀리까지 반짝이는 거울처럼 매끄러운 이 절벽에,

---

* 세 명씩 네 개 조로 편성된 합창단 여인들은 지옥으로 돌아가지 않고 자연의 정령으로 변신함. 일부는 나무의 요정으로, 다른 일부는 메아리치는 산의 요정으로, 또다른 일부는 물의 요정으로, 그리고 나머지 일부는 포도의 요정으로 모습을 바꿈.

잔잔한 파도처럼 움직이며 아첨하듯 찰싹 달라붙어 있어요. 10000

새의 노래, 갈대의 피리 소리, 판 신의 무서운 목소리라 할지라도,

어떤 소리에든 조용히 귀 기울이다가 당장 대답을 준비하지요.

졸졸거리는 소리에는 졸졸거리며 대답하고, 천둥 소리 들려오면,

두 곱, 세 곱, 열 곱으로 진동하는 뇌성으로 되돌려 대꾸하지요.

또다른 일부

언니들! 마음이 성급한 우리들은 냇물 따라 서둘러 갑니다. 10005

저 멀리 풍성하게 단장한 언덕 모습들이 마음에 들어서요.

더 아래로 점점 더 깊이 메안데르 강물처럼* 굽이치며 흘러서,

이번엔 초원, 다음엔 목장, 그러곤 집 주위의 정원을 적셔주어요.

저기 측백나무의 날씬한 가지가 평야와 강기슭과

거울 같은 물결 넘어 창공으로 솟아 있는 곳이 우리 목표죠. 10010

나머지 일부

모두들 좋은 데로 흘러가세요. 우린 포도 덩굴이

받침대에 푸르러지는 저 무성한 포도밭을 휘감으며 흐르겠어요.

거기서는 매일 종일토록 일하는 포도 재배자의 정열과

아무리 부지런해도 수확을 염려하는 광경을 볼 수 있어요.

때로는 괭이로, 때론 삽으로 흙을 파고 자르고 묶고 하면서, 10015

그는 모든 신들에게, 특히 태양신에게 열렬히 기도하지요.

도락가인 주신 바쿠스는 이 충실한 하인을 걱정하지도 않고,

정자에서 쉬거나 동굴에 기대앉아 가장 젊은 파우누스와

---

* 소아시아의 프리기아에서 서쪽으로 흐르는 굴곡이 심하기로 유명한 강.

잡담이나 하지요.

주신이 비몽사몽 상태로 취하는 데 필요한 술은

수많은 가죽자루나 술항아리나 술통에 담아서,　　　　　10020

서늘한 지하실에 좌우로 즐비하게 영원토록 저장되어 있습니다.

그러나 모든 신들이, 특히 태양의 신 헬리오스가

공기, 습기, 온기, 열기를 주며 포도 송이를 산더미처럼 쌓아올리면,

포도 재배자가 조용히 일하던 곳이 갑자기 활기를 띠고,

정자 안마다 술렁대고, 그 소리 줄기에서 줄기 사이로

번져갑니다.　　　　　10025

바구니 우직거리고 물통이 달가닥, 메고 가는 통도 삐걱거리며,

모든 것이 큰 통으로 옮겨져 포도 짜는 일꾼은 힘차게 춤을 추지요.

이리하여 성스럽도록 풍성하게 갓 태어난 즙 많은 포도알들이

마구 밟혀 거품을 내고 물을 뿌리며 형편없이 깨어져 한데

섞인답니다.

그런데 이제는 심벌즈 타악기와 징소리가 날카롭게

울려 퍼지는데,　　　　　10030

그것은 주신 디오니소스가 신비의 장막을 걷고 나타났기 때문이죠.

염소 발굽을 단 남자와 여자들이 몸을 흔들어대며 함께 나오는데,

그 사이사이 실레노스를* 태운 귀 큰 짐승이 마구 날카롭게

울어댑니다.

인정사정 하나도 없군요! 갈라진 발굽들이 모든 예절을

---

* 디오니소스의 스승으로 늘 술에 취해 당나귀를 타고 다니는 추한 노인.

짓밟아버리고,

온갖 관능이 비틀비틀 소용돌이치며, 조야한 소리에 귀가 멀

지경입니다.   10035

주정꾼들은 더듬더듬 술잔을 찾고, 머리와 배는 술로 가득 찼으며,

한두 사람 염려하여 소리치지만, 소란만 더욱더 크게 할

뿐이랍니다.

새 술을 담으려면, 서둘러 묵은 술 부대를 비워야 할 테니까

말입니다!

(막이 내린다. 무대 전면에 앉아 있던 포르키아스가 거인처럼 일어선다.
그러나 키를 커 보이게 하기 위한 굽 높은 장화를 벗어놓고, 가면과 베일
을 뒤로 밀어젖히며 메피스토펠레스의 정체를 드러낸다. 그것은 필요한
경우 에필로그에서 이 연극에 대한 주석을 붙이기 위해서이다.)

제4막

높은 산악지대[*]

우뚝 솟은 뾰족뾰족한 암벽 꼭대기.

한 덩어리의 구름이 가까이 날아와서 바위에 기대 있다가, 앞으로 튀어나온 너럭

바위 위에 내려앉는다. 구름이 갈라진다.

파우스트 (앞으로 나타난다.)

가장 심오한 고독을 내 발 아래 내려다보면서,

나 조심스럽게 이 산꼭대기의 바위 끝에 발을 내려놓고,   10040

여러 맑은 날에 육지와 바다를 건너 부드럽게

나를 실어다준 구름수레에 이별을 고하노라.

구름은 흩어지지도 않고 서서히 내게서 떠나가는구나.

---

[*] 장소가 고전적 그리스에서 독일의 높은 산악지대로 옮겨짐.

그 덩어리는 둥그렇게 뭉쳐서 동쪽으로 흘러가는데,

내 눈은 깜짝 놀라 감탄하며 그 뒤를 쫓아가는도다.   10045

구름은 유유히 방황하고 물결치며 그 모양이 변하는구나.

어떤 모습을 나타내려 하는구나 ─ 그래! 내 눈은 못 속인다! ─

햇빛 반짝이는 보료 위에 우아하게 누워 있는,

거인처럼 크긴 하지만, 신들을 닮은 여인의 모습을

나 보고 있노라! 유노와도, 레다와도, 헬레나와도 닮은   10050

존엄하고도 사랑스런 모습이 내 눈앞에 어른거린다.

아아! 벌써 사라지려 하는구나! 형상도 없이 넓게 솟아올라

아득한 얼음산과도 같이 동쪽 하늘에 머물러,

무상한 시절의 위대한 의미를 눈부시게 반영하고 있구나.

그러나 보드랍고도 밝은 안개자락이 아직 내 가슴과 이마를   10055

감싸고 돌면서, 기분을 즐겁게 하고 시원케 하며 아양을 떠는구나.

이번에는 그것이 경쾌하고도 주저하는 듯 점점 높이 올라가서,

모두가 하나로 합치는구나 ─ 저 황홀한 모습은 잃은 지도 오래된

아득한 청춘 시절의 최고의 보배라면 내가 착각하는 것일까?

가슴속 깊이 간직했던 옛날의 보물들이 하나하나

솟아오르는구나.   10060

저것은 경박하게 날뛰던 아우로라와의* 사랑을 일러주나니,

---

* 아우로라는 사랑을 상징하는 아침노을의 여신으로 그리스 신화에서는 에오스라 함. 여기서는 파우스트의 첫사랑 그레첸을 암시함.

재빠르게 느끼기는 했으나 제대로 알지도 못했던 첫 눈길,

그 눈길을 꽉 잡고 보니 어떤 보물보다도 찬란하게 빛났었지.

저 사랑스런 형상은 아름다운 영혼으로 승화해 올라가고,

서로 흩어지지도 않은 채 창공으로 떠오르며,   10065

내 마음속 가장 소중한 것을 함께 이끌어가는구나.

(마법의 칠 마일 장화* 한 짝이 철썩하고 나타난다. 다른 한 짝이 곧 뒤따라 나온다. 메피스토펠레스가 내려온다. 장화들은 계속 급히 걸어간다.)

메피스토펠레스

이쯤 되면 결국 상당한 진전이 있었다고 해야겠지!

그런데 말해보시오, 당신은 대체 무슨 생각이 들었지요?

이런 소름끼치는 곳 한가운데,

흉측스레 아가리를 벌리고 있는 바위 틈새에 내리다니요?   10070

내가 잘 알고 있지만, 여긴 내릴 장소가 아니오.

원래 이것은 지옥의 맨 밑바닥 돌이었으니까요.

파우스트

네놈은 어리석은 전설 이야기를 늘어놓지 않을 때가 없구나.

여기서도 또 그따위 이야기를 시작할 모양이로구나.

메피스토펠레스 (진지하게)

주님이신 신께서 — 그 이유는 소인도 잘 알고 있습니다만 —   10075

---

* 메피스토펠레스는 독일 동화에 나오는 한 걸음에 칠 마일이나 가는 마법의 장화를 신고 그리스에서 급히 파우스트를 뒤따라 독일로 옴.

우리들을 천공에서 깊은 지하 세계로* 추방했을 때,
그 한가운데서는** 작열하는 불꽃을 사방에 튀기면서
영원한 불길이 훨훨 타오르고 있었는데,
우리들은 그 불빛이 너무나 휘황하게 밝아서
아주 답답하고 불편한 자세를 취하고 있었습죠.   10080
악마들은 모두가 기침을 하기 시작하였고,
위에서고 아래서고 훅훅 불을 끄려 불어대기 시작했소이다.
그런데 지옥은 유황 냄새와 황산으로 꽉 들어차더니,
결국은 가스가 발생했죠! 그것이 엄청난 일로 변하여,
나라마다 평평했던 지반이, 비록 두껍긴 했을지라도,   10085
당장에 요란한 굉음을 내며 파열해버리고 말았소이다.
그리하여 지금 우리는 다른 끝에 매달려 있는 것인즉,
옛날에 맨 밑바닥이었던 것이 지금은 봉우리가 된 셈이죠.
세상에서 가장 낮은 것이 가장 높은 것으로도 뒤바뀐다는,
저 그럴듯한 학설도 바로 여기에 근본을 두고 있는
것이외다.   10090
아무튼 우리는 비참하게 뜨거운 불구멍에서부터
자유로운 공기가 충만한 곳으로 빠져나왔으니까요.
이것은 공공연한 비밀이지만, 잘 간직해두었다가,
후일에 가서야 세상 사람들에게 알려질 것이외다.

---

* 악마왕 루시퍼는 원래 대천사였으나 신에게 반역하여 지옥으로 쫓겨남.
** 지구의 중심부를 의미하는바, 다시 화성론(火成論)이 언급되고 있는 것임.

(에베소서 제6장 12절)[*]

파우스트

거대한 산은 내게 의연하게 침묵하고 있나니,   10095

나는 산이 어디로부터, 왜 생겨났는지를 묻지 않겠다.

자연이 자기 자신 속에 스스로를 기초하였을 때,

이 지구를 순수하리만치 둥글게 만들었고,

산봉우리와 계곡들을 만들어 즐거워했으며,

암벽과 암벽, 그리고 산과 산을 줄지어 늘어놓고,   10100

그 다음 언덕을 쾌적하게 아래로 경사지도록 형성하여,

부드러운 모습으로 골짜기로 흘러가도록 한 것이다.

거기에 초목이 푸르게 자라고 있으니, 자신을 즐기기 위하여

자연은 미친 듯한 천재지변을 필요로 하지는 않느니라.

메피스토펠레스

그렇게 말하겠지요! 당신네는 그걸 명백하다 여기겠지만,   10105

그 자리에 있었던 자는 다르게 알고 있소이다.

아직도 저 밑에서 심연이 끓어오르며 부풀고,

흘러가며 불길을 토하고 있을 때, 나 그곳에 있었습죠.

그때 몰로흐의^{**} 망치가 바위와 바위를 두들겨대며,

험준한 산의 파편들을 멀리 날려보냈다오.   10110

---

* 성서에 관련된 주는 괴테의 비서 리머(Wilhelm Friedrich Riemer, 1774~1845)가 붙인 것임.

** 클롭슈토크의 서술(「구세주」제2장)에 의하면 몰로흐는 소의 몸집을 가진 호전적 악령으로, 신과 싸울 때 망치로 바위를 깨뜨려 지옥 주위에 보루를 쌓았다고 함.

이 땅엔 아직 낯선 데서 온 육중한 바윗덩이가 깔려 있는데,

이런 것을 내던질 수 있는 힘을 누가 설명하겠나이까?

철학자 따위는 그런 사실을 파악할 수가 없지요.

거기에 바위가 있으니, 그대로 놓아두는 수밖에 없다는 식이며,

우리도 벌써 여러 가지를 생각해보았으나 헛된 일이었지요 — 10115

충직하고 순박한 백성들만이 그 사실을 잘 알고 있으며,

자기 생각을 조금도 방해받지 않고 있소이다.

그것은 기적이며, 악마의 공로라고 하는

지혜를 그들은 오래 전부터 터득하고 있었던 것이지요.

그러기에 날 신봉하는 순례자는 신앙의 지팡이를 짚고,   10120

악마의 바위나 악마의 다리(橋)를 절름대며 찾아다니고 있소이다.

파우스트

악마가 자연을 어떻게 관찰하고 있는가를 살펴보고,

거기에 주의를 기울이는 것도 가치 있는 일이리라.

메피스토펠레스

그게 무슨 상관이오! 자연 같은 건 아무래도 좋소!

중요한 점은, 악마가 그 자리에 있었다는 것이죠!   10125

우리는 위대한 일을 해낼 수 있는 무리란 말이오.

난동, 폭력, 발광 같은 것 말이오! 이 표지(標識)를 보시오! —

그렇지만 이제 알아듣기 쉬운 말을 하겠는데,

이 지구 표면에 아무것도 마음에 드는 게 없단 말이오?

당신은 무진장하게 넓은 이 세상에서   10130

여러 나라들과 그 영화로움을 둘러보셨소이다.

(마태복음 제4장)

그런데도 있는 그대로 만족하지 못하고 있으니,

당신은 어떠한 즐거움도 느껴보지 못했겠지요?

파우스트

그렇지 않다! 위대한 것이 내 마음을 끌고 있다.

알아맞혀보게나!

메피스토펠레스

그런 것쯤 당장 알아맞히겠소이다.   10135

나 같으면 이런 대도시를 하나쯤 찾아내보겠소.

중심가엔 시민의 생활필수품 가게들이 무섭게 복작거리고,

꾸불꾸불하고 좁은 골목길과 뾰족한 지붕들이 있으며,

비좁은 장터에 배추, 무, 양파들이 잔뜩 쌓였는가 하면,

기름진 고기를 맛있게 먹어보겠다고   10140

쇠파리들이 잔뜩 붙어 있는 푸줏간도 있는 곳을 말이오.

어느 때 가보든지 그런 곳에는 확실히

냄새가 진동하고 활기가 넘쳐나지요.

그 다음에는 드넓은 광장이나 넓은 도로들이

건방지게도 점잖게 버티고 있으며,   10145

끝으로 성문이 가로막지 않는 곳에는,

외곽 도시가 끝없이 연장되고 있습지요.

이런 곳에서 나는 바퀴 달린 마차들이

이리저리 시끄럽게 굴러다니고,

흐트러진 개미떼가 바글대듯 사람들이   10150

끝없이 이리저리 바쁘게 오가는 꼴을 즐긴답니다.

그리고 마차를 타고 가거나, 말을 타고 가거나,

난 언제나 그들 중앙에 나타나,

수많은 인간들의 존경을 받는단 말이외다.

파우스트

그런 것으로 나는 만족할 수가 없다.   10155

백성들의 숫자가 증가하고, 누구나 자기 방식대로

편안하게 살아가며, 심지어는 교육도 받고,

학문도 하는 것을 사람들은 좋아하고 있지만 ―

그건 오로지 반역자들만 양성해내는 것이지.

메피스토펠레스

그 다음에는 내 뜻대로 호화스럽게,   10160

즐거운 유원지에다 환락의 별장을 하나 짓겠소이다.

숲과 언덕과 평야와 초원과 들판을

화려한 정원으로 주위에 손질해놓고요.

푸른 울타리 앞에는 비단 같은 잔디밭을 만들고,

똑바른 길에 예술적으로 다듬은 나무 그늘,   10165

바위에서 바위로 층층이 떨어지는 인공폭포,

거기에다 여러 가지 분수를 설치해놓겠는데,

물이 당당하게 높이 솟아오르게도 하지만, 한편에서는

수천의 가는 물줄기가 각양각색으로 치솟게도 하겠소이다.

그 다음에는 그러나 절세미인들을 위해   10170

은밀하고도 쾌적한 정자를 짓도록 하여,

거기에서 아기자기하고 한적하게 어울려서

끝도 없는 긴 세월을 보내겠나이다.

내가 미인들이라고 말했는데, 어떻든 나는

미인이라면 복수(複數)로 생각하고 있으니까요.   10175

파우스트

좋지 못한 현대식이군! 사르다나팔 왕과* 같구나!

메피스토펠레스

당신이 뭘 추구하려 했는지 알아맞혀볼까요?

그것은 정말로 숭고하리만큼 대담한 것이었습죠.

당신은 달나라에까지도 그만큼 가까이 떠올랐었으니,

당신의 병적 욕망이 당신을 그리로 이끌어갔겠지요?   10180

파우스트

당치도 않은 소리! 이 지구상에는

아직도 위대한 일을 할 여지가 남아 있다.

경탄할 만한 일을 성취해야만 하겠다.

나는 대담한 노력을 하고 싶은 힘을 느끼노라.

메피스토펠레스

그러니까 명성을 얻고 싶은 것이로군요?   10185

당신은 여걸들과** 헤어져 왔으니 그럴 법도 하겠군요.

---

* 전설적인 아시리아의 왕으로 극도의 향락을 누리다가 반역자들에게 잡힐 것이 두려워 스스로 분신자살했다고 함.

** 그리스의 영웅전설에 나오는 여걸들로 여기서는 헬레나를 의미함.

파우스트

지배권을 얻고 소유권을 획득하는 것이다!

행위가 전부이며, 명성이란 아무것도 아니다.

메피스토펠레스

그렇지만 시인들이 나타나서,

후세에 당신의 영광됨을 전하고,   10190

바보 같은 소리로 바보 같은 짓을 선동하겠지요.

파우스트

이 모든 것이 네게 온당한 건 하나도 없겠지.

인간이 무엇을 갈망하는지 너 따위가 알겠는가?

너같이 심술궂고 가혹하고 악랄한 존재가

인간이 무엇을 필요로 하는지 알 턱이 있겠는가?   10195

메피스토펠레스

그렇다면 당신의 뜻대로 하십시오!

당신의 그 기상천외한 생각이나 말씀해보시지요.

파우스트

나의 눈길은 저 드높은 바다로 이끌리고 있다.

바다는 부풀어오르고 저절로 높이 솟아올랐다가는,

다시 가라앉는 듯하더니만 거대한 파도를 일으켜,   10200

평평한 해변의 넓은 들판을 엄습해버린다.

나는 그것이 불쾌하다. 그것은 마치 오만불손한 마음이

정열적으로 요동하고 있는 혈기를 믿고서,

모든 권리를 소중하게 여기는 자유로운 정신을

불쾌한 감정으로 뒤바꿔놓는 것과 같단 말이다.   10205

나 그걸 우연이라 생각하고 날카로운 눈길로 바라보니,

거센 파도는 멈추었다가 다시 굴러가며,

오만하게 점령했던 목표물에서 멀어져갔지만,

때가 되니 그런 장난을 또 되풀이하더구나.

메피스토펠레스 (관람객을 향하여)

그런 이야기라면 내게 조금도 새로울 것이 없소이다.   10210

그런 것쯤은 벌써 수십만 년 전부터 알고 있으니까요.

파우스트 (격정적으로 말을 계속한다.)

파도는 그 자체 비생산적인 것이, 비생산적인 성질을

사방팔방에 뿌리기 위하여 살금살금 다가오고 있다.

부풀어오르고 높이 솟아올라 굴러가서는

황량한 지대의 불쾌한 지역을 뒤덮어버린다.   10215

밀려오고 밀려가는 파도가 힘에 넘쳐 그곳을 지배하지만,

그것이 물러간 다음에는, 나를 절망할 지경으로

불안하게 만들 만한 걸 아무것도 이룩하지 못하고 있다!

억제를 모르는 사대원소의 맹목적인 힘일 따름이다!

그리하여 내 정신은* 내 힘에 겨운 일을 계획하나니,   10220

나는 여기서 싸우고 싶고, 그것을 정복하고 싶은 것이다.

그리고 그것은 가능한 일이다!— 파도는 아무리 넘친다 해도,

---

* 자신을 뛰어넘는 과감한 일을 감행하려는 파우스트의 초인적 정신이 나타남.

언덕이 있으면 그 모두를 피해 돌아가느니라.

파도가 그렇게 오만불손하게 날뛰고 있다 해도,

보잘것없는 언덕이라도 그에 도도하게 맞서며,　　　　　10225

보잘것없는 웅덩이라도 그것을 힘차게 끌어들인다.

그리하여 나는 마음속에서 급히 계획에 계획을 세웠노라.

저 광포한 바다를 해변에서 몰아내고,

습기찬 넓은 지역의 경계선을 좁히면서,

파도를 저 멀리 바다 속으로 밀어버림으로써　　　　　10230

진정으로 값진 즐거움을 얻어보겠노라고.

나는 이 계획을 하나하나 검토해보았노라.

이것이 내 소망이니, 이 일을 추진하도록 하라!

(북소리와 군악 소리가 관객들 뒤쪽,* 멀리 오른쪽으로부터 들려온다.)

메피스토펠레스

그건 쉬운 일이올시다! 저 멀리 북소리가 들리지요?

파우스트

또 전쟁이로구나! 현명한 자라면 듣기 싫은 소리이니라.　　　10235

메피스토펠레스

전쟁이건 평화이건 간에, 현명한 것은

무엇이든 자기 이득이 되는 것을 끌어내는 노력이지요.

---

* 파우스트와 메피스토펠레스의 뒤쪽에서.

유리한 순간은 어떤 것이든 정신 차리고 기다려야죠.

자, 기회는 왔소이다. 파우스트 선생, 그걸 잡으시오!

파우스트

그런 수수께끼 같은 장난은 집어치우도록 하라!　　　　10240

간단히 말해서, 어쩌라는 건가? 분명히 설명해보라.

메피스토펠레스

이곳으로 오는 도중에 들은 이야기인데,

그 선량한 황제가 크나큰 걱정 속에 빠져 있답니다.

당신도 그를 알고 있지요. 우리가 그의 시중을 들어주고,

가짜 재산을 손아귀에 넣어주었을 때에는,　　　　10245

온 세상이라도 값싸게 사들일 만한 정도였지요.

그런데 너무 어린 나이에 옥좌에 올랐기 때문에,

통치하는 것과 동시에 향락하는 것이,

충분히 양립할 수 있으며,

그것이 정말 바람직하고 아름다운 일이라고　　　　10250

멋대로 그릇된 판단을 했던 것입니다.

파우스트

커다란 잘못이다. 명령을 내려야 하는 자는

명령하는 것에서 행복을 느껴야 하는 법이니라.

그의 가슴이 드높은 의지로 가득 차 있다 할지라도,

그가 원하는 바를 어느 누구도 알게 해선 안 되는 일이다.　　　　10255

그가 가장 충성스런 신하의 귀에 속삭인 것은,

일단 실행되어야 하고, 다음에 온 세상이 놀라야 한다.

그렇게 되면 그는 언제나 최고의 통치자가,

최고의 권위자가 될 것이다 — 향락은 비천하게 만드느니라.

메피스토펠레스

그분은 그렇지 않소. 스스로 향락했지요, 대단히!　　　　　　　10260

그러는 동안에 제국은 무정부 상태로 붕괴하고,

높은 자, 낮은 자 가릴 것 없이 서로 뒤엉켜 싸움질을 하고,

형제들끼리도 서로 몰아내고, 죽이고,

성채는 성채끼리, 도시는 도시끼리,

노동조합은 귀족에 대항하여 반목하고,　　　　　　　　　10265

주교는 성당 참사회와 교구와 알력다툼을 하니,

서로 얼굴만 맞대면 모두가 원수였습죠.

교회 안에서 살인과 타살 행위가 자행되고,

성문 밖에서는 상인과 나그네들이 목숨을 잃었지요.

그리하여 모든 사람들이 적지 않게 담대해졌는데,　　　　10270

산다는 건 곧 방어한다는 뜻이었지요 — 그렇게 되었습죠.

파우스트

그렇게 되었겠지 — 절름거리다 넘어졌다 다시 일어나고,

그 다음 또 곤두박질하여 흉한 덩어리가 되어 굴러가겠지.

메피스토펠레스

이런 상태를 아무도 비난할 수는 없소이다.

누구나 잘난 체하려 했고, 또 그럴 수도 있었지요.　　　　10275

가장 형편없는 자까지도 한몫하는 걸로 통했으니까요.

하나 결국 선량한 자들이 이건 너무 미친 짓이라 생각했지요.

유능한 인사들이 실력으로 봉기하고,

이렇게 선언했습죠. 군주란 우리 안정을 보장해야 한다.

황제는 그럴 능력도 없고 의사도 없다—그러니 우리가   10280

새로운 황제를 선출하여 국가에 새 기풍을 불어넣도록 하자.

그러면 그가 각자의 안정을 확보해줌으로써,

새로이 이룩된 이 세상에서

평화와 정의가 결합할 것이다라고요.

파우스트

그 소리 성직자 냄새가 나는구나.

메피스토펠레스

　　　　　　　　　　그건 사실 성직자들이었는데, 10285

그자들은 잘 먹어 살찐 배를 안전하게 하려는 것이었습죠.

누구보다도 그 작자들이 가장 많이 가담했고요.

폭동은 확대되고, 폭동은 성스럽게 축성도 받았지요.

우리가 즐겁게 해드렸던 황제가 이곳으로

진군해오고 있는데, 아마도 최후의 결전을 할 모양이외다.   10290

파우스트

그분이 애처롭구나. 그렇게 선량하고 마음이 트인 분이었는데.

메피스토펠레스

자, 구경이라도 갑시다! 산 사람은 희망을 가져야죠.

이 협소한 계곡에서 우리가 그를 구해냅시다!

이럴 때 한 번 구해주면, 천 번 구해준 것이나 마찬가지죠.

주사위가 어떻게 던져질지는 누가 알겠소이까?   10295

그리고 그가 운이 있다면, 부하들도 따를 것입니다.

(그들은 중간 산맥을 넘어가서 군대가 계곡에 배치된 상황을 관찰한다.
아래쪽에서 북소리와 군악이 울려온다.)

메피스토펠레스

진지는 제대로 잘 잡은 것같이 보이는군요.

우리가 가담한다면, 승리는 틀림없겠습니다.

파우스트

여기서 네게 뭘 기대할 수 있겠나?

기만! 마술의 속임수! 헛된 겉치레 따위겠지.　　　　　　10300

메피스토펠레스

전투에 이기기 위한 전략이오!

당신도 하고자 하는 목적을 생각하시고,

위대한 뜻을 가지도록 단단히 각오하시오.

우리가 황제에게 옥좌와 제국을 보존케 해드리면,

당신은 그 앞에 무릎을 꿇고 끝도 없이 넓은　　　　　　10305

해안지대를 봉토로 하사받게 될 것이외다.

파우스트

자네는 벌써 여러 가지 일을 잘해냈으니,

그럼, 이번 이 전투에도 이기도록 하라!

메피스토펠레스

아니, 당신이 이겨야지요! 이번에는

당신이 총사령관입니다. 10310

파우스트

아무것도 모르면서 명령을 해야 한다는 게,

내게 어울리는 드높은 자리란 말이로구나!

메피스토펠레스

참모부로 하여금 일을 처리하도록 하시고,

야전군 사령관께서는 안전하게 계십시오.

전쟁의 위험을 벌써부터 느끼고 있었기에, 10315

원시적 산악지대 출신의 원시인들로

미리 전쟁 참모들을 구성해놓았습죠.

그들을 긁어모은 자가 행운을 잡을 것이외다.

파우스트

저기 무기를 가지고 있는 것들이 무엇이냐?

네가 산악지방 백성들을 선동한 것이로구나? 10320

메피스토펠레스

아니올시다! 하지만 페터 스켄츠* 씨처럼,

전체의 놈팡이들 중에서 정예들만 골라놓은 것입니다.

(세 사람의 강력한 용사가** 등장한다. 사무엘 하 제23장 8절.)

메피스토펠레스

여기 내 부하들이 왔소이다!

---

* 안드레아스 그리피우스(1616~1664)의 동명 희극에 나타나는 교사 주인공으로, 그는 아주 서투르고 졸렬한 수공업자들을 무대에 등장시키고 있음.
** 구약성서에 나오는 다윗의 세 용사를 모방하여 창작한 인물들로 비유적 존재임.

보시다시피, 나이들도 아주 다르고,

갑옷이나 무기들도 모두 다르지만, 10325

그들과 함께 다니셔도 그리 나쁘진 않을 것입니다.

(관객을 향하여)

요즈음 젊은 아이들은 누구나 할 것 없이

갑옷이나 기사들의 옷깃을 너무나 좋아하더군요.

그리고 이 건달놈들은 비유적인 존재들이니,

그만큼 더 여러분 마음에 드실 겁니다. 10330

싸움쟁이 (젊은이로 가벼운 무장을 하고, 화려하게 옷을 입고 있다.)

어떤 놈이건 내 눈을 들여다보기만 하면,

당장 주먹으로 아가리를 갈겨버릴 테다.

비겁한 놈이라서 도망을 치면,

뒤통수 머리칼을 낚아채리라.

날치기 (청년으로 제대로 무장을 했으며, 호사스런 옷을 입었다.)

그런 실속 없는 싸움은 장난질이니, 10335

그러다간 쓸데없이 세월만 허비하지.

오로지 날치기에만 정진하라.

다른 일은 모두가 나중 문제다.

뚝심쟁이 (노인으로 중무장을 했고, 옷은 입지 않았다.)

그렇게 한다 해도 별 소득이 없지!

거대한 재산도 곧 녹아 없어지고, 10340

인생의 흐름 속에 흘러가버리지.

날치기도 좋지만, 뚝심 있게 붙잡고 있는 게 제일이야.

이 늙은 놈에게 관리를 맡겨준다면,

어떤 놈도 당신 것을 앗아가지는 못하지.

(그들은 모두 함께 아래로 내려간다.)

앞산 위에서

북소리와 군악 소리가 아래서 울려온다.

황제의 천막이 설치된다.

황제와 총사령관과 친위병들

총사령관

우리가 이런 요지인 골짜기로   10345

전 군대를 후퇴시켜 집결시킨 것은,

아무리 보아도 용의주도한 전략 같습니다.

이 선택이 승리를 가져오리라 확신합니다.

황제

어떻게 되는지 곧 알게 될 것이오.

그러나 짐은 패주나 다름없는 후퇴가 불쾌하오.   10350

총사령관

폐하, 저기 아군의 우익(右翼)을 좀 보십시오!

저런 지형이야말로 전략상 이상적인 곳입니다.

언덕이 가파르지도 않지만, 쉽사리 접근할 수도 없으며,

아군에겐 유리하고 적군에겐 휘몰릴 위험이 있사옵니다.

파도 모양의 지형을 이용해 아군을 반쯤 숨겨놓으면,　　　10355

적군의 기병대도 감히 접근하지 못할 것입니다.

황제

짐으로서는 칭찬 말고는 할 말이 없소.

여기에서 기량과 충성심을 시험해볼 수 있을 것이오.

총사령관

여기 이 가운데 초원의 평평한 공간에서

밀집방어진을 펴고 용감하게 싸우는 것을 보십시오.　　　10360

창끝이 아침안개 속에서 햇빛을 받아

창공에 반짝반짝 빛나고 있습니다.

네모로 정렬된 강한 보병들이 얼마나 검게 물결치고 있습니까!

수천의 군사들이 여기서 큰 공을 세우려 열을 올리고 있습니다.

저만하면 대군의 병력임을 인식할 수 있는바,　　　10365

적군의 병력을 흐트러뜨릴 수 있으리라 믿사옵니다.

황제

이렇게 아름다운 광경은 처음 보겠소.

이러한 군대라면 갑절 되는 위력을 발휘할 것이오.

총사령관

아군의 좌익에 대해선 보고드릴 것도 없습니다.

험준한 암벽을 용감한 군사들이 지키고 있으며,　　　10370

지금 무기로 반짝이는 저 층암절벽이

이 좁은 계곡의 중요한 통로를 엄호하고 있나이다.

여기에서 적의 병력이 예기치도 않았다가,

유혈이 낭자한 결전에 패망하리란 걸 예측할 수 있습니다.

황제

저기 가짜로 인척지간이라고 하는 자들이 오는구나.   10375

저자들은 짐을 숙부니, 사촌이니, 형제라 부르면서,

날이 갈수록 점점 더 안하무인이 되어,

왕홀에서는 권위를, 옥좌에서는 존경심을 앗아가더니,

종국에는 저희들끼리 불화를 일으켜 나라를 황폐케 하고,

이제는 모두가 한통속이 되어 짐에게 모반까지 하였노라.   10380

민중들은 확실한 생각을 하지 못해 요동하다가는,

결국엔 물결이 흐르는 대로 휩쓸려갈 따름이로다.

총사령관

충직한 부하를 하나 첩자로 파견했었는데,

급히 암벽을 뛰어내려옵니다. 성공했으면 좋으련만!

첫째 첩자

교묘하고 용감한 우리의 계략은,   10385

다행스럽게도 성공을 거두어,

여기저기로 잠입해 들어가긴 했지만,

신통한 정보는 얻어오지 못했습니다.

여러 충직한 무리들과 같이 폐하께,

진심으로 충성을 맹세하는 자들도 많지만,   10390

수수방관만 하며 변명만 늘어놓는 자들은,

내란이니, 민중의 위험이니 떠들고들 있습니다.

황제

자기 자신만 살자는 것은 이기주의의 신조인 만큼,

감사고 정이고, 의무고 명예고 다 소용이 없느니라.

너희가 충분히 계산을 해본다면, 이웃집의 화재가   10395

너희까지 삼켜버릴 것이라는 점을 생각지 못하겠는가?

총사령관

두번째 첩자가 오는데, 아주 천천히 내려옵니다.

피로해진 저 사나이의 팔다리가 온통 떨리고 있나이다.

둘째 첩자

처음에 우리들은 느긋한 마음으로

난동분자들이 헤매는 꼴을 보고 있었나이다.   10400

예기치도 않았는데, 눈 깜짝할 사이에

새로운 황제가 나타났습니다.

그리고 민중들은 미리 정해진 길을 따라

들판을 가로질러 행진해갔나이다.

모두가 새로 펼친 가짜 깃발을   10405

따라가더군요 ― 양떼 같은 근성입지요!

황제

적군 황제가 나타난 것은 짐에게 이로울 것인즉,

이제야 비로소 짐이 황제라는 것을 느끼겠노라.

짐은 군사로서 이 갑옷을 입었을 따름인데,

이제는 보다 드높은 목적을 위해 입은 것이로다.   10410

축제가 열릴 때마다 모든 것이 그다지도 찬란하고,

없는 것이 없었지만, 짐에게는 위험이 결여되었던 것이다.

그대들도 잘하던 말 타고 고리 꿰는 놀이를 권했을 때도,

내 가슴은 뛰었고 마상(馬上) 창시합의 묘미를 만끽하였노라.

그대들이 짐에게 전쟁을 만류하지만 않았던들,   10415

지금쯤은 벌써 영웅적인 공훈으로 빛나고 있으리라.

사면에 휩싸인 불길 속에 내 모습을 비춰보았을 때에는

짐의 가슴이 자주 독립으로 낙인 찍힌 것을 느꼈노라.

그 불길이 무시무시하게 짐에게로 엄습해왔었는데,*

그건 환영일 따름인데, 그러나 그 환영만이 위대했노라.   10420

짐은 승리와 명성에 대해 막연하게 꿈꾸고 있었지만,

모독적으로 게을리했던 바를 이제야 되찾게 되었구나.

(적군 황제에게 도전을 통고하기 위해 사신이 파견된다.

파우스트는 갑옷을 입고, 얼굴을 반쯤 가린 투구를 쓰고 있다.

세 사람의 강력한 용사는 위에서와 같은 무장과 옷차림을 하고 있다.)

파우스트

저희들이 나섰다고 책망하시지 않기를 바라옵니다.

다급할 것은 없다 할지라도 조심하는 것이 상책입니다.

폐하께서 아시다시피 산악 사람들은 생각과 궁리가 많고,   10425

자연의 문자나 암석에 나타난 문자에도 정통해 있습니다.

---

* '가장무도회의 밤'에서 플루투스가 화염마술을 부렸을 때 불길에 갇혔던 일을 회상하
는 것임.

정령들은 이미 오래 전에 평지를 떠나서,

전보다도 훨씬 바위산에 마음을 두고 있사옵니다.

그들은 철분 향내가 물씬 풍기는 고귀한 가스 속에서,

미로 같은 골짜기를 누비면서 조용히 활동하고 있사온데,　10430

간단없이 분해하고 시험하고 결합시키고 하면서,

새로운 것을 발명해내는 것이 그들의 유일한 충동이랍니다.

영적인 힘이 깃든 조용한 손가락으로

그들은 투명한 형상들을 만들어내고,

영원히 침묵하며 수정 같은 결정체 속에서　10435

지상 세계의 사건들을 살피고 있사옵니다.

황제

그런 이야기를 짐도 들은 바 있어 그대의 말을 믿겠소.

하지만 용사여, 그게 여기서 무슨 소용 있는가? 말해보시오.

파우스트

사비니 사람으로 노르치아에* 사는 무술사(巫術師)가

폐하의 충성스럽고 정직한 신하로 있나이다.　10440

잔인스런 운명이 무시무시하게 한때 그를 위협했었지요!

섶나무는 훨훨 타오르고, 벌써 불길이 날름거리는데,

주위에 쌓아올린 바싹 마른 장작 더미에는

역청과 유황 다발이 섞여 있었지요.

인간은 물론, 신도 악마도 그를 구할 길이 없었는데,　10445

---

* 이탈리아 중부 산악지방에 있는 마을로, 이 지방에는 무술사가 많기로 유명함.

폐하께서 벌겋게 달아오른 쇠사슬을 끊어주셨나이다.

그건 로마에서의 일이었지요. 그래서 그는 크게 은혜를 입고,

언제나 걱정스럽게 폐하의 가시는 길을 살피고 있었습니다.

그 시각부터 그자는 완전히 자기 자신을 잊고,

오직 폐하를 위해서만 별자리와 지리를 살피고 있나이다.　10450

화급한 일이라고 폐하를 돕도록 우리에게 부탁한 것도

바로 그 사나이올시다. 산의 위력이란 참으로 위대하지요.

거기서 자연은 절대적으로 자유롭게 작용하고 있는데,

우둔한 성직자들은 그런 것을 마술이라 비난하고 있나이다.

황제

즐거운 날에 명랑하게 즐기기 위해,　　　　　　　　10455

명랑하게 찾아오는 손님들을 영접할 때,

홀 안이 비좁도록 줄지은 손님들이 밀고 밀린다 해도,

누구나 다 우리 마음을 기쁘게 하는 법이라오.

그러나 운명의 저울이 어떻게 기울어질까 하고

노심초사 염려하고 있는 이런 날 아침에,　　　　　　10460

강력하게 아군을 도와주기 위해 찾아온

성실한 사나이라면 최고의 환영을 받음이 마땅할 것이오.

하지만 지금 여기 이 중대한 순간에는

그 강력한 손에 쥔 의지의 칼을 거두어주고,

수천의 병사가 짐을 위하거나 혹은 반대하여　　　　10465

싸우려고 나서는 이 순간을 존중해주기 바라오.

자립하는 것이 사나이요! 옥좌와 왕관을 탐내는 자는

개인적으로 그만한 명예에 어울려야 할 것이오.

우리를 거역하고 봉기해서 스스로 황제라 칭하고,

여러 나라의 군주니, 전 병력의 지휘자라느니,　　　　10470

여러 귀족들의 영주라느니 하고 있는 저 괴물을

짐이 이 주먹으로 죽음의 나라로 밀쳐버리겠소!

파우스트

그것은 그렇다 해도 위대한 일을 완성하기 위해,

폐하의 목숨을 건다는 것은 당치 않으신 분부입니다.

투구는 닭 벼슬이나 깃털로 장식되지 않았나이까?　　　　10475

그건 우리의 용기를 고무하는 머리를 보호하는 것입니다.

머리가 없는 팔다리가 무슨 일을 해내겠나이까?

머리가 잠들면, 모든 것이 아래로 척 늘어지고,

머리가 부상을 입으면, 당장에 모든 것이 상처입는 것이며,

머리가 빨리 건강해지면, 수족도 싱싱하게 소생하기

때문입니다.　　　　10480

팔은 재빠르게 자기의 강한 권리를 이용하여,

두개골을 지키기 위해 방패를 들어올릴 것이고,

칼도 자신의 의무를 당장에 알아차려,

힘차게 받아넘기고 거듭하여 내리칠 것이며,

건장한 발도 그들 행운에 한몫 끼어들어,　　　　10485

맞아죽은 적군의 목덜미를 힘차게 내리밟을 것입니다.

황제

짐의 노여움도 그러하다. 그놈을 그렇게 다루어,

그 오만스런 대갈통을 발판으로 만들고 싶도다!

사신들 (돌아온다.)

우리들 저쪽에서 존경도 못 받고,

인정도 별로 받지 못했나이다.   10490

힘차고 고귀한 우리의 선전포고를,

공허한 농담이라고 저들은 웃어댔지요.

"너희들 황제는 행방불명이 되었다.

저 비좁은 계곡에 메아리만 칠 뿐이다.

우리더러 그자를 생각해보라 하지만,   10495

동화에서 말하듯—그것은 옛날이었다."

파우스트

굳세고 충성스럽게 폐하의 편에 서 있는,

정선된 용사들의 소망대로 된 것이옵니다.

저기 적병이 다가오고, 폐하의 군사 사기 높게 기다립니다.

공격을 명하십시오. 유리한 순간입니다.   10500

황제

짐은 여기에서 직접 지휘하는 것을 포기해야겠소!

(총사령관을 향하여)

후작, 이런 임무는 그대의 손에 달려 있소!

총사령관

자, 그럼 우익군 앞으로 전진하라!

지금 막 기어오르고 있는 적군의 좌익은,

최후의 일보를 내딛기도 전에,   10505

충성이 시험된 젊은 기력 앞에 패퇴하고 말리라.

파우스트

그렇다면 여기 이 강건한 용사로 하여금,

지체 없이 당신의 전열 속에 들어가서,

대열의 병사들과 긴밀하게 일체가 되어,

그 일원으로 강력한 본성을 발휘하게 해주십시오.   10510

(파우스트, 오른쪽을 가리킨다.)

싸움쟁이 (앞으로 나온다.)

내게 얼굴을 보이는 놈은 아래위 턱주가리가

박살나지 않고서는 돌아가지 못할 것이다.

내게 등을 보이는 놈은 당장에, 목이고 머리통이고

머리채고 처참히 흐느적거리며 목덜미에 축 늘어지게 될 게다.

그리고 내가 광란하듯 날뛰는 것처럼,   10515

아군 병사들이 칼이나 몽둥이를 휘둘러댄다면,

적병들은 한 놈 한 놈 쓰러져서,

저희들 피바다 속에 빠져 죽게 될 것이다. (퇴장)

총사령관

아군 중앙의 밀집방어진은 은밀히 뒤따르다가,

교묘히 전력(全力)을 다하여 적군을 밀어붙여라.   10520

저기 약간 오른편에서는 이미 아군의 전투부대가

분투하며, 적군의 진지를 교란시키고 있다.

파우스트 (가운데 사나이를 가리키며)

그럼 이 용사도 장군의 명령을 따르게 해주십시오!

이 사나이는 아주 날쌔어서 무엇이나 낚아채올 수 있습니다.

날치기 (앞으로 나온다.)

황제군의 영웅적 용기에는   10525

약탈 욕망도 짝을 지어야만 합니다.

모든 용사의 목표로 정해야 할 곳은,

바로 적군 황제의 풍성한 천막이지요.

그자도 그 자리를 오래 버티진 못할 것이며,

나는 밀집방어진의 맨 앞에 서야겠나이다.   10530

들치기 (진중의 여행상. 날치기에게 몸을 비벼대면서)

나 이 양반의 여편네가 된 건 아니지만,

이분이 내겐 안성맞춤 서방님이야.

우리에겐 추수할 가을이 찾아왔어요!

여자란 움켜잡을 때도 지독하지만,

빼앗아갈 때에는 그야말로 사정없지요.   10535

이기는 편에 붙어야죠! 무슨 짓이든 가능하니까요.

(날치기와 들치기, 퇴장한다.)

총사령관

예상했던 대로 아군의 좌익에 대항해서,

적의 우익군이 맹렬하게 공격해오는군.

바위투성이의 비좁은 통로를 점령하고자,

미친 듯 공격하는 적병에 일대일로 대항하리라.   10540

파우스트 (왼쪽을 향해 손짓한다.)

그러면 장군, 이 용사도 눈여겨봐주시기 바랍니다.

강한 것을 더욱 강화시킨다 해서 손해볼 것은 없지요.

뚝심쟁이 (앞으로 나온다.)

좌익군에 대해선 염려 마십시오!

내가 있는 곳이라면, 가진 것은 안전합니다.

늙은이란 잡은 것을 잘 지키고 있으니,   10545

내가 가진 걸 번갯불도 빼앗지 못할 겁니다.

(퇴장한다.)

메피스토펠레스 (위에서 내려오면서)

자, 보십시오. 우리들 뒤편에 있는

모든 뾰족뾰족한 바위계곡에서

무장한 병사들이 쏟아져나와,

좁은 소로를 더욱 협소하게 하고 있으며,   10550

투구와 갑옷, 칼과 방패로써

우리들 배후에 성벽을 쌓고,

공격할 신호만 기다리고 있소이다.

(사정을 아는 관객들에게* 낮은 소리로)

저것들이 어디에서 왔는지를 물어서는 안 됩니다.

말할 것도 없이 나는 지체하지 않고,   10555

주위에 있는 무기고를 모조리 털어왔습죠.

거기에는 보병도 있고 기병들도 있었는데,

아직도 이 세상의 주인 행세를 하고 있더군요.

---

* 메피스토펠레스가 마법으로 동원한 도깨비 군대들을 숨겨놓고 있다는 사실을 아는 관객들.

예전에는 기사니, 국왕이니, 황제니 하였지만,

지금은 속 빈 달팽이 껍데기에 불과하지요.　　　　　　10560

거기에 여러 가지 도깨비를 넣어 단장을 하니,

중세(中世)가 생생하게 되살아난 것 같았습죠.

어떤 마귀가 저 속에 깃들어 있다 할지라도,

아무튼 이번만은 큰 효과가 있을 것입니다.

(큰 소리로) 들어보시오. 저것들이 벌써 분노하여,　　　　10565

서로 요란하게 부딪치는 쇳소리를 내고 있습니다!

각종 깃대에 달린 깃발 조각도 펄럭거리며,

신선한 공기를 마시겠다고 초조히 기다리고 있소이다.

생각해보시오. 여기는 옛날 백성이 준비를 갖추고,

새 시대의 전투에 뛰어들고 싶어하는 것이외다.　　　　10570

(위에서부터 무시무시한 나팔 소리가 들려오고, 적군들 진영에는 현저한

동요가 일어난다.)

파우스트

지평선은 어두워지고,

여기저기서 의미심장하게

예감에 찬 빨간 불빛만이 번쩍이는구나.

창검들은 벌써 핏빛으로 번쩍이고,

암벽도 산림도 대기도,　　　　　　　　　　　　　　10575

전체 하늘까지도 싸움에 말려들었구나.

메피스토펠레스

우익군은 기운차게 버티고 있소이다.

하지만 그중에서도 뛰어나게 보이는 것은

잽싸게 빠른 거인 싸움쟁이 한스이며,

자기 방식대로 날쌔게 활약하고 있나이다.　　　　　10580

황제

처음에는 팔 하나만 쳐드는 것처럼 보이더니,

지금은 열두 개가 발광하는 것처럼 보이는구나.

자연스런 일이 일어나는 것 같지가 않구나.

파우스트

폐하께선 시칠리아 해변에 떠돌고 있는,

안개 띠에* 대한 이야기를 들어본 적이 없으십니까?　　　10585

거기에서는 밝은 대낮에 흔들리면서도 분명하게,

중천에 드높이 솟아오르며,

이상스러운 안개에 반사되어

해괴한 광경이 나타난다고 하옵니다.

여러 가지 형상들이 대기를 뚫고 나오는 것처럼,　　　10590

여기저기 도시들이 나타났다가 없어지고,

정원들이 떠올랐다 가라앉았다 하는 것입니다.

황제

하지만 무언가 미심쩍구나! 긴 창끝마다

번갯불이 번쩍거리는 듯이 보이고,

아군 방어진의 빛나는 창끝에서는　　　　　　　　10595

─────────────

* 신기루를 의미함.

날쌘 불꽃들이 춤추고 있는 것처럼 보이는구나.

저건 아무래도 도깨비장난 같은 생각이 든다.

파우스트

황공합니다만 폐하, 저것은 이미 사라진

정령들 본체의 자취이며,

모든 뱃사람들이 축원을 올리는   10600

디오스쿠로이 형제의* 반사광입니다.

저들은 여기서 최후의 힘을 기울이는 것이지요.

황제

하지만 말해보시오. 자연이 우리에게

유리하도록, 온갖 진귀한 힘을 다해주는 게,

누구의 덕택이란 말이오?   10605

메피스토펠레스

폐하의 운명을 가슴으로 걱정하고 있는,

저 고상한 무술사 말고 어느 누가 있겠나이까?

적군이 폐하를 강력하게 위협하는 것을 보고

그는 가슴속 깊이 몹시 격분하고 있었나이다.

이로 인해 그 자신이 파멸한다 할지라도,   10610

은혜를 갚기 위해 폐하를 구하고자 했던 것입니다.

황제

백성들이 환호하며 짐을 둘러싸고 화려하게 안내할 때,

---

* 옛날의 뱃사람들은 돛대 위에서 불꽃이 나는 것을 디오스쿠로이 형제가 그 배를 수호
해준다는 길조라고 생각함. 파우스트는 도깨비불을 승리를 거둘 징조로 받아들임.

짐은 무엇이나 된 기분으로 권위를 시험해보고자 했으며,

이거 잘되었구나 하고 별로 생각하지도 않은 채,

백발의 노인에게 시원한 바람을 선사해주었지.　　　　　10615

그래서 성직자들의 즐거움을 망쳐놓았고,

짐은 물론 그들의 호의를 얻을 수가 없었지.

한데 그다지도 많은 세월이 흐른 지금에 와서,

짐이 기뻐서 행한 일에 보은을 받게 되다니?

파우스트

사심 없는 선행이란 이자가 많은 법입니다.　　　　　10620

눈을 들어 저 위쪽을 한번 보십시오!

무술사가 무슨 신호를 보내려는 것 같습니다.

주의해 보십시오. 곧 그 징조가 나타날 것입니다.

황제

독수리 한 마리가 하늘 높이 떠돌고 있고,

괴조 그라이프가* 사납게 위협하며 뒤따르고 있구나.　　　10625

파우스트

주의 깊게 보십시오. 분명 길조로 보입니다.

그라이프란 옛날 우화에나 나오는 동물인데,

그것이 어찌 제 주제를 잊어버리고,

감히 진짜 독수리와 힘을 겨룰 수 있겠나이까?

---

* 독수리의 머리와 날개에 사자의 몸을 가진 전설의 새.

황제

지금까지는 커다란 원을 그리며   10630
서로 빙빙 돌고 있더니, ─순식간에
그놈들은 서로 덤벼들어서,
가슴과 목을 찢어발기려 하는구나.

파우스트

이제 잘 보십시오. 저 흉측한 그라이프는
뜯기고 찢기고 상처만 입은 채,   10635
사자꼬리를 척 늘어뜨리고,
봉우리 숲속으로 떨어져 사라졌습니다.

황제

이런 징조대로 이루어졌으면 좋겠구나!
놀랍기는 하지만 그대로 수긍하겠노라.

메피스토펠레스 (오른쪽을 향하고서)

맹렬하게 거듭되는 공격에   10640
적군은 퇴각하지 않을 수 없습니다.
불확실한 결투를 하면서
그들은 오른쪽으로 밀려감으로써,
그 주력부대인 좌익군이
전투중 일대 혼란을 일으켰나이다.   10645
아군 방어진의 견고한 선두는
우측으로 진군하여, 번개와도 같이
적군의 허점을 공격하고 있나이다 ─

이제 힘이 비등한 쌍방의 병력은

폭풍을 만난 파도처럼 흩어지며,　　　　　　　10650

두 군데 전투에서 사납게 분노하고 있습니다.

이보다 장렬한 광경은 생각할 수도 없으니,

이번 전투는 아군의 승리가 확실합니다!

황제 (좌측에서 파우스트에게)

보라! 짐으로선 저편이 염려스러운바,

아군의 진지가 위태로운 것 같구나.　　　　　　10655

돌이 날아오는 것도 보이지 않고,

낮은 암벽으로는 적병이 기어오르고,

위쪽 암벽에서는 아군이 벌써 후퇴하였다.

저것 보라! — 적군이 총집결하여

점점 가까이 육박해오고 있구나,　　　　　　　10660

저 통로도 이미 점령된 것 같으니,

이는 신성치 못한 노력의 결과일 것이다!

그대들의 마술도 헛된 일이로다.

(잠시 후에)

메피스토펠레스

저기 제 까마귀* 두 마리가 날아오는데,

무슨 소식을 가지고 오는 것일까요?　　　　　　10665

우리에게 좋지 못한 기별이나 아닌지 두렵소이다.

---

* 독일의 악마는 옛날 북방의 최고신 보단(Wodan)에게서 받은 까마귀 두 마리를 종자 (從者)로 데리고 다닌다고 함.

황제

저 흉측한 새들이 무엇이란 말인고?

저들은 전투가 치열한 바위산을 떠나,

검은 돛을 달고 이쪽으로 날아오고 있구나.

메피스토펠레스 (까마귀를 향하여)

너희들 내 귀 가까이에 와 앉아라.   10670

너희가 지켜주는 자는 망하지 않을 것이니,

너희의 충고는 이치에 들어맞기 때문이다.

파우스트 (황제에게)

폐하께서도 비둘기 이야기는 들으셨겠지만,

그 새들은 아무리 먼 땅에 가 있다 해도

자기 새끼와 먹이가 있는 보금자리로 돌아온답니다.   10675

여기에 중대한 차이점이 있사온데,

비둘기는 평화시에 봉사하는 전령이고,

까마귀는 전쟁시에 명을 받는 전령입니다.

메피스토펠레스

아주 불행한 보고가 왔나이다.

저기를 보십시오! 저 암벽 언저리에서   10680

아군 용사들이 곤경에 빠졌습니다!

가까운 고지들에는 이미 적병이 올라왔고,

만일 저 통로마저 점령당하게 되면,

아군은 난처한 입장에 빠지게 됩니다.

황제

그렇다면 결국 짐이 기만당한 것이로구나!   10685

그대들이 짐을 함정 속으로 끌어들인 것이로다.

짐을 농락하면서부터 줄곧 두려운 생각이 드는구나.

메피스토펠레스

용기를 내십시오! 아직 패한 것은 아닙니다.

최후의 고비에서는 인내와 책략을 써야 합니다!

끝판에 가서는 날카로워지는 게 보통입니다.   10690

소인에게 확실한 전령들이 있사오니,

소인이 명령을 해도 좋다고 명령해주십시오!

총사령관 (그러는 동안에 가까이 다가와 있다.)

폐하께서 이자들과 손을 잡으신 것이,

신에게는 계속 마음 아픈 일이었나이다.

속임수로써는 결코 확고한 행복이 마련되지 않습니다.   10695

신에게도 이 전세(戰勢)를 바꿀 만한 방도가 없나이다.

저자들이 시작한 일이니, 그들이 끝내도록 하십시오.

신은 이 지휘봉을 반납하겠나이다.

황제

행운이 가져다줄지도 모르는, 보다 호전될

시각까지 지휘봉을 그대로 갖고 있도록 하시오.   10700

짐은 저 저주스러운 떠돌이 녀석은 물론

까마귀와 정답게 구는 수작도 심히 불쾌하오.

(메피스토펠레스를 향하여)

지휘봉을 그대에게 맡길 수는 없노라.

짐이 보기엔 그대는 적합한 자가 아닌 것 같다.

하지만 명령은 하도록 하고, 우리를 구출토록 하라!　　　　　10705

일어날 일이라면, 일어나도록 하라.

(황제, 총사령관과 함께 천막 안으로 퇴장한다.)

메피스토펠레스

저 무딘 지휘봉으로 몸을 수호하려 들다니!

우리에겐 그런 막대기 따위는 아무런 소용도 없지.

그러고 보니 어딘지 십자가 같단 말이야.

파우스트

어떻게 할 작정인가?

메피스토펠레스

　　　　　　　벌써 다 해놓았소이다!—*　　　　　10710

자, 검은 사촌들이여,** 어서 일을 시작하여,

커다란 산중 호수로 가라! 물의 요정 운디네에게 인사 전하고,

흐르는 물의 가상(假象)을 청해오도록 하라.

그것들은 쉽사리 알 수도 없는 계집의 요술로,

실체와 가상을 분리하는 법을 알거든.　　　　　10715

그런데 누구나 가상을 실체라고 믿는단 말이야.

(잠시 후에)

---

* 계획이 완성되었다는 뜻.

** 까마귀를 말하는데, 메피스토펠레스는 언제나 두 마리의 까마귀를 데리고 다님.

파우스트

물의 요정들에게 우리 까마귀들이 진정

가슴에서 우러나오는 아양을 부렸음에 틀림없어.

저쪽에서 벌써 물이 졸졸 흘러내리기 시작한다.

여기저기 메마르고 황량한 암벽 틈에서   10720

빠르고 풍부한 샘물 줄기가 솟아 흘러내리니,

적군의 승리도 끝장이 났구나.

메피스토펠레스

저렇게 경이로운 인사를 받게 되면,

용감하게 기어오르던 놈들도 혼비백산할 것이외다.

파우스트

벌써 한 줄기 냇물이 여러 갈래로 세차게 흘러내리고,   10725

계곡으로부터는 두 배가 되어 다시 쏟아지며,

한 줄기 폭포가 되어 활모양으로 떨어지는구나.

갑자기 평평한 넓은 바위를 덮치거나

여기저기를 쇄쇄 소리내고 거품을 튀기며 흘러서,

층층이 골짜기로 떨어져내리는구나.   10730

용감하고 영웅답게 막으려 한들 무슨 소용이랴?

거센 파도가 도도히 흐르며 적병들을 휩쓸어가는 것을.

저렇게 거친 홍수를 보니 나도 소름이 끼치는구나.

메피스토펠레스

난 이런 물속임수 따위는 보이지 않소이다.

오로지 인간의 눈만이 속게 마련이지만,   10735

이런 기묘한 사건이 정말 즐겁소이다.

적군들은 무더기로 계속 떨어져내리고,

저 바보 같은 놈들은 물에 빠져죽는다 생각하고,

단단한 육지 위에서 제멋대로 헐떡거리면서

헤엄치는 몸짓을 하며 달려가니 우스꽝스럽도다.   10740

이제 사방 어디에나 대혼란이 벌어졌소이다.

(까마귀들이 다시 돌아온다.)

저 고매한 무술사에게 가서 너희들을 칭찬해주겠다.

너희들 자신이 무술사 노릇을 한번 해보고 싶다면,

불길이 이글거리는 대장장이에게로* 달려가거라.

그곳에서는 난쟁이 족속들이 지칠 줄 모르고,   10745

쇠붙이나 돌을 두들기며 불꽃을 튀기고 있을 것이다.

그자들을 장황하게 감언이설로 달래어,

사람들이 거룩한 생각으로 품고 있는,

빛나고 반짝이며 불꽃 튀기는 불씨를 하나 얻어오너라.

아득하게 먼 곳에서 번개가 일고,   10750

높이 떠 있는 별들이 눈 깜짝할 사이에 떨어지는 일은

여름밤이면 날마다 일어나고 있지만,

혼란스레 우거진 숲속에서 번개가 일고,

축축한 대지에 별이 스치고 지나가는 일은

그렇게 쉽사리 볼 수 있는 것이 아니다.   10755

---

* 산에 사는 난쟁이 요괴들을 말함.

그러니 너희들은 그렇게 애쓸 것 없이,

우선은 간청해보고, 다음에는 명령을 하라.

(까마귀들 퇴장. 지시한 대로 사건이 진행된다.)

메피스토펠레스

적군은 짙은 암흑에 휩싸였다!

한 걸음 한 걸음이 불확실하구나!

어느 구석에나 도깨비불이 일어나고, 10760

갑자기 눈멀게 하는 불빛이 번쩍인다!

이 모든 것이 희한하게 잘 되었는데,

이제는 무시무시한 굉음도 필요하겠구나.

파우스트

저 동굴 무기고에서 나온 공허한 갑옷들이

자유로운 바람에 기운을 차렸다고 느끼는 모양이군. 10765

저 위에서 해괴망측하고 거짓에 찬 소리가,

벌써 오래 전부터 달각거리며 삐걱거리고 있구나.

메피스토펠레스

그렇소이다! 저들은 이제 막을 도리도 없소이다.

벌써 그리운 옛 시절에 그러했듯이,

기사들이 치고받는 소리가 울려옵니다. 10770

팔 가리개나 다리 가리개까지도,

교황파가 되고 황제파로 나뉘어가지고,

끝없는 싸움을 새로 시작하고 있소이다.

선조로부터 익숙해진 확고한 사상에 젖어,

저들은 조금도 화해할 기색이라곤 없으니,   10775

광란하는 소리가 벌써 멀리 폭넓게 울리는군요.

결국 악마들이 축제를 벌일 때마다,

당파간의 증오가 극도에 달해,

최후의 끔찍한 결과를 초래하지요.

목양신 판의 참을 길 없이 불쾌한 소리에다,   10780

때로는 악마처럼 째지는 듯 날카로운 소리가,

공포감을 자아내며 골짜기에 울려퍼진답니다.

(관현악이 전쟁의 소동 소리를 연주하다가, 마지막에는 경쾌한 군악곡으로 넘어간다.)

적군 황제의 천막

옥좌, 주위는 사치스럽다.

날치기, 들치기

들치기

우리가 그래도 제일 먼저 이곳에 왔군요!

날치기

까마귀라도 우리처럼 빨리 날아오지는 못해.

들치기

어머나! 여기 보물들이 무더기로 쌓여 있어요!   10785

어디서부터 들치기 시작할까? 어디서 끝내야 할까요?

날치기

　천막이 온통 보물들로 가득 찼구나!

　무엇부터 날치기해야 할지 나도 모르겠는걸.

들치기

　내겐 이 양탄자가 알맞겠어요,

　내 잠자리가 형편없을 때가 많거든요.　　　　　　　　10790

날치기

　여기 강철로 만든 금성봉(金星棒)이* 걸려 있군.

　난 벌써부터 이런 것을 갖고 싶었지.

들치기

　단을 금실로 만든 빨간 외투도 있는데,

　나는 이런 걸 가졌으면 하고 꿈꿔왔어요.

날치기 (무기를 집어들며)

　이것만 있으면 무엇이든 다 될 거야.　　　　　　　　10795

　놈을 때려죽이고 앞으로 나아간단 말이야.

　너는 많은 것을 들치기했지만,

　쓸만한 건 하나도 챙기지 못한 모양이구나.

　그런 잡동사니는 제자리에 버려두고,

　이 궤짝을 하나 가져가란 말이다!　　　　　　　　　10800

　이건 군사들에게 줄 봉급인데,

　그 속엔 순 금화만 들어 있단 말이야.

---

* 중세의 무기로 별모양의 돌기가 달린 쇠방망이.

들치기

이건 지독하게도 무겁군요!

난 들지도 못하니, 가져갈 수도 없어요.

날치기

빨리 허리를 굽혀! 몸을 구부리란 말이야!　　　　　　10805

네 억센 등에다 그걸 지워줄 테니까.

들치기

아이구 아파요! 아이구 아파, 안 되겠어요!

너무 무거워 허리가 두 동강 나겠어요.

(궤짝이 떨어지고 뚜껑이 열린다.)

날치기

번쩍이는 금화가 무더기로 쏟아지는군 ―

빨리 달려들어 긁어담도록 해!　　　　　　　　　10810

들치기 (쪼그리고 앉는다.)

빨리 이 앞치마에 담아주세요!

이만하면 충분할 거예요.

날치기

그만하면 충분해! 어서 서둘도록 해!

(들치기가 일어선다.)

아이고 저런, 앞치마에 구멍이 났군!

넌 어디를 가든, 어디 가 서 있든,　　　　　　　　10815

금화를 씨 뿌리듯 흘리고 다니는구나.

친위병들 (아군 황제의)

너희들은 이 거룩한 장소에서 무슨 짓을 하는 거냐?

어찌하여 황제 폐하의 보물을 뒤적이고 있느냐?

날치기

우리는 우리 몸뚱이를 값싸게 팔았으니,

여기서 전리품을 가져가는 것이오.　　　　　　　　10820

적군 천막에서 이런 일은 보통 있는 법이며,

우리로 말하면, 우리들도 병정이란 말이오.

친위병들

그런 짓은 우리 군대에선 용납되지 않는다.

병정인 동시에 도둑놈이 되다니 있을 수 없다.

그리고 우리 폐하께 충성하려는 자는,　　　　　　10825

정직한 병정이어야 한단 말이다.

날치기

정직이라, 그런 건 벌써 다 알고 있소.

이를테면 군세(軍稅)라는 거겠지.

당신네도 모두 같은 짓을 하고 있는 거요.

이리 내놔라! 하는 것이 동업자들의 인사말 아니겠소.　10830

(들치기를 향해)

자 떠나자, 네가 가지고 있는 건 그대로 끌고 가자.

여기서 우린 환영받는 손님이 아닌 모양이다.

(날치기와 들치기, 퇴장한다.)

첫째 친위병

말해보게, 어째서 저런 철면피한 놈의

따귀를 당장에 후려갈기지 않았단 말인가?

둘째 친위병

어쩐 일인지, 힘이 쭉 빠지던걸.　　　　　　　　　10835

아무래도 그놈들은 도깨비 같았어.

셋째 친위병

나는 눈앞이 이상해지더니,

무엇인가 가물거리며 제대로 보이지가 않았어.

넷째 친위병

난 어떻게 말을 해야 될지 모르겠는데,

하루 종일 지독하게 더웠고,　　　　　　　　　　10840

무척 불안스럽고 숨이 막힐 지경으로 답답했어.

어떤 놈은 서 있고, 어떤 놈은 쓰러지고,

더듬더듬 걸어가서 곧장 내리치면,

내리칠 때마다 적병이 쓰러졌지.

눈앞에는 베일과 같은 것이 아른거리고,　　　　　10845

귓속엔 윙윙거리고 솨솨하며 쉭쉭대는 소리만 울렸어.

계속 그런 양상이었는데, 이제 여기에 와 있다니,

어찌 된 셈인지 전혀 모르겠단 말이야.

(황제가 네 명의 제후들과 등장한다.

친위병들은 물러간다.)

황제

어찌 되었든 간에, 결전은 우리의 승리로 끝났으며,

산산이 흩어진 적병들은 광활한 들판에서 도주해버렸도다.　10850

여기에 텅 빈 옥좌만이 남아 있고, 반역도들의 보물은

그대로 양탄자에 싸인 채, 주위의 장소를 비좁게 하는구나.

우리는 영예로운 아군 친위병들의 보호를 받으며,

황제로서 여러 민족들의 사신들을 기다리고 있노라.

각지각처에서 즐거운 소식이 당도하고 있으니,　10855

온 나라가 평온해졌고, 기꺼이 우리에게 귀복(歸服)한다는 것이다.

우리들 전투에 요술이 끼어들긴 했을지라도,

결국 우리는 오직 우리들만으로 싸웠던 것이다.

우연이란 것이 싸우는 자를 이롭게 하는 일은 종종 있었으니,

하늘에서 돌이 떨어지고, 적군에게 피의 비가 내리고,　10860

바위동굴 안에서 기괴한 소리가 맹렬히 울려나와서,

아군의 사기를 북돋워주고, 적군의 사기를 꺾어준 일도 있었다.

패망한 자는 쓰러져서 영원히 반복되는 조소를 받고,

승리한 자는 번영하여 신의 은혜를 찬양하는 법이로다.

명령할 필요도 없이, 모두는 저절로 하나의 소리가 되어,　10865

수백만이 한 입으로 외친다. 신이여, 우리는 당신을 찬양합니다!

그러나 최고의 상을 내리기 위해, 짐은 이제까진 게을리했던

경건한 눈길을 나 자신의 마음속으로 돌리고 있노라.

젊고 활기찬 군주는 허송세월을 할 수도 있겠지만,

세월은 그에게 순간이 지닌 의미를 가르쳐주는 법이다.　10870

그러기에 짐은 지체 없이 왕가와 조정과 제국을 위해,

그대들 네 명의 공신들과 당장 인연을 맺고자 하노라.

(첫번째 사람에게)

오, 후작이여! 그대는 군사를 정돈하여 현명하게 배치하고,

위급한 순간에 영웅적으로 대담한 조처를 취해주었소.

이제는 시대가 요청하는 대로 평화시의 일을 맡아주시오.　　　10875

경에게 궁내대신을 제수하고 이 검을 수여하노라.

궁내대신

지금까지 국내 치안을 맡던 폐하의 충성스런 군대가,

이제 국경선에서 폐하와 옥좌를 굳건히 수호하고 있사오니,

대대로 내려온 광대한 성채에서 축하연이 있을 때에는

우리가 그 성찬을 준비하도록 허락해주십시오.　　　10880

찬란하게 마련하여 진상할 것이며, 찬란하게 시중을 들면서,

지엄하신 폐하의 곁에서 영원토록 보필하겠나이다.

황제 (두번째 사람에게)

용감한 군인이면서도 마음씨가 상냥한 그대,

그대는 시종대신을 맡아주오. 임무가 쉽지는 않으리다.

그대는 궁중에서 일하는 모든 사람들의 우두머리인바,　　　10885

그들 사이에 내분이 있다면, 짐에겐 불충한 신하들이 될 것이오.

이제부터 그대는 짐에게나 신하들이나 기타 모든 사람들에게,

감명을 주는 명예로운 모범을 보여주기 바라오.

시종대신

폐하의 큰 뜻을 받드는 것이 은총을 받는 길입니다.

선한 사람에겐 도움을 주고, 악한 자라 해도 해치지 않고,   10890
책략을 쓰지 않고 공명하며, 온화하여 기만하지 않겠습니다!
소신의 마음을 헤아려주신다면 그것으로 소인은 충분합니다.
그 축하연에 관하여 제 상상을 펼쳐보아도 되겠나이까?
폐하께서 성찬에 임하시오면, 저는 황금대야를 받쳐들고
즐거운 시간을 위해 손을 씻으실 때, 반지를* 맡아   10895
간직하고서, 폐하의 옥안을 우러러 뵙고자 하옵니다.

황제

축하연을 생각하기엔, 짐으로선 너무나 엄숙한 기분이로다.
허나 그렇게 하라! 즐거운 기분으로 일을 시작토록 하겠노라.
(세번째 사람에게)
그대에게 대전선사(大典膳司)를 제수하노라! 그러니 앞으로는
수렵과 가금(家禽)에 관한 일과 채마전 일을 맡아보도록
하라.   10900
매월 생산되는 것들 중에서 어느 때이고,
짐이 좋아하는 음식을 골라 조심스레 조리시키도록 하라.

대전선사

진수성찬이 어전에 나와 즐거이 그 맛을 보실 때까지,
엄하게 단식하는 것을 소인의 즐거운 의무로 여기겠나이다.
주방의 하인들도 소인과 힘을 합하여,   10905
먼 곳의 진품을 가져오고, 철 이른 성찬도 마련토록 하겠나이다.

---

* 황제 권력의 상징으로 인장이 달려 있으며, 손을 씻을 때만 이 반지를 빼놓는다고 함.

폐하께선 먼 곳 진품이나 철 이른 특산물로 차린 수라상보다는,

소박하고 영양가 많은 것에 더 마음을 두고 계시기는 하옵지요.

황제 (네번째 사람에게)

여기에서 축하연에 관한 이야기를 피할 길이 없으니,

젊은 용사여, 그대에겐 대헌주관(大獻酒官)을 제수하노라.　10910

대헌주관, 그대는 이제 우리 지하실에

훌륭한 포도주가 언제나 가득 차 있도록 유념하라.

하지만 그대 자신은 절제를 해야 할지니, 기회의 유혹을 받아

흥취에 놀아나는 잘못을 저질러선 안 될 것일세!

대헌주관

폐하, 젊은이라 할지라도 신임을 받게만 된다면,　10915

아무도 알아채지 못하는 사이에 어른으로 성장하는 법입니다.

소인도 저 화려한 축제일을 상상해보겠나이다.

대궐의 연회석은 모조리 금이나 은으로 된,

호화로운 그릇들로 아주 찬란하게 꾸밀 것이옵니다만,

폐하를 위해서는 가장 우아한 술잔을 미리 골라놓겠나이다.　10920

반짝이는 베네치아의 술잔으로, 그 속에는 쾌락이 숨어 있어

술맛을 돋우기는 하나 결코 취하게 하지는 않사옵니다.

그런 기적의 보물에 사람들은 너무 지나치게 의지하기도 하는데,

폐하께서는 절제의 미덕으로 더욱 옥체를 보존하실 것이옵니다.

황제

이 엄숙한 시간에 짐이 경들에게 말하고자 했던 바를,　10925

경들은 믿을 수 있는 입을 통해 확실히 다 들었을 것이오.

황제의 말은 위대하며 제수한 것이 모두 틀림없지만,

그것을 보증하기 위해서 기품 있는 서류가 필요하고,

서명도 필요하리라. 그러한 형식을 갖추기 위하여,

마침 적당한 시각에 그에 적합한 인물이 다가오고 있구려.　　10930

(대주교 겸 대재상이 등장한다.)

황제

둥근 무지개다리도 종석(宗石)에 기반을 두고 있으면,

영원토록 안전하게 서 있을 수가 있는 법이오.

여기 있는 네 사람의 공신을 보시오! 우리는 우선

황실과 궁궐을 보전하는 데 필요한 일을 의논하였소.

그러나 이제 제국 전체를 보전하는 일은,　　10935

지엄하고도 힘차게 그대들 다섯 사람에게 위임하겠소.

경들의 봉토는 다른 누구의 것보다 빛날 것인즉,

지금 곧 짐을 배반했던 자들의 영토로써,

경들이 소유할 토지의 경계를 넓혀주겠노라.

충성스런 그대들에게 넓고 비옥한 봉토와 더불어,　　10940

기회가 있을 때마다 귀속, 매입, 교환 등을 통해

그것을 확장시킬 수 있는 최고의 권리를 부여하겠소.

그뿐만 아니라 영주로서의 권한에 속하는 것은,

아무 지장 없이 행사할 수 있도록 분명히 허락하는 바이오.

재판관으로서 그대들은 최종 판결을 내릴 수 있으니,　　10945

상고(上告)로 인해 그대들 최고 지위를 다치게 하지도 않으리라.

그리고 세금, 이자와 헌납물, 소작료와 통행세와 관세, 게다가

채광권, 제염권(製鹽權), 화폐주조권도 경들에게 부여하노라.

이는 짐의 감사하는 마음을 남김 없이 표시하기 위하여,

경들의 지위를 황제 바로 아래까지 끌어올리려 함이로다.   10950

대주교

우리 모두의 이름으로 폐하께 깊은 감사의 인사를 올립니다!

우릴 강하고 견고하게 하심은 바로 폐하의 권위를 강화하는

것입니다.

황제

그대들 다섯에게 짐은 더욱 드높은 권리를 부여코자 하오.

아직은 짐이 이 나라를 위해 살고, 또 앞으로도 살고 싶지만,

선조 대대로 이어오는 사슬은 사려 깊은 이 눈길을   10955

성급한 공명심으로부터 위협적인 미래로 이끌고 있소.

때가 되면 짐도 충성스런 신하들과 헤어지게 될 것이니,

그때에 후계자를 지명하는 일은 경들의 의무가 되리라.

황제의 관을 씌워 신성한 제단에 높이 오르게 하여,

이다지도 소란한 현 세대를 평화롭게 끝내도록 해주시오.   10960

대재상

가슴속 깊은 곳에는 긍지를 품었으나 품행은 겸손하게,

이 지상에서 제일가는 제후들이 허리 굽혀 어전에 섰나이다.

충성스런 피가 터질 듯한 혈관에 흐르고 있는 한,

우리는 폐하의 뜻대로 경쾌하게 움직이는 육체가 될 것입니다.

황제

그러면 마지막으로 우리가 지금까지 이야기한 것을,　　　10965

훗날을 위해 문서와 서명으로 보증해두겠노라.

경들은 영주로서 자기 소유지를 아주 자유롭게 다스릴 수 있지만,

그것을 분할할 수 없다는 조건을 달도록 하겠노라.

그리고 짐에게서 받은 것을 얼마든지 증가시킬 수 있지만,

그 전체를 고스란히 장남이 물려받도록 해야 하리라.　　　10970

대재상

국가와 신들의 복지를 위한 이 중요한 규정을,

소신은 곧 즐거운 마음으로 양피지에 기록하겠나이다.

정서(淨書)와 봉인은 관방(官房)에 시켜 작성토록 할 것이오니,

폐하께서는 거룩하신 서명으로 확인해주시기 바라나이다.

황제

그러면 모두들 물러가시오. 오늘은 중대한 날이니,　　　10975

각자가 마음을 가다듬고 심사숙고해주기 바라오.

(세속의 제후들 물러간다.)

대주교 (남아서 비장한 어조로 말한다.)

재상으로서는 물러갔습니다만, 주교로서는 여기 남아서,

폐하의 귓전에 진지한 경고의 말씀을 드리고자 하옵니다!

어버이 같은 마음으로, 진정 폐하의 일이 걱정되는 바입니다.

황제

이 즐거운 날 무슨 걱정거리가 있소? 말해보시오!　　　10980

대주교

폐하의 지극히 거룩한 머리가 이런 시간에도,

악마와 결탁하고 있다는 것이 견딜 수 없는 고통이옵니다!

보이는 바대로라면, 폐하께서 안전하게 옥좌에 앉아 계십니다만,

유감스럽게도 그것은 주님 신과 아버지 교황을 모독하는 것입니다.

만일 교황께서 이 사실을 아신다면, 당장 벌을 내리시어,   10985

그 신성한 빛으로 이 죄 많은 나라를 파멸시킬 것입니다.

교황께서는 아직도 폐하 최고의 날인 대관식 날에,

그 마술사를 석방시킨 일을 잊지 않고 계십니다.

폐하의 왕관에서 첫번째로 비친 은혜의 빛이,

저주받은 자의 머리 위에 떨어진 것은 기독교에 대한

모독입니다.   10990

그러니 가슴을 두드려 속죄하시고, 그 모독적인 행운 가운데

얼마간의 기부금만이라도 즉시 거룩한 사원에 헌납토록 하십시오.

폐하의 천막이 세워졌던 저 드넓은 구릉지대는

악령들이 폐하를 지키기 위해 운집했었고,

폐하께서도 그 거짓 제후들에게 다소곳이 귀를 기울였던

곳인데,   10995

경건한 마음으로 신성한 일을 위해 그 지대를 기부하십시오.

아득하도록 멀리 뻗어나간 산과 울창한 산림,

초록색으로 덮여 비옥한 목장이 된 높은 구릉지들,

물고기들도 풍부한 맑은 호수들, 그리고 세차게 굽이치며

골짜기로 쏟아져내리는 수많은 시냇물들,   11000

초원과 평원과 협곡들을 끼고 있는 저 넓은 골짜기를
기부하십시오.
그렇게 후회의 정을 쏟으시면, 은총을 받게 될 것입니다.

황제

짐은 나 자신의 중대한 과실로 인해 깊이 놀라고 있소.
헌납할 땅의 경계선은 그대의 재량에 맡기도록 하겠소.

대주교

우선 그러한 죄를 저질러 부정해진 지대를　　　　　　　11005
즉시 지존하신 신의 성역으로 바치겠다고 공고해주십시오.
제 마음속에 홀연히 석벽들이 힘차게 솟아오르고,
아침 태양의 눈길이 벌써 성단소(聖壇所)를 비치는 듯하며,
자꾸 커져가는 건물이 십자형으로* 넓어지고,
본당은 길어져서 신도들의 기쁨을 더해주고 있습니다.　　11010
그들이 벌써 열렬한 마음으로 거룩한 정문으로 몰려들어오고,
첫번째 종소리가 산과 골짜기에 울려퍼지며,
하늘을 향해 치솟은 듯 높은 탑에서 종이 울리면,
참회자들은 새로이 창조된 삶을 찾아 몰려들 것입니다.
장엄한 헌당식(獻堂式)에는—그날이 빨리 왔으면 좋겠나이다!—
폐하께서 친히 참석하시어 최고의 영광을 베풀어주실 것입니다.

황제

그렇듯 거대한 공사를 함으로써 주님이신 신을 찬양하고,

───────────

* 고딕 식 사원의 평면도는 십자형으로 되어 있음.

짐의 죄를 씻어버리기 위해, 경건한 마음을 널리 알리고 싶소.

그것으로 족하오! 짐은 벌써 마음이 고양됨을 느끼고 있소.

대주교

그럼 재상으로서 결재와 형식적 절차를 추진하겠나이다. 　1020

황제

교회에 이러이러한 것을 헌납한다는 형식적인 문서를

그대가 제출하면, 짐은 기꺼이 서명하도록 하겠소.

대주교 (하직하고 나가려다가 출입구에서 다시 돌아선다.)

그뿐만 아니라 장차 건립될 교회에 대해서는, 동시에

십일조, 임대료, 헌납금 등 일체의 수익금을 영구히

헌납해주십시오. 품위를 유지하는 데 많은 돈이 필요하고, 　1025

조심스럽게 관리하는 데도 막대한 비용이 들 것입니다.

저렇게 험한 황무지에다 시급히 공사를 하는 것이니,

전리품으로 얻은 보화 중 얼마간의 황금을 기부해주십시오.

그 이외에도 말씀드리지 않을 수 없는 것으로는,

먼 지방에 있는 재목과 석회와 석판 같은 것들이 필요합니다. 　1030

그 운반은 설교단에서 지도하여 백성들이 하도록 시킬 것인바,

교회를 위해 봉사한 자에겐 교회가 축복을 내릴 것이옵니다.

(퇴장)

황제

짐이 짊어진 죄과가 실로 크고도 무겁구나.

그 불쾌한 마술사가 짐에게 가혹한 손해를 끼치는구나.

대주교 (다시 돌아와 깊이 허리를 굽히고서)

황공하옵니다. 폐하! 저 평판이 아주 나쁜 사나이에게는[*] 11035
이 나라의 해안지대를 하사해주셨습니다만, 폐하께서
뉘우치는 뜻으로
그곳에서도 십일조, 임대료와 헌납금과 조세 등을 걷어
거룩한 교회에 바치지 않으시면, 그자는 파문당하게 될
것이옵니다.

황제 (불쾌하게)

그 땅은 아직 존재하지도 않네. 바다 밑에 깔려 있단 말일세.

대주교

권리와 인내심을 가진 자에겐 언제라도 때가 오는 법입니다. 11040
우리로서는 폐하의 말씀이 효력이 있는 것으로 알고 있겠습니다!

황제 (혼자서)

이러다간 머지않아 나라 전체를 넘겨주어야 할 판이로구나.

---

* 파우스트를 가리킴. 그는 광대한 해안을 입수하려는 목적을 달성하였음.

제5막

광활한 지방

나그네[*]

그렇다! 저것이다. 저 검푸른 보리수들은
저기, 노목이면서도 힘차게 서 있구나.
그렇게도 오랫동안 방랑을 한 끝에,   11045
저 나무들을 다시 보게 되었구나!
폭풍우로 성난 파도가 나를
저 모래언덕으로 내동댕이쳤을 때,
저 오두막집이 나를 구해주었는데,
옛날 그 장소 그대로 서 있구나!   11050

---

[*] 여러 해 전 배가 파선했을 때 필레몬의 도움으로 구조된 사람.

실로 저 집 주인들을 축복해드리고 싶다.

사람 돕기를 좋아하는 착실한 부부였었지.

그 당시에도 벌써 늙었었는데,

오늘 이렇게 다시 만나게 되다니.

아아! 진정 경건한 사람들이었어!   11055

문을 두드릴까? 불러볼까?—오늘도 여전히

길손을 즐겨 맞으시고, 선행의

기쁨을 즐기신다면, 제 인사를 받으십시오.

바우키스 (할머니, 매우 늙었다.)

어서 와요, 손님! 조용히! 조용히!

영감이 주무시도록 조용히 해주세요!   11060

잠을 실컷 자고 나면 늙은이도

잠깐 깨 있는 동안 일을 빨리 한다오.

나그네

그런데 할머니, 말씀해보세요.

아직 감사도 드리지 못했지만, 언젠가

영감님과 함께 어느 젊은이의 생명을   11065

구해주신 분이 바로 당신이지요?

반쯤 죽어가던 제 입에 열심히 생기를

불어넣어주신 바우키스 할머니시지요?

(남편이 등장한다.)

당신이 그렇게도 기운차게 제 보물을

바다에서 건져내주신 필레몬이시죠?   11070

재빨리 피워주신 불길,

당신들이 울려주시던 은빛 종소리,

저 무시무시한 조난의 뒤처리까지

모두가 당신들에게 맡겨져 있었지요.

이제 다시 저 밖으로 나가,   11075

끝없는 바다를 바라보게 해주십시오.

무릎을 꿇고 기도하게 해주십시오.

제 가슴이 너무나 벅차오릅니다.

(나그네, 모래언덕 위에서 앞쪽으로 걸어간다.)

필레몬 (바우키스에게)

명랑한 꽃들이 만발한 정원에,

서둘러 식탁이나 마련토록 하구려.   11080

저 사람은 그냥 뛰어다니며 놀라도록 내버려둡시다.

눈에 보이는 게 전혀 믿어지지 않을 테니까.

(나그네 곁에 나란히 서면서)

파도에 파도가 사납게 거품을 내며,

무섭게 당신을 학대하던 그 바다가

이젠 정원으로 변하여 당신을 맞이하고,   11085

천국 같은 모습으로 바뀐 것을 보시오.

나도 늙어서, 바로 곁에 있지도 못하고

예전처럼 도움을 주지도 못했지만,

내 힘이 점점 쇠약해지듯이,

파도 역시 저 멀리 물러가버렸소.　　　　　　　　　11090

현명한 영주님의 대담한 하인들이

도랑을 파고, 둑을 쌓아올리고 하여,

바다의 세력권을 좁혀놓고는,

그 대신에 자기가 주인이 되려 한다오.

푸르게 연이어 뻗어 있는 초원들,　　　　　　　　　11095

목장과 정원, 마을과 산림들을 보시구려—

하지만 해님도 곧 넘어갈 테니까,

이제 들어가서 식사나 하도록 합시다—

저 먼 곳에서 돛단배들이 움직이고 있는데,

밤을 지낼 안전한 항구를 찾는 것이라오.　　　　　11100

새들도 자기 보금자리를 알고 있듯이,

이제는 저곳이 항구가 된 것이지요.

저 멀리 아득한 곳에 간신히

푸른 바다의 가장자리가 보이지만,

이 넓은 일대에는 오른쪽이고 왼쪽이고,　　　　　11105

사람들이 빽빽이 살고 있는 고장이 되었다오.

(세 사람, 정원에 있는 식탁에 앉는다.)

바우키스

왜 아무 말도 하지 않으세요?

시장하실 텐데 아무것도 들지도 않고요?

필레몬

이분은 기적 같은 일을 알고 싶은 모양이오.

말하기 좋아하는 당신이 그 이야길 들려드리구려.   11110

바우키스

좋아요! 그건 정말 기적 같은 일이었어요!

난 오늘까지도 마음이 가라앉질 않아요.

어쩐지 그 일은 하나부터 열까지

온당하게 진행된 것 같지가 않으니까요.

필레몬

이 해안지대를 그에게 하사하신 황제께서,   11115

그런 죄지을 일을 하실 수야 있겠소?

전령관이 나팔을 불며 지나가면서

그 일을 알리지 않았겠소?

우리 집 앞 모래언덕에서 멀지 않은 곳에,

공사의 첫발을 들여놓았다오.   11120

천막을 친다, 가막사를 짓는다! — 하더니 벌써

푸른 초원에 궁전 하나가 세워졌다오.

바우키스

낮에는 궁노들이 괭이나 삽을 들고,

뚝딱거리며 공연히 소란만 피우는데,

밤이면 조그만 불꽃들이 떼를 지어 와글거리고,   11125

다음날 보면 둑이 하나 서 있더란 말예요.

사람을 제물로 바쳐 피를 흘린 게* 틀림없어요.

밤이면 고통으로 울부짖는 소리가 들렸거든요.

활활 타는 불길이 바다 쪽으로 흘러가면,

다음날 아침에는 운하가 하나 생겨나는 거예요.** 1130

그는 신을 모독하고 있는 사람으로,

우리의 오두막집과 이 숲까지 탐내고 있어요.

그런 사람이 이웃으로 기세를 부리고 있으니,

우리야 그저 굽실거릴 수밖에 없지요.

필레몬

하지만 그분은 새로 만든 땅에 1135

훌륭한 토지를 주시겠다고 제안하였소!

바우키스

물 밑에 있던 땅을 믿어선 안 돼요!

이 높은 언덕을 단단히 고집해야 돼요!

필레몬

자 우리 예배당 쪽으로 가서,

마지막 햇빛을 바라봅시다! 1140

종을 울리고, 꿇어앉아 기도를 올리며,

옛날부터의 우리 신에 의지토록 합시다!

---

* 거대한 건축물을 완성하기 위해서는 인간을 제물로 바친다는 미신이 있지만, 여기서는
작업을 재촉하다 생긴 사고로 인해 희생되는 것임.
** 바우키스의 설명으로 마법의 힘에 의해 간척공사가 이루어지고 있음을 알 수 있음.

궁전

넓은 유원지, 곧장 뚫린 커다란 운하.

고령이 된 파우스트,* 깊은 생각에 잠겨 거닐고 있다.

망루지기 린케우스 (메가폰을 통하여)

해는 넘어가고, 마지막 배들이

기운차게 항구로 들어오고 있구나.

커다란 배 한 척이 운하를 따라,   11145

이쪽으로 들어오려 하는구나.

오색찬란한 깃발들이 즐겁게 나부끼고,

굳건한 돛대들이 만반의 준비를 갖추고 있으니,

배를 탄 사공은 자신의 행복을 찬양하고,

최고의 순간에 행운이 그대에게 인사하는도다.   11150

(모래언덕 위에서 종이 울린다.)

파우스트 (깜짝 놀라며)

저주스런 종소리로다! 음흉한 화살처럼,

너무나도 치욕스럽게 내게 상처를 입히는구나.

눈앞에는 내 영토가 무한히 전개되어 있는데,

등뒤에서는 불쾌감이 나를 조롱하고,

저 시기에 찬 종소리를 들으니 이런 생각이 나는구나.   11155

나의 지고한 영토란 순수하지가 못할지니,

---

* 1831년 6월 6일 괴테는 에커만에게 '5막에 등장하는 파우스트는 내 의도대로라면 백
살쯤 되어야 할 것이네'라고 말함.

저 보리수 언덕, 저 갈색 판잣집, 그리고

저 무너져가는 예배당은 내 소유가 아니로다.

저곳에 가서 나 휴식을 취하고자 해도,

낯선 그림자로 인해 오싹 소름이 끼치며,   11160

저것은 내 눈의 가시요 발바닥의 가시로다.

아아! 나 이곳에서 멀리 떠났으면 좋겠구나!

망루지기 (앞에서와 같이)

오색찬란한 저 배는 상쾌한

저녁바람을 타고 즐겁게 이쪽으로 달려오는구나!

재빠른 항해의 결과로, 궤짝이니 상자니   11165

자루들이 저렇게 높다랗게 쌓여 있구나!

(화려한 짐배. 가지각색의 외국산 물품들이 풍부하고 다채롭게 실려 있

다. 메피스토펠레스, 세 명의 폭력배)

합창

자, 상륙이다.

벌써 다 왔다.

우리의 보호자이신,

주인어른께 행운 있으라!   11170

(그들은 배에서 내려, 화물들을 육지로 운반한다.)

메피스토펠레스

이로써 우리 실력도 증명되었으니,

주인어른만 칭찬해준다면 대만족이다.

단지 두 척의 배로 떠났던 우리가,

스무 척이 되어 항구로 돌아왔단 말이다.

우리가 얼마나 큰일을 해치웠는지는,   11175

싣고 온 물건들을 보면 알 것이로다.

자유로운 바다는 정신도 자유롭게 하는 법이니,

사리분별 따위가 무슨 소용이랴!

닥치는 대로 잽싸게 잡아채면 그만인데,

물고기도 잡고 배도 잡는 것이지.   11180

우선 세 척의 배를 가진 주인이 되면,

네번째 배를 갈고리로 낚아오고,

다섯번째 배도 온전하지는 못할 것인즉,

힘이 있으면 정의도 갖게 되는 것이다.

무엇을 잡느냐가 문제지, 어떻게는 문제가 아니다.   11185

내가 항해에 문외한이라면 모르되,

전쟁과 무역과 해적질은,

삼위일체로 떼어놓을 수가 없느니라.

세 명의 폭력배

감사도 인사도 없군!

인사도 감사도 없구나!   11190

마치 구린내나는 물건이라도

주인어른께 갖다드린 것 같구나.

저분은 못마땅한

얼굴만 하고 있으니,

왕가의 보물이라도   11195

저분 마음에 들기는 틀렸다.

메피스토펠레스

그 이상의 보상은

기대하지도 마라!

네놈들 몫은 그래도

챙기지 않았더냐.　　　　　　　　　11200

폭력배

그것은 그저

심심풀이에 불과하오.

우리는 모두

똑같은 몫을 바라오.

메피스토펠레스

우선 저 위에 있는　　　　　　　　　11205

즐비한 홀 안에다

값진 물건들을

모조리 정돈해놓아라!

주인어른이 나오셔서

풍부한 보화들을 살피시고,　　　　　　11210

모든 물건들을 하나하나

자세히 살펴보시면,

틀림없이 인색한 짓은

하지 않을 것이며,

모든 선원들에게　　　　　　　　　　11215

잔치에 잔치를 베푸실 게다.

내일은 예쁘장한 계집들도 올 테니,

내가 알아서 그것들을 챙길 것이다.

(짐들이 운반된다.)

메피스토펠레스 (파우스트에게)

당신은 이맛살을 찌푸리고, 음산한 눈초리를 하고,

자신의 고귀한 행운에 대한 이야기를 듣고 있군요.   11220

지고한 지혜가 월계관을 쓰게 되어,

해변과 바다가 화해를 하였소이다.

바다는 해변에서 즐거이 배를 맞아들이고,

빠른 항해를 하도록 뱃길을 마련해줍니다.

그러니 여기, 여기 있는 이 궁전으로부터   11225

당신의 팔이 전 세계를 껴안은 셈이올시다.

여기 이 장소에서 공사가 시작되어,

첫번째 판잣집이 바로 여기 세워졌지요.

주�말게 파내기 시작했던 도랑에,

이제는 노(櫓)가 부지런히 물을 튀기고 있지요.   11230

당신의 드높은 뜻과 신하들의 부지런한 노력이

바다와 육지의 영광을 차지한 것이외다.

이곳으로부터―

파우스트

　　　　　　바로 이곳이 저주스럽도다![*]

바로 이곳이 참을 수 없이 나를 괴롭히고 있다.

만사에 능한 자네에게 말해두거니와,   11235
내 심장을 쿡쿡 찌르는 것이 있어,
나 그것을 도저히 견딜 수가 없다!
이런 말을 하자니, 나 자신이 부끄럽구나.
저 언덕 위의 노인들을 물러가도록 하고,
보리수 서 있는 곳을 내 자리로 삼고 싶다.   11240
내 소유가 아닌 저 몇 그루의 나무들이
나의 세계소유권을 망치고 있단 말이다.
저곳에서 나는 멀리 사방을 살펴보기 위해,
이 가지 저 가지 위에 발판을 만들도록 하고,
멀리까지 시야가 확 트이도록 하여,   11245
내가 이룩한 모든 사업을 바라보고,
현명한 뜻을 실천하여
백성들에게 넓은 땅을 마련해준,
인간 정신의 걸작품을
한눈에 둘러보고 싶단 말이다.   11250

부유한 가운데 결핍을 느낀다는 것은,
우리의 고통 중에 가장 혹독한 것이다.
저 작은 종소리, 저 보리수 향기가
교회나 무덤 속인 양 나를 휘감고 있다.

---

* 파우스트의 무한한 노력에 반하여 시간과 공간이 한정된 이곳의 제한성, 특히 두 노인
의 오두막집이 아직도 그의 소유권 밖에 있다는 한계성을 저주하는 것임.

강력한 의지로 선택한 자유도   11255
여기 이 모래에 부딪히면 산산이 부서져버린다.
어떻게든 저걸 내 마음에서 몰아내야겠다!
저 종소리가 울리면, 난 미칠 것만 같구나.

메피스토펠레스

물론입지요! 그런 불쾌한 게 있으면,
인생이 쓰디쓰다는 건 틀림없지요.   11260
누가 부정하겠습니까! 저런 종소리라면
어떤 고상한 귓전에라도 불쾌하게 들릴 것이외다.
저런 저주스런 빙―방―빙 하는 소리는,
명랑한 저녁하늘을 안개로 뒤덮듯이,
세례를 받을 때부터 장례식에 이르기까지   11265
가지가지 세상일에 끼어들어와서는,
마치 인생이란 빙―방―빙 하는 소리 사이에
덧없이 사라져버린 꿈과 같이 만들어놓지요.

파우스트

저 반항, 저 고집이란 것이
이 화려한 승리감을 망쳐놓고 있으니,   11270
너무 심각하고 무서운 고통을 느낀 나머지,
정의를 지키려는 마음도 지쳐버리는구나.

메피스토펠레스

이런 판국에 무엇을 망설일 게 있소이까?
오래 전에 새 땅으로 이주시켜야 하지 않았소이까?

파우스트

그럼 가서 저들을 딴 곳으로 옮기도록 하라! ─   11275

내가 저 노인들을 위해 골라놓은,

그 훌륭한 땅을 물론 너도 알고 있겠지.

메피스토펠레스

번쩍 들어다가 내려놓으면 될 것이고,

뒤도 돌아다보기 전에, 저들은 다시 기운을 차릴 것이외다.

강제로 이사를 한 다음이라도   11280

훌륭한 거처를 보면 화가 풀릴 겁니다.

(날카롭게 휘파람을 분다.

세 명의 폭력배가 등장한다.)

메피스토펠레스

자, 가자, 주인어른 분부대로 거행토록 하라!

내일은 선원들 잔치가 벌어질 것이다.

세 폭력배

늙은 주인어른께서 우릴 소홀히 맞으셨는데,

푸짐한 잔치쯤은 당연히 있어야죠.   11285

메피스토펠레스 (관람객을 향하여)

옛날에 있었던 일이 여기에서도 일어나는 것입니다.

나봇의 포도원이라는* 일이 벌써 있었으니까요.

(열왕기 상 제21장)

---

* 구약성서 열왕기에 나오는 내용으로, 사마리아의 아합 왕이 궁전 옆에 포도원을 가진
나봇을 신과 왕을 모독했다는 거짓 죄목으로 처형하고 강제로 포도원을 빼앗은 이야기.

깊은 밤

망루지기 린케우스 (성채의 망루 위에서, 노래를 부르며)

　　보기 위해 태어나,

　　살피라는 분부 받고

　　망루지기로 맹세하니　　　　　　　　　　11290

　　세상은 좋기도 하여라.

　　먼 곳을 바라보고

　　가까운 곳을 살펴보면,

　　달도 보고 별도 보고

　　숲과 사슴도 살펴본다.　　　　　　　　　　11295

　　삼라만상 속에서

　　영원한 장식을 보노라니,

　　만물이 내 마음에 들듯이,

　　나도 내 마음에 드는구나.

　　니희 복받은 두 눈이여,　　　　　　　　　　11300

　　이제까지 너희가 본 것은,

　　그것이 무엇이든 간에,

　　모두가 진정 아름다웠도다!

　　(사이)

　　그러나 나 즐거워하기만을 위해,

　　이 높은 곳에 서 있는 것은 아니로다.　　　　11305

　　얼마나 무시무시한 공포가

저 암흑의 세계에서 나를 엄습하는가!
보리수나무의 한층 더 어두운 속에서
불똥이 사방으로 튀는 것이 보이는데,
몰아치는 바람에 불려서,   11310
불길은 점점 세차게 타오르는구나.
아아! 이끼가 끼어 축축하게 서 있던,
저 숲속의 오두막집이 불타는구나.
재빨리 손을 써야 되겠는데,
구원할 길이라곤 전혀 없구나.   11315
아아! 저 착한 노인들은
평소에 그렇게도 불조심을 했는데,
화염의 희생물이 되는가보다!
이 얼마나 무서운 재앙인가!
불꽃이 솟아오르고, 검은 이끼가 덮인   11320
오막살이가 빨간 불길 속에 휩싸여 있구나.
저 광포하게 타오르는 지옥 속에서
그 착한 노인들이라도 살아나야 할 텐데!
나뭇잎과 나뭇가지들 사이로
밝은 불길이 혀를 날름거리며 올라오고,   11325
바싹 마른 가지가 타닥타닥 타오르며,
순식간에 불덩이가 되어 무너져내린다.
이 눈으로 저런 광경을 보아야만 하다니!
왜 나는 멀리 보는 눈을 가졌던가!

무너져내린 나뭇가지의 무게로   11330

조그만 예배당도 허물어지는구나.

뾰족한 불꽃이 벌써 뱀처럼,

높은 가지까지 칭칭 감아버렸다.

속이 빈 나무둥치도 그 뿌리까지

시뻘건 불길 속에 훨훨 타오르고 있구나—   11335

(오랜 휴식, 노랫소리)

내 눈에 언제나 정다웠던,

수백 년 묵은 장소가 사라졌구나.*

파우스트 (발코니 위에서, 모래언덕을 향하여)

저 위에서는 무슨 울부짖는 노랫소리인가?

말과 노래도 여기에서는 이제 너무 늦었도다.

망루지기도 슬퍼하고 있지만, 나도 마음속으로는   11340

저 참을성 없는 행동을 불쾌하게 여기고 있노라.

하지만 보리수나무 숲은 이제 처참하게도

반쯤 숯이 되어 파멸해버렸으니,

그곳에 곧 전망대를 세우도록 하여,

끝없이 먼 곳까지 바라볼 수 있도록 하리라.   11345

저 늙은 부부가 들어가서 살게 될,

새로운 집도 저기 보이는 듯하구나.

그들은 관대히 돌보아준 일에 감동하며,

---

* 괴테가 사망하기 일 년 전(1831년 4월)에 쓴 이 아름다운 시를 호프만슈탈은 '백조의
노래'라 이름함.

기쁜 마음으로 여생을 즐길 수 있겠지.*

메피스토펠레스와 세 폭력배 (아래에서)

저희들은 전속력으로 달려왔소이다.   11350

죄송합니다! 일이 원만하게 처리되질 못했습니다.

우리가 문을 두드리고 또 두드렸지만,

아무리 해도 열어주지를 않았소이다.

그래서 문을 흔들어대며 계속해 두드리니,

썩은 문짝이 그 자리에 쓰러지더군요.   11355

아무리 고함을 지르고 심하게 위협을 해도,

도무지 들어주려고 하지를 않았습니다.

그러한 경우에 흔히 있는 일이겠지만,

그들은 듣지도 않고, 들으려고도 하지 않았습죠,

그러나 우리는 조금도 지체하지 않고,   11360

그것들을 재빠르게 몰아내버렸습지요.

늙은 부부는 별로 괴로워하지도 않고,

놀란 나머지 정신을 잃고 쓰러졌답니다.

그곳에 숨어 있던 어떤 나그네 한 놈이

싸우려고 덤비기에 그냥 죽여버렸습지요.   11365

잠깐 동안이지만 맹렬히 싸우는 사이에,

숯불이 온통 사방에 흩어져서 지푸라기에

옮겨 붙었지요. 그러자 불길이 마구 타올라서,

---

* 파우스트는 오두막집이 불탄 것은 알았지만, 필레몬과 바우키스는 무사하며 편안한 삶을 살게 되리라 생각함.

그 세 사람은 화형을 당한 꼴이 되었소이다.

파우스트

네놈들은 내가 말할 때 귀가 먹었었느냐?   11370

나는 교환을 하려 했지 강도질하려던 게 아니었다.

그렇게 무모하게 거친 짓을 하다니,

저주스럽구나. 이 저주는 네놈들끼리 나눠가져라!

합창

옛날부터 전해오는 말이 울리는구나.

폭력에는 순순히 복종토록 하라!   11375

만일 네가 대담하여 견뎌낼 양이면,

집과 대지 그리고 — 너 자신까지 걸어야 하리라. (퇴장)

파우스트 (발코니 위에서)

별들도 반짝이던 빛을 감추고,

불길도 가라앉아 모닥불이 되었구나.

소름이 끼치는 바람이 그걸 부채질하며,   11380

연기와 냄새를 내게로 날려 보내는구나.

명령도 성급했고, 행동도 너무 성급하였노라! —

그림자처럼 부동하며 다가오는 저것은 무엇일까?

한밤중

회색의 여인 네 명이* 등장한다.

첫째 여인

제 이름은 결핍이에요.

둘째 여인

저는 죄악이라고 해요.

셋째 여인

제 이름은 근심이에요.

넷째 여인

저는 곤궁이라 하고요.   11385

셋이 함께

문이 닫혀 있어서, 우린 들어갈 수가 없군요.

안에는 부자(富者)가 살고 있어서, 들어가고 싶지도 않아요.

결핍

그럼 전 그림자가 되겠어요.

죄악

그럼 전 없어져버리겠어요.

곤궁

호강에 젖은 사람들은 절 외면하지요.

----

* 셰익스피어의 『맥베스』에 등장하는 요녀들을 모방한 것으로, 그들은 공히 예언의 천부
를 지니고 있음.

근심

언니들은 들어갈 수도 없고, 들어가서도 안 돼요. 11390

근심인 저는 열쇠 구멍으로 살짝 숨어들어가겠지만요.

(근심, 사라진다.)

결핍

회색의 언니들이여, 여기에서 물러갑시다.

죄악

나는 네 곁에 바싹 붙어 다니겠다.

곤궁

곤궁인 나는 발꿈치를 바싹 따라다녀야지.

셋이 함께

구름이 흘러오자, 별들이 사라졌어요! 11395

저기, 저 뒤쪽에서! 멀고 아득한 곳으로부터,

그분이 와요. 오빠가, 저기 와요 ─ 죽음이 말이에요.

파우스트 (궁전 안에서)*

넷이 오는 것을 보았는데, 셋만 떠나가는구나.

그들이 하는 말의 뜻은 이해할 수가 없었다.

귓전에 남아 있는 여운은 ─ 곤궁(노트)이라 하는 듯한데, 11400

뒤따르는 음산한 운자(韻字)는 ─ 죽음(토트)이라는 것 같았다.

그 음조는 공허하고 유령처럼 둔탁하게 울렸지.

아직도 난 자유로운 경지를 싸워 얻지를 못했다.

---

* '궁전 안에서'라는 지문은 실제 궁전의 내부를 가리킴과 동시에 파우스트 영혼의 내면
을 지칭하기도 함.

어떻게든지 내가 가는 길에서 마법을 제거하고,
주문 따위는 완전히 잊을 수 있다면 좋으련만.   11405
자연이여, 내가 그대 앞에 한 사나이로 마주설 수 있다면,
한 인간으로 존재하려고 노력하려는 보람이 있으리라.

내가 암흑 속에서 찾아 헤매며, 무엄한 말로
나 자신과 세계를 저주하기 이전까지는 나도 그러했었다.
그런데 이젠 저런 요기(妖氣)들이 공중에 충만해 있으니,   11410
어찌하면 그것들을 피할 수 있을는지 알 길이 없구나.
대낮은 명랑하게 이성적인 웃음을 던져준다 할지라도,
밤은 우리를 악몽의 올가미 속에 옭아매고 있느니라.
싱싱한 들판으로부터 즐거운 기분으로 돌아오면,
까옥까옥 새가 울어댄다. 뭐라고 울지? 재앙이라고 울어댄다.   11415
낮이고 밤이고 미신에 얽매여 살다보니,
허깨비가 보이고, 징조가 나타나며, 경고도 울려오는데,
이렇게 겁에 질린 채, 우리는 홀로 서 있는 것이다.
문이 삐걱거리는 소리가 났는데, 아무도 들어오진 않는구나.
(충격을 받은 듯이)
여기에 누가 왔소?

근심

　　　　　　그 물음에는 '네'라고 대답해야겠군요!   11420

파우스트

한데 그대는 대체 누구인가?

근심

　　일단 여기 온 사람이에요.

파우스트

　　물러가도록 하게!

근심

　　전 올 곳에 와 있는 거예요.

파우스트 (처음에는 화를 내다가 다음에는 마음을 가라앉히고, 혼잣말로)

　　제발 좀 주의하고 주문 따위는 외우지 말아다오.*

근심

　　제 목소리는 귀로는 듣지 못해도,

　　마음속에서는** 꽝꽝히 울릴 거예요.　　　　　　　　11425

　　저는 여러 가지 형상으로 변화하면서

　　잔인스런 힘을 발휘하고 있지요.

　　좁은 오솔길에서나, 파도 위에서나,

　　영원히 불안스러운 길동무로서,

　　한번 찾지 않아도, 언제나 나타나고,　　　　　　　　11430

　　저주도 받지만, 아첨도 받는답니다—

　　당신은 근심이란 걸 아직 모르고 계신가요?

파우스트

　　나는 오로지 이 세상을 줄달음쳐왔을 따름이다.

　　쾌락이라면 모조리 그 머리채를 움켜잡았고,

---

* 파우스트는 주문과 마법 등을 멀리하고, 인간과 자연을 가까이하는 인생을 바람.

** 근심은 내면을 파고 들어오는데, 그 현상은 불안이나 의구심 등으로 나타남.

마음에 흡족하지 않은 것은 놓아버려두고,   11435

내게서 빠져나가는 것은 그대로 떠나가게 했다.

나는 오로지 갈망하고 그것을 이룩하였고,

또다시 소망을 품고서는 그다지도 기운차게

일생을 돌진해왔다. 처음에는 거대하고 과격했지만,

지금은 현명하고 신중하게 해나가고 있다.   11440

이 지상의 일은 남김 없이 다 알고 있지만,

저 천상으로 향할 전망은 사라져버리고 말았다.

두 눈을 깜박거리며 하늘을 향해 눈길을 돌리고서,

구름 위에도 자기 같은 자가 있기를 꿈꾸는 자는 바보로다!

이 땅에 굳건히 서서 이곳 주위를 돌아보도록 하라.   11445

유능한 인간에게 이 세상은 결코 침묵하지 않으리라.

무엇 때문에 영원 속을 헤맬 필요가 있겠는가!

인식한 것은 모두 손아귀에 잡을 수가 있다.

이렇게 지상에서의 날들을 살아가도록 하라.

도깨비들이 날뛴다 해도 자기 갈 길만 가면 된다.   11450

어떠한 순간에도 만족하지 못하는 자,

그가 계속 가는 길에는 고통도 있고 행복도 있으리라!

근심

누구든지 제가 한번 잡기만 하면,

그에겐 온 세상이 소용없게 되지요.

영원한 암흑이 내리덮이고,   11455

해는 뜨지도 않고 지지도 않으며,

외면의 감각은 완전하다 하여도

내면에는 갖가지 암흑이 깃들어 살고,

온갖 보화들 중 그 어느 하나도

제 것으로 만들어 즐길 수가 없지요.　　　　　　　11460

행복도 불행도 시름으로 변하고,

풍부한 속에서도 배고파 굶주리며,

즐거운 일이든 괴로운 일이든,

모조리 다음날로 밀어젖히고,

오로지 미래만을 기대하고 있을 뿐,　　　　　　　11465

완성될 날이라곤 결코 없을 거예요.

파우스트

그만 닥쳐라! 그런 식으론 나 꿈쩍도 않는다!

그따위 허튼소리는 듣고 싶지도 않다.

썩 물러가라! 그런 고약한 염불을 계속 읊어댄다면,

아무리 영리한 사나이라도 속을는지 모르겠다.　　　11470

근심

가야 할 것인가, 와야 할 것인가?

그런 자는 결단을 내리지 못하지요.

훤하게 뚫린 길 한복판에서

멈칫멈칫 반걸음 내딛다가 흔들거려요.

점점 더 깊숙이 길을 잃고서,　　　　　　　　　　11475

온갖 사물을 비뚤어진 눈길로 바라보고,

자신에게나 남들에게 성가신 짐이 되어,

숨을 쉬면서도 질식할 지경이지요.

숨막혀 죽지는 않으나 생기가 없으며,

절망은 않는다 해도 몰두하지를 못해요.   11480

이렇게 줄곧 이리저리 뒹굴기만 하고,

그만두자니 고통스럽고 억지로 하자니 불쾌하고,

때로는 해방이 되고, 때로는 억압을 받으며,

자는 듯 마는 듯 제대로 기운도 차리지 못하고,

꼼짝없이 제자리에 달라붙은 채   11485

지옥 갈 준비나 하게 되지요.

파우스트

이 저주스런 유령들아! 네놈들은

천 번 만 번 그런 꼴로 인간을 괴롭히고 있구나.

아무 탈 없는 날들마저 네놈들은 그물에 얽힌 고통의

흉측스런 혼란으로 뒤바꿔놓고 있구나.   11490

악령에게서 벗어나기 어렵다는 것은 나도 알고 있으며,

정령과 맺은 준엄한 유대도 풀 수가 없느니라.

하지만 근심이여, 살금살금 기어드는 너의 위대한 힘을,

그 힘을 난 결코 인정하지 않으리라.

근심

제가 저주를 해놓고 재빠르게

당신을 떠날 때, 그 위력을 알 거예요!   11495

인간들은 일생 동안 앞을 보지 못하고 지내니,

파우스트여, 당신도 이제 장님이* 되세요!

(파우스트에게 입김을** 뿜는다.)

파우스트 (눈이 먼다.)

밤이 점점 더 깊어가는 것 같은데,

마음속에서만은 밝은 빛이 빛나고 있구나.　　　　　　11500

내가 생각했던 바를 서둘러 완성해야겠다.

주인어른의 말씀, 그것만이 위력이 있으리라.

여봐라, 하인들아! 하나도 빠짐없이 자리에서 일어나라!

내가 대담하게 계획한 바를 훌륭하게 실현시켜다오.

연장을 잡아라! 큰 삽을 쓰고 괭이를 써라!　　　　　　11505

정해진 일은 당장에 해치워야만 하리라.

엄격한 질서를 지키고 부지런히 일하면,

비길 데 없이 높은 보수를 받으리라.

이 위대한 사업을 완성하기 위해서는,

수천의 손 부리는 하나의 정신으로 충분하리라.　　　　　　11510

궁전의 커다란 앞마당

횃불들

메피스토펠레스 (감독자로 앞에 서서)

---

* 인간은 눈앞의 세상을 있는 그대로 보지 못하는 장님과 같은 존재임. 근심은 장님이란 방해물을 이용하여 인간과 세상 사이를 이간하며 훼방함.
** 악령의 입김이 인간에게 해를 끼친다는 미신이 있음.

이리 모여라, 이리! 들어와라, 들어와!
흐늘흐늘한 죽음의 정령 레무르들아.*
여러 가지 끈과 힘줄과 뼈다귀로
엮어 만든 이 반편놈들아.

레무르들 (합창으로)

당장에 분부를 받들겠어요.   11515
얼핏 우리가 엿들은 바로는,
아주 넓은 땅이 하나 있는데,
우리가 그걸 맡아야 한다지요.

뾰족한 말뚝이며, 측량에 필요한
긴 사슬도 여기에 다 있습니다.   11520
그런데 왜 우리가 호출되었는지,
그걸 깜빡 잊어버리고 말았어요.

메피스토펠레스

여기서는 기술적인 노력은 필요 없다.
치수는 그냥 제 몸뚱이대로 재면 된다!
제일 키 큰 놈이 길게 눕도록 하고,   11525
다른 놈들은 그 둘레의 잔디를 깎도록 하라.
우리의 아비들을 파묻었을 때와 같이,
길쭉한 네모꼴로 파란 말이다!

---

* 죽은 인간의 망령들로, 해골과 뼈만 남은 형상이 아니라 피부가 마른 미라 같은 모습.

궁전에서 이 비좁은 집으로 들어가다니,

결국엔 이렇게 바보같이 끝나는 법이다.   11530

레무르들 (익살스런 몸짓으로 땅을 파면서)

　　나도 젊고 팔팔하게 사랑을 했을 때는,

　　그 맛 정말이지 달콤하다 생각했었지.

　　즐거운 노랫소리 울리고 신나게 돌아가면,

　　내 발길은 저절로 그쪽으로 옮겨갔지.

　　이제 음흉스런 늙음이 찾아들더니,   11535

　　구부러진 지팡이로 날 내려치는구나.

　　나 비틀대며 묘지 문 앞에 넘어졌는데,

　　어쩌자고 그 문이 하필 열려 있을까!*

파우스트 (궁전에서 나오면서, 문설주를 손으로 더듬는다.)

　　삽질하는 저 소리를 들으니 정말 즐겁구나!

　　저 무리들 나를 위해 부역에 종사하며,   11540

　　육지를 그 자체 잘 가다듬고,

　　파도를 막아 그 한계선을 정해주며,

　　바다를 튼튼한 제방으로 둘러치는 것이다.

메피스토펠레스 (옆쪽으로 혼잣말로)

　　네놈이 제방을 쌓고, 둑을 막고 하지만,

　　그건 오로지 우리를 위해 애쓴 것이다.   11545

---

* 이 레무르들의 노래는 셰익스피어의 『햄릿』에 나오는 무덤파기 노래를 괴테가 개작한
것이라고 함.

네놈은 벌써 바다의 악마인 넵투누스를 위해,

성대한 잔치를* 준비하고 있으니 말이다.

어떠한 형태로도 너희는 끝장나고 말 것이다 —

사대원소의 세계가 우리와 결탁하고 있으니,

결국은 파멸의 길을 가게 되리라.   11550

파우스트

감독관!

메피스토펠레스

여기 있습니다!

파우스트

가능한 수단을 동원하여

일꾼들을 모을 수 있는 대로 모으도록 하라.

쾌락으로 격려하고 엄벌로 다스리며,

돈도 뿌리고, 달래기도 하고, 억누르기도 해라!

그리고 계획한 수로(水路)가 얼마나 길어졌는지,   11555

매일매일 내게 보고하도록 하라.

메피스토펠레스 (약간 낮은 소리로)

내가 받은 보고에 의하면 수로가 아니라,

무덤을 파는 것이라고 하더이다.

파우스트

저 산줄기에 늪이 하나 생겨서,

---

* 바닷물이 매립지의 둑을 뚫고 대량의 주민을 바다로 휩쓸어가는 것을 뜻함.

이미 이룩해놓은 땅을 모조리 더럽히고 있구나.　　　　　11560

악취가 나는 썩은 늪의 물을 몰아내는 것이,

마지막이면서도 최대의 공사가 되리라.

이로써 난 수백만의 백성에게 땅을 마련해주는 것이니,

안전치는 못할지라도 일하며 자유롭게 살 수는 있으리라.

들판은 푸르고 비옥하니, 인간과 가축들은　　　　　11565

새로 개척한 대지에 곧 정이 들게 될 것이며,

대담하고 부지런한 일꾼들이 쌓아올린

튼튼한 언덕으로 곧 이주해오게 되리라.

밖에선 거센 파도가 미친 듯 제방까지 밀려온다 해도,

여기 이 안쪽은 천국과도 같은 땅이 될 것이며,　　　　　11570

파도가 세차게 밀고 들어와 제방을 갉아먹는다 해도,

협동하는 정신은 서둘러 갈라진 틈을 막아버리리라.

그렇다! 이런 뜻에 나 모든 걸 바치고 있으니,

인간 지혜의 마지막 결론이란 이러하다.

자유도 생명도* 날마다 싸워서 얻는 자만이,　　　　　11575

그것을 누릴 만한 자격이 있는 것이다.

그래서 위험에 에워싸여 있으면서도 여기에서는,

아이고 어른이고 노인이고 값진 세월을 보내게 되리라.

나는 이러한 인간의 무리를 바라보며,

---

* 자유나 평안한 생활도 타인에 의해서가 아니라, 자신의 노력으로 이룩해야만 가치가
있다는 괴테 인생관의 표현임.

자유로운 땅에서 자유로운 백성과 더불어 살고 싶다.* 11580

그러면 순간에다 대고 나 이렇게 말해도 좋으리라.

멈추어라, 너 정말 아름답구나!

내가 이 세상에 이루어놓은 흔적은

영원토록 사라지지 않을 것이다—

이러한 드높은 행복을 예감하면서 11585

지금 나는 최고의 순간을 맛보고 있노라.

(파우스트, 뒤로 쓰러진다.

죽음의 영들이 그를 붙잡아 땅 위에 누인다.)

메피스토펠레스

어떤 쾌락이나 어떤 행복에도 만족하지 못하고,

끊임없이 변화하는 형상들만 뒤쫓아다니더니,

하찮고 허망한 이 최후의 순간을,

이 가련한 자는 붙잡아두려 하는구나. 11590

내게는 그렇게도 거세게 항거하던 놈이지만,

세월 앞엔 별수 없이, 백발이 되어 여기 모래밭에 누웠구나.

시계는 멈추었다—

합창

멈추었다! 한밤중과도 같이 고요하구나.

시곗바늘이 떨어진다.

---

* 파우스트가 소망하는 이상국은 전제주의 국가가 아니라, 자제와 공공정신에 따라 참다운 자유에 투철한 백성들로 구성된 공화국이라 할 수 있음.

메피스토펠레스

　　　　　바늘은 떨어지고, 일은 끝났다.

합창

　지나가버렸다.

메피스토펠레스

　　　　　지나가버렸다니! 바보 같은 소리.　　　　11595

어째서 지나갔단 말이냐?

지나갔다는 것과 전혀 없다는 것은 완전히 같은 것이다!

영원히 창조한다는 게 대체 무슨 소용인가!

창조된 것은 무(無) 속으로 끌려들어가게 마련이다!

"지나가버렸다!" 여기에 대체 무슨 뜻이 있느냐?　　　11600

이거야말로 아무것도 없는 것과 마찬가지인데,

그런데도 마치 뭔가가 있는 것처럼 뱅뱅 맴돌고 있구나.

그래서 난 오히려 영원한 공허를 좋아한단 말이다.

　매장

레무르 (독창)

　　　　　삽과 괭이로 이 집을,*

　　　　　누가 이렇게 형편없이 지었나?　　　　11605

---

* 집이란 무덤을 말하고, 방은 시체를 묻는 광중(壙中)을 뜻함.

레무르들 (합창)

　　삼베옷 입은 둔감한 손님에겐,

　　이만해도 지나치게 훌륭하단다.

레무르 (독창)

　　누가 방을 이렇게 형편없이 꾸몄을까?

　　탁자와 의자들은 어디에 있나?

레무르들 (합창)

　　이것들도 잠시 빌린 것인데,　　　　　　　　　11610

　　빚쟁이들이* 너무 많이 득실거린다.

메피스토펠레스

　　육신은 쓰러지고, 영혼은 도망가려 하니,

　　빨리 피로 서명한 쪽지를** 보여줘야겠구나—

　　그런데 요즈음엔 유감스럽게도 악마로부터,

　　영혼을 가로채가는 방법이 너무 많단 말이야.　　11615

　　옛날식대로 하자니 모두들 싫어하고,

　　새로운 방식에는 아직 내가 서툴단 말이야.***

　　전 같으면 나 혼자서 해치울 텐데,

　　이제는 조수라도 불러와야 할 판이로구나.

---

* 영혼과 육체로 이루어진 생명이란 신이나 악마가 잠시 동안 빌려준 존재로서 이제 반환할 것을 재촉하는 것임.

** 비극 제1부에서 파우스트가 악마에게 피로 서명해준 계약문서.

*** 현대의 인간 영혼은 회오, 고해, 최후의 도유식(塗油式) 등으로 구원받고 있는데, 악마는 강제적으로 영혼을 탈취하는 옛날 방식도 쓸 수 없고, 시체가 자연히 분해되어 영혼이 빠져나가는 순간을 노리는 새로운 방법에도 익숙지 못하다고 불평하는 것임.

우리에겐 만사가 불리하게만 되어가는구나!   11620

자고로 내려오는 관습, 옛날부터의 권리,

더이상 어느 한 가지도 믿을 수 없게 되었구나.

예전엔 마지막 숨이 끊어지며 영혼이 튀어나오면,

내가 지키고 있다가 날쌘 쥐새끼 잡는 것처럼,

획! 가로채 단단히 감아쥔 손아귀에 움켜잡곤 하였지.   11625

지금은 영혼들이 머뭇머뭇 살피면서 그 음산한 곳,

고약한 송장의 구역질나는 집에서 나오려 하지 않거든.

그러다간 서로를 증오하는 육체의 원소(元素)들에게,

결국은 처참하게 쫓겨나고 만단 말이야.

그래서 나는 날마다 시각마다 노심초사하고 있는데,   11630

언제? 어떻게? 어디서? 이것이 까다로운 문제로다.

죽음이란 늙은 놈이 재빨리 힘을 잃기는 했지만,

과연 정말 죽은 것인가? 한참 동안 의심하게 된단 말이야.

가끔은 굳어버린 사지를 탐내며 바라보는데 ―

그건 겉모양일 뿐, 다시 꿈틀꿈틀 움직인 놈도 있었거든.   11635

(환상적으로 대열을 이끄는 사람처럼, 마귀들을 불러내는 몸짓을 한다.)

자, 기운차게 나오너라! 곱절 빠른 걸음으로 뛰어나와라.

여봐라, 뿔이 곧은 놈, 뿔이 꾸부러진 놈,

너희는 유서 깊은 악마의 명문족속들이니,

이리 오는 길에 지옥의 아가리를 가져오너라.

하긴 지옥에는 아가리가 너무너무 많아서,   11640

그 지위와 계급에 따라 삼키게 되어 있지만,

이 마지막 유회를 비롯하여 앞으로는

그렇게 걱정하지 않아도* 좋을 것이다.

(왼쪽에 무시무시한 지옥의 아가리가** 열린다.)

송곳니가 열리는구나. 둥근 천장 같은 목구멍에서는

광란하는 불길이 노도처럼 솟아오르고,   11645

그 뒤편으로는 피어오르는 검은 연기 속에

영원히 작열하는 화염의 도시가 보이는구나.

빨간 불길이 파도처럼 이빨까지 치솟아오르고,

저주받은 놈들이 구원을 바라며 헤엄쳐 나오누나.

그러나 하이에나 같은 입으로 거창하게 물어뜯으니,   11650

놈들은 겁에 질려 뜨거운 불길로 되돌아간다.

저 구석구석에서는 아직도 많은 것들을 찾아볼 수 있으니,

그 비좁은 공간에 무시무시한 것들이 어쩌면 그리도 많을까!

너희가 그렇게 죄인들을 혼내주는 방법은 훌륭하지만,

놈들은 이것을 거짓이며 속임수며 꿈이라고 여긴단 말이다.   11655

(짧고 곧은 뿔이 달린 뚱뚱한 악마들에게)

자, 그럼 불길의 뺨을 가진 배불뚝이 악당들아!

네놈들은 지옥의 유황을 먹고 통통하게 살쪄 잘도 타오르며,

작달막한 목덜미는 통나무처럼 꼼짝도 하지 않는구나!

---

* 프랑스 대혁명 이후 민주주의와 평등사상이 나타나 계급차별이 없어지는 것을 의미함.
** 17~18세기 바로크 양식의 무대장치 지옥의 아가리는 무시무시한 턱과 어금니를 드러내고, 그 속으로 불길에 휩싸인 도시가 보이게 만들었음.

인광처럼 반짝거리는 것이 없나 여기 아래쪽을 잘 살펴보아라.

그것이 넋이다. 나비처럼 날개가 달린 영혼인데,   11660

날개를 뜯어내면, 흉측한 구더기로 변한단다.*

내가 그것을 도장으로 봉인해줄 터이니,

소용돌이 불길 속으로 그걸 가지고 도망치도록 하라!

몸뚱이 아래쪽을 조심해서 살펴라.

이 뚱보놈들아, 그것은 너희들 책임이다.   11665

영혼이 그런 곳에 살기를 좋아하는지,

물론 정확히는 알 수 없는 일이다.

그러나 배꼽 속에 즐겨 자리잡는다 하니―

그곳에서 튀어나오지 않나 조심하도록 하라.

(길고 구부러진 뿔을 가진 말라빠진 악마들을 향하여)

겉만 번드레하고 향도(嚮導)처럼 키만 큰 악마들아,   11670

허공을 움켜잡고, 쉬지 않고 지키도록 하라!

팔을 쭉 뻗치고 날카로운 발톱을 내밀어,

너울너울 날아 도망치는 영혼을 잡도록 하라.

그놈은 필시 옛날 집구석에 살 수 없을 것이며,

천재라서, 당장 위로 빠져나오려 할 것이다.   11675

(오른편 위에서 영광의 빛이 비친다.)

---

* 그리스 신화에서는 영혼을 날개 달린 나비 형상으로 나타내는데, 날개가 떨어지면 흉측한 벌레의 모습으로 남게 됨.

천사의 무리

> 하늘의 사자(使者)들이여,
>
> 천상의 겨레들이여,
>
> 유유히 날개 펴고 따르면서,
>
> 죄인들을 용서해주고,
>
> 티끌 인간도 다시 소생케 하라.   11680
>
> 여유 있게 행렬을 지어
>
> 둥실둥실 떠돌면서,
>
> 대자연 삼라만상에
>
> 정다운 자취를 남기어라!

메피스토펠레스

> 불쾌한 소리로다. 구역질나는 소리가   11685
>
> 반갑지 않은 빛과 더불어 위에서 내려오는구나.
>
> 저건 사내아이인지 계집아이인지 모를 서툰 노랫소리로,*
>
> 신앙에 열심인 척하는 놈이나 좋아하겠다.
>
> 너희들도 알다시피, 저 극악무도한 순간에 우리는
>
> 인간 족속들을 완전히 멸망시키려 생각했었는데,   11690
>
> 우리가 고안해낸 가장 치욕스런 죄악까지도,
>
> 저놈들 예배를 올리는 데 알맞은 모양이다.
>
>
> 저 멍청한 놈들이 경건한 척하며 오고 있구나!

---

* 메피스토펠레스는 천사의 목소리가 여자도 남자도 아닌 불쾌한 중성의 목소리라고 비방함.

저런 식으로 놈들은 많은 영혼을 우리에게서 가로채갔으니,

우리들 자신의 무기를* 가지고 우리를 잡는 꼴이다.　　　　11695

저것들도 악마인데, 가면을 쓰고 있을 따름이다.

이번에도 놓친다면, 영원한 치욕이 될 것이니,

무덤 가까이 다가와 가장자리를 단단히 지키도록 하라!

천사들의 합창 (장미꽃을** 뿌리며)

눈부시게 빛나면서,

향기를 풍겨주는 장미여!　　　　11700

너울너울 춤추고 떠돌면서,

은밀히 생기를 주는 꽃이여.

가지를 날개 삼고,

봉오리를 활짝 펴서,

서둘러 꽃을 피워라!　　　　11705

봄이여, 진홍빛 꽃과

초록빛 잎을 싹트게 하라!

고요히 잠든 자에게

천국을 누리게 하라.

메피스토펠레스 (마귀들을 향하여)

왜 몸을 웅크리고 떨고 있느냐? 그게 지옥의 습관이냐?　　　　11710

---

* 가면을 써서 상대를 안심시켜놓고 덤벼드는 수법의 무기.

** 장미는 지상의 더러움을 불태우고 정신을 정화시키며, 신성한 사랑과 천상의 빛을 상징함.

딱 버티고 서서 뿌릴 테면 뿌리라고 내버려두어라.

이 천치 같은 놈들, 모두 제자리를 지키란 말이다!

저놈들은 저따위 꽃송이를 눈처럼 뿌려서,

뜨거운 악마들을 묻어버릴 생각인 모양이지만,

너희들의 입김에 녹아서 오그라들고 말 것이다.   11715

자, 불어대라, 풀무귀신들아! ― 됐다, 이젠 됐다!

너희들 뜨거운 입김으로 날아오던 꽃들이 모두 퇴색하는구나.

그렇게 세차게 불진 마라! 입과 코를 막아두어라!

사실이지, 너희는 너무 세차게 불어댔다.

네놈들은 도대체 적당히 할 줄을 모른단 말이다!   11720

오그라들 뿐 아니라, 갈색으로 변하고 말라 타버리는구나!

벌써 독기 서린 맑은 불꽃이 되어 이리로 날아온다.

모두 뭉쳐서 확고한 진을 치고 저것들을 막아내라! ―

그런데 기운이 빠져버린다! 용기도 다 사라져버린다!

마귀 놈들이 색다른 아침의 불 냄새를 맡은 모양이로구나.   11725

천사들의 합창

　　성스러운 꽃잎들,

　　즐거운 불꽃들은,

　　마음이 가는 대로,

　　사랑을 퍼뜨리고,

　　즐거움을 마련한다.   11730

　　진실한 말씀은,

　　맑은 창공에서,

영원한 무리들에게

어디서나 광명이로다!

메피스토펠레스

이 저주받을 놈들! 이런 천치들, 치욕스럽구나!   11735

마귀란 놈들이 대가리를 처박고 거꾸로 서고,

저 천치 바보 같은 것들이 곤두박질치면서,

꽁무니를 빼며 지옥으로 떨어져 들어가다니.

자업자득한 뜨거운 열탕이나 뒤집어써라!

하지만 난 내 자리를 지키고 있겠다 ―   11740

(날아다니는 장미꽃들을 이리저리 쳐버리며)

도깨비불아, 물러가라! 네놈이 아직은 강하게 빛난다 해도,

움켜잡으면, 구역질나는 아교 덩어리에 지나지 않는다.

어찌하여 이렇게 너풀거리느냐? 썩 꺼져버리도록 하라! ―

이것들이 역청과 유황처럼 내 목에 찰싹 달라붙는구나.

천사들의 합창

너희들의 것이 아니면,   11745

너희들 스스로가 피해야 하고,

너희들 마음을 어지럽히는 것을,

너희들 스스로가 견딜 수 없으리라.

그래도 난폭하게 덤벼든다면,

우리들도 힘차게 싸우리라.   11750

사랑만이 사랑하는 자들을

천국으로 인도하리라!

메피스토펠레스

　내 머리가 탄다. 심장도 타고 간장도 타니,

　악마를 초월하는 불길이로다!

　지옥의 불보다도 훨씬 더 날카롭구나! ―　　　　　　　　　11755

　실연당한 불행한 연인들이여! 그러기에

　너희들은 목을 돌려 애인을 살피면서,

　그다지도 몸서리치게 괴로워하는 것이로구나.

　나도 이상하다! 무엇이 내 머리를 저쪽으로 잡아끄는 것일까?

　저것들과는 불구대천의 원수로 싸우고 있는 내가 아닌가!　11760

　예전에는 보기만 해도 무섭도록 적대감이 일어났었다.

　이상한 기운이 내 몸에 속속들이 배어들었단 말인가?

　나도 저 귀엽기 그지없는 소년들을 만나보고 싶구나.

　내가 저주하지 못하도록 방해하는 것이 무엇일까? ―

　그런데 내가 만일 유혹이라도 당한다면,　　　　　　　　11765

　미래에는 누구든 나를 바보놈이라 부르겠지?

　내가 증오하는 저 불량한 녀석들이,

　정말이지 너무 사랑스럽게만 여겨지는구나! ―

　사랑스런 아이들아, 내게 좀 알려다오.

　너희들도 루시퍼의 일족이* 아니더냐?　　　　　　　　　11770

＊ 루시퍼도 대천사였지만 신에게 반역하여 지옥으로 떨어져 악마가 되었기 때문에 천사들도 그와 일족이라는 것임.

너희들 정말 예쁘구나, 진정 키스라도 해주고 싶다.

너희들이 마침 잘 왔다는 생각이 드는구나.

벌써 너희들을 수천 번이나 만나본 것처럼,

난 기분이 유쾌하고 자연스럽다는 생각이 든다.

은근히 고양이 같은 욕정이 솟아오르고,   11775

보면 볼수록 점점 더 예뻐지기만 하는구나.

오오, 이리 가까이 와서, 한 번만 보게 해다오!

천사들

가고말고요. 어째서 당신은 뒤로 물러나세요?

우리가 가까이 갈 테니, 될 수 있으면 그대로 계세요!

(천사들이 빙빙 돌며, 무대 전체에 자리를 잡는다.)

메피스토펠레스 (무대 전면으로 밀려나서)

너희들은 우리를 저주받은 악령이라고 비난하지만,   11780

사실은 너희가 진짜 마법사들이다.

그건 너희가 사내고 계집이고 모두 홀려대니까 말이다 ―

이 무슨 빌어먹을 기괴한 사건이란 말이냐!

이것이 바로 사랑의 원소라는 것인가?

온몸이 불구덩이 속에 있으면서,   11785

목덜미가 타들어오는 것도 느끼지 못하다니 ―

너희들 이리저리 떠돌기만 하는데, 이리로 내려와서

그 귀여운 사지를 약간만 더 속되게 움직여보아라.

물론 그 엄숙한 꼴이 너희에게 잘 어울리지만,

한 번만이라도 살짝 웃는 모습을 보고 싶구나!   11790
그러면 나도 영원토록 황홀해할 텐데.
연인들끼리 서로 바라볼 때 하는 식으로 말이다.
입 언저리를 약간만 빙긋하면 되는 거야.
이봐, 키다리 소년아, 난 네가 제일 맘에 드는데,
성직자 같은 표정은 네게 전혀 어울리지 않아.   11795
그러니 좀더 음탕한 눈길로 나를 쳐다보아라!
속살을 드러내놓고 얌전히 다닐 수도 있을 텐데,
그 주름잡힌 긴 옷은 너무 점잖단 말이다 ─
저것들이 돌아섰구나 ─ 뒷모습도 볼 만한걸! ─
저 녀석들 정말 입맛 당기게 하네!   11800

천사들의 합창

너희 사랑의 불꽃이여,
청명한 곳으로 향하라!
스스로 저주하는 자,
진리가 구원해주리라.
그들은 악으로부터   11805
즐거이 구원을 받아,
만유(萬有)가 하나 되어
행복하게 살리라.

메피스토펠레스 (정신을 가다듬으면서)

나 이게 무슨 꼴이냐! ─ 욥과도* 같이 온몸에
종양이 생겨 곪아터지니, 내가 봐도 소름이 끼치는구나.   11810

하지만 동시에 자신의 마음을 속속 들여다보고,

자신과 자기 족속을 믿는다면, 승리할 수도 있으리라.

악마의 고귀한 부분은 모두 다 구원되었으며,

사랑의 도깨비는 살갗만 살짝 스쳤을 따름이다.

그 가증스런 불꽃은 이미 다 타버렸으니,   11815

마땅히 난 너희 모두를 저주하노라!

천사들의 합창

성스러운 사랑의 불길이여!

이 불길에 휩싸이는 자,

선인(善人)들과 더불어 살면서

스스로 복됨을 느끼게 되리라.   11820

모두가 하나 되어

다 같이 일어나 찬양합시다!

대기도 깨끗해졌으니,

숨을 쉬어라!

(천사들, 파우스트의 불멸의 영혼을 인도하며 하늘로 올라간다.)

메피스토펠레스 (주위를 돌아보며)

아니, 어떻게 된 일이지? ─ 다들 어디로 가버렸을까?   11825

철도 들지 않은 녀석들이 갑자기 날 엄습하더니만,

---

* 구약성서 욥기 제2장 7절에 '사탄은 욥을 때려 발끝에서 머리끝까지 지독한 종양이 생기게 하였다'고 되어 있음.

내 노획물을 약탈해 하늘로 달아나버렸구나.

그래서 고것들이 이 무덤가에 와 입맛을 다셨던 거야!

난 하나밖에 없는 귀한 보물을 놓치고 말았구나.

내게 담보로 잡아두었던 그 고귀한 영혼을,   11830

고것들이 교활하게 살짝 채어갔단 말이야.

이제 나는 누구한테 하소연한단 말인가?

누가 내 기득권을 되돌려줄 것인가?

나잇살이나 먹은 것이 감쪽같이 속아 넘어가다니,

자업자득이겠지만, 너무나 기분이 나쁘구나.   11835

창피스럽게도 내가 일을 잘못해가지고,

헛수고만 했으니, 정말 치욕스런 일이로구나!

천박한 욕정과 당치도 않은 연정 때문에

철갑을 둘렀다는 악마가 이런 꼴로 망하다니.

이런 유치하고 허망스런 일에   11840

세상물정에 밝은 내가 걸려들고 말았으니,

결국 나 자신이 저지른 이 바보짓이,

정말 결코 사소한 일은 아니로다.

심산유곡

숲, 바위, 황량한 곳.

거룩한 은둔자들이 산 위로 올라가 흩어져서, 바위들 사이에 자리잡는다.

합창과 메아리

> 숲은 이쪽으로 흔들거리고,
>
> 바위들 옆으로 겹겹이 쌓여 있으며,   11845
>
> 뿌리들 얽히고설켜 서로 달라붙고,
>
> 나무둥치 빽빽하게 치솟아 있네.
>
> 여울지는 물줄기 물을 뿌리고,
>
> 깊고 깊은 동굴 우리를 지켜주네.
>
> 사자들은 말없이 다정하게   11850
>
> 우리들 주위를 맴돌며,
>
> 축복받은 이 고장, 이 거룩한
>
> 사랑의 보금자리 우러러본다.

열락(悅樂)의 교부(敎父) * (아래위로 떠다니면서)

> 영원한 법열(法悅)의 불길,
>
> 작열하는 사랑의 인연,   11855
>
> 끓어오르는 가슴의 고통,
>
> 솟구치는 하나님의 기쁨.

---

* 은둔처의 교부들은 신앙의 여러 단계를 대변함. 열락의 교부는 자신을 희생하여 영혼의 정화를 원하는 사람으로 지상생활의 압력을 극복했기에 아래위로 떠다닐 수 있음.

화살이여, 날 꿰뚫어라.

창이여, 나를 찔러라.

몽둥이여, 나를 박살내라,   11860

번갯불이여, 날 태워버려라!

있어서 허망한 것은

모조리 소멸케 하고,

영원한 사랑의 핵심,

영구(永久)의 별이 빛나게 하라.   11865

명상(瞑想)의 교부* (깊은 구역에서)

기암절벽이 내 발 밑에서

심연 위에 무겁게 걸려 있듯이,

수많은 물줄기 무서운 폭포 되어

물거품 뿜어대며 찬란하게 흐르듯이,

자신의 힘찬 충동으로 나무둥치가   11870

공중으로 곧장 치솟아오르듯이,

만물을 형성하고 만물을 기르는,

전능한 사랑 또한 그와 같구나.

내 주위에 사나운 물소리 울리니,

숲과 바위 밑바닥 출렁이는 듯하지만,   11875

이는 정답게 쏴쏴 소리를 내며,

---

* 신앙적으로 아직 완전한 계시를 받지 못한 사람으로 깊은 심연에서 신비적 인식을 얻
으려 명상하는 교부.

넘치는 물 골짜기로 떨어져내려,

계곡을 신속히 적셔주기 위함이라.

번갯불 불꽃 튀기며 내려치지만,

이는 독기와 악취를 품고 있는,   11880

대기를 깨끗이 정화하기 위함이라 ―

이들은 사랑의 사자, 영원히 창조하며

우리를 감싸고 있는 힘을 알려주는 것이로다.

나의 내면에도 불을 붙여주기 바라나니,

내 마음의 정신은 혼미하고 차가우며,   11885

우둔한 관능의 울 안에 갇힌 채,

날카로운 사슬에 매여 괴로워한다.

오, 신이여! 이런 사념(邪念)을 달래주시고,

이 가난한 마음에 빛을 주소서!

천사 같은 교부* (중간 구역에서)

아침녘 작은 구름이 전나무의   11890

하늘거리는 잎들 사이로 떠다니고 있구나!

저 안에 살고 있는 게 무엇일까?

저건 어린 영혼의 무리로구나.

---

* 이사야서에 나오는 치품(熾品) 천사 세라핌과 연관을 맺고 있으며, 이미 상당한 계시를 받아 배우려는 자들을 가르칠 수 있는 교부. 가톨릭 교회에서는 아시시의 성 프란체스코를 '천사 같은 교부'라고 부르는데, 십자가에 못 박힌 세라핌이 그에게 나타나 성흔(聖痕)을 주었다고 했기 때문임.

승천한 소년들*의 합창

아버지, 우리가 어디를 떠도는지 알려주세요.

착한 분이여, 우리가 누구인지 말씀해주세요.　　　　11895

우리는 너무나 행복해요. 누구에게나,

누구에게나 세상은 이토록 편안하니까요.

천사 같은 교부

소년들아! 한밤중에 태어난 너희는,

정신과 관능이 반쯤 열린 채,

양친에겐 당장 잃은 아이가 되었지만,　　　　11900

천사들은 너희들을 얻게 되었느니라.

사랑하는 사람이 여기 있다는 것을,

너희들도 느낄 것인즉, 어서 가까이 오라.

너희는 복받은 아이들인지라,

험난한 세상길을 걸어온 흔적도 없구나.　　　　11905

이 세상 생활을 아는 데 적합한 도구인

내 눈 속으로 내려오너라.

이 눈을 너희 것으로 사용할 수 있으리니,

이 고장을 두루 살펴보도록 하라!

(소년들을 자기 몸 안으로 받아들인다.)**

이것은 나무요, 저것은 바위다.　　　　11910

---

* 태어나자마자 죽은 아이들인데, 영세를 받지는 않았으나 현세에서 아무런 죄도 짓지
않았기 때문에 승천할 수 있다고 함.
** 정령을 자기 몸 안에 받아들여 그 눈으로 외계를 본다는 것.

저 물줄기는 흘러 떨어지고,

무섭게 굴러가면서,

가파른 산길을 단축시키는 것이다.

승천한 소년들 (몸 안에서)

이야말로 굉장한 구경거리지만,

이 고장은 너무나 음산하여,   11915

놀라움과 두려움으로 몸이 떨려요.*

고귀하고 착하신 분, 우리를 보내주세요!

천사 같은 교부

그럼 보다 높은 곳으로 올라가거라.

영원히 순수한 방식대로,

신께서 나타나 힘을 주시리니,   11920

모르는 사이에 계속 성장하여라.

그것은 자유로운 대기 속에 움직이는

정령들의 양식이며, 또한

천상의 열락으로 피어나게 될,

영원한 사랑의 계시이기 때문이다.   11925

승천한 소년들의 합창 (가장 높은 산봉우리 주위를 빙빙 돌면서)

손에 손을 잡고,

둥근 원을 그리면서,

즐겁게 춤을 추며

---

* 인간세상에서 일어나는 가공한 일들을 보고 두려워하는 것임.

거룩한 느낌을 노래하라!

신의 가르침 받았으니,   11930

서로를 의지할 수 있을 것이며,

너희가 우러러보는,

신의 모습 보게 되리라.

천사들 (파우스트의 불멸의 영혼을 인도하며, 그리고 보다 높은 대기 속에 떠

돌면서)

영들 세계의 고귀한 한 사람이

악으로부터 구원되었도다.   11935

언제나 열망하며 노력하는 자,

그 자를 우리는 구원할 수 있노라.*

그에게 사랑의 은총까지도

천상으로부터 관여해왔으니,

천복을 받은 무리가 그를   11940

진심으로 환영해 맞이하노라.

젊은 천사들

사랑에 넘치는 성스러운 속죄 여인들,

그 손에서 얻은 저 장미꽃들이

우리를 도와 승리를 얻게 하였고,

우리들의 고귀한 사업을 완성케 하여,   11945

이 영혼의 보배를 획득하게 되었습니다.

---

* 자신의 끊임없는 노력이 있고 천상으로부터 사랑의 은총을 받은 자는 구원될 수 있다
는 괴테의 근본사상의 표현.

꽃을 뿌리니 악한 자들이 물러가고,

꽃으로 내리치니 악마들이 달아났어요.

익숙했던 지옥의 형벌 대신에

악령들은 사랑의 고통을 느꼈던 것이지요.   11950

그 늙어빠진 마귀들 대장까지도[*]

예리한 고통에 꿰뚫리고 말았답니다.

만세를 부릅시다! 대성공이니까요.

성숙한 천사들

지상생활의 찌꺼기를 지니고 있다는 건,

아무래도 우리에겐 고통스런 일이지요.   11955

아무리 석면(石綿)으로^{**} 되어 있다 해도,

그것은 절대 깨끗하지 못하니까요.

강한 정신력이

갖가지 원소들을

제 몸에 모아놓고 있다면,   11960

어떤 천사라도 영과 육의

두 가지 요소가 내면에서 합일된

이중체를^{***} 분리할 수 없지요.

---

* 악마 메피스토펠레스를 뜻함.

** 불에 타지 않는 섬유소로 시신을 화장할 때 입히는 수의의 소재로 쓰임. 파우스트가 석면으로 싸여 있다 하더라도 지상생활의 모든 저속한 찌꺼기로부터 해방된 것은 아니라는 의미.

*** 영과 육으로 구성된 인간의 이원성을 의미. 이 이원성은 죽은 다음에도 해소되지 않는데, 영원한 사랑의 힘만이 영을 물질적 성질에서 분리하여 구제할 수 있음.

오직 영원한 사랑의 힘만이

그걸 갈라놓을 수 있답니다.* 11965

젊은 천사들

높은 암벽 주위를 안개처럼 감돌며

가까이에서 움직이고 있는,

정령들의 활동을

난 당장 느끼고 있답니다.

구름이 맑게 개고, 11970

승천한 소년들의

활발한 무리가 보이는데,

그들은 지상의 속박에서 벗어나,

둥그렇게 어울려서,

하늘나라의 11975

새로운 봄과 장식으로

원기를 북돋우고 있나이다.

이분도 처음에는

소년들과 어울리게 하고,**

차츰 완성의 경지에 오르도록 하사이다! 11980

---

* 지상에서 강렬한 생활을 한 파우스트의 영혼은 아직도 선악이라는 두 가지 요소를 공
유하고 있는데, 이를 분리하여 심판하는 것은 천사들이 아니라 신만이 할 수 있다는 뜻.
** 파우스트의 영혼을 우선 승천한 소년들의 영과 어울려 서로 도우면서 성장하도록 하
자는 것.

승천한 소년들

　　번데기 상태에 있는 이분을

　　우리 기꺼이 영접하겠나이다.

　　이로써 우리는 천사가 될

　　담보물을 잡은 셈이니까요.

　　아직 이분을 에워싸고 있는　　　　　　　　　　11985

　　솜털 덮개를* 벗겨주세요!

　　벌써 아름답고 크게 자라서

　　거룩한 생활을 할 수 있을 거예요.

마리아 숭배의 박사** (가장 높고 가장 정결한 암굴暗窟에서)

　　이곳은 전망이 자유로워,

　　정신까지 고상해지는구나.　　　　　　　　　　11990

　　저기 위를 향해 떠오르며,

　　여인들이 지나가고 있구나.

　　그 가운데 훌륭한 분이

　　별들로 꾸민 관을 쓰고 계시니,

　　하늘나라 여왕님이라는 것을,　　　　　　　　　11995

　　광채를 보고 알 수 있도다.

　　(황홀해져서)

---

* 지상생활의 찌꺼기를 의미함.

** 성모 마리아의 은총으로 구제하는 힘을 숭배하며 그 사랑을 가르치는 학자. 마리아 숭배는 중세 말에 시작되었기 때문에, 괴테는 박사 칭호를 써서 교부보다 높은 단계라는 것을 암시함.

세상을 다스리는 지고한 여왕이시여!
넓게 펼쳐진 푸른
하늘의 천막 속에서,
당신의 신비를 보여주소서.   12000
이 사나이의 가슴을 진지하고
부드럽게 요동시키어,
거룩한 사랑의 기쁨을 느끼며,
당신께 바치도록 허락해주소서.

당신이 엄하게 명을 내리신다면,   12005
우리의 용기는 제어할 수 없을 것이며,
당신이 우리에게 평화를 주시면,
불타는 마음도 당장 진정될 것이옵니다.
가장 아름다운 의미의 순결한 동정녀,
온갖 존경을 받으실 어머니,   12010
우리를 위해 선택된 여왕님,
신들과 지체가 동등한 분이시여.

성모를 에워싸고 있는
가벼운 구름들은,
속죄의 여인들이로구나.   12015
그분의 무릎 주위에서
신령한 기운을 마시며,

은총을 갈망하는
귀여운 무리로구나.

접근하기 어려운 당신이오나,   12020
유혹에 빠지기 쉬운 사람들이,
의지하며 당신을 찾아오는 일은
금지되어 있지 않사옵니다.

저들은 약한 마음으로 이끌렸으니,
구원하기가 쉽지 않을 것입니다.   12025
어느 누가 자신의 힘으로
정욕의 사슬을 끊을 수 있겠나이까?
매끄럽고 기울어진 바닥에서는
발이 얼마나 쉽사리 미끄러집니까?
눈짓과 인사, 그리고 아양 떠는 입김에   12030
유혹되지 않을 자 누가 있겠나이까?

(영광의 성모, 하늘에 둥둥 떠온다.)

속죄 여인들의 합창

당신은 영원의 나라,
하늘나라로 떠오르십니다.
우리들의 간청을 들어주소서.
비길 데 없는 당신이여,   12035
자비로 가득하신 당신이여!

대죄를 지은 여인* (누가복음 제7장 36절)

　바리새 사람들의 조소를 받으면서도,

　신으로 변용하신 성자의 발에,

　향유를 대신하여 눈물을 흘리신

　그 사랑으로 인하여 당신께 비옵나이다.　　　12040

　그다지도 풍성하게 향유를 쏟아놓은

　그 항아리로 인하여, 그리고

　그다지도 부드럽게 성스런 손발을 말려주신

　그 고수머리로 인하여 비옵나이다 ─

사마리아의 여인** (요한복음 제4장)

　옛날 아브라함이 양떼를 몰고 가신　　　　　12045

　그 샘물로 인하여, 그리고

　구세주의 입술에 시원하게 닿았던

　그 두레박으로 인하여 기원하나이다.

　이제 그곳으로부터 솟아나와,

　영원히 밝게 흘러넘치며　　　　　　　　　　12050

　주위의 온 세상을 적셔주는,

　맑고 풍부한 샘물로 인하여 기원하나이다.

---

* 누가복음에 그녀의 이름이 나오지는 않으나 마리아 막달레나를 말함. 죄 많은 여인이
지만, 바리새인의 집에 머무는 예수를 찾아가 그의 발을 씻어주고 향유를 발라주어 죄를
용서받았다고 함.
** 요한복음에서 시원한 샘물을 예수에게 떠다 바쳤다는 여인.

이집트의 마리아* (사도행전)

주님을 앉아 쉬도록 해주신,

지극히 성스러운 장소로 인하여,

훈계하며 절 문전에서 밀어내신   12055

그 팔로 인하여 당신께 기도하나이다.

제가 사막에서 충실히 행한,

사십 년간의 속죄로 인하여, 그리고

모래 속에 적어놓았던,

복된 작별 인사로 인하여 기도하나이다.   12060

셋이 함께

대죄를 지은 여인들에게도

가까이 다가감을 거절하지 않으시고,

속죄의 공덕을 영원한 것으로

상승시켜주시는 당신이여,

오직 한 번 자신을 잊어버리고,   12065

저지른 죄를 예감하지도 못했던,

이 선량한 영혼에게도** 합당한

용서의 은총을 베풀어주소서!

---

* 사도행전에 나오는 오랫동안 음탕한 생활을 하던 여인. 그녀는 예수의 묘지를 순례하려다 보이지 않는 힘에 의해 거절당한 후 사십 년간 이집트의 사막에서 속죄하는 삶을 살았으며, 죽기 전에 자기 영혼을 위해 기도해달라는 글을 남겨 사후에 성녀의 칭호를 받았다고 함.
** 그레첸의 영혼을 말함.

속죄하는 한 여인 (한때 그레첸이라 불렸음. 성모에게 매달리면서)*

굽어보소서, 굽어보소서,

비길 데 없는 당신이여,   12070

광명도 가득하신 당신이여,

자비로운 얼굴로 저의 복됨을 살펴주소서!

옛날에 사랑했던 그분,

이젠 혼미함도 사라진 그분,**

그분이 돌아오셨나이다.   12075

승천한 소년들 (원을 지어 움직이며 가까이 다가온다.)

이분은 우리보다 더 자라서

팔다리도 벌써 튼튼해졌어요.

충실하게 보살펴드린 대가도

풍족하게 받을 수 있겠어요.

우리는 살아 있는 무리들을   12080

일찍이 멀리했지만,

이분은 학식도 많으시니,

우리들을 가르쳐주실 거예요.

속죄하는 한 여인 (한때 그레첸이라 불렸음.)

고귀한 영들의 무리에 에워싸인 채,

저 새로 온 분은 아직 자신을 깨닫지 못하고,   12085

새로운 생명도 예감하지 못하지만,

---

* 비극 제1부의 '감옥' 장면과 대칭을 이루는 부분.

** 지상생활의 얼룩을 떨어버리고 거룩하게 변용(變容)한 파우스트.

그래도 벌써 거룩한 무리를 닮아가나이다.

보세요, 저분은 지상에의 모든 인연 뿌리치고

그 낡은 껍질을 벗어던졌으며,

영기(靈氣) 어린 옷자락으로부터   12090

최초의 젊은 기운으로 솟아나고 있나이다.

새로운 날이 아직 눈부신 모양이니,

저분을 가르치도록 허락해주옵소서.

영광의 성모

　　자, 이리 오라! 보다 높은 하늘로 오르라!

　　그 사람도 너를 알아보면, 뒤따라오리라.*   12095

마리아 숭배의 박사 (얼굴을 들어 기도를 올리며)

　　참회하는 모든 연약한 자들아,

　　거룩한 섭리에 따라

　　감사하며 자신을 변용시키기 위해,

　　구원자의 눈길을 우러러보라.

　　보다 선한 사람들 모두   12100

　　당신을 받들어 모시도록,

　　동정녀여, 어머니여, 여왕이시여,

　　여신이시여, 길이 은총을 베풀어주소서!

---

* 영광의 성모는 12032행에서부터 등장하지만, 말하는 대사는 2행뿐으로 그만큼 깊은 뜻이 있음. 이는 파우스트와 그레첸의 영혼이 보다 더 지고한 영역으로 오르는 것, 즉 승천을 허락하는 것임.

신비의 합창

일체의 무상한 것은
한낱 비유일 따름이다.*   12105
완전치 못한 일들도,
여기서는 실제 사건이 된다.**
형언할 수 없는 것들도,
여기에서는 이루어진다.***
영원히 여성적인 것이   12110
우리를 이끌어가는도다.****

---

* 이승에서 일어나는 허망한 현실세계는 그 근본을 이루는 저승의 완전한 실체에 대한
비유에 지나지 않는다는 뜻.

** 지상에서 전개되는 불완전한 일도 천상에서는 순수하고 완전하게 실현된다는 뜻.

*** 말로 표현할 수 없는 이상적인 완성도 저승에서는 순수한 형식으로 실현된다는 뜻.

**** 여성의 가장 내면적 본질은 최고로 선한 이상적 완성을 동경하여 영원한 사랑을 베
푸는 것이며, 이러한 몰아적 사랑이 우리를 진실한 존재와 도덕적 완전성으로 이끌어간
다는 의미. 괴테는 성모 마리아를 근원적 여성 본질을 지닌 영원한 여성의 본보기로 삼
고, 그레첸을 지상에 나타난 마리아 모습의 상징으로 삼았음. 괴테의 "영원히 여성적인
것"에 대한 의미를 동양철학적 관점에서 음미해본다면, 이는 노자와 장자를 비롯한 도가
사상에서 말하는 도(道)와 일맥상통한다고 할 수 있음.

선악의 저편에 선 파우스트 박사의 운명

괴테의 『파우스트』 어떻게 읽을 것인가

괴테의 『파우스트』는 세계적 명작 중의 명작이다. 그러나 '읽히지 않는 명작'이라는 말이 있다. 왜일까? 방대한 내용이 읽기 어려운 운문체로 쓰인 탓일까. 아니면 심오한 문학·철학 사상이 가득 차 있기 때문일까. 혹은 난해한 어휘나 비유적 표현, 상징이나 은유들이 복잡한 구조로 얽혀 있기 때문일까. 하지만 이런 문학이론, 철학사상, 작품 구성 등에 관한 논의는 전문 학자들의 과제로 넘겨버려도 좋을 것이다.

역자는 어떻게 하면 일반 독자들이 이 쉽지 않은 고전에 친숙하게 다가갈 수 있는가를 생각하면서 글을 쓰고자 한다. 그러면서 독자들에게 『파우스트』 비극을 읽기 전에 해설을 먼저 읽으라고 권하고 싶다. 이 글을 작품에 대한 길잡이로 받아들이면 좋을 것이다. 그리고 『파우스트』를 자기 친구로 삼아 두고두고 읽으며 생각하길 바란다.

동시에 작품을 읽는 모든 사람들이 진정한 자기 자아, 즉 참나를 발견하고, 자신의 인생관이나 세계관을 확인하며 확장시킬 수 있는 기회가 되기를 염원하는 바이다.

파우스트 전설과 역사적 인물

『파우스트』를 쉽게 읽고 이해하려면, 우선 파우스트가 어떠한 인간인지를 알아야 한다. 그는 1460~1539년경 독일에 생존했던 인물이다. 그는 인간으로서 가질 수 있는 모든 학문과 재주를 획득했음에도 끝내 만족하지 못한다. 우주의 신비를 파헤치고 최고의 향락을 맛보고자 악마에게 몸을 판다. 이승에서 정신적 인식과 육체적 향락에 대한 욕망을 모두 만족시켜준다면, 24년 후 저승에서는 그의 영혼을 악마가 가져간다는 계약을 맺는다. 그는 악마를 종으로 삼고 데리고 다니며, 마술의 힘을 빌려 최고의 정신적, 육체적 향락을 누린다. 그러나 진정한 만족은 얻지 못하고 절망한 나머지 결국 신에게 기도하려 한다. 그때 악마는 미녀의 전형인 헬레나를 마술로 재현한다. 여인의 아름다움에 도취된 파우스트가 그녀를 포옹하려는 순간, 복수의 여신으로 변신한 헬레나는 그를 지옥으로 끌고 간다. 24년의 계약 기간이 다 되었기 때문이다.

파우스트 전설의 주인공은 전통적 기독교의 속박을 벗어나려는 순수한 독일 거인(巨人)을 상징한다. 그는 요한네스 파우스트라는 역사적 인물로서, 기록에 따르자면 1460/70년에 하이델베르크 근처의

헬름슈타트 혹은 마울브론 근처의 크니틀링겐이란 마을에서 태어나 1536/39년에 죽었다고 한다. 하이델베르크 대학에서 학사학위 (1484)와 석사학위(1487)를 받은 뒤에 불안정한 방랑생활을 한다. 1532년 이전까지는 비텐베르크에 체류하면서 신학과 의학을 연구한다. 그후에는 크라카우로 도주하여 마술에 몰두하면서 유대계 신비학자들과 교제하고, 신의 본질이나 세계의 발생 및 점성술 등을 연구하여 예언자 역할을 한다. 당시의 학자들로부터는 '사기꾼'이라고 멸시당하지만 마술의 힘으로 세계를 여행하면서, 베네치아에서는 비행(飛行)을 시도하기도 하고 마울브론에서는 금을 제조하는가 하면 에르푸르트에서는 호메로스의 주인공들을 주문으로 불러내기도 하고 라이프치히에서는 술통을 타고 달리기도 한다. 이렇게 인간으로서는 할 수 없는 비현실적인 일은 언제나 실패로 끝난다. 그렇지만 공중을 날다가 떨어져도, 술통을 타고 달리다가 굴러 넘어져도, 정신적 육체적 상처를 입는 일이 없다. 그는 언제나 개의 모습을 한 악마를 데리고 다니는데, 마지막에는 뷔르템베르크의 어느 여관에 투숙했다가 주인에게 '오늘 밤 놀라지 마시오!'라고 예언한 후, 그날 밤 악마에게 살해된다.

파우스트 소재의 작품화 및 많은 예술작품들

이 역사적 인물을 소재로 서양의, 특히 독일의 예술가들은 지금까지 문학, 미술, 음악, 연극, 영화, 컴퓨터게임 및 가상공간 분야에서 수많은 예술작품을 만들어냈고, 앞으로도 그러하리라 여겨진다.

실존 인물이었던 파우스트가 죽은 후 그에 대한 이야기가 민담으로 전해지다가 1587년에 프랑크푸르트의 출판업자인 요한 슈피스가 『지나친 마술사 요한 파우스트 박사의 이야기』라는 민중본을 발행한다. 이 책이 큰 성공을 거두면서 1599년에는 함부르크의 게오르크 비드만이 향락적 인간을 저주하는 개작을 내고, 1674년에는 뉘른베르크의 의사 니콜라우스 피처가 괴테에게 영향을 미친 파우스트 작품을 쓴다. 그리고 1725년에는 '기독교적으로 생각하는 자'라는 익명의 작가가 그 시대에 맞도록 이야기를 요약한 책자를 출판하여 성공을 거둔다. 그뿐만 아니라 이미 1588/89년에 영국의 극작가 크리스토퍼 말로가 이 소재를 연극화하여 『파우스트 박사의 비극적 이야기』라는 희곡을 발표하며, 당시 유행하던 유랑극단이 이 드라마를 공연하여 파우스트라는 인물을 대중화시킨다. 17세기에는 민중본에 바탕을 둔 파우스트 연극과 인형극이 자주 공연되고, 18세기 후반에는 계몽주의 작가 레싱이 '선(善)이 얼마나 빨리 악(惡)으로 변하는가'를 모토로 삼은 『미완성의 파우스트』를 남기기도 한다.

이 소재를 다룬 대표적 문학작품으로는 괴테의 『파우스트』이외에 클링거의 소설 『파우스트의 삶, 행적 그리고 지옥행』(1791), 그라베의 드라마 『돈 후안과 파우스트』(1829), 하이네의 무도 시 『파우스트 박사』(1847), 투르게네프의 단편 「파우스트」(1856), 피셔의 『파우스트. 비극 제3부』(1886), 토마스 만의 장편 『파우스트 박사』(1947), 호흐후트의 희곡 『히틀러의 파우스트 박사』(2000) 등 40여 작품이 있다. 연극공연으로는 17세기로부터 오늘날까지 독일에서는 물론 우리나라를 포함한 세계 각국에서 무수한 연출가들이 가지각색의 『파우스트』 작품을 무대에 올리고 있다. 괴테의『파우스트』는 1819/20년에 베를린에서의 〈비극 제1부〉 공연을 시작으로, 1876년에는 바이마르에서 〈제1부〉와 〈제2부〉를 동시에 공연했다. 그동안 헤아릴 수 없을 정도로 많은 공연이 이루어졌지만, 지난 1999/2000년에 페터 슈타인이 연출하여 이틀에 걸쳐 스물두 시간 동안 계속 공연한 것이 가장 유명하다.

음악작품으로는 슈포르의 〈파우스트〉(1813), 베를리오즈의 〈파우스트의 저주〉(1845/46), 구노의 〈파우스트〉(1859), 부소니의 〈파우스트 박사〉(1914) 등의 오페라작품이 있고, 베를리오즈, 구노, 리스트, 슈베르트, 슈만, 바그너 등이 작곡한 수많은 가요가 있다. 또 미술작품으로는 괴테의 〈파우스트 스케치〉(1810/12), 들라크루아의 〈파우스트 석판화 연작〉(1828), 케르스팅의 유화 〈서재의 파우스트〉(1829), 쿠르베의 유화 〈고전적 발푸르기스의 밤〉(1848), 클레의 〈파우스트 석판화〉(1912), 바를라흐의 〈발푸르기스의 밤 목판화〉(1923), 베크만의 〈파우스트 제2부 펜 소묘〉(1943/44), 키리코의 〈파우스트 수채화〉(1956) 등 다수의 작품이 있다. 그리고 대표적인 영화로 무르나우 감독의 무성영화 〈파우스트—독일민족의 전설〉(1926), 르네 클레르의 코미디 〈악마의 아름다움〉(1950), 그륀트겐스 연출의 〈파우스트—비극 제1부〉(1957), 고르스키 감독의 〈파우스트, 비극 제1부〉(1960)를 우수작품으로 손꼽을 수 있고, 그 외에도 파우스트 이야기를 소재로 한 수많은 영화와 DVD 영상물이 있다. 그뿐만 아니라 파울 마르의 아동극 〈파.우.스.트. 끔찍한 모험과 희한한 꿈들〉(2006)을 비롯해 어린이를 위한 작품도 다수 있다. 그리고 최근에는 뮤직비디오 〈북서쪽에서 온 파우스트〉, 포르노필름 〈파우스트, 영혼의 사냥꾼〉 등은 물론, 컴퓨터게임 〈파우스트, 일곱 영혼의 심판자〉를 비롯한 디지털과 멀티미디어기술이 만들어내는 가상공간에서도 파우스트란 인물이 인기 만점의 주인공으로 등장하고 있다.

괴테의 『파우스트, 하나의 비극』의 생성

이렇게 다양한 분야의 수많은 예술작품들 중에서 괴테의 『파우스트』가 가장 유명하다. 그럼 괴테는 과연 이 비극을 어떻게 탄생시켰는가? 1749년에 독일 마인 강변의 프랑크푸르트에서 태어나 1832년에 세상을 떠난 요한 볼프강 폰 괴테는 다섯 살 때 이미 파우스트 인형극을 보았고 일찍이 역사적 파우스트 전설을 읽었으며, 비극을 집필하는 동안에는 니콜라우스 피처의 책을 참고한다. 가끔 중단하기도 하지만 작가는 여든세 살의 고령으로 세상을 떠날 때까지 일생 동안 이 가장 위대하고 가장 아름다운 작품에 정열을 쏟는다. 작가 자신과 마찬가지로 『파우스트』 비극은 여러 가지 문학기를 거쳐 완성되는바, '괴테 시대'라고 하는 질풍노도 문학시대에 시작되어 고전주의를 지나 낭만주의 시대에 와서 비로소 끝을 맺는다.

1775년 가을 괴테는 바이마르 궁전에서 파우스트 극 초안을 낭독한다. 궁정 여관(女官) 루이제가 이 초안을 베껴놓았으며, 110여 년이 지난 1887년에 프랑크푸르트의 출판업자 에리히 슈미트가 발견하여 『초고 파우스트』라는 제목으로 출판한다. 이는 1773/77년에 질풍노도 문학의 관점에서 집필된 것으로, 감수성에 가득 차 폭풍처럼 치닫는 천재성으로 일관된다. 자신의 내면에서 요동치는 광경이 서술된 만큼, 여기에 서술된 '학자의 비극'과 '그레첸 비극'은 작가의 자아와 직접적인 관계를 맺고 있다. 또한 그레첸 이야기는 민중본을 비롯한 과거의 어느 책에도 등장하지 않은 것으로서, 영아를 살해한 여인의 모티프를 괴테가 처음으로 파우스트 소재와 결부시킨 것이다. 즉 우주에 대한 인식의 길로서 학문이 선택되나 좌절을 면치 못하고, 자아의 속박으로부터 해방되기 위해 한계를 뛰어넘는 길로서 사랑이 선택된다. 그러나 이 초고는 완성된 드라마로 간주할 수 없다. 아무 이유 없이 악마 메피스토펠레스가 갑자기 나타나는가 하면, 파우스트가 사랑하는 애인으로부터 멀어져가는 근거도 밝혀지지 않기 때문이다. 그후 1790년대에 괴테는 그때까지 집필한 것을 『파우스트. 미완성 단편』이라는 제목으로 출판한다. 그러나 이는 '성당' 장면 다음에서 중단되는 문자 그대로의 미완성 작품으로, 그다지 큰 가치를 지니지는 않는다.

괴테는 당대의 저명한 극작가 프리드리히 실러로부터 계속해서 『파우스트』를 완성하라는 요청을 받는다. 그리고 1797년에 다시 일에 착수하여 1806년까지 『비극 제1부』를 완성하고, 1808년에 출판한다. 이 시기에 특히 작가는 고대 그리스에 몰두하여, 동서고금의 절세미인 헬레나의 모습을 즐긴다. 그러면서 파우스트의 세계 및 우주여행을 지속시킬 계획을 세우는 한편, 고전주의적 이념을 구현하면서 상징적인 관조는 물론 세계관적 사상을 서술한다. 그뿐만 아니라 '악마와의 계약'을 도입함으로써 메피스토펠레스의 출현을 합리화하고,

「천상의 서곡」에서는 『비극 제2부』를 예시하는 동시에 전체적 사건에 대한 윤곽을 구성해놓는다. 그리고 1800년경에 '헬레나 비극'의 처음 부분을 집필하고, 『비극 제2부』의 계획을 세운다.

마지막 창작기인 1825년부터 1831년까지 괴테는 젊은 시절과는 달리 드라마 전체에 대한 치밀한 구성을 하고 한 장면씩 써내려간다. 우선 제3막이 된 '헬레나 비극'을 1826년에 따로 완성하여 『헬레나. 고전적 낭만적 환상. 파우스트의 막간극』이란 제목으로 다음 해에 출판한다. 그후 작가는 제1막에 전개되는 황제의 궁정에서 일어나는 '황제의 비극'을 집필한다. 1830년에는 제2막과 '고전적 발푸르기스의 밤'을 끝내며, 그 다음에 제4막에 벌어지는 황제들의 전쟁이야기, 그리고 제5막에 서술되는 '지배자의 비극'에 손을 대어 죽음을 몇 개월 앞둔 1831년에 낭만적 요소까지 포괄하는 전체적 『파우스트』 비극을 완성하기에 이른다. 괴테는 이 필생의 작품을 미래의 것으로 규정하고 봉인해놓았으나, 이듬해(1832) 그가 세상을 떠나자 곧 유작 제1권으로 출판된다.

시문학에 눈을 뜨면서부터 이 세상에서의 마지막 날까지 괴테는 풍부한 인생 경험과 더불어 다양한 주제, 다양한 모티프, 다양한 언어수법으로 파우스트 소재를 시화(詩化)하여 불후의 명작을 남긴다. 젊은 시절에는 학문에 대한 절망과 사랑의 행복과 죄를 근본으로 삼고, 중년기에는 헬레나 모습의 고전적 아름다움과 일반적 인간상에 마음이 사로잡혀 있으며, 노년기에는 활동하고 지배하는 자로서의 파우스트와 더불어 창조의 비밀과 우주의 본질에 몰두한다. 그러므로 작가와 작품의 소재 사이에는 진정 특별한 관계가 맺어져 있다고 하겠다.

하나의 비극인가, 다섯 개의 비극인가

『파우스트』는 서론에 해당하는 세 장면 「헌사」 「무대 위에서의 서연」 및 「천상의 서곡」으로 시작된다. 「헌사」에서는 괴테가 오랫동안 중단했던 『파우스트』를 다시 쓰면서, 눈앞에 아른거리는 등장인물들을 상상하며 자신의 심경을 피력한다. 「무대 위에서의 서연」에서는 극단주, 극작가, 어릿광대가 가장 성공적인 연극에 대한 의견을 개진하며, 창작에 대한 작가의 의지를 토로한다. 「천상의 서곡」에서는 작품의 전체적 윤곽이 암시된다. 천사들이 천지만물을 찬양하는 천상(天上)에서 주님과 지하의 사신 메피스토펠레스가 지상의 인간 파우스트를 두고 내기를 한다. 악마는 아무것도 만족할 줄 모르고 비참하게 살아가는 인간을 관능적 향락과 욕망의 충족으로 유혹하여 지옥으로 끌고 갈 수 있다고 자신한다. 반면에 주님은 인간이 노력하는 동안 혼미한 채 방황하지만, 어두운 충동 속에서도 올바른 길만은 잘 알고 있기에 곧 밝은 곳으로 인도할 것이라 한다.

하늘나라의 주님과 지하세계의 사신 메피스토펠레스가 인간세계의 파우스트를 걸고 맺은 내기에 따라, '밤' 장면으로부터 비극의 사건은 전개된다. 즉 『비극 제1부』와 『비극 제2부』에 걸쳐 모든 시간과 모든 공간을 초월하며, 선과 악의 피안에서 활동하는 지상인간 파우스트의 갖가지 인생행로가 펼쳐지는 것이다. 모든 사건의 중심에 주인공 파우스트가 있다. 다시 말하면 파우스트라는 한 명의 인간을 중심으로 모든 사건이 전개된다. 학자들은 이를 가장 중요한 작품의 구성요소로서 '중심적 자아'라고 말한다. 작중에 진행되는 모든 사건이 하나의 주인공을 중심으로 일어나기 때문에, 이를 '하나의 비극'이라 말할 수 있다.

그러나 파우스트가 인간적으로나 초인간적으로 활동해가는 과정을 크게 다섯 개의 비극적 사건으로 나누어볼 수 있다. 그 중심에는 언제나 파우스트가 서 있지만, 전개되는 사건 및 그 속에 등장하는 인물이나 표출되는 사상들은 각각 다른 하나의 복합체를 이루고 있다. 이들 다섯 개의 사건에서는 파우스트의 운명이 결정됨과 동시에 또다른 인물들의 비극적 운명이 결정되기도 한다. 이러한 복합적 사건들을 고려해보면, 『비극 제1부』에 '학자의 비극'과 '그레첸 비극'이 서술되고 있고, 『비극 제2부』에 '황제의 비극'과 '헬레나 비극'과 '지배자의 비극'이 펼쳐지고 있다. 이런 관점에서 볼 때, 괴테의 『파우스트』에는 다섯 개의 비극이 서술된다고 말할 수 있다.

학자의 비극과 그레첸 비극

『비극 제1부』의 비극적 사건은 본래 위에 언급한 서론의 세 장면을 뛰어넘어, 쉰 즈음의 노(老)교수가 이 세상에 마지막 고별을 하는 '밤' 장면과 더불어 시작된다. 파우스트 박사는 우주의 본질과 창조의 원리를 규명하고자 이 세상에 존재하는 모든 학문을 섭렵한다. 그러나 학문을 통해 우주 일체의 궁극적 진리를 파악하는 데 실패하고 절망한다. 마술을 이용하여 초인간적 경지에 도달하고자 시도하지만 역시 좌절한다. 그는 육신에 얽매여 있기 때문에 드높은 이상을 따를 수 없다는 것을 통감하고, 인간의 능력에 한계가 있음을 인정하며 인간이라는 탈을 벗어나 영들의 세계로 갈 것을 결심한다. 사방의 벽에 가득한 책들에 작별을 고하고 고요한 한밤중에 홀로 독배를 마시려는 순간, 새벽 종소리와 함께 예수의 부활을 노래하는 천사들의 합창이 들려온다. 그 희망에 넘치는 맑은 소리를 들으며, 파우스트는 행복했던 어린 시절을 회상하게 되고, 자연적인 삶의 의미를 되찾는다.

부활절의 산책에서 데리고 온 삽살개가 악마 메피스토펠레스로 다시 변신하며, 온갖 수단으로 현세에서 파우스트의 욕망을 만족시켜주겠다고 약속한다. 파우스트가 만족한 순간에 "멈추어라. 너 정말 아름답구나!" 하고 말한다면, 그는 기꺼이 파멸할 것이며 내세에서는 메피스토펠레스가 그의 영혼을 소유해도 좋다고 한다. 이는 학문에 좌절한 학자가 악마와 계약을 맺고, 마술을 이용하여 세상의 온갖 현실을 체험하며 향락의 극치를 추구하려는 '학자의 비극'이다.

악마의 안내로 '마녀의 부엌'에 간 파우스트는 마술거울 속에 비친 나체 여인의 아름다움에 깜짝 놀란다. 그는 마녀가 준 영약을 마시고 20대의 젊은 청년으로 회춘한다. 길거리에 나오자마자 순결한 처녀 그레첸을 만나고, 당장 그녀에게 반하여 그날 밤으로 그녀를 품에 안고자 한다. 그의 모험은 진실한 사랑으로 발전하며, 순진한 소시민적 소녀 그레첸도 사랑의 노예가 된다. 메피스토펠레스의 농락으로 그녀는 어머니를 살해하고, 오빠를 파우스트의 칼에 찔려 죽게 하며, 사생아인 영아까지 살해하는 죄를 범한다. 이로 인한 죄책감에 사로잡힌 그레첸은 비극적 광증을 일으키고, 결국은 감옥에 갇힌다. 파우스트가 그녀를 구출하려고 하지만, 그녀는 정신착란으로 애인을 알아보지도 못하고, 사형을 앞두고도 도망치려 하지 않는다. 오히려 형을 감수하고, 자신을 죽음에 맡겨 신의 심판을 받고자 한다. 그때 천상으로부터 그녀가 구원되었다는 소리가 들려온다. 이 내용은 사랑을 위해 모든 것을 다 바친 여주인공의 운명을 그린 하나의 복합체로서 보통 '그레첸 비극'이라고 한다.

황제의 비극, 헬레나 비극, 그리고 지배자의 비극

제1부의 파우스트는 우주 본질에 대한 인식을 추구하고, 육감적인 욕망이나 사랑의 영역을 누비며 살아간다. 이 사건들은 우리 모두가 어느 정도 경험하고, 머릿속에서나마 별 어려움 없이 체험할 수 있는 노력과 사상의 한도 내에서 전개된다. 그러나 제2부는 개인생활의 영역을 뛰어넘어, 인간정신이 종교와 철학, 학문과 예술, 국가와 문화생활 속에 정립한 보다 심오하고 포괄적인 가치의 영역으로 상승된다.

그레첸과의 비참한 체험으로 정신과 육체에 타격을 입고 쓰러진 파우스트는 자연의 위대한 소생력으로 인해 새로운 갱생과 용기를 가지고 깨어난다. 무한한 욕망을 지닌 그는 이제 거대한 세계, 시간의 흐름, 사건의 변전 속으로 휘말려 들어간다. 처음에 파우스트는 시공(時空)을 초월하여 어느 봉건제국 황제의 궁정으로 간다. 옛날에 묻힌 지하의 보물을 담보로 지폐를 발행하여 궁정의 재정난을 구하고, 그곳에서 전개되는 정치생활에 끼어든다. 실권 없는 비극적 황제의 총애를 받으며, 그는 막강한 권력과 엄청난 재산을 소유하고 온갖 체험을

한다. 그러나 부러울 것이 없을 듯한 이 새롭고 거대한 인생의 단면에
서도 커다란 실망만을 느낀다. 여기에서 체험하는 모든 사건이 인간
적인, 너무나도 인간적인 것들뿐이라 할지라도, 파우스트가 그의 위
대한 영혼을 지속적으로 만족시키기에는 모든 것이 너무나 편협하고
이기적일 따름이다. 돈과 권력을 한 손에 쥔 파우스트의 불만족과 신
하들에게 모든 권력을 빼앗긴 실권 없는 황제의 운명이 서술된 제1막
의 복합체를 보통 '황제의 비극'이라고 한다.

　그러나 파우스트는 동서고금의 최고 미남과 미녀인 파리스와 헬레
나를 불러내라는 황제의 명을 받는다. 메피스토펠레스의 마술로도 고
대 그리스의 인물을 다시 살려내올 수는 없다. 다만 작은 열쇠를 건네
주며 시간과 공간을 초월한 '어머니들'의 나라를 일러줄 따름이다. 파
우스트는 도처에 있으면서도 아무 곳에도 없는 길을 통해, 몇천 년 전
에 죽은 자들이 살고 있는 지하세계로 간다. 악마가 준 열쇠의 자력
(磁力)으로 삼각향로를 끌어내오고, 향로의 연기 속에 피어오르는 헬
레나의 아름다움에 도취한다. 본체는 없고 형태뿐인 환상을 껴안고
파리스의 상에 열쇠를 대자 헬레나 환영(幻影)은 폭발하고, 파우스트
는 기절하여 그 자리에 쓰러진다.

　제2막에서는 파우스트의 옛날 조수가 명교수가 되어 과학적인 방
법으로 인조인간 호문쿨루스를 제조해낸다. 인조인간은 매우 총명하
여 기절해 누워 있는 파우스트의 꿈을 투시한다. 무의식 속에서도 파
우스트는 귀족이면서도 고귀하지 못한 인간들의 굴레를 벗어나 과거
에 이미 지상에 존재했던 진정으로 순수하고 아름다운 인간성, 즉 고
대 그리스의 경이로운 문화를 동경한다. 이 고대 생활권의 완전함 속

에서만 파우스트의 병이 치유 가능하기 때문에, 호문쿨루스의 권유로 그들은 비행망토를 타고 그리스 땅에서 벌어지는 '고전적 발푸르기스의 밤' 축제에 참가한다.

그리스의 테살리엔 지방에서 깨어난 파우스트는 헬레나를 찾아 헤맨다. 그리스 전설의 형상들, 마녀들, 반(半) 신적 인물들이 수없이 나타난다. 헬레나를 업고 달렸던 기사(騎士) 키론의 등에 올라타기도 하며, 그녀를 찾아 헤매지만 결국 발견하지 못한다. 한편 인조인간 호문쿨루스는 정신뿐인 존재라서 육체, 즉 형태를 갈망한다. 그는 사랑의 여신 갈라테아의 아름다움을 쫓아가다가 유리병이 깨지고, 결국 사랑의 불꽃이 되어 흘러가버린다.

그리고 제3막에서는 메넬라오스의 왕비 헬레나가 그리스군에게 다시 붙잡혀 트로이로부터 스파르타로 돌아온다. 이때 추녀로 변장한 메피스토펠레스의 안내로 헬레나는 게르만 침입군의 수령인 파우스트에게로 인도된다. 북방의 생명력과 남방의 형식미를 상징하는 두 사람은 마술의 힘으로 전원적인 환경의 아르카디아로 가서 완벽하다고 할 만한 결혼생활을 한다. 그들 사이에 조숙하고 정열적인 신동(神童) 에우포리온이 탄생한다. 무한한 노력을 추구하는 아들은 그리스 독립전쟁에 참전하여 암벽을 뛰어올라가 양팔을 날개처럼 펼치고 대담한 비약을 한다. 그러나 그는 거꾸로 떨어져 죽게 되고, 그와 더불어 어머니 헬레나도 다시 저승으로 돌아간다. 고대의 옷만 남은 그녀와의 부부생활이 전개된 이번 인생도 깊은 불만으로 끝나며, 파우스트는 다시금 절망에 빠진다. 파우스트와 헬레나의 비극적 운명을 다룬 이 복합적 장면을 우리는 '헬레나 비극'이라고 말한다.

제4막에서 파우스트는 아름다움과 과거의 이상세계로부터 다시 현실로 돌아온다. 고대의 세계에서 얻지 못한 만족을 인류사회의 공익을 위한 헌신적 노력에서 얻으려 한다. 그리하여 문화생활에 대한 새로운 노력이 시작되며, 인류를 위한 행위와 창조를 추구한다. 예전에는 아무런 근심 없이 온갖 욕망에 사로잡혀 소원하고 즐기면서 인생을 살았으나, 이제는 내세를 단념하고 근심스럽고 현명하게 지상세계에 몰두하며 공공의 이익을 위해 행동하는 삶을 살고자 하는 것이다.

그는 눈앞에 전개된 드높은 바다에 눈을 돌린다. 자유자재로 범람하고 고요해지는 바다를 제어하고, 광대한 해안지대를 간척지로 개간하여 만인(萬人)을 위한 옥토를 형성하려는 큰 계획을 세운다. 토지를 얻기 위해 그는 패색이 짙은 황제의 전쟁에 참전하며, 마귀를 이용하여 승리를 이끌어낸다. 그 공을 세운 보상으로 아무런 쓸모없는 바다를 받는다.

그리고 제5막에서도 역시 마귀의 힘을 빌려, 끝없이 전개된 바다를 밀어내고 둑을 쌓고 운하를 만든다. 늪지대를 말려버린 후 정원과 궁전을 만들고, 항구를 열어 무역과 해적질을 하고, 수백만 인간에게 비옥한 토지를 개간해준다. 간척사업을 최대의 공사목표로 삼으며, 공익을 위해 사는 지배자로서의 인생에서 그는 고통을 느끼기도 하고 때로는 행복을 느끼기도 한다. 근심이란 요녀(妖女)가 내뿜는 입김으로 눈까지 멀지만, 파우스트는 내면에서 밝아지는 정신 속에서 자기가 만든 자유로운 땅 위에 오곡이 풍성해지고 수많은 백성들이 자유롭게 살아가는 모습을 상상한다. 이는 인류가 이미 성취해놓은 것을 뛰어넘어 끊임없이 추구해가는 지칠 줄 모르는 인간적 투쟁이다. 인류의 문화생활을 위한 사업에 몰두하는 것을 삶의 목표로 삼으면서 행복한 예감에 젖은 파우스트는 드디어 지속을 약속하는 만족을 예감하며, 그 순간에 "멈추어라, 너 정말 아름답구나!" 하고 외친다. 악마와 계약한 이 조건을 말함과 동시에 파우스트는 쓰러지고, 이 세계와 영원히 작별한다. 죽음의 영들이 그를 눕힌 후 메피스토펠레스의 지휘하에 파우스트의 영혼이 언제 육체를 떠나는지를 지켜본다. 그리고 내기의 약속대로 그 영혼을 지옥으로 이끌어가려 한다. 공익을 위한 노력에서 예감으로나마 행복을 느끼며 숨을 거둔 파우스트의 운명을 서술한 복합체를 학자들은 '지배자의 비극'이라고 말한다.

그러나 제5막 후반부에서 천사들은 파우스트의 영혼을 하늘나라로 끌고 간다. 그는 악마의 유혹에 빠져 향락이나 물질적 욕심의 만족을 얻은 것은 아니다. 내기의 조건에는 졌지만 최후의 순간까지 노력하는 인간으로서 시련을 이겨낸다. 동시에 속죄하는 여인으로 다시 등장한 제1부의 그레첸이 옛 애인의 구원을 위한 은총을 빌며, 성모는 그의 영혼을 천국으로 인도한다. 음양을 상징하는 선악의 저편에서 오행원리에 따라 지칠 줄 모르고 노력하던 파우스트는 이제 이 세상이 제공할 수 있는 모든 가능성을 체험하고 동양의 신비적 도(道)를 의미하는 '영원히 여성적인 것'에 이끌려 보다 드높은 영역으로 날아간다.

파우스트 영혼의 구원과 그 문제성

파우스트는 구원받는다. 다른 사람들을 무수히 끝없는 불행으로 몰아넣고 죽음 속에 묻어버린 인간이며, 극단적 이기주의자인 동시에 지독한 폭군인 파우스트. 그러나 그는 구원받는다. 이는 모든 인간의 죄와 속죄를 저울질하고, 그 다음에야 구원이냐 아니면 저주냐를 결정짓는 인간 윤리나 종교적 논리에 모순되는 것이 아닌가? 그뿐만 아니라 전통적 비극에서 당연히 기대할 수 있는 주인공의 비극적 몰락은 어디에 있는가?

이런 의문에 대한 자취는 찾아볼 수가 없다. 만년의 괴테는 파우스트를 '고귀한 사람'이라 부르기도 하고, 천사와 악마의 안식일에 대한 거짓말을 하는가 하면, 파우스트의 구원된 영혼이 향연에 싸여 천국으로 둥실둥실 떠나가도록 하기도 한다. 많은 연구가들은 파우스트의 구원을 이성의 범주를 벗어난 일종의 신비라고 말하면서, 죽음을 앞둔 괴테가 만들어낸 창조물로 간주한다. 이들은 모두 만년의 괴테가 '파우스트는 백발노인으로서 끝을 맺으며, 노년기엔 우린 모두가 신비주의자가 된다'고 한 말을 근거로 삼는다.

비극의 마지막 장면 '심산유곡'에서 천사들은 구원된 파우스트의 영혼을 하늘나라로 인도하며 이렇게 노래한다. "영들 세계의 고귀한 한 사람이 / 악으로부터 구원되었도다. / 언제나 열망하며 노력하는 자, / 그자를 우리는 구원할 수 있노라. / 그에게 사랑의 은총까지도 / 천상으로부터 관여해왔으니, / 천복을 받은 무리가 그를 / 진심으로 환영해 맞이하노라."

이 노래는 주인공의 영혼을 구원함에 있어서 이승과 저승이 서로 협력하는 관계에 있음을 나타낸다. 이승의 요소로서는 파우스트가 언제나 열망하며 노력한다는 것이다. 죽음까지 초월한 초인적 노력을 하면서 그는 혼미해지기도 하고 세속적 오류를 범하기도 하지만, 이는 지배와 피지배 사이에 어쩔 수 없이 발생하는 운명적 사건들로 이해된다. 파우스트는 인간 행동을 마비시키는 근심이 나타날 때에도 이를 거절하고 극복하며 마술로부터도 몸을 돌린다. 요녀의 입김으로 눈까지 멀지만, 그는 마음속으로부터 밝아오는 '내면의 빛'에 인도되어 바다와의 투쟁을 계속한다. '언제나 열망하며 노력하는 자'로서 요녀를 이겨내고, 마술을 거부함으로써 구원의 가능성을 얻는 것이다.

그러나 순수한 활동만으로 구원되는 것은 아니며, 여기에는 저승으로부터의 도움이 절대 필요하다. '천상으로부터' 관여해오는 사랑과 은총의 힘이 협력해야만 한다. 그가 죽은 다음 다시 등장한 옛 애인 그레첸은 지고한 사랑의 힘으로 파우스트의 영혼과 하나가 된다. 그리고 영광의 성모에게 매달려 "영기 어린 옷자락으로부터 / 최초의 젊은 기운으로 솟아나고 있는" 그를 돕게 해달라고 간청하며, 그의 영혼을 구원하기 위해 은총을 빈다.

두 가지 요소, 즉 이승의 끊임없는 노력과 능동적 행위, 그리고 저승에서 관여해온 수동적 사랑과 은총을 근본으로 파우스트는 구원을 받는다. 그러나 괴테의 은총이란 기독교적 은총 개념과 일치한다고 말할 수 없다. 그는 인본주의적 요소와 기독교적 상징세계를 결부시켜 파우스트의 죽음과 구원을 우주적 의미에서 조화롭게 해결한다. 파우스트는 구원을 위해 간청하지 않으므로, 그의 구원은 기독교적이 아니라 '인본주의적 종교'의 방법으로 이루어진다. 이 종교에서는 '인간을 신으로 고양시키기 위하여, 신이 인간이 되고 있기 때문이다.'

나아가서 괴테는 파우스트 영혼의 구제를 통해 인간의 신적 요소인 불멸성에 대한 독자적인 믿음을 표현한다. 즉 그는 끊임없는 활동에 내재하는 인간의 지속적 본질인 엔텔레케이아(발전과 완성을 성취시켜주는 유기체 내부에 있는 힘)를 믿으며, 파우스트의 노력을 이러한 원칙으로 간주한다. 괴테는 기독교적 저승에 대한 금욕주의적 계율을 거절하고, 자연에 대한 다른 태도의 가능성을 보면서 유기적 근본과 인간의 변전 그리고 불멸의 엔텔레케이아를 믿는다고 할 수 있다. 이러한 독자적 종교성은 최초의 근원으로부터 몰락을 거쳐 다시 소생한다는 삼단계적 윤회, 즉 철두철미 윤회로 되풀이되는 세계 변화의 과정에 입각한 괴테의 세계관 또는 구원의 이념과도 일맥상통하는 것이다.

만인(萬人)의 책, 괴테의 『파우스트』

과거부터 현재까지 세계적인 관심을 불러일으키고 있는 파우스트의 비극적 운명을 소재로 취급한 모든 예술작품 중에서도 괴테의 『파우스트』만큼 성공을 거둔 작품은 없다. 작가는 자신의 긴 생애 동안에 내적 외적으로 생각하고 체험한 모든 것을 예술적으로 표현해놓았기 때문에, 독자는 누구나 이 작품에서 만인에게 적용되는 인생관과 세계관을 맛보게 된다. 즉 괴테는 개인적인 것을 전 인간적인 것으로 승화시켜놓았으니, 우리는 인간이 희망하고 노력하고 사랑하고 미워하고 괴로워하고, 또 생각하고 체험하는 등 영원히 반복되는 존재의 내용을 이 작품에서 발견할 수 있다.

다시 말하면 우리처럼 이 세상을 살아가는 주인공의 인생길 속에 많든 적든 간에 우리 모두가 경험할 수 있는 전 인류의 문화가 서술되는 것이다. 즉 문학과 철학, 도덕과 종교, 법률과 국가, 직업과 수공업, 경제와 무역, 정치와 전쟁, 자연과 문명 등 우리가 배우고 느끼고 체험하는 모든 분야가 다루어진다. 그뿐만 아니라 인간이라면 누구나 겪게 되는 인생의 자극과 감정, 사랑과 증오, 인식과 향락에 대한 욕망, 성스러움과 죄악, 아름다움과 추악함, 경건함과 미신, 이기심과 희생 의지, 순결과 야비함, 이성과 관능이 다루어진다. 이 밖에도 낙관주의와 염세주의, 개인주의와 사회주의, 범신론과 범악마론, 물질주의와 이상주의, 기독교와 그리스 신화와 여타의 다른 종교 등 인간 생활과 세계생활에 관계되는 모든 영역이 언급된다. 그러므로 우리는 우리가 원한다면 각자에게 적합한 이념을 선택하고, 그 하나하나의 정신과 지혜, 감정과 사상 등에 몰두하여 깊이 생각하고 철학하며, 그 인생관이나 세계관을 받아들일 수 있다.

그뿐만 아니라 괴테는 근 이백 년 전에 그 당시로서는 상상할 수 없는 예언자적 역할도 한다. 예를 들면 파우스트는 수천 년 전 재정난에 허덕이는 황제의 궁정에서 지하에 묻힌 금은보화를 담보로 지폐를 만들어낸다. 동서고금의 미녀들과 섹스 향연을 벌이기도 한다. 또한 간척 사업을 실행하며 닥쳐올 고도의 물질문명을 예언한다. 그는 자기가 만든 땅에 오곡이 무르익고 수많은 백성이 자유롭게 살아가는 이상향을 계획한다. 그뿐만 아니라 위대한 학자가 된 파우스트의 조수가 오늘의 시험관아기라 할 수 있는 인조인간 호문쿨루스를 만들어낸다. 그는 기절해 정신을 잃은 파우스트의 꿈을 투시하고, 타임머신 같은 비행망토를 타고 그를 고대 그리스로 데려가기도 한다.

이렇게 『파우스트』에는 무궁무진한 인생과 세계와 우주에 관한 문학 정신이 담겨 있다. 역자는 독자들 한 사람 한 사람이 이런 과거와 현재와 미래의 종합적 사상들을 접함으로써, 진정한 자기 자아를 발견하고, 자신의 인생관과 세계관을 확인하고 또 확장시킬 수 있기를 바란다.

끝으로 괴테의 『파우스트』가 무엇보다도 값진 이유를 말하고자 한다. 즉 괴테의 『파우스트』는 '구원의 책'이라는 점이다. 선악의 저편에서 끊임없이 노력하며 방황하던 절망적 예외인간 파우스트의 비극적 이야기를 읽고 생각하고 느낌으로써, 우리는 냉혹한 현실 앞에 굴복하고 절망하는 것이 아니라, 오히려 삶의 온갖 역경을 극복하고 유혹을 물리칠 수 있는 힘을 얻게 되는 것이다. 가혹하고도 적나라한 삶 자체를 눈앞에 볼 수 있으나, 우리는 그로 인해 몰락하지 않고, 오히려 모순투성이의 인생과 투쟁하며 내면적으로 자유로울 수 있는 의지와 강인한 힘을 부여받게 되는 것이다. 이것이 바로 괴테의 『파우스트』를 불후의 명작으로 남게 하는 까닭이다.

이 책 한국어판 『파우스트』의 텍스트로는 *Johann Wolfgang von Goethe: Faust Eine Tragödie*. In: Goethes Werke. Hamburger Ausgabe in 14 Bänden. Bd. III. Textkritisch durchgesehen und mit

Anmerkungen versehen von Erich Trunz, 7. Aufl., Hamburg 1964, S. 7~364를 이용했음을 밝혀둔다. 작품의 보다 깊은 이해를 위해 상세한 주석과 해설을 달았는데, 여기에 참고한 문헌은 Erich Trunz: Anmerkungen des Herausgebers. In: Goethes Werke. Hamburger Ausgabe in 14 Bänden. Bd. III, a.a.O., S. 461~651; Oswald Woyte: Erläuterungen zu Goethes Faust. Teil I, 19. Aufl. und Teil II, 13. Aufl., Hollfeld/Obfr. o.J. (=Dr. Wilhelm Königs Erläuterungen zu den Klassikern, Bd. 21/22 und 43/44); Albrecht Schöne: Johann Wolfgang Goethe. Faust. Kommentare. Sonderausgabe, Frankfurt am Main 1999; 이인웅:『파우스트 그는 누구인가?』파주: 문학동네 2006 등이다.

이인웅

1749년	8월 28일 마인 강변의 프랑크푸르트에서 법학박사이자 황실 고문관인 아버지 요한 카스파르 괴테와 텍스토르가(家) 출신 의 어머니 카타리나 엘리자베트의 장남으로 태어남.
1750년	12월 7일 여동생 코르넬리아 출생.
1752년	3년간 유치원에 다님.
1755년	암 그로센 히르쉬그라벤 가(街)에 있는 생가 개축. 부친의 감 독 아래 개인교습을 받기 시작함. 11월 1일, 리스본에 지진이 일어나자 괴테는 종교적 충격을 받음.
1759년	프랑스군이 프랑크푸르트를 점령함. 토랑 백작이 괴테의 생 가에서 숙영(宿營).
1764년	4월 3일 요제프 2세가 신성로마제국의 독일 황제로 즉위. 괴 테는 관람객들 틈에 끼어 대관식을 구경함.
1765년	10월부터 1768년 8월까지 라이프치히 대학에 다님. 술집 처 녀 쇤코프, 베리쉬, 미술학교 교장 외저 등과 친교를 맺음. 재학중 첫 시집 『아네테*Annette*』와 희곡 『연인의 변덕*Die Laune des Verliebten*』을 집필.
1768년	7월 중병에 걸림. 8월 28일 라이프치히를 떠남. 9월부터 약 1년 반 동안 와병으로 프랑크푸르트에서 요양함. 어머니의 친구인 경건주의자 클레텐베르크와 교제. 『공범들*Die Mitschuldigen*』 집필.
1770년	4월부터 1771년 8월까지 슈트라스부르크 대학에 다님. 10월 처음으로 제젠하임 방문. 브리온과 알게 됨.
1771년	『프리데리케 브리온을 위한 시*Gedichte für Friederike*

Brion』 발표. 8월 6일 법학박사 학위 받음. 8월 중순 프랑크
푸르트로 귀향. 8월 말 프랑크푸르트 배심재판소의 변호사로
승인받음.『셰익스피어의 날에 부쳐*Zum Schäkespears Tag*』
『철수(鐵手) 고트프리트 폰 베를리힝겐 역사 극본*Geschichte
Gottfriedens von Berlichingen mit der eisernen Hand
dramatisiert*』 발표.

1772년 　메르크 및 다름슈타트 시(市)의 감상주의파와 친교를 맺음. 베
츨라 소재 제국대법원에서 법관시보로 일함. 샤를로테 부프
와 알게 됨.『독일 건축술에 관하여*Von deutscher Baukunst*』
발표. 잡지『프랑크푸르트 학자보學者報』의 동인이 됨.『방랑
자의 폭풍 노래*Wanderers Sturmlied*』 발표.

1773년 　『넝마촌락의 대목장 축제*Jahrmarktsfest zu Plundersweilern*』
『사티로스*Satyros*』『연극적 협주곡*Concerto dramatico*』『신
神들과 영웅과 빌란트*Götter, Helden und Wieland*』『에르빈
과 엘미레*Erwin und Elmire*』『목사의 편지*Brief des Pastors*』
발표. 2년에 걸쳐『초고 파우스트*Urfaust*』『프로메테우스
Prometheus』『마호메트*Mahomet*』 발표.

1774년 　라바터와 바제도브와 함께 란 지방 및 라인 지방 여행. 뒤셀
도르프에 있는 야코비 형제 방문. 프랑크푸르트에서 작센-바
이마르-아이제나흐의 황태자 아우구스트 공작과 처음 만남.
『젊은 베르테르의 슬픔*Die Leiden des jungen Werther*』『클
라비고*Clavigo*』『클라우디네 폰 빌라 벨라*Claudine von
Villa Bella*』『영원한 유대인*Der Ewige Jude*』 발표.

1775년 　쇠네만과 약혼했으나 가을에 파혼. 5월부터 석 달간 스위스
여행.『슈텔라*Stella*』『릴리의 노래*Lili-Lieder*』 발표.『에그몬
트*Egmond*』 집필 시작. 11월 바이마르 도착. 슈타인 부인과
처음 만남.

1776년 　바이마르에 장기간 체류할 것을 결심. 4월 일름 강변의 초원

에 있는 별장으로 이사하여 1782년 6월까지 그곳에서 기거. 6월부터 바이마르공화국의 국무에 종사하기 시작. 비밀공사관 참사관으로 임명됨. 10월 헤르더가 신교의 총 지방감독으로 바이마르에 옴. 11월 일메나우 광산의 재가동을 위한 준비의 책임을 맡음. 12월 라이프치히와 뵈틀리츠 여행.『슈타인 부인을 위한 시*Gedichte für Frau Stein*』『형제자매*Die Geschwister*』『프로제르피나*Proserpina*』발표. 이후 몇 년간 바이마르 애호가 극장의 공연에 참여.

1777년 6월 8일 동생 사망. 9월부터 10월까지 아이제나흐와 바르트부르크 성(城)에 체류. 12월 말을 타고 하르츠 여행.『릴라*Lila*』『감상주의感傷主義의 승리*Der Triumph der Empfindsamkeit*』발표.『빌헬름 마이스터의 연극적 사명*Wilhelm Meisters theatralische Sendung*』첫 부분 완성.『겨울 하르츠 여행*Harzreise im Winter*』발표.

1778년 5월 아우구스트 공작과 함께 베를린과 포츠담 여행.『인간성의 한계*Grenzen der Menschheit*』발표.

1779년 1월 국방위원회 및 도굴공사위원회의 지도를 맡음. 이후 공화국의 여러 지역을 자주 여행. 2월『타우리스 섬의 이피게니에*Iphigenie auf Tauris*』발표. 9월 추밀고문관으로 임명됨. 9월부터 다섯 달 동안 아우구스트 공작과 두번째로 스위스 여행.『물 위 정령들의 노래*Gesang der Geister über den Wassern*』『예리와 베텔리*Jery und Bätely*』발표.

1780년 광물학 연구에 몰두하기 시작.『토르크바토 타소*Torquato Tasso*』집필 시작.

1781년 여름부터 이후 몇 년간 티푸르트에서 바이마르 궁정 사교계에 참석. 11월부터 석 달간 바이마르 자유미술학교에서 해부학 강연.『여자 어부*Die Fischerin*』『엘페노르*Elpenor*』발표.

1782년 3월부터 두 달간 외교적 임무로 튀링겐 궁전 여행. 5월 25일

부친 사망. 6월 2일 프라우엔플란에 있는 집으로 이주. 6월 3일 황제 요제프 2세에 의해 발급된 귀족증서를 받음. 6월 11일 재정국의 임무를 맡음. 12월부터 두 달간 데사우와 라이프치히로 여행.

1783년   9월부터 두 달간 두번째 하르츠 여행. 괴팅겐과 카셀 여행. 『신적神的인 것*Das Göttliche*』 발표.

1784년   2월 24일 일메나우에서 새로운 광산 개장. 3월 인간의 간악골(間顎骨) 발견. 8월부터 9월까지 아우구스트 공작과 브라운슈바이크 여행. 크라우스와 함께 세번째 하르츠 여행.『익살과 간계와 복수*Scherz, List und Rache*』『비밀*Die Geheimnisse*』 발표.

1785년   식물학 연구 시작. 6월부터 석 달간 카를스바트에 체류. 1월부터 1786년까지 여러 차례 일메나우와 예나에 체류.『빌헬름 마이스터의 연극적 사명』 끝냄.

1786년   7월부터 두 달간 카를스바트에 체류. 9월 3일 카를스바트로부터 남몰래 이탈리아 여행길에 오름. 9월 28일부터 10월 14일까지 베네치아에 체류. 10월 29일 로마에 도착.『타우리스 섬의 이피게니에』를 운문으로 개작.

1787년   2월부터 다섯 달 동안 나폴리와 시칠리아로 여행. 4월 팔레르모 식물원에서 근원식물의 원리 인식.『에그몬트』 끝냄. 『나우시카*Nausikaa*』 구상.『파우스트*Faust*』와 『토르크바토 타소』 작업.

1788년   4월 23일 로마 떠남. 6월 18일 바이마르로 돌아옴. 6월 일메나우위원회를 제외하고 일체의 정무(政務)에서 물러남. 그후 공화국의 학문기관 및 예술기관 지도. 7월 불피우스와 동거. 9월 7일 루돌슈타트에서 실러 만남.『로마의 비가*Römische Elegien*』 발표.

1789년   9월부터 두 달간 아쉐르스레벤과 하르츠 여행. 12월 25일 아들 아우구스트 탄생. 『토르크바토 타소』 끝냄.

1790년   3월부터 넉 달 동안 베네치아 여행. 4월 두개골의 척추골 이론 발견. 7월부터 넉 달 동안 프로이센군의 야영지인 쉴레지엔 지방을 돌아봄. 크라카우와 스텐스토하우 여행. 『색채론 Farbenlehre』 연구 시작. 『식물변형론Die Metamorphose der Pflanzen』 『베네치아의 경구警句Venezianische Epigramme』 발표. 『파우스트, 프라그멘트Faust, ein Fragment』 인쇄.

1791년   바이마르 궁정극장 감독을 맡음. 『대大 코프타Der Groß-Cophta』 『광학光學에 대한 기고Beiträge zur Optik』 발표.

1792년   8월 아우구스트 공작을 수행하여 프랑스에서 종군. 9월 20일 발미 대포격. 겨울 뒤셀도르프에서 야코비 방문, 뮌스터에서 갈리친 영주 부인 방문.

1793년   마인츠가 포위되었을 때 이를 목격함. 『시민 장군Der Bürgergeneral』 『라이네케 푹스Reineke Fuchs』 발표.

1794년   7월 말 예나에서 자연연구학회 회의가 끝난 뒤 실러와 식물 원형에 관한 대담. 실러와 교우 시작. 7월부터 두 달간 아우구스트 공작과 함께 뵈를리츠와 드레스덴 여행. 『흥분한 자들Die Aufgeregten』 『독일 피난민들의 대화Unterhaltungen deutscher Ausgewanderten』 발표. 이때부터 이후 몇 년간 자주 예나에 체류하면서 예나 대학 교수들과 교제. 자연과학 연구, 특히 변형론과 색채론에 몰두.

1795년   카를스바트에 체류. 『동화Das Märchen』 발표. 『크세니엔 Xenien』 집필 시작.

1796년   『크세니엔』 발표. 『빌헬름 마이스터의 수업시대Wilhelm Meisters Lehrjahre』 끝냄. 『헤르만과 도로테아Hermann und Dorothea』 발표. 벤베누토 첼리니의 전기 번역.

1797년   세번째 스위스 여행. 8월부터 프랑크푸르트에 체류. 어머니를 마지막으로 봄. 12월 바이마르 도서관과 고전(古錢) 진열실 최고 감독. 『담시*Balladen*』 발표. 『파우스트』 다시 집필 시작.

1798년 바이마르의 근교 오버로슬라에 토지를 갖게 됨. 10월 12일 실 러 작 〈발렌슈타인의 진영*Wallensteins Lager*〉 공연으로 개축 된 바이마르 궁전극장 개관. 예술잡지『프로필레엔*Propyläen, Eine periodische Schrift*』 출간 시작(1800년까지 계속됨).

1799년 9월 바이마르 미술애호가들의 첫번째 전시회. 12월 실러가 예나로부터 바이마르로 이주.『아킬레스*Achilleis*』 발표.『서 출(庶出)의 딸*Die natürliche Tochter*』 집필 시작. 볼테르 작 『마호메트』 번역.

1800년 4월부터 두 달간 아우구스트 공작과 라이프치히와 데사우 여 행.『파우스트』 제2부의 '헬레나 장면(*Helena-Szene*)' 집필. 볼테르 작『탕크레드*Tancred*』 번역.『팔레오프론과 네오테 르페*Paläophron und Neoterpe*』 발표.

1801년 1월 안면 단독(丹毒)병에 걸림. 6월부터 석 달 동안 피르몬 트·괴팅겐·카셀 등 여행.

1802년 자주 예나 여행. 6월 26일 라우흐슈테트에 신축 극장이 개관 됨. 여름에 여러 번 라우흐슈테트에 체류.

1803년 5월 라우흐슈테트, 할레, 메르제부르크, 나움부르크 여행. 11월 예나 대학 자연과학연구소의 최고 감독을 맡음.『서출 의 딸』 끝냄.

1804년 8월부터 두 달간 라우흐슈테트와 할레에 체류. 9월 13일 실 질 추밀원 고문관으로 임명됨.『빙켈만과 그의 세기*Winckelmann und sein Jahrhundert*』 발표.

1805년 1월 신장병으로 중태에 빠짐. 5월 9일 실러 사망. 7월부터 석 달간 라우흐슈테트를 여러 번 방문. 8월 마그데부르크와 할 버슈타트 여행.『실러의 종(鐘)에 대한 에필로그*Epilog zu Schillers Glocke*』 발표.

1806년	4월 13일 『파우스트』 제1부 끝냄. 6월부터 8월까지 카를스바트 체류. 10월 14일 예나 전투. 바이마르가 점령됨. 10월 19일 크리스티아네 불피우스와의 결혼식. 『동물 변형론 Metamorphose der Tiere』 발표.
1807년	5월부터 9월까지 카를스바트에 체류. 11월부터 두 달간 예나에 있는 프롬만의 집 여러 차례 방문. 민헨 헤르츠리프와 알게 됨. 『소네트Sonette』 발표. 『빌헬름 마이스터의 편력시대 Wilhelm Meisters Wanderjahre』 집필 시작.
1808년	5월부터 9월까지 카를스바트와 프란첸스바트에 체류. 9월 13일 어머니 사망. 10월 2일 에르푸르트에서 나폴레옹과 대담. 10월 6일과 10일에도 바이마르에서 계속 대담. 『판도라 Pandora』 발표.
1809년	『친화력Die Wahlverwandtschaften』 발표. 『색채론』 집필.
1810년	5월부터 9월까지 카를스바트, 테프리츠, 드레스덴에 체류. 『색채론』 끝냄. 『필리프 하케르트Philipp Hackert』 집필. 열세 권으로 된 『괴테 작품집Goethes Werke』 발간.
1811년	5월부터 6월까지 크리스티아네 및 리머와 카를스바트에 체류. 『시와 진실Dichtung und Wahrheit』 제1부 발표.
1812년	5월부터 9월까지 카를스바트와 테프리츠에 체류. 베토벤과 오스트리아 황비 마리아 루도비카 만남. 『시와 진실』 제2부 발표.
1813년	1월 20일 빌란트 사망. 4월부터 8월까지 테프리츠에 체류. 『시와 진실』 제3부 발표.
1814년	5월부터 6월까지 바이마르 근교의 바트베르카에 체류. 7월부터 넉 달간 라인 지방과 마인 지방을 여행. 마리안네 폰 빌레머와 만남. 하이델베르크에서 브와스레 형제 방문. 8월 16일 빙겐에서 성(聖) 로후스 축제 참가. 『서동시집West-östlicher Divan』 일부 집필 발표.

1815년	2월 빈 회의의 결정으로 작센·바이마르·아이제나흐 대공화국으로 합병됨. 5월부터 여섯 달 동안 라인 지방과 마인 지방으로 두번째 여행. 7월 말 슈타인 남작과 함께 나사우로부터 쾰른으로 여행. 9월 26일 하이델베르크에서 마리안네 폰 빌레머와 마지막 만남. 12월 12일 '바이마르와 예나의 학술 및 예술기관의 총감독'으로, 대공화국의 모든 문화 연구소들이 괴테의 지휘 아래 총괄됨. 재상으로 임명됨. 『서동시집』일부 집필 및 발표. 『온건한 크세니엔*Zahme Xenien*』일부 발표.
1816년	6월 6일 크리스티아네 사망. 7월부터 9월까지 바트 텐슈데트에 체류. 『서동시집』일부 집필 및 발표. 『이탈리아 기행 *Italienische Reise*』제1부·제2부 발표. 잡지 『예술과 고대 *Über Kunst und Altertum*』발간(1832년까지 계속).
1817년	자주 예나에 체류. 4월 13일 궁정극장의 감독직 사퇴. 6월 17일 아들 아우구스트가 오틸리에 폰 포그비슈와 결혼. 10월 예나의 도서관 연합의 감독 맡음. 『말의 원형, 오르페우스적 *Urworte, orphisch*』『나의 식물연구사 *Geschichte meines botanischen Studiums*』발표. 잡지 『자연과학, 특히 형태학 *Zur Naturwissenschaft überhaupt, besonders zur Morphologie*』발간(1824년까지 계속).
1818년	4월 9일 손자 발터 탄생. 7월부터 9월까지 카를스바트에 체류.
1819년	8월부터 9월까지 카를스바트에 체류. 『서동시집』끝냄. 스무 권으로 된 『괴테 작품집』발간(1815년에 시작).
1820년	4월부터 5월까지 카를스바트 체류. 여름과 가을, 예나 체류. 9월 18일 손자 볼프강 탄생. 『빌헬름 마이스터의 편력시대』집필. 『온건한 크세니엔』일부 발표.
1821년	7월부터 9월까지 마리엔바트와 에거에 체류. 울리케 폰 레

베초브와 처음으로 만남.

1822년   6월부터 8월까지 마리엔바트와 에거에 체류.『프랑스 종군 기 *Kampagne in Frankreich*』 끝냄.

1823년   2월 심낭염(心囊炎)에 걸림. 6월 10일 에커만이 처음으로 괴테 방문. 7월부터 9월까지 마리엔바트, 에거, 카를스바트에 체류.『마리엔바트 비가(悲歌) *Marienbader Elegie*』 발표. 11월 극심한 경련성 기침병에 걸림.

1824년   『실러와의 서신교환 *Briefwechsel mit Schiller*』 출판 준비.

1825년   2월 『파우스트』 제2부 집필에 다시 착수. 3월 21일 바이마르 극장에 화재. 11월 7일 괴테의 바이마르 도착 50주년 축하연.

1826년   『파우스트』의 '헬레나 장면' 끝냄.『노벨레 *Novelle*』 발표.

1827년   1월 6일 샤를로테 폰 슈타인 사망. 10월 29일 손녀 알마 탄생.『온건한 크세니엔』 발표.

1828년   6월 14일 칼 아우구스트 대공작 사망. 7월부터 석 달간 도른부르크에 은거.

1829년   1월 브라운슈바이크에서 『파우스트』 초연.『빌헬름 마이스터의 편력시대』 완성.『이탈리아 여행기, 제2차 로마체류 *Italienische Reise, Zweiter römischer Aufenthalt*』 발표.

1830년   2월 14일 대공작 부인 루이제 사망. 11월 10일 아들이 로마에서 죽었다는 소식 받음. 11월 말 대(大) 객혈.『시와 진실 *Dichtung und Wahrheit*』 제4부 발표. 마흔 권으로 된 『괴테 작품집, 최종 완성판 *Goethes Werke, Vollständige Ausgabe letzter Hand*』 출간.

1831년   7월 22일 『파우스트』 제2부 끝냄. 8월 28일 일메나우에서 마지막 생일 지냄.

1832년   3월 16일 마지막 발병. 3월 22일 정오 무렵에 영면. 3월 26일 괴테의 관 후작 묘지에 안치. 이후 10년여에 걸쳐 스무 권으로 된 『유작집 *Nachgelassene Werke*』 발간.

세계문학은 국민문학 혹은 지역문학을 떠나 존재하는 문학이 아니지만 그것 들의 총합도 아니다. 세계문학이라는 용어에는 그 나름의 언어와 전통을 갖고 있는 국민문학이나 지역문학의 존재를 인정하면서 그것을 넘어서는 문학의 보 편적 질서에 대한 관념이 새겨져 있다. 그 용어를 처음 고안한 19세기 유럽인들 은 유럽문학을 중심으로 그 질서를 구축했지만 풍부한 국민문학의 전통을 가지 고 있는 현대의 문학 강국들은 나름의 방식으로 세계문학을 이해하면서 정전 (正典)의 목록을 작성하고 또 수정한다.

한국에서도 세계문학 관념은 우리 사회와 문화의 변화 속에서 거듭 수정돼왔 다. 어느 시기에는 제국 일본의 교양주의를 반영한 세계문학 관념이, 어느 시기 에는 제3세계 민족주의에 동조한 세계문학 관념이 출현했고, 그러한 관념을 실 천한 전집물이 출판됐다. 21세기 한국에 새로운 세계문학전집이 필요하다는 것 은 명백하다. 우리의 지성과 감성의 기준에 부합하는 세계문학을 다시 구상할 때가 되었다.

문학동네 세계문학전집은 범세계적으로 통용되는 고전에 대한 상식을 존중하 면서도 지난 반세기 동안 해외 주요 언어권에서 창작과 연구의 진전에 따라 일어 난 정전의 변동을 고려하여 편성되었다. 그래서 불멸의 명작은 물론 동시대 세 계의 중요한 정치·문화적 실천에 영감을 준 새로운 작품들을 두루 포함시켰다.

창립 이후 지금까지 한국문학 및 번역문학 출판에서 가장 전문적이고 생산적 인 그룹을 대표해온 문학동네가 그간 축적한 문학 출판 경험을 바탕으로 새로운 세계문학전집을 펴낸다. 인류가 무지와 몽매의 어둠 속을 방황하면서도 끝내 길 을 잃지 않은 것은 세계문학사의 하늘에 떠 있는 빛나는 별들이 길잡이가 되어 주었기 때문이다. 우리가 자부심과 사명감 속에서 그리게 될 이 새로운 별자리 가 독자들의 관심과 애정에 힘입어 우리 모두의 뿌듯한 자산이 되기를 소망한다.

문학동네 세계문학전집 편집위원
민은경, 박유하, 변현태, 송병선, 이재룡, 홍길표, 남진우, 황종연

세계문학전집 010
파우스트 2

1판 1쇄 2009년 12월 15일
1판 15쇄 2026년 2월 13일

지은이 요한 볼프강 폰 괴테 | 옮긴이 이인웅

책임편집 이은현 오동규 | 독자모니터 김현정
디자인 랄랄라디자인 송윤형 한충현 김민하 | 저작권 박지영 형소진 주은수 오서영 조경은
마케팅 정민호 서지화 한민아 이민경 왕지경 정유진 정경주 김혜원 김예진 이서진
브랜딩 함유지 박민재 이송이 박다솔 조다현 김하연 이준희
제작 강신은 김동욱 이순호 | 제작처 영신사

펴낸곳 (주)문학동네 | 펴낸이 김소영
출판등록 1993년 10월 22일 제2003-000045호
주소 10881 경기도 파주시 회동길 210
전자우편 editor@munhak.com
대표전화 031)955-8888 | 팩스 031)955-8855
문학동네카페 http://cafe.naver.com/mhdn
인스타그램 @munhakdongne | 트위터 @munhakdongne
북클럽문학동네 http://bookclubmunhak.com

ISBN 978-89-546-0911-1 04850
      978-89-546-0901-2 (세트)

잘못된 책은 구입하신 서점에서 교환해드립니다.
기타 교환 문의 031) 955-2661, 3580

www.munhak.com

● 문학동네 세계문학전집은 계속 출간됩니다